O TRONO DO PRISIONEIRO

Obras da autora publicadas pela Galera Record

O Povo do Ar
O príncipe cruel
O rei perverso
A rainha do nada
Como o rei de Elfhame aprendeu a odiar histórias

O canto mais escuro da floresta

Duologia Herdeiro Roubado
O herdeiro roubado
O trono do prisioneiro

Contos de Fadas Modernos
Tithe
Valente
Reino de ferro

Magisterium (com Cassandra Clare)
O desafio de ferro
A luva de cobre
A chave de bronze
A máscara de prata
A torre de ouro

As Crônicas de Spiderwick (com Tony DiTerlizzi)
Livro da noite

O TRONO DO PRISIONEIRO

HOLLY BLACK

Tradução
Carolina Candido
Gabriela Araújo

3ª edição

Galera

RIO DE JANEIRO

2025

REVISÃO
Luciana Aché

DIAGRAMAÇÃO
Abreu's System

ARTE DE CAPA
Sean Freeman

ILUSTRAÇÃO DE MIOLO
Kathleen Jennings

CAPA
Adaptada do design original de Karina Granda

CONSULTORIA
Edu Luckyficious

TÍTULO ORIGINAL
The Prisoner's Throne

CIP-BRASIL. CATALOGAÇÃO NA PUBLICAÇÃO
SINDICATO NACIONAL DOS EDITORES DE LIVROS, RJ

B691t

Black, Holly, 1971-
  O trono do prisioneiro / Holly Black ; tradução Carolina Cândido, Gabriela Araújo. – 3. ed. – Rio de Janeiro : Record, 2025.
  (O herdeiro roubado ; 2)

  Tradução de: The prisoner's throne
  Sequência de: O herdeiro roubado
  ISBN 978-65-5981-485-5

  1. Ficção americana. I. Cândido, Carolina. II. Araújo, Gabriela. III. Título. IV. Série.

24-88180
CDD: 813
CDU: 82-3(73)

Meri Gleice Rodrigues de Souza – Bibliotecária – CRB-7/6439

Copyright © 2024 by Holly Black

Todos os direitos reservados.
Proibida a reprodução, no todo ou em parte, através de quaisquer meios.
Os direitos morais da autora foram assegurados.

Texto revisado segundo o Acordo Ortográfico da Língua Portuguesa de 1990.

Direitos exclusivos de publicação em língua portuguesa somente para o Brasil adquiridos pela
EDITORA GALERA RECORD LTDA.
Rua Argentina, 120 – Rio de Janeiro, RJ – 20921-380 – Tel.: (21) 2585-2000, que se reserva a propriedade literária desta tradução.

Impresso no Brasil

ISBN 978-65-5981-485-5

Seja um leitor preferencial Record.
Cadastre-se e receba informações sobre nossos lançamentos e nossas promoções.

Atendimento e venda direta ao leitor:
sac@record.com.br

*Para Joanna Volpe, que é, como seu sobrenome sugere,
tão charmosa e travessa quanto uma raposa*

Encontrei o Lábios de Mel certa noite nos vales estreitos,

Era mais belo do que o mais belo de nossos jovens,

Os olhos mais escuros que o licor, a voz do mais doce farfalhar

Que o lamento da gaita de foles de Kevin para além de Coolnagar.

Estava pronta para a ordenha, o coração livre e leve —

Desconsolo! Desconsolo! aquela amarga hora drenou-me a vida breve;

Julguei-o por um amante humano, apesar dos lábios tão gelados,

e o sopro da morte tão cortante em seu abraço apertado.

Não sei por onde veio, pois sombra não deixou,

Mas o ciciar das folhas oscilou quando o vento mágico soprou

O tordo parou de cantar, a névoa se fez ver,

Nós dois ali, juntos, com o mundo a se esconder.

— Ethna Carbery,
"O encantador de palavras"

SEIS SEMANAS ANTES DO ENCARCERAMENTO

Oak enfiou os cascos nas calças de veludo.

— Fiz você se atrasar? — perguntou Lady Elaine da cama, a voz repleta de uma satisfação perversa. Ela apoiou a cabeça no braço e riu baixinho. — Não vai demorar até que você não tenha que estar à disposição deles.

— Sim — respondeu Oak, distraído. — Só à sua, certo?

Ela riu de novo.

Com o gibão abotoado pela metade, ele tentou desesperadamente se lembrar do caminho mais rápido até os jardins. Tivera a *intenção* de ser pontual, mas, então, surgira a oportunidade de enfim ver até onde chegava o conluio traiçoeiro pelo qual se empenhava.

Prometo apresentar você aos meus aliados, dissera ela, deslizando os dedos por baixo da camisa dele, desabotoando-a. *Vai ficar impressionado quando vir o quanto podemos nos aproximar do trono...*

Amaldiçoando a si mesmo, os céus e o conceito de tempo no geral, Oak correu porta afora.

— Depressa, seu patife — uma das lavadeiras do palácio gritou para ele. — Vai pegar mal se começarem sem você. E dê um jeito neste cabelo!

Ele tentou ajeitar os cachos conforme os criados saíam de seu caminho. No palácio de Elfhame, independentemente do quanto estivesse crescido,

Oak sempre seria o rapaz arteiro de cabelo selvagem que persuadia os guardas a jogar partidas com castanhas de castanheiros-da-índia e roubava bolos de mel das cozinhas. Fadas prendiam seus habitantes em âmbar, então, se não fossem cuidadosas, centenas de anos poderiam se passar em um piscar preguiçoso de olhos. E assim, poucos notaram o quanto o príncipe havia mudado.

Não que ele não se parecesse com sua versão mais nova, que se deslocava em alta velocidade pelo corredor, com cascos ressoando na pedra. Ele fez um desvio à esquerda para não trombar com um pajem carregado de pergaminhos, ziguezagueou para a direita a fim de não derrubar uma pequena mesa com uma bandeja completa de chá em cima, depois quase esbarrou com Randalin, um membro ancião do Conselho Vivo.

Quando enfim chegou aos jardins, Oak estava sem fôlego. Arfando, ele observou as guirlandas de flores e os musicistas, os cortesãos e os foliões. Nada do Grande Rei ou da Grande Rainha. O que significava que teria uma chance de chegar até a frente sem que alguém o notasse.

Mas antes que pudesse se misturar à multidão, sua mãe, Oriana, o agarrou pela manga da camisa. Exibia uma expressão austera, e como a pele estava quase sempre branca como a de um fantasma, era fácil ver o rubor de raiva em suas bochechas. Deixava-as rosadas, combinando com a cor rósea de seus olhos.

— Por onde você andou? — Levou os dedos ao gibão de Oak, ajeitando os botões.

— Perdi a hora — admitiu ele.

— Fazendo o quê? — Ela tirou a poeira do veludo. Depois, lambeu o dedo e esfregou no nariz de Oak para tirar uma manchinha.

Ele sorriu com afeto, acolhendo sua preocupação. Se ela o enxergasse apenas como um menino, então não analisaria de forma mais profunda quaisquer problemas que ele criasse. Oak passou os olhos pela multidão, procurando por seu guarda-costas. Tiernan ficaria bravo quando entendesse todo o plano de Oak. Mas valia a pena desmantelar uma conspiração. E Lady Elaine chegara *tão perto* de dizer o nome das outras pessoas envolvidas.

— É melhor nos encaminharmos para o trono — disse ele para Oriana, segurando a mão dela e apertando-a.

Ela retribuiu o aperto, no mesmo instante e com uma força castigadora.

— Você é o herdeiro de toda Elfhame — declarou, como se ele tivesse se esquecido. — Está na hora de começar a se comportar como alguém que possa vir a governar. Nunca se esqueça de que deve inspirar o medo tanto quanto o amor. Sua irmã não esquece.

Oak voltou a olhar para o aglomerado de pessoas. Ele tinha três irmãs, mas sabia de qual delas Oriana estava falando.

Ele estendeu o braço, como um cavaleiro galante, e a mãe se permitiu se acalmar o bastante para aceitá-lo. Oak manteve a expressão tão solene quanto ela gostaria. Foi fácil, porque assim que deu o primeiro passo, o Grande Rei e a Grande Rainha surgiram na extremidade dos jardins.

A irmã, Jude, usava um traje de gala da cor de rosas vermelhas intensas, com enormes fendas nas laterais para que o vestido não restringisse seus movimentos. Não havia espada alguma na cintura, mas o cabelo estava preso nos chifres de sempre. Oak tinha quase certeza de que um deles escondia uma pequena adaga. E outras deviam ter sido costuradas em suas vestimentas e presas embaixo das mangas.

Apesar de ser a Grande Rainha de Elfhame, com um exército à sua disposição e dezenas de Cortes sob seu comando, ela ainda agia como se tivesse que lidar com todos os problemas por conta própria — e como se a melhor solução para cada um deles fosse assassinato.

Ao lado dela, Cardan trajava veludo preto, adornado com penas ainda mais pretas que brilhavam como se tivessem sido banhadas no petróleo; o tom escuro de suas roupas destacando ainda mais os anéis pesados que reluziam em seus dedos e a enorme pérola que pendia de uma de suas orelhas. Ele piscou para Oak, que retribuiu com um sorriso, apesar de todas as suas intenções de permanecer sério.

Conforme Oak seguia em frente, a multidão abria caminho para ele.

As outras duas irmãs estavam no meio da aglomeração. Taryn, a gêmea de Jude, segurava o filho com força pela mão, em uma tentativa de impedi-lo de correr para lá e para cá, como era bem provável que estivesse fazendo pouco tempo antes. Ao lado dela, Vivienne ria com a companheira, Heather. Vivi estava apontando para o Povo na audiência e sussurrando no ouvido de Heather. Apesar de ser a única fada entre as irmãs, era Vivi quem menos gostava de viver no Reino das Fadas. Mas ainda assim, se mantinha atualizada das fofocas.

O Grande Rei e a Grande Rainha se moveram até pararem em frente à sua Corte, banhados pela luz do sol poente. Jude meneou a cabeça para Oak, como tinham praticado. O silêncio pairou sobre os jardins. Ele olhou para ambos os lados, para pixies aladas e nixies aquáticas, duendes espertos e fetches sinistros, kelpies e trolls, barretes vermelhos cheirando a sangue seco, silkies e selkies, faunos e brags, lobs e criaturas equinas, bruxas e povos das árvores, cavaleiros e mulheres aladas em vestidos maltrapilhos. Todos os súditos de Elfhame. Todos os súditos *dele*, supunha, já que era o príncipe.

Nenhum deles tinha medo de Oak, independentemente das esperanças que a mãe nutria.

Nenhum deles tinha medo, independentemente do sangue em suas mãos. Do fato de ter enganado a todos eles com tanta maestria que assustara a si próprio.

Ele parou em frente a Jude e Cardan e fez uma reverência superficial.

— Que todos aqui sejam testemunhas — declamou Cardan, os olhos com contornos dourados brilhantes, a voz suave, mas projetada. — Que Oak, filho de Liriope e Dain da linhagem Greenbriar, é meu herdeiro e que, caso eu me vá deste mundo, governará em meu lugar e com a minha bênção.

Jude se abaixou para pegar um bracelete de ouro da almofada estendida por um pajem goblin. Não se tratava de uma coroa, mas também não deixava de *significar* o mesmo que uma.

— Que todos aqui sejam testemunhas. — A voz de Jude era fria. Nunca tivera permissão de se esquecer que era mortal, durante a infância no Reino das Fadas. Agora que era rainha, nunca deixava que o Povo se sentisse inteiramente seguro perto dela. — Oak, filho de Liriope e Dain da linhagem Greenbriar, criado por Oriana e Madoc, *meu irmão*, é meu herdeiro e, quando eu deixar este mundo, governará em meu lugar e com a minha bênção.

— Oak, você aceita essa responsabilidade? — perguntou Cardan.

Não, era o que Oak queria responder. *Não tem necessidade disso. Vocês dois vão governar para sempre.*

No entanto, a pergunta não fora se Oak *queria* essa responsabilidade, mas se a aceitava.

A irmã havia insistido para que ele fosse formalmente nomeado herdeiro, agora que atingira uma idade em que poderia governar sem um regente. Ele poderia ter dito não a Jude, mas devia tanto a todas as suas irmãs que parecia impossível negar qualquer coisa a elas. Se uma delas pedisse o Sol, era melhor descobrir como arrancá-lo do céu sem se queimar.

É óbvio que jamais pediriam aquilo, ou algo parecido. Queriam que ele estivesse seguro, feliz e bem. Queriam dar o mundo a ele e, ainda assim, evitar que este o machucasse.

Por isso era crucial que elas nunca descobrissem o que ele estava planejando.

— Sim — respondeu Oak. Talvez ele devesse fazer algum tipo de discurso, ou algo que o fizesse parecer mais apto a governar, mas não conseguia pensar em nada. Deve ter sido o suficiente, no entanto, porque no instante seguinte, foi convidado a se ajoelhar. Sentiu o metal frio em sua testa.

Em seguida, os lábios macios de Jude encostaram em sua bochecha.

— Você será um excelente rei quando estiver pronto — sussurrou ela.

Oak sabia que tinha uma dívida tão grande com sua família que jamais seria capaz de pagá-la. Enquanto os aplausos aumentavam ao seu redor, ele fechou os olhos e prometeu que tentaria.

Oak era um erro ambulante.

Dezessete anos antes, o último Grande Rei, Eldred, levou a bela dos lábios de mel Liriope para a cama. Ele não era lá muito fiel, tendo inclusive outras amantes, como Oriana. As duas poderiam ter se tornado rivais, mas, em vez disso, logo tornaram-se amigas. Caminhavam pelos jardins reais, mergulhavam os pés no Lago das Máscaras e rodopiavam juntas em ciranda nas festas.

Liriope já tinha um filho, e poucas fadas são abençoadas duas vezes com a progenitura, então foi uma surpresa quando se viu grávida novamente. E entrou em crise, já que ela também tinha outros amantes e sabia que o pai da criança não era Eldred, mas sim o filho favorito dele, Dain.

Durante toda sua vida, o príncipe Dain planejara governar Elfhame após o pai. Preparara-se para isso, criando o que chamara de Corte das Sombras, um grupo de espiões e assassinos que respondiam apenas a ele. E resolvera apressar sua ascensão ao trono, envenenando o pai aos poucos a fim de minar sua vitalidade até fazê-lo abdicar. Portanto, quando Liriope engravidou, Dain não permitiria que um bastardo atrapalhasse seus planos.

Se Liriope desse à luz um filho de Dain e o pai dele descobrisse, Eldred poderia escolher outro de seus filhos como herdeiro. Era melhor que mãe e bebê morressem e o futuro de Dain fosse garantido.

Dain envenenou Liriope enquanto Oak ainda estava na barriga. Cogumelos amanita em pequenas doses causam paralisia. Em doses maiores, o corpo desacelera como um brinquedo com a pilha fraca, os movimentos perdem a força até pararem de vez. Liriope morreu, e Oak teria morrido junto se Oriana não tivesse aberto a barriga da amiga com suas próprias mãos e uma faca.

Foi assim que Oak veio ao mundo, coberto de veneno e sangue. Ferido na coxa por um corte profundo demais da lâmina de Oriana. Segurado com desespero contra o peito dela para que seu choro fosse abafado.

Não importava o quanto ele risse ou o quão festivo fosse, jamais conseguiria esquecer o que sabia.

Oak sabia o que a sede pelo trono era capaz de fazer com as pessoas. Ele nunca seria assim.

Após a cerimônia, como era de se esperar, houve um banquete.

A família real comia em uma mesa comprida, um tanto escondida da vista, sob os galhos de um salgueiro-chorão, não muito longe de onde o restante da Corte se banqueteava. Oak sentou-se à direita de Cardan, no lugar reservado para o príncipe. A irmã, Jude, estava sentada na cabeceira oposta da mesa, largada na cadeira. Quando estava com a família, ela agia de forma bem diferente da que agia em frente ao Povo: uma artista fora do palco, ainda usando sua máscara.

Oriana foi colocada à direita de Jude. Também era um lugar de honra, apesar de Oak não saber dizer se elas gostavam da ideia de ter que conversar uma com a outra.

Oak tinha muitas irmãs — Jude, Taryn, Vivi —, nenhuma delas parentes de sangue, assim como não eram Oriana ou o Grande General exilado, Madoc, que os criara. Mas, ainda assim, eram sua família. As únicas duas pessoas em toda aquela mesa que tinham parentesco de sangue com ele eram Cardan e a pequena criança se contorcendo na cadeira à direita dele: Leander, filho de Taryn com Locke, que fora meio-irmão de Oak.

Uma variedade de velas cobria a mesa, e flores foram atadas aos galhos do salgueiro-chorão, junto de amuletos cintilantes de quartzo. Era um lindo caramanchão. Mas talvez ele tivesse gostado mais se fosse em honra de outra pessoa.

Oak se deu conta de que estava tão distraído com seus pensamentos que perdera o início de uma conversa.

— Eu não gostava de ser uma cobra, mas parece que estou condenado a me lembrar disso por toda a eternidade — falava Cardan, os cachos pretos caindo em seu rosto. Ele ergueu um garfo de três dentes como se buscasse enfatizar o que dizia. — O excesso de canções não ajudou, nem a longevidade delas. Quanto tempo já se passou? Oito anos? Nove? Para ser sincero, todo esse ar de celebração a respeito da coisa tem sido excessivo. Seria de se pensar que não fiz nada mais popular do que ficar sentado num trono no escuro, mordendo pessoas que me irritavam. Eu sempre pude fazer isso. Poderia fazer agora mesmo.

— Morder as pessoas? — repetiu Jude da outra ponta da mesa.

Cardan sorriu para ela.

— Sim, se é do que elas gostam. — Ele mordeu o ar para demonstrar.

— Ninguém está interessado nisso — respondeu Jude, balançando a cabeça.

Taryn revirou os olhos para Heather, que sorriu e deu um gole no vinho.

Cardan ergueu as sobrancelhas.

— Não custa *tentar*. Só uma mordidinha. Só para ver se alguém escreveria uma canção falando disso.

— Então — comentou Oriana, olhando para Oak —, você se saiu muito bem lá. Fiquei imaginando a sua coroação.

Vivi riu com um leve desdém.

— Eu não quero governar nada, muito menos Elfhame — lembrou Oak.

Jude teve o cuidado de tentar manter a expressão neutra pelo que pareceu ser uma grande demonstração de autocontrole.

— Não precisa se preocupar. Não pretendo bater as botas tão cedo, e Cardan também não.

Oak se virou para o Grande Rei, que deu de ombros com elegância.

— Com essas botas pontudas, fica meio difícil de bater.

Quando Oak tinha a idade de Leander, Oriana não queria que ele se tornasse rei. Mas os anos fizeram com que suas ambições para Oak crescessem. Talvez até achasse que Jude tinha roubado dele o direito nato ao trono em vez de tê-lo salvado.

Ele esperava que não. Uma coisa era desmantelar uma conspiração contra o trono, mas se descobrisse que a própria mãe estava envolvida em uma, não sabia o que faria.

Não me faça escolher, ele pensou com uma ferocidade que o incomodou.

Aquele era um problema que acabaria por se resolver sozinho. Jude era mortal. Mortais geravam crianças com mais facilidade do que fadas. Se ela tivesse um filho, este tomaria seu lugar na sucessão ao trono.

Pensando nisso, seu olhar se voltou para Leander.

Aos oito anos, era adorável, com os mesmos olhos de raposa do pai. Da mesma cor dos de Oak, âmbar com bastante amarelo. O cabelo tão escuro quanto o de Taryn. Leander tinha quase a mesma idade de Oak quando Madoc planejou levar o príncipe ao trono. Sempre que Oak olhava para Leander, via a inocência que as irmãs e a mãe tentaram proteger. Causava uma sensação estranha, uma mistura de raiva, culpa e pânico.

Leander percebeu que estava sendo observado e puxou a manga de Oak.

— Você parece entediado. Quer jogar um jogo? — perguntou, munido da astúcia de uma criança ansiosa para colocar alguém a serviço da diversão.

— Depois do jantar — disse Oak com um olhar para Oriana, que já parecia ressentida. — Sua avó vai ficar brava se fizermos uma cena na mesa.

— *Cardan* brinca comigo — retrucou Leander que, pelo jeito, já tinha se preparado para o debate. — E ele é o *Grande Rei*. Ele me mostrou como fazer um pássaro com dois garfos e uma colher. E aí nossos pássaros batalharam até um deles ser derrotado.

Cardan era a alma da festa e não ligaria nem um pouco se levasse uma bronca de Oriana. Mas tudo que Oak podia fazer era sorrir. Durante muito tempo fora a única criança na mesa dos adultos e sabia o quanto aquilo era maçante. Teria adorado lutar com pássaros de talheres.

— Que outras brincadeiras você fez com o rei?

Isso desencadeou uma enorme e envolvente lista de maus comportamentos, desde arremessar cogumelos em taças de vinho do outro lado da mesa até fazer chapéus de guardanapos e caretas horríveis um para o outro.

— E ele me conta histórias engraçadas sobre o meu pai, Locke — concluiu Leander.

O sorriso de Oak travou ao ouvir isso. Quase não se lembrava de Locke. Suas memórias mais nítidas eram do casamento de Locke e Taryn, e mesmo estas eram, sobretudo, de Heather ter sido transformada em gato e ficado muito chateada. Fora ali que Oak se dera conta de que a magia não era divertida para todos.

Com isso em mente, olhou para Heather do outro lado da mesa, querendo, de repente, se assegurar de que estava tudo bem com ela. Ela tinha trancinhas no cabelo, feitas com uma lã sintética rosa e vibrante. Sua pele escura brilhava com o iluminado rosado das bochechas. Tentou fazer com que Heather o olhasse, mas ela estava ocupada demais observando uma fadinha que tentava roubar um figo do centro da mesa.

Em seguida, olhou para Taryn. A esposa e assassina de Locke, cobrindo a camisa de Leander com um guardanapo rendado. Não seria de se estranhar se Heather estivesse nervosa ao se sentar nessa mesa. Havia muito sangue nas mãos da família de Oak, de todos eles.

— Como está o papai? — perguntou Jude de repente, erguendo as sobrancelhas.

Vivi deu de ombros e apontou com a cabeça em direção a Oak. Ele fora o último a ver Madoc. Na verdade, passara muito tempo com ele no último ano.

— Evitando confusão — respondeu Oak, torcendo para que as coisas continuassem assim.

Após o jantar, a família real reingressou a Corte. Oak dançou com Lady Elaine, que exibia seu sorriso de gato-que-acabou-de-comer-um-rato-

-mas-ainda-sente-fome e sussurrou ao ouvido de Oak que, dali a três dias, marcaria uma reunião com algumas pessoas que acreditavam "na causa deles".

— Tem certeza de que consegue ir em frente? — perguntou, o hálito quente no pescoço dele. Seu cabelo vermelho volumoso caía pelas costas em uma única trança grossa, entrelaçada com fios de rubi. Usava um vestido adornado com fios de ouro, como se já estivesse fazendo audições para se tornar a rainha dele.

— Nunca vi Cardan como um parente, mas muitas vezes fiquei ressentido pelo que tirou de mim — reassegurou Oak. E se ele estremeceu um pouco sob seu toque, ela deve ter atribuído aquele tremor à paixão. — Estava à procura de uma oportunidade dessas.

E ela, equivocando-se como Oak esperava que fizesse, sorriu contra a pele dele.

— E Jude não é sua irmã de verdade.

Ao ouvir isso, Oak sorriu de volta, mas não respondeu. Sabia o que ela queria dizer, mas não poderia concordar menos.

Ela se afastou após o fim da dança, beijando o pescoço dele.

Ele *estava* certo de que conseguiria seguir em frente com aquela história. Apesar de, inexoravelmente, causar a morte dela e deixá-lo inseguro sobre o que aquilo o tornava.

Já o fizera antes. Quando olhou ao redor da sala, não pôde deixar de notar a ausência daqueles que já havia manipulado e então traído. Membros de três conspirações que desmantelara no passado, enganando-os para que se virassem um contra o outro — e contra ele. Foram mandados para a Torre do Esquecimento ou para o bloco de decapitação pelos crimes que cometeram, sem nem ao menos terem consciência de que caíram em uma armadilha.

Em um jardim cheio de najas, ele era uma planta carnívora, atraindo-as para o próprio fim. Às vezes, uma parte dele queria gritar: *Olhem para mim. Vejam quem sou. Vejam o que fiz.*

Como se tivesse sido atraído pelos pensamentos autodestrutivos, seu guarda-costas, Tiernan, se aproximou com um olhar acusatório, as sobrancelhas erguidas e unidas. Vestia uma armadura de couro bandeada com o brasão da família real prendendo uma capa curta em um dos ombros.

— Você está chamando atenção.

Conspirações eram, de forma geral, uma verdadeira tolice, um otimismo descabido combinado com a escassez de intrigas interessantes na Corte. Muita fofoca, muito vinho e pouco bom senso. Mas ele tinha a sensação de que esta era diferente.

— Ela vai marcar a reunião. Está quase no fim.

Tiernan olhou feio para ele e então para o trono, para o Grande Rei sentado ali.

— Ele sabe.

— Sabe o quê? — Uma sensação estranha invadiu o estômago de Oak.

— O que, exatamente, eu não sei. Mas alguém ouviu alguma coisa. Estão dizendo que você quer enfiar uma faca bem nas costas dele.

Oak desdenhou.

— Ele não vai acreditar nisso.

Tiernan olhava incrédulo para Oak.

— Ele foi traído pelo próprio irmão. Seria um tolo se não acreditasse.

Oak voltou sua atenção para Cardan e, dessa vez, o Grande Rei retribuiu o olhar. As sobrancelhas de Cardan se ergueram. Havia um desafio em seus olhos e a promessa de uma morosa crueldade. *Que comece o jogo.*

O príncipe desviou o olhar, frustrado. A última coisa que queria era que Cardan o enxergasse como um inimigo. Seria melhor falar com Jude. Tentar se explicar.

Amanhã, disse Oak a si mesmo. Para não estragar a noite dela. Ou no dia seguinte, quando seria tarde demais para que ela o impedisse de comparecer à reunião com os conspiradores, quando ele poderia, talvez, conseguir o que queria. Quando teria descoberto quem estava por trás da conspiração. Depois disso, ele faria o que sempre faz — fingiria entrar em pânico. Diria aos conspiradores que não queria mais participar. Daria motivos para que tivessem medo de que ele contasse ao Grande Rei e à Grande Rainha tudo o que sabia.

O plano era que fossem presos por tentar *assassiná-lo,* não por traição. Porque os vários atentados contra a vida de Oak permitiram que ele mantivesse sua reputação de displicente. Ninguém desconfiaria de que ele desmantelou uma conspiração de forma deliberada, o que permitiria que o fizesse de novo.

E Jude não saberia que ele se colocava em perigo, nem agora nem em todas as outras vezes.

A não ser, é claro, que Oak tivesse que confessar tudo para que Cardan acreditasse que não estava tramando contra ele. Estremeceu ao pensar no quanto Jude ficaria horrorizada, como toda a família ficaria chateada. O bem-estar dele fora a justificativa para todos os sacrifícios que fizeram, todas as perdas. *Ao menos Oak estava feliz, ao menos Oak teve a infância que não tivemos, ao menos Oak...*

Oak mordeu a própria bochecha com tanta força que sentiu o gosto de sangue. Precisava se certificar de que a família jamais soubesse o que ele se tornara. Quando os traidores fossem presos, Cardan talvez pudesse deixar as suspeitas de lado. Talvez não precisasse dizer nada a ninguém.

— Príncipe! — O amigo de Oak, Vier, se livrou de um grupo de jovens cortesãs para abraçá-lo pelo ombro. — Aí está você. Venha festejar com a gente!

Oak deixou as preocupações de lado com uma risada forçada. No fim das contas, a festa era para ele. E então, dançou sob as estrelas com os demais integrantes da Corte de Elfhame. Se divertiu. Fez seu papel.

Uma pixie se aproximou do príncipe, a pele verde como a de um gafanhoto, as asas combinando. Trouxe duas amigas com ela, passando seus braços em volta do pescoço dele. As bocas tinham sabor de ervas e vinho.

Ele foi de uma parceira de dança para outra sob a luz da lua, girando sob as estrelas. Rindo de qualquer besteira.

Uma espectro pressionou o corpo contra o dele, a boca tingida de preto. Ele sorriu para ela enquanto eram absorvidos por outra dança de roda. Sua boca tinha o doce sabor de ameixas roxas.

— Olhe para mim, eu sou alguém — sussurrou ao ouvido dele. — Olhe para as minhas costas e não sou ninguém. Quem sou eu?

— Não sei — admitiu Oak, um arrepio surgindo entre seus ombros.

— Seu espelho, Vossa Alteza — respondeu ela, seu hálito fazendo os pelos do pescoço de Oak se arrepiarem.

E então, ela se foi.

Horas depois, Oak voltou cambaleando para o palácio, a cabeça doía e a tontura tornava seus passos incertos. No mundo mortal, aos dezessete anos, álcool era ilegal e, por consequência, algo que deveria ser consumido escondido. Naquela noite, entretanto, esperava-se que ele bebesse a cada brinde, vinhos escuros, bebidas verdes borbulhantes, e uma poção doce e roxa que tinha gosto de violetas.

Sem saber se já estava de ressaca ou se pioraria quando acordasse, Oak decidiu procurar por uma aspirina. Vivi entregara uma sacola da farmácia para Jude quando chegaram e ele tinha quase certeza de que encontraria remédios para dor de cabeça ali.

Ele cambaleou em direção aos aposentos reais.

— O que, exatamente, estamos fazendo aqui? — perguntou Tiernan, segurando o príncipe pelo ombro quando ele quase tombou.

— Procurando um remédio que cure esta dor — respondeu Oak.

Tiernan, taciturno como sempre, ergueu a sobrancelha em resposta.

Oak balançou a mão para ele.

— Pode manter seu sarcasmo, o dito e o não dito, pra você.

— Vossa Alteza — assentiu Tiernan, o que, por si só, já era um julgamento.

O príncipe apontou em direção à guarda parada junto à porta dos quartos de Jude e Cardan, uma ogra com um único olho, com armadura de couro e cabelo curto.

— Ela pode cuidar de mim a partir daqui.

Tiernan hesitou. Mas ele gostaria de visitar Hyacinthe, entediado, irritado e com vontade de fugir, como fazia todas as noites desde que havia sido domado. Tiernan não gostava de deixá-lo sozinho por muito tempo, por vários motivos.

— Se você diz...

A ogra se endireitou.

— A Grande Rainha não está em seus aposentos.

Oak deu de ombros.

— Não tem problema. — Talvez fosse melhor que pegasse o que precisava sem que Jude estivesse ali para rir da cara dele. E apesar de a ogra parecer não gostar da ideia, não o impediu de passar, abrir as portas duplas e entrar.

Os aposentos do Grande Rei e da Grande Rainha eram adornados com tapeçarias de parede e brocados de florestas mágicas que escondiam feras ainda mais mágicas; sobre grande parte das superfícies havia velas grossas, que estavam apagadas. Isso era coisa da irmã dele, que não conseguia enxergar no escuro como o Povo.

Oak encontrou a sacola da farmácia em cima de uma mesa de cabeceira. E jogou todo o conteúdo no cobertor de bordado intrincado que ficava sobre um sofá baixo.

De fato, encontrou três frascos de ibuprofeno. Abriu um deles, enfiou o dedo para quebrar o selo de plástico e pescou três cápsulas gelatinosas.

Se a dor aumentasse ainda mais, poderia recorrer ao alquimista do castelo, que daria a ele alguma poção de sabor horrível, mas Oak não queria ser importunado, muito menos ter que ficar de conversa fiada durante a preparação da cura. Ele colocou as pílulas na boca e engoliu a seco.

Agora, só precisava de muita água e cama.

Cambaleando um pouco, começou a recolocar tudo na sacola. Enquanto o fazia, notou um pacote de pílulas em um saco menor. Curioso, ele o virou e piscou algumas vezes, surpreso, ao ver que era um remédio com prescrição. Pílulas anticoncepcionais.

Jude tinha apenas vinte e seis anos. Muitas mulheres de vinte e seis anos não queriam ter filhos ainda. Ou nunca.

Mas é evidente que muitas delas não tinham uma dinastia para proteger.

A maioria delas não estava preocupada em tirar o irmão mais novo da linha de sucessão ao trono também. Esperava que não estivesse tomando pílula por causa dele. Mas mesmo que ele não fosse o único, não conseguia deixar de pensar que era um dos motivos.

E com esse pensamento sombrio, ele ouviu passos no corredor. Ouviu a voz familiar e arrastada de Cardan, apesar de não conseguir distinguir o que dizia.

Entrando em pânico, Oak enfiou o restante das coisas na sacola da farmácia e a jogou por cima da mesa, enfiando-se embaixo dela a seguir. A porta se abriu instantes depois. As botas pontudas de Cardan batiam contra os azulejos, seguidas pelo caminhar suave de Jude.

Assim que encostou a barriga no chão empoeirado, Oak se deu conta do quanto estava sendo tolo. Por que se esconder, se nem Jude nem Cardan teriam ficado bravos ao encontrá-lo ali? Era a vergonha de invadir a privacidade da irmã. Juntos, a culpa e o vinho o levaram a fazer coisas ridículas. Mas seria ainda mais ridículo sair de onde estava agora, então, descansou o corpo próximo a um chinelo abandonado e torceu para que eles saíssem de novo antes que começasse a espirrar.

A irmã sentou-se em um dos sofás com um suspiro exagerado.

— Não podemos libertá-lo — disse Cardan com delicadeza.

— Eu sei disso — protestou Jude. — Fui eu quem o mandou para aquele exílio. *Eu sei disso.*

Estariam falando do pai dele? E esse papo de libertar? Oak passara grande parte da noite com eles, e ninguém mencionara nada. Mas quem, dentre aqueles que ela exilara, teria tanta importância a ponto de fazê-la considerar libertar? Então, ele se lembrou da pergunta que Jude fizera no jantar. Vai ver ela não estava perguntando de Madoc, no fim das contas. Talvez estivesse tentando determinar se algum deles sabia de alguma coisa.

Cardan suspirou.

— O que conforta é saber que não temos o que Lady Nore quer, mesmo que a gente se permita ser chantageado.

Jude abriu alguma coisa que Oak não conseguia ver. Ele rastejou um pouco para tentar enxergar melhor e viu a caixa de ramos trançados que ela tinha em mãos. Havia uma corrente emaranhada em seus dedos, com um globo de vidro. Dentro dela, algo rolava sem parar.

— A mensagem fala do coração de Mellith. Algum artefato antigo? Acho que ela está procurando um pretexto para mantê-lo.

— Se eu fosse mais inocente, acharia que pode ser culpa do seu irmão — declarou Cardan em tom de provocação, e Oak quase bateu a cabeça na estrutura de madeira da mesa, surpreso ao ouvir a referência a si mesmo. — Primeiro ele queria que você fosse legal com aquela rainhazinha de dentes afiados e olhar insano. Depois ele queria que você perdoasse aquele antigo falcão de quem o guarda-costas dele gosta e que tentou me assassinar. Parece coincidência demais que Hyacinthe tenha vindo da Lady Nore, passado um tempo com Madoc e não tenha qualquer participação em seu sequestro.

Havia desconfiança naquelas palavras, apesar do sorriso de Cardan. No entanto, suas suspeitas não importavam muito tendo em vista o perigo que o pai deles corria.

— Oak se meteu com as pessoas erradas, é só isso — respondeu Jude cansada.

Cardan sorriu, uma mecha do cabelo preto caindo em seu rosto.

— Ele se parece mais com você do que você quer admitir. Inteligente. *Ambicioso.*

— A única culpada pelo que está acontecendo sou eu — retrucou Jude com outro suspiro —, por não ordenar que Lady Nore fosse executada quando tive a chance.

— Todas aquelas canções obscenas com cobras serviram de grande distração — comentou Cardan suavemente, deixando a discussão sobre Oak de lado. — A generosidade é uma virtude que não combina com você.

Eles ficaram em silêncio um tempinho, e Oak observou o rosto da irmã. Havia algo confidencial e doloroso em sua expressão. Ele não sabia, naquela época, o quanto ela estivera perto de perder Cardan para sempre e, talvez, de se perder também.

Com a mente desacelerada pela bebida, Oak ainda estava tentando juntar todas as informações. Lady Nore, da Corte dos Dentes, estava com Madoc. E Jude não tentaria resgatá-lo. Oak queria sair de debaixo da mesa e implorar para ela. *Jude, não podemos deixá-lo lá. Não podemos deixá-lo morrer.*

— Dizem por aí que a Lady Nore está criando um exército de criaturas de gravetos, pedras e neve — murmurou Jude.

Lady Nore era da antiga Corte dos Dentes. Após formar uma aliança com Madoc e tentar roubar a coroa de Elfhame, toda sua Corte fora dissolvida. Os melhores guerreiros, o que incluía o amante de Tiernan, Hyacinthe, foram transformados em pássaros. Madoc foi exilado. E Lady Nore foi obrigada a jurar fidelidade à filha que atormentava: Suren. A rainhazinha com dentes afiados que Cardan mencionara.

Oak teve uma sensação estranha ao pensar nela. Lembrou-se de fugir com ela por entre a floresta e de sua voz rouca no escuro.

A irmã continuou falando:

— Não sei se Lady Nore deseja usá-los para atacar a nós ou ao mundo mortal, ou só para fazer com que lutem por diversão, mas precisamos impedir. Se demorarmos, ela terá tempo para aumentar suas forças. Mas atacar sua fortaleza causaria a morte de meu pai. Se agirmos contra ela, ele morre.

— Podemos esperar — disse Cardan —, mas não por muito tempo.

Jude franziu a testa.

— Se ela sair daquela Cidadela, corto seu pescoço de uma ponta a outra.

Cardan traçou uma linha dramática em seu próprio pescoço e se inclinou com exagero, com os olhos fechados e a boca aberta. Se fingindo de morto.

Jude fez uma careta.

— Não precisa fazer palhaçada.

— Eu já disse o quanto você parece o Madoc quando fala em assassinato? — perguntou Cardan, abrindo um olho. — Sério.

Oak esperava que a irmã se irritasse, mas ela riu.

— Deve ser por isso que você gosta de mim.

— Por você ser aterrorizante? — indagou ele, a fala se tornando exageradamente lânguida, quase um ronronar. — Eu adoro.

Jude juntou seu corpo ao de Cardan, apoiando a cabeça em seu ombro, e fechou os olhos. O rei a envolveu em seus braços, e ela estremeceu uma vez, como se estivesse deixando algo escapar.

Observando-a, Oak voltou seus pensamentos para o que sabia que aconteceria. Ele, o inútil filho caçula, o herdeiro, seria poupado da informação de que seu pai estava correndo perigo.

Hyacinthe seria interrogado. Ou executado. Provavelmente as duas coisas, uma seguida da outra. E é bem capaz que merecesse. Oak sabia de algo que a irmã ainda não sabia: que Madoc tinha falado com o antigo falcão muitas vezes nos últimos meses. Se Hyacinthe *fosse* o responsável, Oak cortaria a garganta dele.

Mas e depois disso, o que aconteceria? Nada. Ninguém ajudaria o pai deles. Lady Nore havia comprado tempo para construir o exército que Jude descrevera, mas, em algum momento, Elfhame agiria contra ela. Quando a guerra começasse, ninguém seria poupado.

Ele precisava agir rápido.

Coração de Mellith. Era o que Lady Nore queria. Ele não sabia se conseguiria obtê-lo, mas ainda que não conseguisse, isso não queria dizer que não haveria uma forma de impedi-la. Apesar de não ver Suren há anos, sabia onde ela estava, e duvidava que qualquer outra pessoa na Grande Corte soubesse. Já tinham sido amigos. E, acima de tudo, Lady

Nore jurara fidelidade a ela. Tinha o poder de comandar a própria mãe. Uma única palavra dela poderia acabar com o conflito antes que ele sequer tivesse início.

Só de pensar em procurar Wren, foi dominado por uma emoção que não queria analisar melhor, por mais bêbado e chateado que estivesse. Mas, em vez disso, poderia planejar como usaria a passagem secreta para sair de fininho do quarto da irmã quando ela pegasse no sono; como interrogaria Hyacinthe enquanto Tiernan arrumava as coisas deles; como iria ao Mercado Mandrake e descobriria mais a respeito desse coração ancião com a Mãe Marrow, que sabia quase tudo.

A conspiração podia esperar. Não é como se eles pudessem fazer sua jogada sem um candidato ao trono por perto.

Oak salvaria o pai deles. Talvez nunca conseguisse consertar a própria família, mas tentaria compensar tudo o que já custara a eles. Tentaria estar à altura de todos. Se fosse até lá, se persuadisse Wren, se eles conseguissem, então Madoc sobreviveria e Jude não teria que fazer outra escolha impossível.

É óbvio que o proibiriam de ir. Então, antes que sequer tivessem a chance, ele já havia partido.

CAPÍTULO 1

O frio das masmorras corrói os ossos de Oak, e o cheiro de ferro faz sua garganta arder. O arreio pressiona suas bochechas, fazendo-o se lembrar de que está atado a uma obediência que o prende com mais força do que qualquer corrente seria capaz. Mas o pior de tudo é o pavor pelo que virá a seguir, um pavor tão grande que o faz desejar que *aconteça* de uma vez, para que possa parar de sentir medo.

Na manhã seguinte à sua prisão na cela do calabouço de pedra sob a Cidadela da Agulha de Gelo, na antiga Corte dos Dentes, um criado entregou a ele um cobertor revestido com pele de coelho. Uma gentileza que não sabia como interpretar. No entanto, por mais que se enrole nele, não consegue se aquecer.

Duas vezes por dia, alguém traz a comida. Água, com frequência sob uma camada de gelo na superfície. Sopa, quente o bastante para deixá-lo confortável por uma hora ou mais. Com o passar dos dias, ele começa a temer que, em vez de ter seu tormento adiado, como quando se deixa o pedaço saboroso de algo no canto do prato para comer no final, ele tenha sido simplesmente esquecido ali.

Certa vez, pensou ter reconhecido a sombra de Wren, observando-o à distância. Ele a chamou, mas ela não respondeu. Talvez ela nunca tenha estado lá. O ferro confunde seus pensamentos. Talvez ele tenha visto apenas o que queria desesperadamente ver.

Desde que o enviara para lá, ela não havia falado com ele. Nem mesmo para usar os arreios para comandá-lo. Nem mesmo para se gabar.

Às vezes ele grita na escuridão, só para se lembrar de que é capaz de fazer isso.

As masmorras foram construídas para engolir gritos. Ninguém vem.

Hoje, ele grita até ficar rouco e depois se encosta na parede. Gostaria de poder contar uma história para si mesmo, mas não consegue se convencer de que é um príncipe corajoso que sofreu um revés durante uma aventura ousada, nem o amante tempestuoso e desafortunado que já interpretou tantas vezes no passado. Nem mesmo o irmão e filho leal que pretendia ser quando partiu de Elfhame.

Seja lá o que ele for, com certeza não é um herói.

Um guarda passa pelo corredor, fazendo Oak ficar de pé em seus cascos. Um dos falcões. Straun. O príncipe já o tinha ouvido no portão antes, reclamando, sem se dar conta de que falava alto. Ele é ambicioso, está entediado com a morosidade do serviço de guarda e ansioso para se reafirmar diante da nova rainha.

Wren, cuja beleza Straun exalta em rapsódias.

Oak odeia Straun.

— Você aí — diz o falcão, aproximando-se. — Fique quieto antes que eu o cale.

Oak percebe o que está acontecendo. O guarda está tão entediado que quer fazer algo acontecer.

— Estou só tentando criar uma atmosfera autêntica neste calabouço — comenta Oak. — De que adianta um lugar deste sem os gritos dos atormentados?

— Filho do traidor, você se acha muito, mas não tem ideia do que é tormento — retruca Straun, chutando as barras de ferro com o calcanhar da bota, fazendo-as ressoar. — Mas logo, logo. Em breve, você aprenderá. Deveria poupar os gritos.

Filho do traidor. Interessante. Não apenas entediado, mas ressentido com Madoc.

Oak se aproxima das barras o suficiente para sentir o calor do ferro.

— Wren pretende me punir, então?

Straun bufa.

— Nossa rainha tem coisas mais importantes a tratar do que você. Ela foi até a Floresta de Pedra para acordar os reis trolls.

Oak o encara, atônito.

O falcão sorri.

— Mas não se preocupe. A bruxa da tempestade ainda está aqui. Talvez *ela* mande buscar você. Suas punições são lendárias. — Com isso, ele volta em direção ao portão.

Oak se joga no chão frio, furioso e desesperado.

Você tem que fugir. O pensamento o atinge com força. *Você precisa encontrar um jeito.*

Não é algo fácil de se fazer. As barras de ferro queimam. A fechadura é difícil de arrombar, embora ele tenha tentado uma vez com um garfo. Tudo o que conseguiu foi quebrar um dos dentes e garantir que todas as refeições seguintes viessem apenas com colheres.

Não é fácil escapar. Além disso, talvez, depois de tudo, Wren ainda possa visitá-lo.

Oak acorda no chão de pedra da cela com a cabeça zumbindo e a respiração turva no ar. Ele pisca confuso, ainda meio sonolento. Quase não consegue dormir direito com tanto ferro ao seu redor, mas não foi isso que o acordou esta noite.

Uma grande onda de magia varre a Cidadela, vinda de algum lugar ao sul, tomada por um poder inconfundível. Em seguida, há um tremor na terra, como se algo enorme tivesse se movido sobre ela.

Ele então se dá conta de que a Floresta de Pedra fica ao sul da Cidadela. O tremor não é algo que se move sobre a terra, mas algo que é expelido dela. *Wren fez isso.* Ela libertou os reis trolls de sua escravidão sob o solo.

Quebrou uma maldição antiga, tão antiga que, para Oak, parece ter sido entrelaçada no tecido do mundo, tão implacável quanto o mar e o céu.

Ele quase pode ouvir o som de rachaduras nas rochas que os aprisionavam. Fissuras como teias de aranhas saindo de duas direções ao mesmo tempo, de ambas as rochas. Ondas de força mágica fluindo desses centros gêmeos, intensas o suficiente para que as árvores próximas se partam, fazendo com que as frutas azuis incrustadas no gelo se espalhem pela neve.

Quase pode ver os dois antigos reis trolls, erguendo-se da terra, esticando-se pela primeira vez em séculos. Altos como gigantes, sacudindo de si tudo o que havia crescido sobre eles enquanto dormiam. Sujeira e grama, pequenas árvores e pedras caindo de seus ombros.

Wren conseguiu.

E como, supostamente, era algo impossível, o príncipe não faz ideia do que ela será capaz de fazer a seguir.

Como é improvável que ele consiga dormir de novo, Oak faz os exercícios que o Fantasma o ensinara tempos atrás, para que continuasse praticando durante o período que viveu no mundo mortal.

Imagine que você tem uma arma. Eles estavam no segundo apartamento de Vivi, de pé em uma pequena varanda de metal. Lá dentro, Taryn e ela brincavam com Leander, que aprendia a engatinhar. O Fantasma havia perguntado sobre o treinamento de Oak e não foi convencido pela desculpa de que ele tinha onze anos, precisava ir à escola e não podia ficar balançando uma espada longa no gramado do prédio sem chamar atenção dos vizinhos.

Ah, qual é!, riu Oak, achando que o espião estava sendo bobo.

O Fantasma conjurou a ilusão de uma lâmina do nada, com o cabo decorado com hera. O glamour era tão convincente que Oak teve que olhar de perto para perceber que não era real. *Sua vez, príncipe.*

O TRONO DO PRISIONEIRO   33

Na verdade, Oak gostou de fazer sua própria espada. Ela era enorme e preta com um punho vermelho brilhante coberto de rostos demoníacos. Parecia a espada de um personagem de um anime que ele estava assistindo, e ele se sentiu muito foda, segurando-a em suas mãos.

A visão da lâmina de Oak fez o Fantasma sorrir, mas ele não riu. Em vez disso, começou a realizar uma série de exercícios, pedindo a Oak que o imitasse. Ele disse ao príncipe que deveria chamá-lo pelo seu nome de não espião, Garrett, já que eram amigos.

Poderá fazer isso, o Fantasma — Garrett — disse a ele. *Quando você não tiver mais nada.*

Mais nada *com o que praticar,* deve ter sido o que ele quis dizer. Embora, neste momento, Oak não tenha mais nada, ponto final.

Os exercícios o aquecem apenas o suficiente para que se sinta um pouco confortável ao envolver os ombros com o cobertor.

O príncipe está preso há três semanas, de acordo com as contagens que fez na poeira sob o banco solitário. Tempo suficiente para analisar todos os erros que cometeu em sua busca malfadada. Tempo suficiente para pensar, sem parar, no que deveria ter feito no pântano depois que a Bruxa do Cardo se virou para ele e falou com sua voz rouca: *Você não sabia, príncipe das raposas, o que você já tinha? Que piada, procurar o coração de Mellith quando ela caminha ao seu lado.*

Diante da lembrança, Oak se levanta e começa a andar de um lado para o outro, os cascos batendo impacientemente na pedra preta. Deveria ter sido sincero com ela. Deveria ter contado a verdade e aceitado as consequências.

Em vez disso, se convencera de que guardar o segredo a respeito de sua origem a protegeria, mas será que isso era verdade? Ou a verdade era que ele a havia manipulado, da mesma forma como manipulava todos em sua vida? Afinal, era nisso que ele era bom: truques, artimanhas, falsidade.

Neste instante, a família dele devia estar em pânico. Ele confiava que Tiernan levara Madoc para Elfhame em segurança, independentemente da vontade do barrete vermelho. Mas Jude ficaria furiosa com Tiernan por ter deixado Oak para trás e ainda mais furiosa com Madoc, se descobrisse o quanto disso era culpa dele.

É possível que Cardan ficasse aliviado por se livrar de Oak, o que não impediria Jude de elaborar um plano para resgatá-lo. Jude já fora implacável para salvar o irmão antes, mas era a primeira vez que a ideia o assustava. Wren é perigosa. Ela não é alguém que se desejaria contrariar. Nenhuma das duas é.

Ele se recorda da pressão dos dentes afiados de Wren em seu ombro. Do nervosismo desastroso de seu beijo, do brilho em seus olhos úmidos e como ele retribuíra a confiança relutante dela com fingimento. Repassa repetidas vezes em sua mente a traição estampada no rosto dela ao perceber o enorme segredo que ele havia guardado.

Não importa se você merece permanecer nas masmorras dela, diz a si mesmo. *Ainda assim, precisa escapar.*

Sentado no escuro, ele ouve os guardas jogando dados. Eles abriram um jarro de um licor de zimbro particularmente forte para comemorar a conquista de Wren. Straun é o mais barulhento e bêbado do grupo, e o que perde mais moedas.

Oak cochila e acorda com o som de passos suaves. Ele se levanta e se aproxima das barras de ferro o máximo que pode.

Uma mulher do povo oculto aparece carregando uma bandeja, a cauda balançando atrás de si.

A decepção é como um vazio na barriga dele.

— Fernwaif — diz ele, e a mulher ergue os olhos para encará-lo. Ele pode ver a cautela neles.

— Você se lembra do meu nome — responde ela, como se tivesse sido algum tipo de truque. Como se o nível de concentração de um príncipe fosse igual ao de um mosquito.

— Com certeza me lembro. — Ele sorri e, depois de um momento, ela relaxa visivelmente, os ombros descansando.

Ele não teria notado essa reação antes. Afinal, sorrisos *deveriam* tranquilizar as pessoas. Mas talvez não tanto quanto os sorrisos dele.

Talvez você não possa evitar. Talvez o faça de maneira inconsciente. Foi o que Wren disse quando ele alegou que não usava mais seu charme de lábios de mel, seu poder de gancanagh. Ele seguia as regras que foram passadas por Oriana. Claro, ele sabia dizer as coisas certas para fazer com que alguém *gostasse* dele, mas havia se convencido de que isso não era o mesmo que se entregar à magia, não era o mesmo que encantá-los.

Mas, sentado no escuro, ele reconsiderou. E se o poder vazasse dele como um miasma? Como um veneno? Talvez não tenha conseguido seduzir os conspiradores por ser inteligente ou sociável; em vez disso, estava usando um poder contra o qual eles não podiam lutar. E se ele fosse uma pessoa muito pior do que supunha?

E, como que para provar, resolve colocar em uso a sua vantagem, mágica ou não. Abre um sorriso ainda maior para Fernwaif.

— Você é uma companhia muito melhor do que o guarda que trouxe minha comida ontem — comenta com total sinceridade, pensando em um troll que nem sequer o olhava. Que derramou metade da água no chão e depois sorriu, mostrando uma fileira de dentes quebrados.

Fernwaif bufa.

— Não sei se isso é um grande elogio.

E não era.

— Posso mencionar que seu cabelo parece ouro fiado e seus olhos são como safiras?

Ela dá uma risadinha, e ele percebe que suas bochechas estão rosadas enquanto puxa as tigelas vazias através da abertura no fundo da cela e as substitui pela nova bandeja.

— É melhor não.

— E vou ainda mais longe — acrescenta —, talvez você possa trazer algumas fofocas que animem a monotonia fria dos meus dias.

— Vossa Alteza é muito tolo — responde ela depois de um momento, mordendo de leve o lábio inferior.

O olhar dele se desloca, avaliando os bolsos do vestido dela para ver se há chaves. O rubor dela se aprofunda.

— Sou mesmo — concorda ele. — Tolo o suficiente para me meter nesta situação. Será que você poderia levar uma mensagem para Wr... para sua nova rainha?

Ela desvia o olhar.

— Não me atreveria — conclui ela, e ele sabe que deve deixar isso de lado.

Ele se lembra do aviso que Oriana havia dado a ele quando ainda era criança. *Um poder como o que você tem é perigoso*, dissera ela. *Você consegue saber o que as pessoas mais querem ouvir. Diga essas coisas e elas não vão querer apenas ouvi-lo. Elas vão querer você acima de tudo. O amor que um gancanagh inspira... alguns podem se afundar no desejo por ele. Outros despedaçarão o gancanagh para ter certeza de que ninguém mais o terá para si.*

Ele cometeu um erro quando foi estudar no mundo mortal. Se sentia sozinho na escola mortal e, por isso, quando fez um amigo, queria mantê--lo. E sabia exatamente como. Era fácil; só precisava dizer as coisas certas. Ele se lembra do gosto do poder em sua língua, fornecendo palavras que ele nem mesmo entendia. Futebol e *Minecraft*, elogios aos desenhos do garoto. Não eram mentiras, mas também não estavam perto da verdade. Eles se divertiam juntos, correndo pelo parquinho, encharcados de suor, ou jogando videogame no porão do garoto. Eles se divertiam juntos até que ele descobriu que, quando estavam separados, mesmo que por poucas horas, o garoto não falava. Não comia. Ficava esperando até ver Oak de novo.

Com essa lembrança em mente, Oak continua, forçando um sorriso que espera que pareça real.

— Veja bem, quero que sua rainha saiba que estou a seu bel-prazer. E à inteira disposição de suas ordens, e espero que venha aproveitar exatamente isso.

— Você não quer ser salvo? — Fernwaif sorri. Agora é ela quem o está provocando. — Devo informar à minha senhora que você está tão domado que ela pode deixá-lo sair?

— Diga a ela... — fala Oak, mantendo longe de sua expressão o espanto por ela ter retornado à Cidadela, e precisando usar toda a sua força de vontade. — Diga a ela que estou perdido em toda esta desolação.

Fernwaif ri, seus olhos brilhando como se Oak fosse um personagem romântico em um conto.

— Ela me pediu para vir hoje — confessa a garota do povo oculto em um sussurro.

Parece algo um tanto esperançoso. A primeira coisa digna de esperança que ele escuta há um tempo.

— Então, desejo muito que seu relato sobre mim seja favorável — pede ele, e faz uma reverência.

Ela ainda está com as bochechas rosadas de prazer quando se afasta, partindo a passos leves. Ele pode ver o movimento da cauda dela sob as saias.

Oak a observa ir embora antes de se abaixar e inspecionar sua bandeja — uma torta de cogumelos, um ramequim de geleia, um bule fumegante com uma xícara e um copo de neve derretida até virar água. Comida com aparência melhor do que o de costume. E, no entanto, ele não sente que esteja com muito apetite.

Só consegue pensar em Wren, a quem tem todos os motivos para temer e desejar ao mesmo tempo. Que pode ser sua inimiga e um perigo para todos que ele ama.

Oak chuta a parede de pedra de sua cela com o casco. Em seguida, ele vai se servir de uma xícara de chá de agulhas de pinheiro antes que esfrie. O calor do bule em suas mãos deixa seus dedos flexíveis o suficiente para que, se tivesse outro garfo, tentasse abrir o cadeado de novo.

Naquela noite, ao acordar, ele vê uma serpente rastejando pela parede, o corpo de metal preto enfeitado e reluzente. Uma língua de esmeralda bifurcada prova o ar em intervalos regulares, como um metrônomo.

Ela o assusta tanto que ele recua até as barras, o ferro quente em seus ombros. Já vira criaturas como essa antes, forjadas pelos grandes ferreiros do Reino das Fadas. Valiosas e perigosas.

Seus pensamentos paranoicos o induzem a supor que o veneno seria uma maneira simples de resolver o problema de ele ter sido feito prisioneiro por um inimigo de Elfhame. Se estivesse morto, não haveria motivo para pagar um resgate.

Mas ele acredita que a irmã não permitiria algo assim, porém há quem se arriscaria tentar contorná-la. Grima Mog, a nova Grande General, saberia *exatamente* onde encontrar o príncipe, pois já havia servido à Corte dos Dentes. Grima Mog devia estar ansiosa pela guerra que isso causaria. E ela seguia as ordens de Cardan tanto quanto as de Jude.

Sem mencionar que sempre havia a *possibilidade* de Cardan convencer Jude de que Oak era um perigo para ambos.

— Olá — sussurra desconfiado para a cobra.

Ela boceja, abrindo a boca o bastante para que ele veja as presas prateadas. Os elos de seu corpo se movem e um anel sai de sua garganta, caindo no chão. Ele se abaixa para pegá-lo. Um anel de ouro com uma pedra azul-escura, desgastada pelo uso. O anel dele, presente que ganhou da mãe no aniversário de treze anos e que foi deixado na cômoda porque não cabia mais em seu dedo.

Prova de que a criatura fora enviada por Elfhame. Prova de que ele deveria confiar nela.

— Prinsssss — diz ela —, em trêsssss diasssss, você precisssa essssstar pronto para o ressssgate.

— Resgate? — Então ela não fora até ali envenená-lo.

A cobra o encara com seus olhos frios e brilhantes.

Em diversas noites, ele torceu para que alguém fosse buscá-lo. Ainda que quisesse que fosse Wren, houve muitas vezes em que imaginou Bomba abrindo um buraco na parede e tirando-o de lá.

Mas agora que se tratava de uma possibilidade real, está surpreso com o que sente.

— Me dê mais tempo — pede, sem se importar que seja ridículo negociar com uma cobra de metal e ainda mais ridículo negociar seu próprio cárcere, apenas para ter a chance de falar com alguém que se recusa a vê-lo. — Talvez mais duas semanas. Um mês.

Se ele *falasse* com Wren, poderia explicar. Talvez ela não o perdoasse, mas se acreditasse que ele não era o inimigo, já seria o suficiente. Até mesmo convencê-la de que ela não precisava ser inimiga de Elfhame já seria alguma coisa.

— Trêsssss diasssssr — repete a cobra. Seu encantamento é simples demais para decodificar os protestos dele ou foi instruída a ignorá-los. — Esssssteja pronto.

Oak desliza o anel em seu dedo mindinho, observando a cobra serpentear pela parede. Na metade do caminho até o teto, ele se dá conta de que o fato de ela não ter sido enviada para envená-lo não significa que não possa envenenar *alguém*.

Ele pula no banco e agarra a cobra, pegando a ponta de sua cauda. Com um puxão, ela se solta da parede, caindo em cima dele e se enroscando em seu antebraço.

— Prinssssr — sibila. Quando ela abre a boca para falar, Oak nota os furinhos nas pontas de suas presas prateadas.

Como ela não ataca, Oak retira a cobra com cuidado do braço. Em seguida, segurando firme a extremidade da cauda, ele a bate contra o banco de pedra. Ouve o estalo de suas delicadas peças mecânicas. Uma gema voa. Um pedaço de metal também. Ele a bate de novo contra o banco.

A cobra emite um som parecido com o assobio de uma chaleira e suas engrenagens se contorcem. Ele bate o corpo da cobra mais duas vezes, até que esteja quebrado e totalmente imóvel.

Oak se sente aliviado e péssimo ao mesmo tempo. Ainda que a cobra tivesse tanta vida quanto um dos corcéis erva-de-santiago, ela falava. Parecia real.

Ele desliza até o chão. Dentro da criatura de metal, encontra um frasco de vidro, agora rachado. O líquido em seu interior é vermelho-sangue e coagulado. Cogumelos amanitas. O único veneno que provavelmente não causaria mal a ele. Uma prova, aceita de bom grado, de que a irmã não o queria morto. Talvez Cardan também não quisesse.

A cobra está mole em suas mãos, sem a magia. Ele treme ao pensar no que poderia ter acontecido se a criatura tivesse sido enviada para visitar Wren *antes* de encontrá-lo nas masmorras. Ou se sua mente afetada pelo ferro só tivesse percebido o perigo tarde demais.

Três dias.

Ele não pode mais perder tempo. Não pode mais temer. Não pode mais planejar. Precisa agir, e rápido.

Oak fica atento à troca de guarda. Quando ouve a voz de Straun, bate nas grades até que o guarda apareça. Leva muito tempo, mas não tanto quanto levaria se Straun não estivesse de mau humor por causa de uma noite de bebedeira e de todo o dinheiro que perdeu nos dados.

— Eu já não mandei você calar a boca? — ruge o falcão.

— Você vai me tirar desta cela — diz Oak.

Straun faz uma pausa, depois uma careta, mas há certa cautela nela.

— Você enlouqueceu, principezinho?

Oak estende a mão. Uma coleção de pedras preciosas repousa em sua palma arranhada. Ele passou a maior parte da noite retirando-as do corpo da cobra. Cada uma delas vale dez vezes mais do que a quantia apostada por Straun.

O falcão bufa de desgosto, mas não consegue disfarçar seu interesse.

— Você pretende me subornar?

— E está dando certo? — pergunta Oak, caminhando até as grades da cela. Ele não tem certeza se é sua magia que o está incentivando ou não.

Quase a contragosto, Straun se aproxima. Bom. O príncipe pode sentir o cheiro forte do licor de zimbro em seu hálito. Talvez ele ainda esteja um pouco bêbado. Melhor ainda.

Oak passa metade da mão direita pelo vão entre as barras, levantando-a para que as pedras preciosas captem a luz fraca da tocha. Ele atravessa a outra mão também, um pouco mais para baixo.

Straun bate com força no braço de Oak. Sua pele atinge a barra de ferro da cela, queimando. O príncipe uiva quando as joias caem, a maioria se espalhando pelo corredor entre as celas.

— Não achou que eu fosse tão esperto quanto você, não é? — Straun ri enquanto recolhe as pedras, sem ter prometido nada.

— Não mesmo — admite Oak.

Straun cospe no chão em frente à cela do príncipe.

— Não há ouro ou pedra preciosa qualquer que o salve. Se a minha rainha do inverno quiser que você apodreça aqui, você vai apodrecer.

— *Sua* rainha do inverno? — repete Oak, sem conseguir se conter.

O falcão parece um pouco envergonhado e se vira para retomar seu posto. Ele é jovem, Oak se dá conta. Mais velho que Oak, mas não muito. Mais jovem que Hyacinthe. Não deveria ser surpresa o fato de Wren ter causado uma impressão tão forte nele.

Não deveria incomodar Oak, não deveria enchê-lo de um ciúme feroz.

O que o príncipe precisa é se concentrar na chave em sua mão esquerda. A chave que ele pegou do aro no cinto de Straun, no momento que o falcão bateu em seu braço direito. Straun, que, por sorte, tinha o *exato* nível de inteligência que Oak supôs que tivesse.

A chave se encaixa com facilidade na fechadura da cela de Oak. Faz tão pouco barulho quando ele a gira que parece embebida em graxa.

Não é provável que Straun volte para checá-lo, não importa o quão alto ele bata nas grades. O guarda deve estar todo presunçoso. Bem, melhor deixá-lo para lá.

O príncipe levanta um pedaço de pano que rasgou da camisa e embebeu no cogumelo amanita da cobra. Em seguida, percorre o corredor, a respiração turva no ar frio.

O Fantasma o ensinou a se mover furtivamente, mas ele nunca foi muito bom nisso. Culpa dos cascos, pesados e duros. Eles fazem barulho nos piores momentos possíveis. Mas ele faz um esforço, deslizando-os no chão para minimizar o som.

Straun está resmungando com outro guarda, dizendo que não passam de trapaceiros, pois se recusam a jogar dados mais uma vez. Oak espera até que um deles saia para buscar mais bebidas e ouve com atenção os passos das botas se afastando.

Depois de ter certeza de que há apenas um guarda ali, ele tenta o portão. Nem sequer está trancado. Supõe que não teria por que trancá-lo, uma vez que há apenas um prisioneiro, que ainda por cima está subjugado pelo arreio.

Oak se move depressa, puxando Straun para trás e cobrindo seu nariz e boca com o pano. O guarda se debate, mas o cogumelo amanita que inala deixa seus movimentos lentos. Oak o pressiona contra o chão até que ele fique inconsciente.

Então, só precisa ajeitar o corpo. Assim, quando o outro guarda voltar, vai pensar que Straun está tirando um cochilo. É difícil para Oak deixar a espada no quadril do guarda, mas a ausência dela decerto o denunciaria. No entanto, ele pega a capa que encontra pendurada em um gancho ao lado da porta.

CAPÍTULO 2

Oak sobe as escadas, agora com cuidado.
Ele tem a sensação surreal de estar em um jogo de videogame. Já jogou muitos, sentado no sofá de Vivi. Rastejando por salas pixeladas que se pareciam mais com a fortaleza de Madoc, onde ele crescera, do que com qualquer lugar no mundo mortal. Apoiado no ombro de Heather, com o controle em suas mãos. Matando pessoas. Escondendo os corpos.

Esse jogo é bobo, feio e violento, Vivi dizia. *A vida não é assim.* E Jude, que estava de visita, ergueu as sobrancelhas e não disse nada.

Ele se lembra de ter seguido Wren por esses corredores gelados. Matando pessoas. Escondendo os corpos.

Há mais visitantes na Cidadela agora do que havia naquela época; a ironia é que, por isso, é mais fácil passar desapercebido. Há tantos rostos novos, povos vizinhos que chegam com a intenção de descobrir a natureza da nova dama e cair em suas graças. Cortesãos nisse e dos povos ocultos, bem-vestidos, se reúnem em grupos para fofocar. Os trolls observam uns aos outros e alguns selkies ficam circulando por aí, sem dúvida colhendo informações de um poder emergente para contar ao Reino Submarino.

Oak não consegue se misturar, não com as roupas gastas e sujas, não com as correias do arreio de Grimsen presas em suas bochechas. Ele se mantém nas sombras, escondido pelo capuz da capa e se movendo com lenta deliberação.

Após crescer com criados na fortaleza de seu pai no Reino das Fadas e, então, sem nenhum criado durante seu tempo no mundo mortal, o príncipe tem noção do que é necessário para manter um castelo como este em funcionamento.

Quando era pequeno, ele estava acostumado a ver suas roupas sujas desaparecerem do chão e voltarem para o seu armário, limpas e penduradas. Mas depois que ele, Vivi e Heather passaram a ter que carregar sacos de roupa suja até o porão do prédio onde moravam para colocar moedas, sabão e amaciante em uma máquina de lavar, se deu conta de que *alguém* fazia esse tipo de serviço para ele no Reino das Fadas.

E alguém estava realizando esse trabalho aqui na Cidadela, lavando roupas de cama e uniformes. Oak se dirige para as cozinhas, imaginando que as chamas dos fornos deviam ser as mesmas usadas para aquecer os tanques de lavar roupas. O mais provável era que o fogo real estivesse confinado aos porões de pedra e ao primeiro andar da Cidadela.

Oak mantém a cabeça baixa, ainda que os criados mal olhem para ele. Passam depressa pelos corredores. Ele tem certeza de que não há empregados o suficiente no palácio.

Ele precisa se esgueirar por vinte tensos minutos antes que uma mudança na umidade do ar e o cheiro de sabão revelem a área da lavanderia. Ele abre a porta do cômodo com cuidado e fica aliviado por não encontrar nenhum criado lavando a roupa. Três tanques fumegantes repousam sobre o piso de pedra preta. Roupas de cama, toalhas de mesa e uniformes sujos estão de molho no interior deles. As roupas de cama limpas estão nos varais pendurados no teto.

Oak tira suas próprias roupas sujas e as joga na água antes de se enfiar no tanque também.

Ele se sente um pouco tolo ao entrar nu na água. Se for descoberto, sem dúvida terá que interpretar o príncipe bobo e despreocupado, tão vaidoso que escapou de sua prisão para tomar banho. Seria uma vergonha espantosa, monumental.

A água com sabão está morna, mas parece deliciosamente quente depois de ter passado frio por tanto tempo. Ele estremece de satisfação, os músculos de seus membros relaxando. Ele mergulha, submergindo a cabeça e esfregando a pele com as unhas até se sentir limpo. Quer permanecer ali, flutuar na água que fica cada vez mais morna. Por um momento, ele se permite fazer isso. Com os olhos fixos no teto da sala, que também é de pedra preta, apesar de, neste andar, as paredes, o piso e o teto serem todos de gelo.

E Wren está em algum lugar aqui dentro. Se pudesse falar com ela, mesmo que por um instante...

Oak sabe que isso é ridículo e, ainda assim, não consegue deixar de sentir que eles se *entendem*, que transcendem este momento não muito agradável que estão passando. Wren ficará com raiva quando ele falar com ela, é claro. Ele merece essa raiva.

Ele tem que dizer que se arrepende do que fez. Não tem muita certeza do que acontecerá depois disso.

Ele também não sabe o que pensar de si mesmo por nutrir esperanças por Wren tê-lo *mantido*. Tudo bem, nem todo mundo veria o fato de ser jogado em um calabouço como um gesto romântico, mas ele optou por, pelo menos, considerar a possibilidade de que ela o colocou lá por querer algo mais dele.

Algo além de, digamos, esfolá-lo e deixar seu cadáver apodrecido para os corvos.

Ao pensar nisso, ele se esgueira para fora da banheira.

Dentre os uniformes que estavam secando, encontra um que parece servir — com certeza é melhor do que aquele manchado de sangue que usou para entrar no palácio semanas antes. Está úmido, mas não tanto a ponto de chamar a atenção, e apenas um pouco apertado demais no peito. Ainda assim, vestido dessa forma e com o capuz do manto posi-

46 HOLLY BLACK

cionado à frente para esconder o rosto, ele poderia sair direto pela porta da Cidadela, como se estivesse fazendo uma patrulha.

Seria bem feito para ela, por nunca ir vê-lo, nem mesmo para usar o arreio e ordenar que ficasse parado.

Ele não tem certeza de quão longe poderia chegar na neve, mas ainda tem três das pedras da cobra. Talvez consiga subornar alguém para dar uma carona a ele em sua carruagem. E ainda que não queira arriscar, poderia muito bem encontrar seu próprio cavalo nos estábulos, já que Hyacinthe foi quem roubou Donzelinha, e Hyacinthe é agora segundo em comando de Wren.

De qualquer forma, ele estaria livre. Livre para não precisar ser resgatado. Livre para tentar convencer a irmã a desistir de pôr em prática qualquer plano homicida contra a Cidadela. Livre para voltar para casa e voltar a ser um inútil, voltar a dormir com quem possivelmente estaria planejando um golpe político, voltar a ser um herdeiro que não quer herdar nada, nunca.

E nunca mais ver Wren.

É claro que corria o risco de não chegar em Jude a tempo de ela saber que ele estava livre, para impedir o desenrolar de qualquer plano. Os assassinatos que as pessoas ao comando da irmã cometeriam em nome dele. E então, é evidente, haveria a questão do que Wren faria em retaliação.

Não que ele soubesse como impedir qualquer uma das duas caso permanecesse ali. Ele não tinha certeza se *alguém* saberia como deter Jude. E Wren tem o poder da aniquilação. Ela pode quebrar maldições e desfazer feitiços com pouco esforço. Ela desmantelou Lady Nore como se ela fosse um varapau e espalhou suas entranhas sobre a neve.

Na verdade, essa lembrança por si só deveria fazer com que o príncipe saísse da Cidadela o mais rápido que suas pernas fossem capazes de correr.

Ele puxa o capuz da capa sobre o rosto e se dirige ao Salão Principal. Vê-la de relance parece mais uma compulsão do que uma decisão.

Ele consegue sentir os olhares dos cortesãos — cobrir o rosto com um capuz é, no mínimo, incomum. Ele não olha para nada em particular e mantém os ombros erguidos, ainda que todos os seus instintos gritem para que corresponda aos olhares. Mas está vestido como um soldado, e um soldado não se viraria.

É difícil se passar por um falcão sabendo que seus cascos podem ser vistos e causar questionamentos. Mas ele não é o único com cascos no Reino das Fadas. E todos que sabem que o Príncipe de Elfhame está na Cidadela acreditam que ele está bem preso.

O que não o torna menos tolo por ter entrado na sala do trono. Quando tudo der errado, ele não terá ninguém para culpar além de si mesmo.

Então ele vê Wren, e o desejo o atinge em cheio, como um chute no estômago. Ele se esquece do risco. Se esquece dos planos.

Em algum lugar na multidão, um músico toca um alaúde. Oak mal o escuta.

A Rainha da Cidadela de Gelo está sentada em seu trono, usando um vestido preto austero que deixa seus ombros azul-claros à mostra. Seu cabelo é azul, com algumas mechas puxadas para trás e algumas partes foram trançadas com ramos pretos. Em sua cabeça há uma coroa de gelo.

Na Corte das Mariposas, Wren se encolheu diante do olhar dos cortesãos quando entrou na festa de braços dados com ele, como se o fato de notarem a sua presença causasse dor. Ela curvara seu corpo de modo que, por mais que fosse pequena, parecesse ainda menor.

Agora seus ombros estão eretos. E ela se comporta como se não considerasse ninguém nesta sala — nem mesmo Bogdana — uma ameaça. Ele se lembra de quando ela era mais jovem. Uma garotinha com uma coroa costurada em sua pele, com os pulsos presos por correntes que se enfiavam entre os ossos e a carne. Não havia medo em seu rosto. Aquela criança era aterrorizante, mas, apesar do que aparentava, estava aterrorizada.

— A delegação de bruxas chegou — anuncia Bogdana. — Me dê os restos dos ossos de Mab e restaure meu poder para que eu possa voltar a liderá-las.

A bruxa da tempestade está diante do trono, no lugar do requerente, embora nada nela sugira submissão. Ela usa uma longa mortalha preta, esfarrapada em alguns lugares. Seus dedos se movem de forma expressiva enquanto fala, cortando o ar como facas.

Atrás dela estão dois seres encantados. Uma mulher idosa com garras de algum tipo de ave de rapina no lugar dos pés (ou cascos) e um homem envolto em um manto. Apenas sua mão está visível, coberta pelo que parece ser uma luva dourada com escamas. Ou talvez sua própria mão seja escamosa e dourada.

Oak pisca algumas vezes. Ele conhece a mulher com pés de ave de rapina. É Mãe Marrow, que trabalha no Mercado Mandrake, na ilha de Insmire. Mãe Marrow, a quem o príncipe procurou no início de sua jornada, pedindo por orientação. Ela o enviou à Bruxa do Cardo para obter respostas sobre o coração de Mellith. Ele tenta se lembrar agora, todas essas semanas depois, se ela disse algo que poderia tê-lo colocado no caminho de Bogdana.

Um grupo de cortesãos está espalhado pela sala, fofocando, o que torna difícil ouvir a resposta suave de Wren. Oak se aproxima e seu braço esbarra em uma nisse. Ela faz uma expressão de irritação e ele se afasta.

— Já não sofri o suficiente? — pergunta Bogdana.

— E você quer falar de sofrimento comigo? — Não há nada na expressão de Wren que seja suave, complacente ou tímido. Ela é, da cabeça aos pés, a impiedosa rainha do inverno.

Bogdana franze a testa, talvez um pouco enervada. Oak também está um pouco nervoso.

— Quando eu os tiver, meu poder será restaurado... Eu, que já fui a primeira entre as bruxas. Foi disso que abri mão para garantir seu futuro.

— Não o *meu* futuro. — Oak percebe que as bochechas de Wren estão secas. Ela está mais magra do que antes, e seus olhos brilham com uma luminosidade febril.

O TRONO DO PRISIONEIRO   49

Será que está doente? Será que é devido ao ferimento causado pela flecha que atingiu a lateral de seu corpo?

— Você não tem o coração de Mellith? — exige a bruxa da tempestade. — Você não é ela, renascida no mundo por meio da minha magia?

Wren não responde no mesmo instante, deixando o momento se estender. Oak se pergunta se Bogdana já percebeu que a troca que ela fez deve ter arruinado a vida de sua filha, muito antes de levá-la à uma morte horrível. Pelo relato da Bruxa do Cardo, Mellith deve ter sido *infeliz* como herdeira de Mab. E como Wren, além das próprias memórias, tem pelo menos algumas das lembranças de Mellith, ela tem muitos motivos para odiar a bruxa da tempestade.

Bogdana está jogando um jogo perigoso.

— Eu tenho o coração dela, sim — diz Wren devagar —, além de parte de uma maldição. Mas eu não sou uma criança, muito menos *sua* criança. Não pense que pode me manipular com tanta facilidade.

A bruxa da tempestade bufa.

— Você ainda é uma criança.

Um músculo salta na mandíbula de Wren.

— Eu sou a sua rainha.

Bogdana não a contradiz dessa vez.

— Você precisa da minha força. E precisa de meus companheiros se quiser continuar onde está.

Oak se enrijece com essas palavras, imaginando o significado delas.

Wren se levanta, e os cortesãos voltam sua atenção para ela, as conversas se interrompendo. Apesar da juventude e da baixa estatura, ela tem um grande poder.

E, no entanto, Oak percebe que a rainha oscila um pouco antes de agarrar o braço de seu trono. Forçando-se a ficar em pé.

Algo está muito errado.

Bogdana fez esse pedido na frente de uma multidão, e não em particular, e se autodenominou a criadora de Wren. Chamou Wren de criança.

Ameaçou sua soberania. Trouxe duas de suas amigas bruxas. Foram atos desesperados e agressivos. Já deve estar aborrecida com Wren há algum tempo. Mas podia ser, também, que a bruxa da tempestade acreditasse que a estava atacando em um momento de fraqueza.

A primeira entre as bruxas. Ele não gosta da ideia de Bogdana ser mais poderosa do que já é.

— Rainha Suren — diz Mãe Marrow, dando um passo à frente com uma reverência. — Vim de longe para conhecê-la... e para oferecer isto. — Ela abre a palma da mão. Há uma noz branca no centro dela.

Wren hesita, não mais tão distante quanto parecia um momento antes. Oak se lembra da surpresa e da alegria no rosto dela quando ele a presenteou com um simples enfeite de cabelo. Ela não recebera muitos presentes desde que havia sido sequestrada de seu lar mortal. Mãe Marrow foi inteligente em trazer algo para ela.

— O que isso faz? — Apesar de tudo, um sorriso surge nos cantos da boca de Wren.

O sorriso de Mãe Marrow muda.

— Ouvi dizer que você tem viajado muito nos últimos tempos e passado algum tempo em florestas e pântanos. Quebre a noz e recite meu pequeno poema, e uma cabana aparecerá. Junte as duas metades de novo com outro verso, e ela voltará à sua casca. Posso demonstrar?

— Acho que não precisamos conjurar uma construção inteira na sala do trono — comenta Wren.

Alguns cortesãos murmuram.

Mãe Marrow não parece nem um pouco desconcertada. Ela caminha até Wren e coloca a noz branca em sua mão.

— Então, lembre-se destas palavras. Para conjurá-la, diga: *O cansaço chegou e nossos ossos querem descansar. Casca quebrada, uma cabana de pedras faça se apresentar.*

A noz na mão de Wren dá um pequeno salto perante as palavras, mas depois fica quieta de novo.

Mãe Marrow continua falando.

— E para fazê-la desaparecer: *Assim como as metades se tornam inteiras e estas palavras se fazem ressoar, para a casca da noz, minha cabana deve retornar.*

— Que presente afetuoso. Nunca vi nada igual. — Wren segura a casca de forma possessiva, apesar da leveza de seu tom. Oak pensa no abrigo que ela fez com galhos de salgueiro em sua floresta e imagina como teria gostado de ter algo sólido e seguro para dormir. Um presente bem pensado, de fato.

O homem dá um passo à frente.

— Embora eu não goste de ser superado, não tenho nada tão bonito para dar. Mas Bogdana me chamou aqui para ver se posso desfazer o que...

— Já chega — vocifera Wren, a voz mais dura que Oak já a ouviu entonar.

Ele franze a testa, desejando que ela tivesse deixado o homem terminar. Mas era interessante que, apesar de ter permitido que Bogdana proferisse diversas falas condenáveis, a única coisa que não queria que sua Corte ouvisse era o que quer que o homem desejasse desfazer.

— Criança — adverte Bogdana —, se meus erros podem ser desfeitos, então que eu os desfaça.

— Você fala de poder — retruca Wren —, e, ainda assim, acha que vou deixar que me tire o meu.

Bogdana começa a falar de novo, mas quando Wren desce do trono, guardas se reúnem ao seu redor. Ela se dirige para as portas duplas do Salão Principal, deixando a bruxa da tempestade para trás.

Wren passa por Oak sem olhar.

O príncipe a segue até o salão. Observa os guardas a acompanharem até sua torre e começarem a subir.

Ele a segue, permanecendo na retaguarda, misturando-se a um grupo de soldados.

Quando estão quase chegando aos aposentos dela, ele escolhe ficar ainda mais para trás. Em seguida, abre uma porta aleatória e entra.

Por um momento, ele se prepara para os gritos, mas, por sorte, o quarto está vazio. Há roupas penduradas em um armário aberto. Alfinetes e fitas estão espalhados sobre uma mesa baixa. Um dos cortesãos deve estar hospedado aqui, e Oak tem muita sorte de não ter sido pego.

É claro que, quanto mais ele esperar, de mais sorte precisará.

Ainda assim, não pode entrar nos aposentos de Wren agora. Os guardas ainda devem estar lá. E certamente há também criados — mesmo com tão poucos no castelo — cuidando dela.

Oak anda de um lado para o outro, tentando manter a calma. Seu coração está acelerado. Ele está pensando na Wren que viu, uma Wren tão distante quanto a estrela mais fria e remota do céu. Não consegue nem mesmo se concentrar no cômodo em que se encontra, que deveria vasculhar para encontrar uma arma, uma máscara ou algo útil.

Em vez disso, ele conta os minutos até sentir que conseguirá chegar em segurança — bem, com a maior segurança possível, dado o perigo inerente a este plano impulsivo — aos aposentos de Wren. Ele não encontra guarda algum esperando no saguão — o que não é de surpreender em uma torre tão estreita, mas ainda assim é excelente. Não ouve voz alguma vinda de dentro.

A maior surpresa é que, ao girar a maçaneta, a porta se abre.

Entra no quarto dela, esperando pela raiva de Wren. Mas apenas o silêncio o recebe.

Há um sofá baixo junto a uma parede, uma bandeja com um bule de chá e xícaras na mesa em frente. Em um canto ao lado, a coroa de gelo repousa em um travesseiro sobre um pilar. E do outro lado do cômodo fica uma cama com dossel estampado de vinhas espinhosas e flores azuis.

Ele se aproxima da cama e abre as cortinas do dossel.

Wren está dormindo, o cabelo cerúleo pálido espalhado pelos travesseiros. Ele se lembra de tê-los escovado quando estavam na Corte das Mariposas. Lembra-se do emaranhado selvagem e da maneira como ela se mantinha imóvel enquanto as mãos dele a tocavam.

Os olhos dela se movem inquietos sob as pálpebras, como se Wren não se sentisse segura nem mesmo nos sonhos. Sua pele exibe um aspecto vítreo, como se fosse suor ou talvez gelo.

O que ela tem feito a si mesma?

Ele se aproxima um pouco mais, sabendo que não deveria. Estende a mão, como se pudesse roçar os dedos na bochecha dela. Como se quisesse provar para si mesmo que ela é real, que está ali e que está viva.

Ele não a toca, é óbvio. Não é tão tolo assim.

Mas como se pudesse perceber sua presença, Wren abre os olhos.

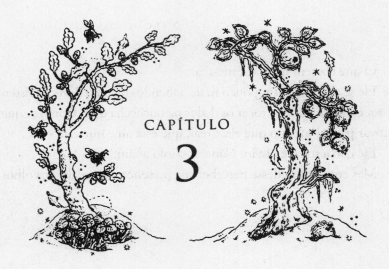

CAPÍTULO 3

Wren pisca para Oak, que a retribui com o que deveria ser um sorriso de desculpas. A expressão de susto dela se transforma em perplexidade e em alguma emoção que ele não consegue identificar. Ela estende a mão e Oak se ajoelha, para que ela possa deslizar os dedos por sua nuca. Ele se arrepia com o toque. Olhando para baixo, para aqueles olhos verde-escuros, tenta interpretar, pelas pequenas mudanças de seu semblante, o que ela está sentindo. Tem a impressão de ver ali uma ânsia semelhante à sua.

Os lábios de Wren se abrem em um suspiro.

— Eu quero... — ele começa.

— Não — retruca ela. — Pelo poder do arreio de Grimsen, se ajoelhe e fique em silêncio.

Surpreso, ele tenta se afastar, ficar em pé, mas não consegue. Seus dentes se fecham engolindo as palavras que agora não é capaz de dizer.

É uma sensação horrível, seu corpo se voltando contra ele. Já estava ajoelhado, mas a outra perna se dobra sem que ele tenha decidido se mover. Quando suas canelas batem no chão gelado, ele entende, de uma forma que nunca entendera antes, por que Wren odiava tanto o arreio. Entende a necessidade de controle de Jude. Nunca antes tivera tamanha sensação de impotência.

A boca de Wren se curva em um sorriso, mas não é um sorriso bonito.

— Por Grimsen, eu o ordeno a fazer exatamente o que eu disser daqui para a frente. Ficará de joelhos até que eu diga o contrário.

Oak deveria ter fugido quando teve a chance.

Ela se levanta da cama e veste um roupão. Caminha até onde ele está ajoelhado.

Ele olha para o pé da rainha. Para o restante de seu corpo. Uma mecha de cabelo azul-claro cai sobre a bochecha marcada por uma cicatriz. Seus lábios têm um toque cor-de-rosa na parte interna, como o interior de uma concha.

É difícil imaginá-la como a garota que era quando começaram aquela jornada, feroz, parecendo a própria personificação da floresta. Selvagem, corajosa e gentil. Agora não há timidez em seu olhar. Tampouco gentileza.

Ele a acha fascinante. Sempre a achou fascinante, mas não é tolo de dizer isso a ela. Sobretudo neste instante, em que está com medo.

— Você se meteu numa enrascada e tanto só para me ver de novo, príncipe — diz Wren. — Soube que chamou por mim em sua cela.

Ele gritou por ela. Gritou até ficar rouco. Mas ainda que tivesse permissão para falar, explicar isso só agravaria seus muitos, muitos erros.

Ela continua.

— Deve ser frustrante não ver *todos* ansiosos para atender aos seus desejos. Você deve ter ficado bem impaciente.

Oak tenta se levantar em seus cascos.

Ela deve notar seus músculos tentando se mover sem sucesso.

— Ainda está tão impaciente. Fale, se quiser.

— Eu vim aqui para expressar meu arrependimento — explica, esforçando-se para mostrar uma respiração estável. — Nunca deveria ter escondido o que sabia de você. Com certeza não algo de tamanha magnitude. Por mais que achasse que estava protegendo-a, por mais desesperado que estivesse para ajudar meu pai, não cabia a mim fazer isso. Causei uma grande aflição e peço perdão por isso.

Um longo momento se passa. Oak olha para os chinelos dela, sem saber se suportaria olhar para seu rosto.

— Não sou seu inimigo, Wren. E se você me jogar de volta nas masmorras, não terei a chance de mostrar o quanto estou arrependido, então, por favor, não o faça.

— Que belo discurso. — Wren caminha até a cabeceira da cama, onde uma longa corda está pendurada em um buraco na parede de gelo. Ela a puxa com força.

Em algum lugar bem abaixo, ele pode ouvir o toque fraco de um sino. Depois, o som de botas na escada.

— Já estou com o arreio — diz ele, sentindo-se um tanto desesperado. — Não precisa me prender. Não posso machucá-la a menos que você permita. Estou entregue ao seu poder. E quando escapei, vim até você. Permita que eu me ajoelhe a seus pés na sala do trono e a contemple com adoração.

Os olhos verdes dela são duros como jade.

— E você tem passado todas as suas horas de vigília tentando pensar em alguma maneira inteligente de burlar meus comandos?

— Tenho que me manter ocupado de alguma forma — responde ele. — Isso quando não estou contemplando com adoração, é claro.

Os cantos da boca de Wren se contraem e ele se pergunta se quase a fez sorrir.

A porta se abre e Fernwaif entra, com um único guarda atrás dela.

Oak reconhece Bran, que costumava se sentar à mesa de jantar de Madoc quando Oak era criança. Ele parece horrorizado ao ver o príncipe de joelhos, vestindo o uniforme de um guarda por baixo de uma capa roubada.

— Como... — Bran começa, mas Wren o ignora.

— Fernwaif — diz ela. — Vá e faça com que os guardas responsáveis pelas masmorras venham até aqui.

A garota do povo oculto faz um movimento discreto com a cabeça e, após lançar um olhar cauteloso para Oak, deixa a sala. Agora com certeza já não estaria mais do lado dele.

Wren olha para Bran.

— Como é possível que ninguém o tenha visto passeando pela Cidadela? Como é possível que ele tenha entrado em meus aposentos sem que ninguém percebesse?

O falcão se aproxima de Oak. Metade da fúria em seu olhar é de humilhação.

— Quem foi o traidor que o ajudou a escapar? — exige Bran. — Há quanto tempo você está planejando assassinar a rainha Suren?

O príncipe ri.

— Era *isso* que eu estava tentando fazer? Então por que, com tudo o que roubei daquele tolo do Straun e da lavanderia, não me preocupei em roubar uma arma?

Bran dá um chute rápido na lateral do corpo dele.

Oak reprime um grito.

— É essa a sua resposta?

Wren levanta a mão, e os dois olham para ela, em silêncio.

— O que devo fazer com você, Príncipe de Elfhame? — pergunta Wren.

— Se você quer que eu seja seu animal de estimação — diz ele —, não há motivo para me devolver ao meu cercado. Minha coleira é muito segura, como você bem demonstrou. Só precisa puxar com força.

— Você acha que sabe o que é estar sob o controle de alguém porque eu dei um *único* comando que foi forçado a obedecer — acusa ela, com ardor na voz. — Eu poderia demonstrar como é não ter nada além de si mesmo. Afinal, você merece uma punição. Fugiu da prisão e veio até meus aposentos sem minha permissão. Zombou dos meus guardas.

Oak sente um frio na espinha. O arreio é desconfortável, com as correias apertando em suas bochechas, mas não é doloroso. Pelo menos, ainda não. Ele sabe que continuará a apertar e que, se usá-lo por bastante tempo, cortará suas bochechas como cortou as de Wren. Se o usar por mais tempo, mais do que ela usou, o arreio acabará se tornando parte dele. Invisível para o mundo e impossível de remover.

É o motivo pelo qual foi criado. Para fazer com que Wren obedecesse eternamente ao Lorde Jarel e à Lady Nore.

Wren odiava aquele arreio.

— É verdade que desconheço a sensação de ser obrigado a seguir as ordens de alguém de novo e de novo — diz Oak. — Mas não acho que você queira fazer isso, com ninguém. Nem mesmo comigo.

— Você não me conhece tão bem quanto pensa, herdeiro de Greenbriar — responde ela. — Eu me lembro das histórias que você contava, como aquela em que usou um encanto contra sua irmã mortal e fez com que ela atacasse a si mesma. Gostaria de se sentir como ela se sentiu?

Ele confessou isso quando Wren ganhou um segredo dele no jogo das três raposas prateadas, que jogaram no acampamento de guerra da Corte dos Dentes. Outra coisa que talvez ele não devesse ter feito.

— Posso esbofetear a mim mesmo se você assim quiser — oferece ele. — Não precisa de um comando.

— E se, em vez disso, eu o obrigasse a ficar de quatro como um banco, para que eu possa me sentar? — pergunta Wren com leveza, mas seus olhos estão acesos com fúria e algo mais, algo mais sombrio. Ela se movimenta ao redor do corpo dele, como um animal rondando. — Ou a comer a sujeira do chão?

Oak não duvida que ela tenha visto Lorde Jarel exigir essas coisas das pessoas. Espera que ela nunca tenha sido obrigada a fazer algo assim.

— Implorar para que beije a barra do meu vestido?

Ele não diz nada. Nada do que disser poderá ajudá-lo.

— Rasteje até mim. — Há um brilho febril nos olhos dela.

O corpo de Oak se move sem sua permissão de novo. Ele percebe que está se contorcendo no chão, a barriga no carpete. Fica vermelho de vergonha.

Quando a alcança, ele olha para cima, com raiva em seus olhos. Se sente humilhado, e ela mal começou. Tinha razão quando disse que ele não entendia qual seria a sensação. Ele não contava com o constrangimento, a fúria contra si mesmo por não ser capaz de resistir à magia. Não contava com o medo do que ela faria a seguir.

Oak olha para Bran, que permaneceu rígido e imóvel, como se tivesse medo de chamar a atenção de Wren. O príncipe se pega pensando até onde ela iria se ele não estivesse presente.

Até onde ela irá mesmo assim.

Então a porta se abre.

Straun entra, junto de um guarda que veste uma armadura arranhada pela batalha e tem uma cicatriz na parte mais larga do nariz. Ele parece familiar, mas Oak não consegue se lembrar de onde o conhece. Deve ter servido com Madoc, mas não frequentava muito a casa. Straun parece estar lutando para se mover, e o guarda com a cicatriz parece querer matar Straun.

Straun dá um passo à frente, ajoelhando-se.

— Rainha do inverno, saiba que eu só queria servir...

Ela ergue a mão, antecipando a submissão que ele parece prestes a demonstrar.

— Já fui enganada pelo príncipe muitas vezes para saber como ele pode ser esperto. Agora você não será enganado de novo.

— Farei um novo juramento a você — declara ele. — Que nunca mais...

— Não faça juramentos que não sabe se poderá cumprir — diz ela a Straun, o que é um conselho melhor do que ele merece. Ainda assim, ele parece se sentir castigado.

Oak se levanta, já que ela não tinha ordenado que ele ficasse ali.

Wren mal presta atenção nele.

— Amarre os pulsos do meu prisioneiro — ordena ela ao guarda com cicatrizes.

— Como a senhora mandar, rainha. — Sua voz é áspera.

Ele caminha até Oak, puxando seus braços para trás com força. Amarrando-o com um aperto desconfortável. Os pulsos do príncipe estarão doloridos quando ele voltar para sua cela.

— Estávamos discutindo a melhor forma de disciplinar o príncipe Oak — comenta ela.

Straun e o outro guarda parecem muito mais felizes com essa ideia. Oak tem certeza de que, depois de terem sido punidos pela Grande Corte por sua traição, seria pelo menos um pouco satisfatório ver um príncipe de Elfhame ser humilhado. E isso mesmo antes de ele ter dado um motivo para que o rancor se tornasse pessoal.

Wren se volta para ele.

— Talvez eu devesse mandá-lo para o Grande Salão amanhã e ordenar que você aguente dez golpes de um chicote de gelo. A maioria mal consegue aguentar cinco.

Bran parece preocupado. Por mais que queira a humilhação de Oak, talvez não esperasse ver o sangue do filho de Madoc ser derramado. Ou talvez ele esteja preocupado com o fato de que, se tiverem que devolver o príncipe, Elfhame o desejará vê-lo inteiro. No entanto, Straun parece entusiasmado com a perspectiva de algum sofrimento.

O medo e a humilhação se agitam na barriga de Oak. Ele foi um grande tolo.

— Por que não me chicotear agora? — pergunta, com um desafio em sua voz.

— Passar a noite temendo o que virá pela manhã já é um castigo por si só. — Ela faz uma pausa. — Ainda mais agora que sabe que a sua própria mão pode se voltar contra você.

Oak olha bem no fundo dos olhos dela.

— Por que está me mantendo aqui, Wren? Sou um refém a ser resgatado? Um amante a ser punido? Uma posse a ser trancada?

— Isso — diz ela, com o tom de voz amargo — é o que estou tentando descobrir. — Ela se volta para os guardas. — Levem-no de volta para a cela.

Bran o segura, e o príncipe se debate, soltando-se da mão do guarda.

— Oak — ordena Wren, pressionando os dedos em sua bochecha. Ele fica imóvel sob o toque dela. — Vá com Straun. Não resista a ele.

Não o engane. Até que você seja confinado de novo, seguirá essas ordens. E então permanecerá em minhas masmorras até que que seja chamado. — Ela lança um olhar severo para o príncipe e retira a mão. Vira-se para os soldados. — Quando Oak estiver na cela, vocês três poderão ir até Hyacinthe e explicar como permitiram que o príncipe passasse por vocês.

Hyacinthe. Um lembrete de que a pessoa encarregada dos guardas odeia Oak mais do que todos os outros juntos. Como se ele precisasse de mais notícias ruins.

— Você vai ordenar que me chamem? — pergunta o príncipe, como se houvesse espaço para barganha. Como se ele tivesse escolha. Como se seu corpo não fosse agir por conta própria. — Você disse que *talvez* mandasse me chicotearem.

Straun o empurra em direção à porta.

— Boa noite, Príncipe de Elfhame — diz Wren conforme ele é conduzido para fora do quarto. Ele dá uma única olhada para trás. O olhar dela se fixa no dele, e ele pode sentir o frisson de algo ali. Algo que pode muito bem ser terrível, mas que, mesmo assim, ele deseja mais.

CAPÍTULO 4

O guarda do nariz machucado segue Straun e Oak pelas escadas. Bran vem logo atrás. Durante algum tempo, ninguém diz nada.

— Vamos levá-lo para a sala de interrogatório — diz o guarda, em voz baixa. — Fazer com que pague pela confusão em que vamos nos meter. Encontrar alguma informação que compense.

Oak pigarreia em voz alta.

— Sou um bem valioso. A rainha não vai ser grata a você por ter quebrado a minha cara.

Um dos cantos da boca do guarda se ergue.

— Não está me reconhecendo? De todo modo, por que reconheceria? Sou apenas mais um dos homens de seu pai, apenas mais um que lutou, sangrou e quase morreu para levá-lo ao trono. Para que então você o jogasse para o alto.

Eu não queria o trono. Oak morde o interior da bochecha para não gritar essas palavras. Não ajudaria em nada. Em vez disso, olha para o rosto do homem com cicatriz, para os olhos escuros e o cabelo castanho que pende de sua testa. Para a própria cicatriz, que retorce sua boca para cima, como se seu lábio estivesse perpetuamente arqueado.

— Valen — diz ele antes que Oak possa se lembrar de seu nome. Um dos generais que fez campanha com Madoc durante anos. Não chegava a ser um amigo. Eles competiram entre si pela posição de Grande General, e Valen nunca perdoou Madoc por ter vencido. Madoc deve ter prometido algo extraordinário para que Valen traísse o Grande Rei.

Oak podia muito bem acreditar que, já tendo apoiado Madoc, Valen não estaria disposto a voltar para o exército de Elfhame com o rabo entre as pernas. E agora ele está aqui, depois de passar quem sabe *nove anos* como falcão. Ah, sim, Oak sabia que Valen o desprezava. Valen, na verdade, talvez o odiasse mais do que Hyacinthe.

— Eu era uma criança — diz o príncipe.

— Um garoto mimado e desobediente. Que ainda é. Mas isso não vai me impedir de arrancar de você até a última gota de informação.

Straun hesita, olhando para Bran, ainda distante o suficiente para não ter ouvido o plano deles.

— Não vamos nos meter em mais confusão? O príncipe disse...

— Agora você recebe ordens de um prisioneiro? — provoca Valen. — Talvez você ainda seja leal ao pai do príncipe, apesar de ter sido abandonado por ele. Ou à Grande Corte? Talvez você ache que tomou a decisão errada, não jurando lealdade àquele menino cobra mimado e à concubina mortal dele.

— Isso não é verdade! — Straun cospe, extremamente ofendido. É uma manipulação e tanto. Valen fez Straun sentir como se tivesse que provar a si mesmo.

— Então vamos amarrá-lo — diz Valen com um sorriso torto. Oak estaria disposto a apostar que esse é o soldado que pegou o dinheiro de Straun no jogo de dados.

— Ele só está te provocando... — Oak consegue dizer antes de ser empurrado para a frente com força. E, é claro, ele recebeu ordens para não oferecer resistência.

— O que está acontecendo? — pergunta Bran, franzindo a testa para eles.

— O garoto tem a língua afiada — responde Valen, e Bran estreita os olhos em sinal de suspeita, mas não faz mais perguntas.

Eles descem, passando pelas masmorras. Não importa o quanto Oak tente se conter, seu corpo se move automaticamente, como um daqueles soldados de graveto que Lady Nore criou a partir dos ossos de Mab. Seu coração bate forte, o corpo entra em pânico.

— Olha — tenta de novo. — O que quer que vocês estejam pensando em fazer comigo...

— Cale a boca — responde Valen, dando um chute na parte de trás da perna do príncipe.

— Não é nessa direção — anuncia Bran, parecendo enfim se dar conta do quanto tinham descido.

Oak espera que ele faça alguma coisa. Ordene que eles parem. Conte para Hyacinthe. Seria constrangedor ser salvo por ele, mas o príncipe preferiria isso a qualquer que fosse o plano de Valen.

— Precisamos de informações — diz o guarda com cicatrizes. — Algo para dar à rainha, para não parecermos tolos. Você acha que não vão te rebaixar? Que não vai virar piada? Ele passou por nós três.

Bran assente devagar.

— Acho que você tem certa razão. E me disseram que as salas de interrogatório são bem equipadas.

— Não precisa me amarrar. Vou contar como roubei a chave, como entrei na torre, tudo isso. — Oak percebe, no entanto, que eles não querem ser convencidos. — Eu...

— Silêncio. — Straun o empurra com uma força que o faz se desequilibrar, os braços presos atrás das costas.

O príncipe cai com tudo no chão de pedra, batendo a cabeça.

Valen ri.

Oak se levanta. Sangue escorre de um corte logo acima do lado esquerdo da testa, caindo em seu olho. Com as mãos amarradas, não consegue limpar. Ele flexiona um pouco os pulsos para testar as amarras, mas mal consegue se mexer.

A fúria o sufoca.

O TRONO DO PRISIONEIRO   65

Com mais alguns empurrões, ele desce o corredor e entra em uma sala que nunca viu antes — uma sala com algemas presas a uma mesa de pedra preta e instrumentos de tortura em um armário de vidro. Straun e Valen pressionam as costas de Oak contra uma coluna. Eles cortam as amarras em seus pulsos e, por um momento, ele se sente livre.

Desesperado, ele tenta se debater, mas descobre que não consegue, não com a magia do arreio segurando-o com mais firmeza do que eles seriam capazes. *Vá com Straun. Não resista a ele. Não o engane.* O príncipe é obrigado a permitir que prendam seus pulsos e depois os tornozelos.

Ele não perde tempo fingindo que não está com medo. Está apavorado.

— Hyacinthe sonha em me torturar há anos. — O príncipe não consegue evitar que sua voz trema um pouco. — Não consigo imaginar que tipo de informação o faria perdoar você por furar a fila.

Bran semicerra os olhos em uma leve confusão enquanto analisa a expressão típica dos mortais, parecendo mais preocupado.

— Talvez seja melhor contarmos...

Valen pega a pequena besta de mão em seu quadril.

— Bran! — Oak grita em advertência.

O falcão pega a espada, tirando-a da bainha em um único movimento fluido. Mas a flecha da besta de Valen o atinge na garganta antes que ele possa avançar.

Vá com Straun. Não resista a ele. Não o engane. Até que você seja confinado de novo, seguirá essas ordens.

Agora que está confinado, Oak pode enfim resistir. Ele puxa as amarras, contorcendo-se e chutando, gritando todas as coisas imundas que consegue pensar — mas, obviamente, é tarde demais.

Bran cai pesadamente no chão quando mais duas flechas se alojam em seu peito.

Essa não parece ser uma boa jogada. Parece nada inteligente, e Oak não gosta da ideia de que Valen possa estar desesperado ou paranoico o suficiente para tomar decisões que não fazem sentido do ponto de vista estratégico. Ele não é um amador. Deve de fato ter acreditado que Bran estava prestes a traí-lo.

— Tranque a porta — ordena Valen para Straun.

Straun o obedece, passando por cima do corpo de Bran, que está respirando com dificuldade. Se tivessem pedido que escolhesse um lado, pode ser que tivesse escolhido o de Bran. Mas ninguém perguntou nada a ele.

— Bem — diz Valen, virando-se para Oak. — Agora você e eu enfim poderemos ter uma conversinha.

Oak não consegue reprimir o arrepio que o atravessa diante dessas palavras. Ele já foi envenenado e esfaqueado muitas vezes ao longo de sua curta vida. A dor é passageira, ele diz a si mesmo. Ele já a suportou antes — quebrou ossos, sangrou e sobreviveu. A dor é melhor do que estar morto.

Ele diz muitas coisas a si mesmo.

— Parece falta de educação que eu esteja deitado durante esta conversa — diz Oak, mas sua voz não sai tão calma quanto ele esperava.

— Há muitas maneiras de ferir o Povo das Fadas — diz Valen, ignorando as palavras do príncipe enquanto calça uma luva de couro marrom. — Mas o ferro frio é o pior. Queima a carne das fadas como uma faca quente que atravessa a banha.

— Um tópico um tanto sombrio, mas se é do que quer falar, você é o anfitrião desta pequena reunião... — Oak tenta parecer leve, despreocupado. Ele já ouviu Cardan falar dessa maneira em muitas ocasiões, e isso desarma o público. Oak só pode torcer para que esteja funcionando.

A mão de Valen desce com força até o canto de sua boca. É mais um tapa do que um golpe, mas ainda assim dói. Ele sente o gosto de sangue onde um dente cortou seu lábio.

Straun dá uma gargalhada. Talvez ele acredite que a tortura será uma vingança adequada por Oak tê-lo feito de bobo. Mas, com o corpo de Bran caído aos pés do guarda, Straun é um tolo se acha que está seguro.

O TRONO DO PRISIONEIRO   67

Ainda assim, o jogo que Oak sempre soube jogar é o de parecer um incompetente, e é o que fará. Ser o garoto mimado que Valen espera que seja.

Ao menos até que consiga pensar em algo melhor.

— Vamos discutir o que sua irmã vai fazer — diz Valen, e Oak se surpreende por ele não ter feito uma única pergunta sobre sua fuga. — Onde você planejava encontrar o exército dela depois de escapar da cela e assassinar a rainha?

Inteligente da parte dele presumir a culpa e só pressionar por mais detalhes. Inteligente, mas errado.

Com os varapaus destruídos, os falcões são os únicos membros do exército de Wren. O que permitiu que Valen fosse promovido, mas tendo em vista que essas patentes são escassas, elas também o colocam em perigo. Ele e seus falcões terão que enfrentar o que quer que Elfhame mande para a Cidadela.

Oak se dá conta de que é o que Valen quer acima de tudo. Poder. Ele tem fervilhado com esse desejo desde que começou a sofrer por causa da maldição. E ganhar o título de líder militar de Wren o teria aplacado um pouco. Mas ela o preteriu, e agora ele está mais faminto do que nunca.

— Desculpe decepcioná-lo, mas não tenho como me comunicar com minha irmã — diz Oak. A mais pura verdade, já que tinha esmagado a cobra.

— Você não quer que eu acredite que você ia matar a rainha e depois fugir pela neve, torcendo pelo melhor? — Valen faz uma careta.

— Fico feliz que você não pense assim, ao contrário do que Bran acreditava — diz Oak, desviando o olhar do cadáver no chão. — Eu nunca quis machucar Wren, muito menos *assassiná-la*.

Straun franze a testa diante do jeito informal com que Oak se dirige a ela — Wren, em vez de rainha Suren ou Rainha do Inverno ou de qualquer outro título fantasioso que o guarda julgue mais adequado.

Será que Straun acredita mesmo que tenha alguma chance com ela? Ele não parece ser muito esperto. Pode ser que isso a agrade, apesar de Oak achar que ele é um mala sem alça.

Valen estuda o rosto do príncipe, talvez percebendo que há ciúme nele.

— E você também não pretendia fugir?

Oak não sabe ao certo como responder. Ele não sabe se conseguiria explicar suas intenções, nem para si mesmo.

— Eu estava pensando nisso. A prisão não é muito legal, e eu gosto de coisas legais.

A boca de Valen se fecha em desgosto. É assim que ele espera que um príncipe de Elfhame seja: vaidoso, exigente e nada acostumado a passar por qualquer tipo de sofrimento.

Quanto mais Oak interpretar esse papel, mais ele será capaz de se esconder.

— Se bem que congelar também não é muito legal — diz Oak.

— Então você dopou Straun e fugiu das masmorras — pergunta Valen devagar, sem conseguir acreditar — sem ter plano algum?

Amarrado como está, Oak não pode dar de ombros, mas faz um gesto para indicar sua indiferença.

— Algumas de minhas melhores ideias surgem no calor do momento. E eu tomei um banho.

— Ele deve saber de *alguma coisa* — protesta Straun, preocupado que estejam arriscando tudo isso por nada. Preocupado, sem dúvida, com o cadáver que será difícil de descartar sem que alguém perceba.

Valen se vira para Oak, pressionando um dedo em sua bochecha.

— O príncipe sabe a irmã que tem.

Oak suspira de forma dramática.

— Jude tem um exército. Tem assassinos. Tem o controle das Cortes de outros governantes que juraram lealdade a ela. Tem todas as cartas na manga e pode usar a que quiser. Você espera que eu conte que, quando está duelando, ela golpeia virando o pé da frente para dentro, o que dá uma brecha ao oponente? Acho que você nunca vai chegar perto dela o bastante para fazer uso dessa informação.

Os olhos de Straun se estreitam, calculistas.

— Ela vira o pé da frente?

Oak sorri para ele.

— Nunca.

Valen pega uma faca de ferro do armário e pressiona a ponta dela na base do pescoço de Oak. Ela chia contra sua pele.

O príncipe abafa um grito enquanto seu corpo inteiro se sacode de dor.

Straun se retrai, apesar de todo o entusiasmo de antes. Em seguida, ele cerra a mandíbula e se obriga a observar as bolhas na pele do príncipe.

— *Ai* — diz Oak, enunciando a palavra devagar e de forma deliberada em uma espécie de voz lamuriosa, apesar de o ferro quente queimar sua garganta.

Straun se sobressalta e dá uma risada. Valen puxa a faca de volta, furioso.

É fácil fazer alguém parecer tolo se estiver disposto a se fazer de bobo.

— *Saia* — grita Valen, acenando para Straun. — Vigie o lado de fora da porta. Se alguém se aproximar, me avise.

— Mas... — começa Straun.

— É melhor obedecer — anuncia Oak, respirando com dificuldade porque, apesar do teatrinho, a pressão do ferro é agonizante. — Ou pode acabar como o Bran.

Há culpa no olhar de Straun quando olha para o chão, e depois de novo para Valen. Ele sai.

Oak o observa com sentimentos contraditórios. O príncipe tem poucas cartas na manga, e nenhuma delas é boa. Ele pode continuar tentando irritar Valen, mas é provável que acabe pagando com a própria pele. No entanto, agora que Straun está fora da sala, ele pode tentar uma abordagem diferente.

— Talvez eu possa dizer algo que faça mais do que impressionar Hyacinthe, mas eu precisaria de algo em troca.

Valen sorri, deixando sua faca pairar sobre o rosto de Oak.

— Bogdana me disse que você herdou a lábia da sua mãe.

O príncipe precisa de toda a sua concentração para não olhar diretamente para a lâmina. Ele se força a fitar os olhos do falcão.

— Bogdana não gosta de mim. Duvido que ela goste muito de você também. Mas você quer o cargo de Hyacinthe, e eu sei muitas coisas a respeito dele... suas vulnerabilidades, todas as formas que ele pode falhar.

— Me diga uma coisa — diz Valen, aproximando-se dele. — Onde você conseguiu o veneno que usou em Straun?

Bem, droga. Essa é uma pergunta muito boa. Oak pensa na cobra de metal. Imagina como pareceria se tentasse explicar.

— Achei que não teria que torturar você para saber o que quero. — Valen gira a faca de modo que a ponta fique sobre o olho de Oak. Observando-a, Oak vê uma das tiras do arreio refletida na lâmina. Um lembrete de que Wren não sancionou esse interrogatório, que ela não sabe que está acontecendo. Ela não precisaria torturá-lo para descobrir nada. Com o arreio nele, bastaria perguntar. Ele seria tão capaz de negar informações quanto é de impedir que seu coração continue batendo.

Claro que saber se ela se importaria caso Valen o machucasse era outra questão. O agradava pensar que ela se importaria, nem que fosse por orgulho. Afinal, dez chibatadas de um chicote de gelo não pareceriam uma grande punição se alguém já tivesse arrancado um de seus olhos antes.

Mas era melhor não perder o olho. E tudo o que tem a seu favor é o próprio charme, e isso é uma faca de dois gumes.

— Você me perguntou sobre a minha irmã... e tem razão. Eu a conheço. Sei que é bem provável que envie alguém para negociar meu retorno. Não importa sua opinião a meu respeito, sou valioso para Elfhame.

— Ela pagaria um resgate? — Valen lambe os lábios. Oak pode ver o desejo, a fome de glória e ouro e todas as coisas que lhe foram negadas.

— Ah, sim — concorda Oak. — Mas não importa se Wren não concordar em me entregar. Qualquer coisa que minha irmã ofereça já deveria pertencer a Wren, junto com a Cidadela, como recompensa por acabar com Lady Nore.

A boca de Valen se torce em um sorriso implacável.

— Mas parece que você irritou tanto a rainha Suren que ela prefere ver você rebaixado à própria ascensão.

O TRONO DO PRISIONEIRO   71

Ouvir aquilo doeu, de tão verdadeiro que era.

— Você poderia fazer seu próprio acordo com a Grande Rainha.

A ponta da faca de ferro pressiona a bochecha de Oak. Ela queima como um fósforo aceso em sua pele. Ele se sacode de novo, como uma marionete em um fio.

— Que tal você responder à pergunta sobre o veneno, e então poderemos discutir os acordos que farei.

Oak é dominado pelo pânico. Ele vai se recusar a falar. E será torturado até que ceda e abra o bico de qualquer maneira. Quando Hyacinthe souber da cobra, ele contará a Wren, e ela acreditará que Oak é seu inimigo, não importando o que ele diga para se defender. E qualquer que seja o plano da irmã, com certeza se tornará exponencialmente mais letal.

Mas com a medida certa de dor e de tempo, qualquer um diz quase qualquer coisa.

Talvez, Oak pensa, talvez seja possível se machucar tanto que o interrogatório *não* possa prosseguir. É um plano terrível, mas ele não consegue pensar em mais nada. Não tem como lançar sorrisos a Valen, como fizera com Fernwaif, que sejam capazes de convencê-lo a permitir que Oak saia do calabouço.

A não ser que...

Já faz muito tempo que ele não usa sua *lábia*, como diz Bogdana. Seu verdadeiro poder de gancanagh. Deixar que seus lábios falem por ele, que as palavras venham sem sua vontade. Dizer todas as coisas certas, da maneira certa e na hora certa.

É aterrorizante, como se soltar durante uma luta de espadas e permitir que o instinto assuma o controle, sem ter certeza absoluta de a quem pertencerá o sangue que acabará em suas mãos.

Mas o que Valen pode fazer a seguir é ainda mais assustador. Se Oak conseguir escapar desta sala inteiro e sem colocar qualquer um com quem ele se importa em perigo, ele poderá descobrir o resto a partir daí.

É evidente que parte do problema é que seu poder não é de simples persuasão. Ele não é capaz de obrigar alguém a fazer o que ele quer.

Oak só pode se transformar no que eles querem e torcer que seja o bastante. Pior ainda, ele nunca tem certeza do que será. Quando ele cede, sua boca diz as palavras, e ele fica com as consequências.

— *Os trolls da Floresta de Pedra têm cogumelo amanita. Não é muito difícil de encontrar. Esqueça o veneno. Pense no seu futuro* — diz Oak, sua voz soando estranha, mesmo para seus próprios ouvidos. Há um zumbido áspero por baixo e um zumbido em seus lábios, como o pungir da eletricidade. Faz muito tempo que não usa esse poder, mas ele se desenrola languidamente ao seu comando. — *Se contenta com o comando do exército de Lady Wren? Foi feito para coisas maiores.*

Os olhos de Valen se dilatam, a íris se alargando. Ele faz uma careta de confusão e balança a cabeça.

— Os trolls? Foi lá que você conseguiu o veneno?

Oak não gosta de como o encantamento parece ansioso, agora que foi despertado. Como flui com facilidade através dele. Ele já havia sentido gotas dessa magia antes, mas desde que era criança não se permitia sentir a força total dela.

— *Estou mais próximo do centro do poder do que qualquer outro nesta Cidadela* — diz. — *Madoc não tem mais boa reputação, e muitos na Grande Corte não gostam que nossos exércitos sejam liderados por Grima Mog. Muitos prefeririam você... e não é justamente isso que você deseja?*

— Eu perdi todas as chances de conquistar isso. — Mas não há desdém nas palavras de Valen. Ele parece assustado com suas próprias esperanças. A mão enluvada que segura a faca de ferro abaixou tanto que ele parece correr o risco de queimar a própria coxa com a ponta.

— *Você viveu como um falcão por nove anos* — diz Oak, as palavras se arrastando em sua língua. — *Você foi forte o suficiente para não sucumbir sob esse fardo. Você está livre e, ainda assim, se não tomar cuidado, cairá em uma nova armadilha.*

Valen ouve como se estivesse fascinado.

— *Você está indo em direção a um conflito contra Elfhame, mas não tem um exército de graveto e pedra nem autoridade alguma de comando. Mas, comigo, as coisas podem mudar. Elfhame poderia recompensá-lo em vez de atacá-lo. Eu poderia ajudar. Me liberte e darei o que você merece há muito tempo.*

Valen se encosta na parede, respirando com dificuldade e balançando a cabeça.

— O que é você? — pergunta com um tremor na voz e um oceano de desejo nos olhos.

— Como assim? — As palavras saem da boca de Oak sem o charme do basilisco.

— Você... o que você fez comigo? — vocifera Valen, com uma centelha de raiva ardendo em seu olhar.

— Eu estava só conversando. — Oak busca desesperadamente pela aspereza dos lábios de mel em sua voz. O pânico é grande demais para que consiga encontrá-la. Não está acostumado a usá-la.

— Eu vou fazer você *sofrer* — promete Valen.

De volta ao primeiro e pior plano de Oak, então. Ele dá seu sorriso mais indiferente e despreocupado para Valen.

— Mas eu quase ganhei. Você quase cedeu. — Valen dá uma cabeçada no rosto do príncipe, que recua e bate a parte de trás de sua cabeça na laje à qual foi amarrado. A dor brota entre seus olhos, sua cabeça parece que está girando.

O punho de Valen o acerta a seguir, e Oak considera uma vitória o fato de o terceiro golpe ter sido tão forte que o deixou inconsciente.

CAPÍTULO 5

Oak está sonhando com uma raposa vermelha que também é seu meio-irmão, Locke. Eles estão em uma floresta no crepúsculo, e coisas se movem nas sombras. As folhas farfalham como se os animais estivessem espiando por entre as árvores.

— Você estragou tudo dessa vez — diz a raposa enquanto trota ao lado do príncipe.

— Você está morto — relembra Oak.

— Sim — concorda a raposa, que também é Locke. — E você está perto de se juntar a mim.

— É por isso que veio? — Oak olha para baixo, para seus cascos enlameados. Há uma folha presa na parte superior do casco esquerdo.

O focinho preto da raposa fareja o ar. A cauda é uma chama ondulante atrás de seu corpo. As patas caminham com segurança por uma trilha que Oak não consegue enxergar. Ele se pergunta se está sendo levado para algum lugar que não quer ir.

Uma brisa traz o cheiro de sangue velho e seco e óleo de arma. Faz com que Oak se lembre do cheiro da casa de Madoc, de seu lar.

— Sou um trapaceiro, como você. Estou aqui porque isso me diverte. Quando estou entediado, vou embora.

— Não sou como você — responde Oak.

Ele *não* é como Locke, por mais que tenham o mesmo poder. Locke era o mestre da esbórnia que fez a irmã dele, Taryn, beber demais e a conduziu até sua casa, onde ela bebeu vinho, se adornou com belos vestidos e se tornou triste como ele jamais havia visto.

Locke achava que a vida era uma fábula, e ele era responsável por introduzir o conflito. Oak tinha nove anos quando Taryn assassinou Locke, e seu décimo aniversário foi logo depois. Ele gostaria de dizer que não sabia o que ela havia feito, mas sabia. Nenhum deles tentava esconder a violência. Naquela época, estavam acostumados com o fato de que o assassinato era *sempre* uma alternativa.

Mas, naquela época, ele ainda não tinha entendido que Locke era seu meio-irmão.

Ou que Locke era uma pessoa terrível.

A boca da raposa se abre, com a língua rosa para fora. Ela olha para Oak com olhos que se parecem muito com os dele.

— Nossa mãe morreu quando eu era apenas uma criança, mas ainda me lembro dela. Ela tinha um longo cabelo acobreado e estava sempre rindo. Todos que a conheciam a adoravam.

Oak pensou em Hyacinthe, cujo pai havia se matado por amar Liriope demais. Ele pensou em Dain, que a desejou e depois a assassinou.

— Eu também não sou como nossa mãe — diz Oak.

— Você nem a conheceu — retruca a raposa. — Como pode saber se é ou não como ela?

Oak não tinha uma resposta para isso. Ele não queria ser como ela. Queria que as pessoas o amassem de forma normal.

Mas era verdade que queria que todos o amassem.

— Você vai morrer como ela. E como eu. Assassinado por quem ama.

— Eu não vou morrer — dispara o príncipe, mas a raposa sai correndo, deslizando entre as árvores. No início, sua pelagem brilhante a denuncia, mas depois as folhas se tornam escarlates e douradas e marrons, murchas. Elas caem em uma grande rajada que parece girar em torno do príncipe. E conforme os galhos tremem, Oak ouve risadas.

CAPÍTULO 6

Oak não sabe ao certo há quanto tempo está deitado nos ladrilhos de pedra fria, perdendo e recobrando a consciência. Ele sonha que está caçando cobras que brilham com pedras preciosas enquanto balançam a cauda noite adentro, sonha com garotas feitas de gelo cujos beijos esfriam suas queimaduras. Por diversas vezes, pensa que deveria se arrastar em direção ao cobertor branco, mas sente dor de cabeça só de pensar em se mover.

Seja lá o que o príncipe pensasse de si antes, por mais habilidoso que afirmasse ser em escapar de armadilhas e rir na cara do perigo, ele não está rindo agora. Teria sido melhor ficar sentado na cela, à espera. Teria sido melhor se tivesse corrido para a neve. Ele se arriscou e perdeu, perdeu de forma *espetacular*, o que é praticamente tudo o que pode dizer a seu favor — pelo menos foi espetacular.

É o movimento das sombras que o faz perceber que alguém está do lado de fora da cela. Ele ergue o olhar intenso. Por um momento, o rosto dela aparece na frente dele e Oak pensa que deve ser outro pesadelo.

Bogdana.

A bruxa da tempestade é alta, com o cabelo em uma juba selvagem. Ela o encara com olhos pretos que brilham como lascas de ônix úmido.

— Príncipe Oak, nosso mais honrado convidado. Eu estava com medo de você ter morrido lá dentro — diz, chutando uma bandeja sob a porta da cela. Nela, há uma tigela de sopa aguada com escamas boiando, ao lado de uma garrafa de vinho com cheiro azedo. Ele não tem dúvida de que ela escolheu a comida pessoalmente.

— Ah, olá — diz Oak. — Que visita inesperada.

Ela sorri com uma alegria maliciosa.

— Você não parece estar bem. Achei que uma refeição simples poderia ser de seu agrado.

Ele se senta no chão, ignorando o fato de que isso faz sua cabeça latejar.

— Quanto tempo fiquei apagado?

Ele nem mesmo tem certeza de como chegou às masmorras. Será que Straun foi forçado a carregá-lo até aqui, quando Valen se deu conta de que não acordaria tão cedo? Será que Valen o trouxe de volta, para o caso de ele nunca acordar?

— Algum compromisso, Príncipe de Elfhame? — pergunta Bogdana.

— É lógico que não. — Oak leva a mão ao peito. A queimadura em sua garganta está coberta de crostas. Ele consegue sentir o coração batendo acelerado. Não pode ter ficado inconsciente por muito tempo, pois Wren não enviou ninguém para arrastá-lo até a Corte para ser chicoteado.

O sorriso de Bogdana se alarga.

— Que bom. Porque vim dizer que estriparei todos os criados que você recrutar, caso tente usar um deles para escapar da cela de novo.

— Eu não... — começa ele.

Ela dá uma risada áspera, algo parecido com um rosnado.

— A garota do povo oculto? Você não pode esperar realmente que eu acredite que não está comendo na sua mão, que você não a colocou sob seu feitiço.

— Você acha que Fernwaif me ajudou a escapar? — pergunta, incrédulo.

— Está sentindo remorso agora, quando já é tarde demais? — Os lábios da bruxa da tempestade se curvam. — Você sabia do risco quando a usou.

— A garota não fez nada. — Fernwaif, que acreditava em romance, apesar de viver na Cidadela de Lady Nore, e que ele esperava que ainda estivesse viva. — Peguei a chave de Straun, e isso porque ele é um tolo, não porque o recrutei.

Bogdana observa a expressão de Oak, prolongando o momento.

— Suren intercedeu a favor de Fernwaif. Ela está a salvo de mim, por enquanto.

Oak suspira aliviado.

— Daqui em diante, serei tão desagradável aos criados da Cidadela quanto você deseja. Agora, espero que a conversa esteja encerrada.

Bogdana franze a testa.

— Nossa conversa não estará encerrada até que os Greenbriar paguem a dívida que têm comigo.

— Com nossas vidas, blá-blá-blá, já sei. — A dor e o desespero tornaram o príncipe imprudente.

Os olhos da bruxa da tempestade estão brilhantes com a luz refletida. Ela bate as unhas no ferro das barras, como se estivesse pensando em enfiar a mão ali e arranhar a cara de Oak com elas.

— Você quer algo de Suren, não é mesmo, príncipe? Talvez seja porque não está acostumado a ser rejeitado e não goste disso. Talvez você veja grandeza nela e queira arruiná-la. Talvez você de fato se sinta atraído por ela. De um jeito ou de outro, isso tornará ainda mais doce o momento em que ela cortar sua garganta.

Oak não consegue deixar de pensar no sonho que teve, na raposa caminhando ao seu lado e profetizando sua desgraça. Não consegue deixar de pensar em outras coisas.

— Ela já me mordeu antes, sabe — comenta com um sorriso. — Não foi tão ruim assim.

Bogdana parece enfurecida com o comentário, o que é satisfatório.

— Estou feliz que você ainda esteja bem preso, pequena isca — retruca ela, com os olhos brilhando. — Se fosse menos útil, eu arrancaria sua pele

dos ossos. Eu o machucaria de maneiras que você não pode imaginar. —
Há uma fome nas palavras dela que o enerva.

— Alguém já fez isso antes de você. — Oak se recosta, usando o
próprio braço de travesseiro.

— Você ainda está respirando — diz a bruxa da tempestade.

— Se estava mesmo preocupada, achando que eu tinha morrido —
comenta ele, lembrando-se da primeira coisa que ela disse quando chegou
à cela —, eu devia estar muito mal.

Pode ser que tenha ficado inconsciente por mais tempo do que
imaginava. Ainda falta um dia para Elfhame agir? Será que isso já está
acontecendo? Ele gostaria, de verdade, que a serpente de metal tivesse
sido mais específica sobre o que Jude estava planejando. *Trêsssss diasssss*
não era informação o bastante.

— Não preciso que você dure muito tempo — provoca Bogdana. — É
o Grande Rei que eu quero.

Oak bufa.

— Boa sorte.

— Você é minha sorte.

— Eu me pergunto o que Wren acha — comenta, tentando esconder
seu desconforto. — Você a está usando tanto quanto Lorde Jarel e Lady
Nore o fizeram. E já faz algum tempo que está planejando isso.

Um relâmpago faísca nos dedos de Bogdana.

— Minha vingança é dela também. Teve a coroa e o trono roubados.

— Ela tem uma coroa e um trono agora, não tem? — pergunta Oak.
— E parece que você é a única que pode custar isso a ela, *de novo.*

O olhar da bruxa da tempestade poderia ter fervido o sangue dele.

— Pelo que Mab fez, eu verei o fim do reinado de Greenbriar — retruca
Bogdana. — Você acha que conhece a Suren, mas não conhece. Ela tem
o coração da minha filha morta. Nasceu para ser a ruína de seus parentes.

— Eu a conheço bem o suficiente para chamá-la de *Wren* — diz ele,
e observa os olhos da bruxa da tempestade brilharem com uma malícia
mais intensa. — E nem sempre fazemos a coisa que nascemos para fazer.

— Coma, garoto — diz Bogdana, apontando para a comida nojenta que trouxe. — Odiaria ver você ir para o matadouro com fome.

Somente horas depois, quando os passos de três guardas o acordam de mais um sono leve, é que Oak se dá conta de que ela pode ter dito essas últimas palavras de forma literal. Sua cabeça ainda dói o bastante para que ele pense em ficar deitado e deixar que eles façam o pior, mas então decide que, se vai morrer, pelo menos vai morrer de pé.

Já está em pé quando eles chegam. Assim que abrem a porta da cela, ele usa a ponta do casco para virar a tigela de sopa nas mãos. Em seguida, bate no rosto do primeiro guarda.

O guarda cai. Oak chuta o segundo contra as barras de ferro e, em um momento de hesitação do terceiro, se lança para agarrar a espada caída do primeiro guarda.

Antes que possa pegá-la, uma clava o atinge na barriga, tirando todo o ar de seus pulmões.

Ele era mais rápido, antes do contato com o ferro. Antes de seus músculos ficarem rígidos. Antes de Valen atingi-lo na cabeça várias vezes. Algumas semanas atrás, ele teria pegado a espada.

Eles estão amontoados na porta da cela; essa é sua principal vantagem. Só podem atacá-lo um por vez, mas todos os três estão com armas sacadas e Oak tem apenas as mãos e os cascos. Até a tigela está caída no chão, rachada ao meio.

Mas ele se recusa a ser arrastado de volta para a sala de interrogatório. É dominado pelo pânico ao pensar que Valen pode começar a tortura de novo. De ouvir o golpe de um chicote de gelo. Das unhas de Bogdana arrancando sua pele.

O segundo guarda, aquele que bateu nas grades, se lança contra ele com a espada. No entanto, o espaço é pequeno, estreito demais para que ele consiga golpear de verdade e, por isso, o movimento do guarda é lento. Oak se esquiva e se choca contra o primeiro guarda, que conseguiu se levantar. O príncipe tromba nele e os dois caem com tudo nos ladrilhos de pedra fria do corredor da prisão. Oak tenta se levantar, mas é atingido no meio das costas pelo porrete do terceiro guarda. É derrubado de novo, caindo em cheio sobre o segundo guarda. Ele pega uma faca presa ao cinto do oponente. Após sacá-la, rola de costas, pronto para lançá-la.

Ao fazer isso, sente uma mudança familiar em sua mente. Todos os outros pensamentos sendo desligados, o abandono de si. Há um alívio em se soltar, permitindo que o futuro e o passado desapareçam, para se tornar alguém sem esperança ou medo além deste momento. Alguém para quem só existe e só existirá esta luta.

Mas isso também o preocupa, porque a cada vez que acontece, ele sente que perde mais e mais o controle do que faz quando está fora de si. Quantas vezes ele já se viu diante de um corpo, com sangue em suas roupas, no rosto, na espada e nas mãos — e nenhuma lembrança do ocorrido?

Isso o faz pensar no poder do gancanagh, em todos os avisos que parece não ser mais capaz de ouvir.

— *Oak!* — grita Hyacinthe.

O príncipe abaixa o punho armado. De alguma forma, ouvir a voz de Hyacinthe gritando seu nome o faz voltar a si. Talvez seja apenas a familiaridade do desdém do homem.

Quando não é atingido de novo, ele se permite ficar ali, respirando com dificuldade. O outro guarda se levanta.

— Ela quer que você compareça ao jantar — anuncia Hyacinthe. — Vim aqui para fazer você se limpar.

— Wren? — Oak ainda não conseguiu se situar direito no tempo. — Achei que ela ia me castigar.

Hyacinthe ergue as sobrancelhas.

— Sim, Wren. Quem mais?

O príncipe olha para os guardas, que o encaram com ressentimento. Se tivesse pensado melhor, ele teria se dado conta de que não tinha motivos para tentar *assassiná-los*. Eles não estavam necessariamente trabalhando para Valen ou Bogdana, não estavam necessariamente ali para conduzi-lo ao seu fim. Talvez tivesse percebido antes se sua cabeça não estivesse doendo tanto. Se Bogdana não tivesse ido até ali para ameaçá-lo.

— Ninguém falou nada sobre jantar — reclama Oak.

Um dos guardas, o que segura o porrete, bufa. Os outros dois fazem caretas.

Hyacinthe se vira para todos eles.

— Vão encontrar outra coisa para fazer. Eu escoltarei o príncipe.

Os guardas partem, um deles cuspindo no chão de pedra ao sair.

— Já deixo avisado — diz Oak — que se também estiver planejando me bater, terá de ser um golpe e tanto para ter algum efeito sobre o inchaço e os hematomas que já estão aparecendo.

— Você poderia considerar, de vez em quando, a possibilidade de ser mais esperto e ficar de boca fechada — avisa Hyacinthe, estendendo a mão para ajudar Oak a se levantar.

Por um momento, o príncipe tem certeza de que vai abrir a boca e dizer algo que Hyacinthe não achará nada engraçado. Algo que provavelmente não *será* nem um pouco engraçado.

— Acho pouco provável, mas podemos ter esperanças — Oak consegue dizer enquanto se permite ser levantado. Ele cambaleia um pouco e percebe que, se tentar se segurar, terá de queimar a mão nas barras de ferro. Ele fica tonto. — Se você pretende se vangloriar, pode falar.

A boca de Hyacinthe se torce em um sorriso.

— Você está pagando, Príncipe de Elfhame. Com a mesma moeda que já exigiu antes.

Oak não poderia refutar essa afirmação. Estava de pé por pura força de vontade, respirando fundo até ter certeza de que continuará assim.

— Bem, vamos lá — diz Hyacinthe. — A menos que você queira que eu o carregue.

— Me carregar? Que sugestão maravilhosa. Você pode me carregar em seus braços como uma donzela em um conto de fadas.

Hyacinthe revira os olhos.

— Posso jogar você sobre o ombro como um saco de batatas.

— Então, acho que posso ir andando — diz Oak, esperando que consiga. Ele cambaleia atrás de Hyacinthe, lembrando-se de como Hyacinthe já foi seu prisioneiro, sentindo a justiça poética do momento. — Você vai amarrar minhas mãos?

— É preciso? — pergunta Hyacinthe.

Por um momento, Oak acha que ele está se referindo ao arreio. Mas então o príncipe percebe que Hyacinthe está apenas oferecendo a oportunidade de subir as escadas sem ser amarrado.

— Por que você é...?

— Um captor mais gentil do que você jamais foi comigo? — Hyacinthe dá uma risadinha. — Talvez eu apenas seja uma pessoa melhor.

Oak nem tenta lembrar Hyacinthe de como ele tentou *assassinar o Grande Rei* e, se o príncipe não tivesse intercedido, teria sido executado ou enviado para a Torre do Esquecimento. Isso não importa. É bem provável que nenhum dos dois seja uma pessoa particularmente melhor.

Eles seguem pelo corredor, passando por tochas acesas. Hyacinthe observa Oak e franze a testa.

— Você está com hematomas, e é muito cedo para que tenham sido causados pela luta que acabei de ver. Essas queimaduras de ferro também não são recentes e não têm o formato e ângulo que teriam se fossem causadas pelas grades da prisão. O que aconteceu?

— Sou um milagre da autodestruição — responde Oak.

Hyacinthe para de andar e cruza os braços. A pose é tão parecida com uma que Tiernan faz com frequência que Oak tem certeza de que é uma imitação, mesmo que Hyacinthe não perceba.

Talvez seja isso o que o faça falar, esse gesto familiar. Ou talvez seja o fato de ele estar tão cansado e com muito medo.

— Você conhece um cara chamado Valen? Ex-general. Pescoço grosso. Mais raiva do que juízo.

Hyacinthe franze as sobrancelhas e concorda devagar.

— Ele quer seu emprego — explica Oak, e começa a andar de novo.

Hyacinthe surge ao lado dele.

— Não vejo o que você tem a ver com isso.

84   HOLLY BLACK

Eles chegam às escadas e sobem, saindo das masmorras. A luz do sol se pondo atinge seu rosto, fazendo seus olhos doerem, mas a única coisa que sente é gratidão. Não tinha certeza de que voltaria a ver a luz do sol.

— Pode ser que ele tenha falado alguma coisa a respeito de um soldado chamado Bran ter desertado. Ele não fez isso. Está morto.

— Bran está... — começou Hyacinthe, mas depois baixou a voz para um sussurro. — Ele está *morto*?

— Não me olhe assim — retrucou Oak baixinho —, não fui eu quem o matou.

Os guardas flanqueiam uma entrada alguns passos à frente e, por consenso tácito, ambos ficam em silêncio. Os ombros de Oak ficam tensos ao passar por eles, mas os homens não fazem nada para impedir que ele siga pelos corredores. Pela primeira vez, ao entrar em um corredor com teto alto, ele está livre para olhar a Cidadela sem o perigo de ser pego. Ele sente o cheiro de cera derretida e a seiva dos abetos. De pétalas de rosa também, talvez. Sem o fedor persistente do ferro, sua cabeça dói menos.

Então, o olhar do príncipe se dirige a uma das grandes paredes translúcidas de gelo e ele tropeça.

Como em uma janela, pode ver a paisagem além da Cidadela e os reis trolls caminhando por ela. Embora distantes, eles são muito maiores do que as rochas da Floresta de Pedra, como se aquelas formações maciças representassem apenas a parte superior de seus corpos, e o restante estivesse enterrado. Esses trolls são maiores do que qualquer gigante que Oak viu na Corte de Elfhame, ou na Corte das Mariposas. Ele os observa se moverem pela neve, arrastando enormes pedaços de gelo, e recalcula mentalmente os recursos de Wren.

Eles estão construindo um muro. Um escudo defensivo de quilômetros de largura, cercando a Cidadela.

Em menos de um mês, entre tomar conhecimento de seus recém-descobertos poderes e de seus novos aliados, Wren tornou a Corte dos Dentes mais formidável e mais perigosa do que jamais fora durante o reinado de Lorde Jarel. Mas quando pensa nela, não consegue deixar de ver a escuridão por baixo de seus olhos e o brilho febril deles. Não consegue afastar a sensação de que algo está errado.

— Wren não parece estar se sentindo bem — diz Oak. — Ela anda doente?

Hyacinthe franze a testa.

— Você não pode, de fato, achar que trairei minha rainha ao contar os segredos dela.

O sorriso de Oak é afiado.

— Então há um segredo a ser contado.

Hyacinthe franze a testa ainda mais.

— Eu sou um prisioneiro — diz Oak. — Quer você me acorrente ou não, eu não posso machucá-la, e não o faria se pudesse. Eu o alertei quanto a Valen, quanto a Bran. Com certeza provei que tenho certa lealdade.

Hyacinthe suspira, seu olhar se voltando para os reis trolls além da vidraça gelada.

— Lealdade? Acho que não, mas vou contar porque talvez você seja a única pessoa que *pode* ajudar. O poder de Wren cobra um preço terrível dela.

— O que isso quer dizer? — questiona Oak.

— Ele a corrói — diz Hyacinthe. — E ela vai continuar tendo que usá-lo, de novo e de novo, enquanto você estiver aqui.

Oak abre a boca para pedir mais explicações, mas, naquele momento, um grupo de cortesãos passa, todos com aspecto pálido e frio, seus olhares deslizando por Oak como se a simples existência dele fosse uma ofensa.

— Você vai para a torre mais à esquerda — diz Hyacinthe.

Oak concorda com a cabeça, tentando não se abalar com o ódio nos olhos dos cortesãos. A torre para a qual ele está se dirigindo é, ironicamente, a mesma em que fora pego no dia anterior.

— Explique — pede ele.

— O que ela faz... não é apenas desvincular, é *desfazer*. Ela adoeceu depois do que fez com Lady Nore e seu exército de gravetos. *Ficou abatida*. E Bogdana insistiu muito para que Wren usasse o poder de novo para quebrar a maldição da Floresta de Pedra, porque ela vai precisar dos trolls se Elfhame vier contra nós. Mas ela mesma é forjada de magia e, quanto mais desfaz, mais ela própria é desfeita.

Oak se lembra da tensão estampada na face de Wren no Grande Salão, de seu rosto abatido e magro enquanto dormia.

Ele tinha presumido que Wren não visitava as masmorras porque não queria vê-lo, fosse por desinteresse ou por raiva. Mas era possível que não tivesse ido por estar doente. Por mais que ela saiba que é perigoso aparentar fraqueza para sua recém-formada Corte, é possível que sinta que é igualmente arriscado fazê-lo na frente dele.

E se ela não continuar usando o poder...

Não importa quão perigosa seja a magia, Oak pode imaginar Wren acreditando que, se não a usar, não será capaz de manter o trono. Esta era uma terra do povo oculto, nisser e trolls, acostumados a se curvar apenas à força e à ferocidade. Eles seguiram Lady Nore, mas estavam dispostos a aclamar Wren como sua nova rainha, ainda que ela tenha assassinado a soberana anterior.

Ela pode estar disposta a ultrapassar seus limites para manter esse apoio. Para provar que é digna. Ele não vira a irmã fazer a mesma coisa?

Sabe o que os surpreenderia de fato? sua mente completa, longe de ajudar. *Ousar desafiar o herdeiro de Elfhame.*

— Hoje à noite, no jantar — diz Hyacinthe —, convença a rainha a deixar você ir. E se não conseguir, vá mesmo assim. Caia fora. *Fuja* de verdade desta vez e leve seu conflito político com você.

Oak arregala os olhos à insinuação de que sair das masmorras era fácil e que ele poderia ter feito isso a qualquer momento.

— Você poderia aconselhá-la a me *deixar* ir. A menos que ela também não confie em você.

Hyacinthe hesita, recusando-se a morder a isca.

— Ela confiaria menos em mim se soubesse que estamos tendo esta conversa. Não sei se Wren confia em alguém, o que é sábio. O Povo das Fadas da Cidadela têm suas próprias intenções.

— Eu sou a última pessoa de quem ela ouviria conselhos — diz Oak. — Como você bem sabe.

O TRONO DO PRISIONEIRO   87

— Você tem um jeitinho de persuadir as pessoas.

É uma alfinetada, mas o príncipe cerra os dentes e se recusa a ficar ofendido. Por mais mordaz que o comentário seja, é uma verdade.

— Seria muito mais fácil se eu não estivesse usando esse arreio.

Hyacinthe olha de soslaio para ele.

— Você consegue. — Ele deve ter ouvido os detalhes da ordem da rainha. *E então permanecerá em minhas masmorras até que seja chamado.*

Oak suspira.

— E, nesse meio-tempo, pare de caçar briga — diz Hyacinthe, fazendo com que Oak tenha vontade de brigar com *ele*. — Não há nenhuma situação que você não se sinta obrigado a tornar ainda pior?

Oak sobe os degraus da torre, pensando no jantar que o espera com Wren. Parece surreal pensar em se sentar diante dela em uma mesa, como em seus sonhos agitados e cheios de raposas.

Eles chegam a uma porta de madeira com duas fechaduras do lado de fora. Hyacinthe passa pelo príncipe para colocar uma chave na primeira e depois na segunda.

Uma chave. Duas fechaduras. Oak observa. E nenhuma delas é de ferro.

A sala para a qual a porta se abre é bem decorada. Sofás baixos dispostos sobre um tapete que parece muito mais macio do que qualquer coisa que ele tenha visto nas últimas semanas, de modo que ele se contentaria em afundar ali. Chamas azuis ardem na grelha de uma lareira. Elas parecem quentes e, no entanto, quando ele coloca a mão na parede de gelo acima do fogo, não há nada que indique derretimento. O piso é revestido de pedra nas partes que não são cobertas pelo tapete. Se não olhasse atentamente, poderia supor que não estava em um palácio de gelo.

— Uma prisão muito mais chique — comenta Oak, encostando-se em uma das colunas da cama. Enquanto estava se movendo, ele não sentia tontura, mas agora que parou, sente a forte necessidade de se apoiar em alguma coisa para não cair.

— Vista-se — ordena Hyacinthe, apontando para um monte de roupas estendidas na cama. Ele segura a chave na palma da mão e a coloca sobre a lareira. — Se não conseguir persuadi-la, talvez tenha interesse em saber que a troca de guardas acontece ao amanhecer. Também deixei um livro na mesa de cabeceira. É literatura do mundo mortal, e sei que você gosta desse tipo de coisa.

Oak olha para a chave enquanto Hyacinthe sai. Uma parte dele quer descartar isso como um truque, uma forma de o ex-falcão provar que o príncipe não é confiável.

Ele olha para as roupas deixadas na cama e depois para o colchão, recheado com plumas de ganso ou talvez penas de pato. Ele chega a se sentir doente de tanta vontade de deitar, de permitir que sua cabeça latejante descanse em um travesseiro.

Oak respira fundo e se obriga a pegar o livro que Hyacinthe indicou — um livro com o título *Truques de mágica para leigos*. Ele folheia as páginas, pensando em como uma vez fez uma moeda desaparecer e reaparecer na frente de Wren. Lembra-se de seus dedos roçando a orelha dela, de sua risada inesperada.

Deveria tê-la deixado ir embora naquela noite. Deixá-la pegar o maldito arreio, entrar no ônibus e partir, se era isso que ela tanto queria.

Mas não, ele tinha que se exibir, ser esperto e manipular tudo e todos, do jeito que fora ensinado. Da mesma maneira que seu pai o havia manipulado para vir para cá.

Com um suspiro, ele franze a testa para o livro de novo. Parece que não há nada escondido ali. Ele não tem certeza do que isso significa, exceto que Hyacinthe pensa que ele é leigo. Por via das dúvidas, folheia as páginas de novo, mais devagar dessa vez.

Na página 161, encontra um talo de artemísia já quase seco.

Os guardas esperam por Oak no saguão quando ele sai do quarto, vestido com as roupas que recebera.

O gibão é de um tecido prateado que parece rígido e denso, como se houvesse fios de prata entrelaçados no tecido. Seus ombros são um pouco mais largos e seu torso um pouco mais longo do que o do proprietário original, e se sente ainda mais desconfortável e apertado do que com o uniforme. As calças são pretas feito um céu sem estrelas e precisam ser dobradas um pouco acima dos cascos.

Ele não diz nada aos guardas, e eles o olham de cara amarrada enquanto o escoltam até uma sala de jantar com teto alto, onde a nova rainha está esperando.

Wren está de pé junto à cabeceira de uma longa mesa, com um vestido de algum tecido que parece ser preto e depois prateado, dependendo da luz. O cabelo está afastado do rosto azul-claro e, ainda que ela não use uma coroa, os ornamentos em seu cabelo remetem à silhueta de uma.

Está tão aterrorizante quanto uma Rainha das Fadas, convidando-o para uma última ceia de maçãs envenenadas.

Ele faz uma reverência.

O olhar dela repousa sobre ele, como se estivesse tentando decidir se o gesto é uma ironia ou não. Ou talvez esteja apenas observando os hematomas dele.

Oak está certamente notando o quanto ela parece frágil. *Abatida.*

E algo mais. Algo que ele deveria ter notado no quarto, quando recebeu ordens dela, mas estava em pânico demais para reparar. Há uma atitude defensiva em sua postura, como se estivesse se preparando para a raiva dele. Depois de manter Oak como prisioneiro, acredita que ele a *odeia.* Wren ainda pode estar com raiva do príncipe, mas é óbvio que espera que ele fique furioso com ela.

E a cada vez que ele se comporta como se não estivesse, ela acha que Oak está pregando uma peça.

— Hyacinthe me disse que você estava relutante em explicar como se machucou — diz Wren.

Oak não precisa olhar para a entrada para ver os guardas. Ele os notou quando chegou. Sem saber de suas lealdades, não teria como mencionar

90   HOLLY BLACK

Valen, ou mesmo Straun, sem tirar o elemento-surpresa de Hyacinthe. Será que ela sabia disso? Seria aquilo uma armadilha para que caíssem? Ou outro teste?

— O que você diria se eu respondesse que fiquei tão entediado que bati na minha própria cara?

Sua boca se torna uma linha ainda mais sombria.

— Ninguém acreditaria nessa mentira, nem mesmo se você a contasse.

Oak inclina a cabeça para a frente e não consegue evitar o desespero em sua voz. O começo foi ruim e, ainda assim, ele parece incapaz de evitar que as coisas piorem.

— Em que mentira você *acreditaria*?

CAPÍTULO 7

Wren fica tensa. Dá para perceber o cuidado com que se porta. Transformando a timidez em frieza. Ele é todo admiração, exceto pela parte em que essa nova rainha pode decidir que ele não passa de um espinho a ser podado.

— Devo te ajudar a me trair? — pergunta, e ele sabe que não estão mais falando só dos hematomas.

Oak caminha até a ponta da mesa e fica diante dela. Um criado se aproxima e puxa a cadeira para ele. Tonto, ele desaba ali sentado, ciente de que é provável que isso o faça parecer mal-humorado.

Não faz ideia do que dizer.

Ele se lembra do momento na Corte das Mariposas em que lhe disseram que Wren o havia traído, quando realmente parecia verdade, que o tinha usado como ele estava acostumado a ser usado, que o beijou para distraí-lo de seu verdadeiro objetivo. Estava furioso com ela, isso é certo, e consigo mesmo por ter sido um tolo. Estava furioso o suficiente para deixar que a levassem embora.

Foi só mais tarde, quando entendeu os detalhes, que um pânico terrível se instalou. Porque ela o *havia* traído, mas para libertar aqueles que achava que estavam presos de forma injusta. E ela fez isso sem qualquer benefício estratégico ou pessoal, colocando-se em perigo pelas fadas e pelos mortais que mal conhecia. Assim como ajudou todos os mortais que fizeram acordos ruins com os seres encantados na cidade em que vivia.

Ele não entendera sua motivação antes de permitir que a levassem. Se lembra da incômoda combinação de raiva e medo ao pensar no que poderia estar acontecendo com ela, no horror de não ter certeza de que poderia salvá-la da rainha Annet.

Oak se pergunta se este jantar se deve ao fato de Wren ter ouvido que ele foi ferido e estar arrependida, nada além disso. Ela decerto se sentiu traída. Mas a traição não impedia que alguém sentisse outras coisas.

— Eu tenho alguma experiência com farsas — admite ele.

Ela franze a testa diante dessa confissão inesperada e também se senta.

Outro criado derrama vinho preto em uma taça à sua frente, esculpida em gelo. Oak a levanta, imaginando se há alguma maneira de saber se o líquido está envenenado. Ele consegue identificar alguns venenos pelo gosto, mas muitos não têm sabor ou têm um sabor sutil o suficiente para ser mascarado por algo mais aromático.

Ele pensa em Oriana, que, pacientemente, o alimentou com um pouco de veneno junto com leite de cabra e mel quando ele ainda era bebê, adoecendo-o primeiro para que se curasse depois. Então toma um gole hesitante.

O vinho é forte e tem um gosto parecido com groselha.

Ele nota que Wren não tocou na taça dela.

Tenho que provar que confio nela, diz a si mesmo, embora não tenha certeza absoluta de que pode confiar. Afinal de contas, ela não seria a primeira pessoa de quem ele gostou e que tentou matá-lo. Ela nem mesmo seria a primeira que ele *amou* e que tentou matá-lo.

Ele afasta o pensamento. Levantando a taça de vinho em saudação, dá um longo gole. Com isso, Wren enfim leva a taça aos lábios.

Oak tenta não demonstrar o alívio que sente.

— Certa vez, perguntei se você gostaria de ser rainha de verdade. Parece que mudou de ideia. — Ele consegue manter a voz leve, embora ainda não saiba dizer por que está sentado ali e não diante de um chicote de gelo.

— Você mudou de ideia? — rebate ela.

Ele sorri.

— Será que devo? Diga, Vossa Majestade, como é, agora que está sentada em um trono e tem tantas demandas quanto ao seu tempo e recursos? Você gosta de ter cortesãos à sua disposição?

O sorriso que ela abre está tingido pela amargura.

— Você sabe muito bem, príncipe, que estar sentada à cabeceira da mesa não significa que os convidados não falarão das porções em seus pratos, da disposição dos assentos ou do polimento da prata. Muito menos quer dizer que não farão planos para ocupar seu lugar.

Como se fosse parte do discurso, dois criados do povo oculto entram na sala e colocam o primeiro prato diante de Oak e Wren.

Finas lascas de peixe frio em um prato de gelo com um pouco de pimenta rosa. Elegante e gelado.

— Como convidado — diz Oak, levantando o garfo —, tenho poucas reclamações. E estou, de fato, à sua disposição.

— Poucas reclamações? — repete ela, com uma sobrancelha azul-claro erguida. — As masmorras eram do seu agrado?

— Preferiria não voltar para lá — admite Oak. — Mas se tiver que ser assim para continuar aqui, então não tenho reclamação alguma.

Um leve rubor surge nas bochechas de Wren, e ela franze a testa de novo.

— Você me perguntou o que eu queria com você. — Ela o encara com os olhos verde-musgo. Um verde suave, ele sempre achou, mas que agora parecia severo. — Mas tudo o que importa é que eu *quero* você. E eu tenho você. — Embora isso pareça uma confissão, as palavras são ditas em tom de ameaça.

— Pensei que você acreditasse que não poderia haver amor sem liberdade. Não foi isso que disse a Tiernan?

— Você não precisa me amar — retruca ela.

— E se eu amasse? Se eu amar? — Oak já declarara seu amor a outras pessoas, mas antes parecia brincadeira e, agora, a sensação era de dor.

Talvez por ela ser capaz de enxergá-lo como ninguém nunca o fizera. A máscara que ele usa é muito mais fácil de ser amada do que aquele que está por baixo dela.

Wren ri.

— E se? Não faça jogos de palavras comigo, Oak.

Ele sente o rosto esquentar de vergonha, ao perceber que era exatamente isso que estava fazendo.

— Você tem razão. Vou ser mais claro. Eu...

— *Não* — corta ela, sua voz fervendo com a magia de desfazer, transformando em polpa e sementes uma das frutas que está em uma bandeja e fazendo uma das travessas virar prata derretida. O material atravessa o gelo da mesa para pingar no chão em fios brilhantes, esfriando conforme escorre.

Wren parece tão assustada com a cena quanto ele, mas se recupera depressa, ficando em pé. Uma mecha de cabelo azul se solta e cai sobre o rosto.

— Não pense que ficarei lisonjeada por você me considerar uma oponente melhor e então me propor um enigma romântico mais cuidadoso para decifrar. Não preciso que professe seus sentimentos. O amor pode ser perdido, e eu estou farta de perder.

Ele se arrepia ao pensar em Lady Nore e Lorde Jarel e em como, apesar de não ser possível classificar o que havia entre eles como amor, tinha algo de amor ali. Ele viu as antigas regentes da Corte dos Dentes imersas nas paredes congeladas do Salão das Rainhas. Isso é o que significa querer possuir outra pessoa, não estar disposto a deixá-la ir, nem mesmo na morte. Assassiná-la quando fosse a hora de substituí-la, para que pudesse mantê-la para sempre.

Oak não achava que Wren fosse capaz de querer possuir alguém dessa forma, e não queria acreditar nisso agora.

Mas ela pode pensar — depois de jogá-lo na prisão e deixá-lo lá — que eles são inimigos. Que ela fez uma escolha com raiva e que essa escolha não pode ser revertida. Que, independentemente do que ele diga, sempre a odiará.

E talvez ele viesse a odiá-la. Ele se culpa por muita coisa e está disposto a suportar muita coisa, mas sua tolerância tem um limite.

— Talvez você possa remover o arreio, pelo menos? — pergunta. — Você me quer. Pode ficar comigo. Mas vai me beijar mesmo quando eu estiver usando o arreio? Sentir as tiras de couro tocando sua pele de novo?

Ela estremece de forma discreta ao se sentar de novo, e ele sabe que conseguiu marcar ao menos esse ponto.

— O que você faria para se livrar disso? — pergunta ela.

— Como você pode usar o arreio para me obrigar a fazer qualquer coisa, é lógico que não deve haver nada que eu não faria para tirá-lo — diz ele.

— Mas não é o caso. — A expressão dela é astuta, e ele se lembra de quantas negociações ruins ela já ouviu os mortais fazerem com fadas.

Ele dá um sorriso discreto e cauteloso.

— Eu faria *muitas coisas*.

— Você concordaria em ficar aqui comigo? — pergunta ela. — Para sempre.

Ele pensa nas irmãs, na mãe e no pai, nos amigos, em nunca mais vê-los. Nunca mais estar no mundo mortal nem andar pelos corredores de Elfhame. Não consegue imaginar essa vida. E, no entanto, talvez eles pudessem visitar, talvez com o tempo ele pudesse persuadir...

Ela deve ter visto a hesitação no rosto dele.

— Foi o que pensei.

— Eu não disse que não — ressalta ele.

— Aposto que você estava pensando em como poderia distorcer a forma de falar a seu favor. Para prometer algo que parecesse com o que eu pedi, mas que tivesse um significado totalmente diferente.

Ele morde a bochecha. Não era isso que estava pensando, mas acabaria chegando lá.

Oak espeta um pedaço de peixe e o come. É apimentado e foi salpicado com vinagre.

— O que você fará quando a Grande Corte me pedir de volta?

Ela lança um olhar neutro para ele.

— O que o faz pensar que ainda não o fizeram?

Ele pensa em todas as reuniões de guerra para as quais ela foi arrastada por uma corrente de prata na Corte dos Dentes. Ela sabe o que significa um conflito com Elfhame.

— Se me deixar falar com minha irmã... — começa ele.

— Você falaria bem de mim? — Um desafio permeia sua voz.

Antes, ela jogava na defensiva. Seu objetivo era se proteger, mas não se pode vencer dessa forma.

Estou farta de perder.

Ele vê no rosto de Wren o desejo de vencer a qualquer custo.

Lembra de Bogdana, do lado de fora da cela, dizendo que é o Grande Rei que ela quer.

Será que tudo isso faz parte do plano da bruxa da tempestade? As lições de sua irmã e as lições de seu pai chegam até ele em uma torrente confusa, mas nenhuma delas pode ajudá-lo agora.

— Eu poderia convencer Jude a nos dar um pouco mais de tempo para resolver nossas diferenças. Mas admito que será mais difícil com esse arreio na minha cara.

Wren toma outro gole de vinho.

— Não se pode impedir o que está por vir.

— E se eu prometer retornar se você me deixar ir? — pergunta Oak.

Ela olha para ele como se estivessem falando de uma piada velha.

— Com certeza você não espera que eu caia em um truque tão tolo assim.

O príncipe se lembra da chave na lareira, da possibilidade de fuga.

— Eu poderia ter ido embora.

— Você não teria ido muito longe.

Ela parece muito segura.

Outro prato chega. Esse é quente, tão quente que sai fumaça, e sua taça de vinho feita de gelo brilha enquanto derrete. São corações de cervo grelhados no fogo, banhados em um molho de frutas vermelhas.

O TRONO DO PRISIONEIRO   97

Ele se pergunta se Wren planejou a sequência desta refeição. Se não, alguém na cozinha tem um senso de humor verdadeiramente terrível.

Ele não levanta o garfo. Não come carne vermelha, mas mesmo que o fizesse, é provável que não comeria isso.

Ela o observa.

— Quer que eu faça de você meu conselheiro. Quer se sentar aos meus pés, manso e prestativo. Então me aconselhe... Desejo ser obedecida, mesmo que não possa ser amada. Tenho poucos exemplos de rainhas que possam me servir de modelo. Será que devo governar como a rainha Annet, que executa seus amantes quando se cansa deles? Ou como a sua irmã? Me disseram que o próprio Grande Rei chama o método de diplomacia dela de *caminho das facas*. Ou talvez como Lady Nore, que usava crueldade arbitrária e quase constante para manter seus seguidores na linha.

Oak cerra o maxilar.

— Acredito que você pode ser obedecida *e* amada. Não precisa governar como ninguém além de você própria.

— Amor de novo? — pergunta Wren, mas a curva de sua boca se suaviza. Uma parte dela deve estar apavorada de estar de volta a esta Cidadela, por ser soberana sobre aqueles que estava combatendo apenas algumas semanas antes, por estar doente, por ter demandas sobre seu poder. No entanto, ela não se comporta como se estivesse com medo.

Ele olha, do outro lado da mesa, para as cicatrizes nas bochechas dela, resultado de tanto tempo usando o arreio, para os olhos escuros feito musgo. Um sentimento de impotência o invade. Tudo aquilo que queria dizer se embaralha em sua boca, por mais que esteja acostumado a falar com facilidade, as palavras se derramando por sua língua.

Oak diria que quer ficar com ela, que quer ser seu amigo de novo, sentir os dentes dela em seu pescoço, mas como poderia convencê-la da sinceridade de suas palavras? E mesmo que ela acreditasse nele, de que importaria se o que ele desejava não a manteria a salvo das tramas dele?

— Eu nunca fingi ter sentimentos que não eram reais — ele consegue dizer.

Ela o observa, com o corpo tenso e os olhos assombrados.

— Nunca? Na Corte das Mariposas, você teria realmente suportado meu beijo se não achasse que precisava de mim em sua jornada?

Ele bufa, surpreso.

— Eu teria *suportado*, sim. Eu o suportaria de novo agora mesmo.

As bochechas dela ficam levemente rosadas.

— Isso não é justo.

— Isso é um absurdo. Com certeza você percebeu que gostei — retruca ele. — Eu até gostei quando você me mordeu. No ombro, lembra? É capaz de eu ainda ter cicatrizes da ponta dos seus dentes.

— Não seja ridículo — protesta ela, irritada.

— Injusto — diz ele —, quando gosto tanto de ser ridículo.

Os criados chegam para buscar os pratos. O príncipe não tocou na comida.

Ela olha para o colo, afastando-se dele o suficiente para esconder o rosto.

— Você não pode, de fato, esperar que eu acredite que gostou de ser mordido.

Ele se encontra na posição em que tantas vezes colocou os outros, com o pé atrás. Um rubor quente sobe por seu pescoço.

— Bem? — indaga ela.

Ele sorri.

— Você não quis que eu gostasse um pouco?

O silêncio paira entre eles por um longo momento.

Chega o último prato. Frio de novo, gelo raspado em uma pirâmide de flocos, coberto por uma camada fina de calda vermelha como sangue.

Ele come e tenta não tremer.

Alguns minutos depois, Wren se levanta.

— Você voltará para os aposentos na torre, onde confio que permanecerá até que eu o convoque de novo.

— Para ficar esparramado a seus pés como um troféu de guerra? — pergunta ele, esperançoso.

— Talvez considere isso divertido o bastante para impedi-lo de fazer travessuras. — Um sorriso discreto se insinua no canto da boca de Wren.

Oak empurra a cadeira para trás e caminha até ela, pegando sua mão. Fica surpreso quando a rainha permite. Os dedos dela são frios ao toque.

Ela dá uma olhada para os guardas. Um falcão de cabelo vermelho dá um passo à frente.

Porém, antes de soltá-la, Oak beija as costas de sua mão.

— Minha senhora — diz, os olhos se fechando por um momento quando a boca toca a pele dela. Ele se sente como se estivesse tentando atravessar um abismo por uma ponte feita de lâminas. Um passo em falso e estará em um mundo de dor.

Mas Wren faz apenas uma careta discreta, como se esperasse ver ironia em seu olhar. Ela puxa a mão, a expressão inescrutável, enquanto os guardas o conduzem até a porta.

— Eu não sou a pessoa que você acredita que eu seja — diz ela depressa.

Ele se vira, surpreso.

— Aquela garota que você conheceu. Dentro dela sempre houve essa raiva enorme, esse vazio. E agora isso é tudo o que sou. — Wren parece infeliz, com as mãos na frente do corpo e os olhos assustados.

Oak pensa em Mellith e nas lembranças dela. Em sua morte e no nascimento de Wren. Na maneira como ela o está observando agora.

— Não acredito nisso — responde.

Ela se volta para um dos guardas.

— No caminho para os aposentos dele — pede —, certifique-se de passar pelo Grande Salão.

Um dos falcões assente, parecendo desconfortável. Os guardas escoltam Oak para fora, conduzindo-o pelo corredor. Ao passarem pela sala do trono, eles diminuem o ritmo da caminhada o suficiente para que ele possa dar uma boa olhada lá dentro.

No gelo da parede, como se fosse uma peça de decoração, está pendurado o corpo de Valen. Por um momento, Oak se pergunta se isso seria obra de Bogdana, mas o falcão não está esfolado nem exibido da mesma forma que as outras vítimas da bruxa da tempestade.

A garganta está cortada. Um medonho colar de sangue seco envolve a clavícula. As roupas estão rígidas, como se estivessem engomadas. Oak pode ver o talho da carne, cortada de forma limpa com uma faca afiada.

O príncipe olha para trás, para o local onde jantou com Wren.

Quando notou como ele estava relutante em dizer quem causara os hematomas, ela já sabia quem fora. Hyacinthe deve ter repetido as palavras de Oak para ela. Pode ser que tenha feito isso enquanto o príncipe se vestia para jantar.

Não é como se ele nunca tivesse visto assassinatos antes. Testemunhara muitos em Elfhame. Suas mãos não estão limpas. Mas, ao olhar para o falcão morto, assim exposto, reconhece que, mesmo sem as lembranças de Mellith, Wren viu coisas muito mais aterrorizantes e cruéis do que qualquer uma que ele tenha testemunhado. E talvez, em algum lugar dentro dela, esteja descobrindo que pode ser todas as coisas que antes a assustavam.

CAPÍTULO 8

Oak era apenas uma criança quando Madoc foi exilado para o mundo mortal e, mesmo assim, não importava o que dissessem, sabia que a culpa era dele mesmo.

Sem Oak, não teria havido guerra. Nenhum plano para roubar a coroa. Sem a família se engalfinhando.

Ao menos seu pai não foi executado por traição, dissera Oriana quando Oak reclamara por não poder vê-lo. Oak riu, pensando que ela estava fazendo uma piada. Quando se deu conta de que isso de fato poderia ter acontecido, a ideia de assistir a Madoc morrendo, sem poder impedir, assombrou seus pesadelos. Decapitações. Afogamentos. Queimaduras. Ser enterrado vivo. As irmãs com cara de espanto. Oriana chorando.

Esses sonhos ruins tornavam ainda mais difícil não ver Madoc.

Não é uma boa ideia agora, dissera Oriana. *Não queremos dar a impressão de deslealdade à coroa.*

E ele morava com Vivi e Heather no mundo mortal, frequentava a escola mortal e, durante o tempo que passava na biblioteca, pesquisava, sem parar, detalhes novos e horríveis sobre execuções. Às vezes, Jude ou Taryn o visitavam no apartamento. A mãe ia com frequência. De vez em quando, alguém como Garrett ou Van aparecia e o instruía no manejo das lâminas.

Ninguém achava que ele tinha talento para a coisa.

O problema de Oak era que via a luta de espadas como um jogo e não queria machucar ninguém. Um jogo deveria ser divertido. Então, depois de ser repreendido muitas vezes, ele entendeu que a luta de espadas era um jogo mortal e, ainda assim, não queria machucar ninguém.

Nem todo mundo precisa ser bom em matar coisas, Taryn dissera a ele lançando um olhar incisivo para Jude, que estava balançando um brinquedo sobre a cabeça do bebê Leander, como se ele fosse um gato pronto para golpeá-lo.

Às vezes, depois de ter um pesadelo, Oak saía de fininho, ficava no gramado do condomínio de apartamentos e olhava para as estrelas. Sentia falta da mãe e do pai. Sentia falta da antiga casa e da antiga vida. Depois, ele entrava na floresta e praticava com a espada, mesmo sem saber para o que estava praticando.

Alguns meses depois, Oriana enfim o levou para ver Madoc. Jude não interveio nem fez qualquer objeção. Ou ela não sabia — o que era improvável — ou fez vista grossa, relutante em proibir as visitas, mas sem poder permiti-las de modo oficial.

Seja gentil com seu pai, advertiu Oriana. Como se Madoc estivesse doente, em vez de exilado, entediado e com raiva. Mas se Oriana ensinou alguma coisa a Oak, foi a como fingir que tudo estava bem sem de fato mentir.

Oak se sentiu tímido ao ficar diante do pai depois de tanto tempo.

Madoc tinha um apartamento térreo em um antigo prédio de tijolos à beira-mar. Não era bem como o de Vivi, já que era mobiliado com peças antigas da casa deles em Elfhame, mas era possível perceber que era um lugar humano.

Havia uma geladeira e um fogão elétrico. Oak se perguntou se o pai estava ressentido com ele.

Madoc parecia mais preocupado com o fato de Oak ter ficado fraco demais.

— Aquelas garotas mimam muito você — reclamou o pai. — Sua mãe também.

Por ter sido envenenado e adoecido quando bebê, Oriana estava sempre com medo de que Oak se esforçasse demais ou que uma de suas irmãs fosse muito dura com ele. Oak odiava a preocupação dela. Estava sempre correndo e se balançando nas árvores ou montando em seu pônei, desafiando as ordens dela.

Depois de meses longe do pai, no entanto, se sentiu envergonhado de todas as vezes em que concordou com os desejos da mãe.

— Não sou muito bom com a espada — ele deixou escapar.

Madoc ergueu as sobrancelhas.

— Como assim?

Oak deu de ombros. Ele sabia que Madoc nunca o treinara da mesma forma que treinara Jude e Taryn, e com toda a certeza não da mesma forma que treinara Jude. Se ele aparecesse com hematomas como a irmã costumava fazer, Oriana teria ficado furiosa.

— Me mostre — disse Madoc.

E foi assim que ele se viu no gramado de um cemitério, com a espada levantada, enquanto seu pai caminhava ao seu redor. Oak fez os exercícios, um após o outro. Madoc o cutucava com o cabo de vassoura quando ele estava na posição errada, mas isso não acontecia com frequência.

O barrete vermelho assentiu.

— Ótimo, muito bem. Você sabe o que está fazendo.

Essa parte era verdade. Todos tinham se certificado disso.

— Eu tenho dificuldade em bater nas pessoas.

Madoc riu, surpreso.

— Bem, isso é um problema.

Oak fez uma cara feia. Naquela época, não gostava que rissem dele.

Seu pai viu a expressão e balançou a cabeça.

— Há um truque para isso — disse. — Um que suas irmãs nunca aprenderam.

— *Minhas* irmãs? — perguntou Oak, incrédulo.

— Você precisa esquecer a parte da sua mente que o está segurando — explicou Madoc momentos antes de atacar. O cabo de vassoura do barrete vermelho atingiu Oak na lateral, derrubando-o na grama. De acordo com as condições de seu exílio, Madoc não tinha permissão para segurar uma arma, então ele improvisou.

Oak olhou para cima, sem fôlego. Mas quando Madoc brandiu o bastão de madeira em sua direção, ele rolou para o lado, bloqueando o golpe.

— Bom — disse o pai, e esperou que ele se levantasse antes de atacar de novo.

Eles lutaram desse modo, sem parar. Oak estava acostumado a lutar, embora não com tanta intensidade.

Ainda assim, o pai o cansava mais e mais a cada golpe.

— Toda a habilidade do mundo não importa se você não me *golpear* — gritou Madoc enfim. — Chega. Pare!

Oak deixou a espada cair, aliviado. Cansado.

— Eu te disse.

Mas não parecia que o pai estava disposto a deixar isso de lado.

— Você está bloqueando meus golpes em vez de procurar aberturas. *Nem bloqueando estou direito,* pensou Oak, mas assentiu.

O barrete vermelho parecia furioso.

— Você precisa de um pouco de fúria nesse corpo.

Oak não respondeu. Ele já tinha ouvido Jude dizer algo bastante parecido muitas vezes. Se não revidasse, poderia morrer. Elfhame não era um lugar seguro. Talvez não houvesse lugares seguros.

— Precisa desligar a parte em você que está *pensando* — disse Madoc. — Culpa. Vergonha. Vontade de fazer com que as pessoas *gostem* de você. O que quer que esteja no seu caminho, você precisa eliminar, arrancar de seu coração. A partir do momento em que sua espada sair da bainha, deixe tudo isso de lado e ataque!

Oak mordeu o lábio, sem saber se isso seria possível. Ele gostava que gostassem dele.

— Quando sua espada sai da bainha, você não é mais o Oak. E isso continua até que a luta termine. — Madoc franziu a testa. — E sabe quando a luta termina? Quando seus inimigos estão mortos. Entendeu?

Oak assentiu e *tentou*. Ele se obrigou a esquecer tudo, menos os passos da luta. Bloquear, desviar, atacar.

Ele era mais rápido do que Madoc. Mais desleixado, porém mais veloz. Por um momento, ele sentiu que estava se saindo bem.

Então o barrete vermelho o atacou com força. Oak respondeu com uma série de movimentos de defesa. Por um instante, ele pensou ter visto uma oportunidade de passar por baixo da guarda de seu pai, mas se esquivou. Seus pesadelos apareceram na sua frente. Em vez disso, ele se defendeu, com mais força dessa vez.

— Pare, criança — exigiu Madoc, estacando, a frustração estampada em seu rosto. — Você deixou passar duas aberturas óbvias.

Oak, que tinha visto apenas uma, não disse nada.

Madoc suspirou.

— Imagine sua mente dividida em duas partes; o general e o soldado. Quando o general der a ordem, o soldado não precisa pensar por si mesmo. Ele só precisa cumprir a ordem que recebeu.

— Não é que eu esteja *pensando* que não quero bater em você — disse Oak. — Eu não quero mesmo.

O pai assentiu, franzindo a testa. Então seu braço se ergueu depressa, o cabo de vassoura derrubando Oak no chão. Por alguns instantes, ele mal conseguia respirar.

— Levante-se — ordenou Madoc.

Assim que o fez, o pai o atacou de novo.

Naquele instante, Madoc estava falando sério e, pela primeira vez, Oak ficou com medo do que poderia acontecer. Os golpes eram fortes o suficiente para machucar e rápidos demais para serem interceptados.

Ele não queria machucar o pai. Nem sabia se conseguiria fazê-lo.

O pai não deveria machucá-lo *de verdade*.

À medida que os golpes continuavam a ser desferidos, ele sentia as lágrimas encherem seus olhos.

— Eu quero parar — disse, as palavras saindo em um lamento.

— Então revide! — gritou Madoc.

— Não! — Oak jogou a espada no chão. — Eu desisto.

O cabo de vassoura o atingiu no estômago. Ele caiu com força, recuando, fora do alcance de seu pai. Mas por muito pouco.

— Eu não quero fazer isso! — gritou ele. Podia sentir que suas bochechas estavam molhadas de choro.

Madoc se aproximou, diminuindo a distância.

— Você quer morrer?

— Você vai me *matar*? — Oak estava incrédulo. Aquele era o *pai* dele.

— Por que não? — retrucou Madoc. — Se você não se defender, *alguém* vai te matar. Melhor que seja eu.

Não fazia sentido. Mas quando o cabo de vassoura o atingiu na lateral da cabeça, ele começou a acreditar.

Oak olhou para sua espada, do outro lado da grama. Ergueu-se em seus cascos. Correu em direção a ela. Sua bochecha estava latejando. A barriga doía.

Não sabia dizer se já se sentira tão assustado antes, nem mesmo quando estava no Grande Salão com a serpente vindo em direção à mãe.

Quando ele se voltou para Madoc, sua visão estava embaçada pelas lágrimas. De alguma forma, isso tornava as coisas mais fáceis. Não ter que ver o que estava acontecendo. Ele podia sentir que estava entrando em um estado de inconsciência. Como nas vezes em que sonhava acordado durante a caminhada para a escola e chegava lá sem se lembrar de ter feito o caminho. Como quando ele se entregou à sua magia gancanagh e deixou que ela transformasse suas palavras em mel.

Como essas coisas, exceto que ele estava com raiva o suficiente para dar a si mesmo uma única ordem: *vença*.

O TRONO DO PRISIONEIRO   107

Como essas coisas, exceto que, quando piscou, foi para encontrar a ponta de sua lâmina quase na garganta do pai, impedida apenas pela extremidade meio lascada do cabo de vassoura. Um corte no braço de Madoc estava sangrando, um corte que Oak não se lembrava de ter feito.

— Ótimo — disse Madoc, respirando com dificuldade. — De novo.

CAPÍTULO 9

Quando Oak retorna ao quarto na torre, dois criados estão esperando por ele. Um deles tem cabeça de coruja e braços longos e desajeitados. O outro tem a pele da cor do musgo e pequenas asas de mariposa.

— Viemos preparar você para dormir — diz um deles, indicando o roupão.

Depois de semanas vestindo os mesmos trapos, aquilo era demais.

— Que bom. Eu posso fazer isso sozinho — responde ele.

— É nosso dever garantir que você seja bem cuidado — insiste o outro, ignorando as objeções de Oak e empurrando os braços dele para onde fosse necessário a fim de tirar o gibão.

O príncipe se rende, permitindo que eles o dispam e o vistam com a túnica. É um cetim azul grosso, forrado de ouro, e quente o suficiente para que ele não resista totalmente à mudança. É estranho ter passado semanas sendo tratado como prisioneiro e agora ser tratado como príncipe. Ser papariquado e mandado pelos cantos da mesma forma que seria em Elfhame, sem a confiança das pessoas para realizar tarefas básicas por si mesmo.

Oak se pergunta se eles fazem isso com Wren. Se ela permite.

Ele pensa na seda áspera do cabelo dela escorregando entre seus dedos.

Tudo o que importa é que eu quero você.

O TRONO DO PRISIONEIRO   109

Durante aquelas longas semanas na prisão, ele sonhara em ouvi-la dizer essas palavras. Mas se ela o queria apenas para ser um belo objeto sem vontade própria, esparramado a seus pés como um cão preguiçoso, ele acabaria se ressentindo. E, com o tempo, passaria a odiá-la também.

Ele vai até a lareira e pega a chave. O metal é frio na palma de sua mão.

Se ela quer mais dele, se ela *o* quer, então tem que confiar que se ele for embora, voltará.

Respirando fundo, ele caminha até a cama. O roupão está quente, mas não estará mais quando ele se aproximar do vento. Ele pega o mais grosso dos cobertores e envolve os ombros com ele, como se fosse uma capa. Em seguida, segurando um talo de artemísia, abre a porta e olha para o corredor.

Nenhum guarda está à porta. Ele supõe que Hyacinthe tenha se certificado disso.

Pisando da maneira mais leve que pode com seus cascos, ele vai até as escadas e começa a subir. Ascende a estrutura em espiral, evitando os patamares, até que enfim chega ao topo do parapeito. Ele sai para o frio e olha para a paisagem branca abaixo.

Do alto, consegue ver além da enorme — e ainda inacabada — muralha dos trolls. Ele aperta os olhos e avista o que parece ser uma chama tremeluzente. E depois outra. Um som chega até ele com o vento.

Metálico e rítmico, a princípio soa como uma chuva torrencial. Depois, como os primeiros estrondos de um trovão.

Abaixo dele, atrás das ameias, os guardas gritam uns para os outros. Eles devem ter visto o que quer que Oak esteja vendo. Há uma balbúrdia de passos.

Mas é só quando o príncipe ouve o retumbar distante de uma trombeta que enfim consegue identificar o que vê. Soldados marchando em direção à Cidadela. A serpente prometeu que, em três dias, alguém o resgataria. O que ele não esperava era que fosse o *exército inteiro de Elfhame*.

Oak anda de um lado para o outro no parapeito frio, o pânico impossibilitando sua concentração. *Pense*, diz ele a si mesmo. *Pense*.

Poderia usar o corcel de erva-de-santiago e voar até eles — supondo que soubessem que era ele e não atirassem para o céu. Mas o que aconteceria quando chegasse lá? Eles marcharam até aqui para uma guerra, e ele não era tolo o suficiente para acreditar que iriam dar meia-volta e retornar para casa quando ele estivesse a salvo.

Não, assim que estivesse a salvo, eles não teriam motivo para se conter.

Ele cresceu em um lar de general, portanto, tem certa noção do que acontecerá a seguir. Grima Mog enviará cavaleiros à frente para se encontrar com Wren. Eles exigirão ver Oak e oferecerão as condições da rendição. Wren rejeitará qualquer condição e talvez desfaça os mensageiros.

Ele precisa fazer alguma coisa, mas ir até lá com o arreio cortando suas bochechas só servirá para acabar com qualquer esperança de paz.

Oak fecha os olhos e considera as opções. Todas eram horríveis, mas a audácia e a loucura de uma delas tinham um apelo especial.

Não há nenhuma situação que você não se sinta obrigado a tornar ainda pior?

O príncipe espera que Hyacinthe não esteja certo.

Ele não tem muito tempo. Largando o cobertor, desce as escadas, sem se preocupar com o barulho que seus cascos fazem no gelo. Qualquer guarda que o ouça tem problemas maiores.

Na metade da escada em espiral, ele quase esbarra em um nisse com cabelo verde como aipo e olhos tão pálidos que quase não têm cor. A fada está carregando uma bandeja com tiras de carne de veado crua dispostas em um prato ao lado de uma tigela de algas marinhas cozidas. Assustado, o nisse dá um passo para trás e perde o equilíbrio. A bandeja inteira cai, o prato quebra e as algas marinhas se espalham nos degraus.

O terror no rosto do nisse deixa evidente que a punição para tal acidente na antiga Corte dos Dentes teria sido terrível. Mas quando o nisse percebe quem está à sua frente, ele fica, no mínimo, com mais medo.

— Você não deveria estar fora dos seus aposentos — diz o nisse.

Oak nota a carne crua.

— Suponho que não.

O nisse começa a se afastar, descendo uma escada, olhando para trás de um jeito nervoso que sugere que vai correr. Antes que ele possa, Oak pressiona sua mão sobre a boca do nisse, empurrando as costas da fada para a parede, mesmo quando ele se debate contra o aperto do príncipe.

Oak precisa de um aliado, um aliado disposto.

Odiando a si mesmo, o príncipe alcança o poder dos lábios de mel que surge languidamente quando convocado. Ele se inclina para sussurrar no ouvido do nisse.

— Não quero assustar você — diz, a voz soando estranha em seus próprios ouvidos. — E nem quero machucar você. Quando veio para cá, aposto que foi por causa de um acordo ruim.

Era assim que acontecia na casa de Balekin. E ele não achava que alguém continuaria trabalhando para Lorde Jarel e Lady Nore se tivesse outra opção.

O nisse não responde. Mas algo em sua expressão e em sua postura faz com que Oak entenda que o criado já foi punido antes, já foi gravemente ferido, mais de uma vez. Não é de se admirar que Oak o assuste.

— O que você prometeu? Eu posso ajudar — pergunta Oak, afastando a mão devagar. A voz ainda está com um pouco de mel.

O nisse relaxa um pouco, inclinando a cabeça para apoiá-la na parede.

— Os mortais encontraram minha família. Não sei o que pensaram que éramos, mas mataram dois de nós e pegaram o terceiro. Consegui fugir e vim para o único lugar que sabia que poderia recuperar a pessoa que eu amava e que foi levada... para a Cidadela da Agulha de Gelo. E prometi que, se ela fosse devolvida a mim, eu trabalharia lealmente na Cidadela até que um membro da família real julgasse que minha dívida estava paga e me dispensasse.

Oak solta um grunhido. Esse é o tipo de barganha desesperada e tola que ele espera dos mortais, mas os mortais não são os únicos que ficam desesperados ou que podem ser tolos.

— Foi *exatamente* isso que você prometeu? — A voz perdeu um pouco do poder de mel de novo. Ele se distraiu e não conseguiu mantê-la, interessado demais no que queria lembrar para dizer a coisa certa.

O nisse estremece.

— Eu nunca me esquecerei.

Oak pensa em quando era criança, imprudente com sua magia. Ele pensa em Valen e em como ele ficou furioso quando percebeu que Oak o estava encantando.

Quando ele fala, pode sentir o ar mais denso.

— Eu sou um membro da família real. Não a que você quis dizer, mas você não especificou, então devo ser capaz de libertar você dessa dívida. Mas preciso de sua ajuda. Preciso de alguém para ser um mensageiro. — Oak pode sentir o momento em que o nisse compreende aquelas palavras, como um peixe mordendo a isca, apenas para ter um anzol perfurando sua bochecha.

Ele se lembra da sensação de seu corpo traindo-o, a sensação de seus membros lutando contra sua vontade. Não há nada disso agora. Esta é a oportunidade que o nisse estava procurando.

— A gente pode se meter em uma bela encrenca — comenta ele lançando um olhar nervoso para as escadas.

— Pode mesmo — diz Oak em sua voz normal.

O nisse concorda devagar, afastando-se da parede.

— Me diga o que você quer que eu faça.

— Primeiro, preciso de algo que não seja isso para vestir.

O nisse ergue as sobrancelhas.

— Sim, sim, você acha que sou vaidoso — diz Oak. — Mas receio que ainda precise descobrir onde é que ficam guardadas as roupas velhas de Lorde Jarel.

O nisse se retrai.

— Você as vestiria?

É bem provável que o roupão que Oak está trajando tenha pertencido a Lorde Jarel, assim como as vestes que Oak recebeu para vestir no jantar.

Não houve tempo para encomendar roupas novas e elas não serviriam direito. E se aquelas peças foram buscadas para ele, então ele poderia encontrar outra opção para si.

— Vamos só dar uma olhada. Como devo chamá-lo?

— Daggry, Vossa Alteza.

— Vá em frente, Daggry — diz Oak.

É mais fácil se locomover pela Cidadela com um criado capaz de explorar na dianteira e informar quais caminhos estão livres. Eles chegam a um depósito e entram antes de serem vistos.

— Aqui é bem perto do meu quarto — diz Daggry —, caso queira me visitar lá esta noite.

A boca de Oak se curva, mas a culpa o sufoca.

— Acho que nenhum de nós terá muito tempo para dormir.

Oak pensa no aviso de sua mãe: *Diga essas coisas e as pessoas não vão querer apenas ouvi-lo. Elas vão querer você acima de tudo.*

— Não — diz Daggry. — Eu não estava sugerindo para dormirmos.

O cômodo estreito está repleto de baús empilhados de maneira desorganizada. E, dentro deles, o príncipe encontra roupas cobertas com lavanda seca e enfeites de ouro e pérolas. Os cordões estão soltos nos lugares onde os botões e os aviamentos foram cortados. Ele se pergunta se Lady Nore vendeu as peças que estão faltando antes de descobrir o valor dos ossos que roubou das tumbas sob Elfhame. Antes de Bogdana começar a sussurrar em seu ouvido, incentivando-a a seguir o caminho que levaria Wren de volta à bruxa da tempestade.

Ele encontra papel e tinta, livros e pontas de caneta presas a penas de coruja. No fundo do baú, Oak desenterra algumas armas espalhadas. Armas baratas e simples, algumas com buracos ou arranhadas onde as gemas foram obviamente removidas dos cabos. Ele levanta uma pequena adaga, deixando-a quase toda escondida na palma da mão.

— Vou escrever um bilhete — diz ele.

Daggry o observa com uma ansiedade enervante.

Pegando o papel, as canetas e a tinta, Oak se apoia em um dos baús e escreve duas mensagens. A de pena de coruja mancha seus dedos e o faz desejar ter uma caneta hidrográfica.

— Leve a primeira mensagem para Hyacinthe — diz Oak. — E a segunda para o exército que está esperando além da muralha.

— O exército da Grande Corte? — questiona o nisse com um chiado na voz.

Oak confirma.

— Vá para os estábulos da Cidadela. Lá você encontrará minha égua. O nome dela é Donzelinha. Pegue-a e cavalgue o mais rápido que puder. Quando chegar ao exército, diga a eles que tem uma mensagem do príncipe Oak. Não deixe que eles o mandem de volta com uma resposta. Diga que não seria seguro para você.

Daggry franze a testa, como se estivesse pensando bem.

— E você ficará grato?

— Muito — confirma Oak.

— O suficiente para... — o nisse começa a dizer enquanto guarda as mensagens.

— Como membro da família real, considero o tempo que você serviu uma recompensa justa pelo que recebeu, e o dispenso do serviço na Cidadela — diz Oak ao nisse, assustado com o som baixo da própria voz, como o ronronar de um gato. Assustado com a gratidão e desejo nos olhos no nisse, sentindo-se quase açoitado.

— Farei exatamente o que pediu — garantiu o nisse ao sair, fechando a porta atrás de si.

Por um momento, Oak apenas esfrega o rosto, sem saber se deveria se envergonhar do que fez e, se sim, o quanto. Ele se força a deixar a culpa de lado. Fizera suas escolhas. Agora, teria que viver com elas e esperar que tenham sido as corretas.

O exército de Elfhame está em perigo por causa dele, planejando ferir Wren por causa dele. Talvez esteja prestes a morrer por causa dele.

O TRONO DO PRISIONEIRO   115

Ele tira o roupão, puxando um traje mais majestoso, grato pela altura de Lorde Jarel. As roupas ainda estão um pouco curtas nele, um pouco apertadas no peito.

Você é um pé de feijão, ele se lembra da mãe de Heather dizendo. *Eu me lembro de quando conseguia pegar você no colo.* Ele fica surpreso com o quanto essa lembrança o machuca, já que a mãe de Heather ainda está viva e ainda é gentil e o deixaria dormir no quarto de hóspedes sempre que ele quisesse. É lógico que isso depende do fato de ele sair vivo da Cidadela.

Às vezes, Oak pensa, não é interessante refletir sobre seus sentimentos tão profundamente. Na verdade, neste momento, talvez ele não devesse refletir sobre seus sentimentos de forma alguma.

Oak veste um gibão azul, com fios de prata, e depois a calça combinando. A bainha rasga um pouco quando ele passa o casco esquerdo em uma das pernas, mas não é muito perceptível.

Ele esconde a faca no cós da calça, esperando não precisar dela.

Ainda posso consertar as coisas. É o que ele repete para si. Ele tem um plano, que pode ser louco, desesperado e até um pouco presunçoso, mas pode funcionar.

Apesar do frio, ele encontra apenas duas capas na pilha de roupas. Deixa de lado a capa forrada com pele de foca, pensando que pode ser de um selkie. Resta apenas a outra, forrada com pele de raposa, ainda que não goste dessa também.

Oak coloca o capuz sobre o rosto e se dirige ao Salão das Rainhas, onde pediu que Hyacinthe o encontrasse. A sala está vazia, cheia de ecos; enquanto espera, ele olha para as duas mulheres congeladas dentro das paredes, ex-noivas de Lorde Jarel. Ex-rainhas da Corte dos Dentes. Os olhos delas, frios e mortos, parecem observá-lo de volta.

O príncipe anda de um lado para o outro, mas os minutos passam e ninguém aparece. Sua respiração é como fumaça no ar enquanto ele escuta os passos.

Quando amanhece, através do gelo ondulado, ele pode ver cavaleiros passando pela abertura na parede de gelo. Eles se dirigem à Cidadela com

116   HOLLY BLACK

estandartes atrás deles, em corcéis fadas cujos cascos são leves na crosta congelada da neve.

Parece que seu plano, fraco desde o início, ele precisa admitir, está indo por água abaixo.

— Por que você ainda está aqui? — pergunta uma voz áspera.

Por um longo momento, o alívio é tanto que o príncipe mal consegue respirar. Quando consegue se recompor, ele se volta para Hyacinthe.

— Se eu fugir da Cidadela usando esse arreio, ninguém no comando se importará com o que eu disser. Eles acreditarão que estou sob o poder de Wren. Terei ainda menos controle sobre o exército, e já não é muito. Com Grima Mog no comando deles e as ordens de minha irmã já em vigor, eles estarão ansiosos por uma luta.

— Eles só querem você — diz Hyacinthe.

— Talvez, mas quando estiverem comigo, qual será a próxima coisa que vão querer? Se eu estiver em segurança, eles não terão motivo para *não* atacar. Ajude-me a ajudar Wren. Remova o arreio.

Hyacinthe bufa.

— Conheço bem as palavras de comando. Eu poderia usá-las para ordenar que você deixasse a Cidadela e se entregasse a Grima Mog.

— Se você me mandar embora com o arreio, ninguém jamais acreditará que não estamos em guerra — retruca Oak.

Hyacinthe cruza os braços.

— Devo acreditar que você está do lado de Wren neste conflito? Que a fuga é, de alguma forma, por ela?

Oak gostaria de poder dizer isso. Gostaria até de acreditar em lados claros com fronteiras definidas. Ele teve que abrir mão disso quando seu pai cruzou espadas com a irmã.

— Mesmo que Wren consiga desfazer todo o exército de Elfhame, destroçá-los com a mesma facilidade com que ela arranca as asas das borboletas, isso vai custar caro para ela. Vai machucá-la. Deixá-la mais doente.

— Você é o príncipe deles — diz Hyacinthe com uma careta. — Você procura salvar seu próprio povo.

O TRONO DO PRISIONEIRO   117

— Que tal se ninguém morrer? Vamos tentar desse jeito! — exclama Oak, a voz alta o bastante para ecoar na sala.

Hyacinthe olha para o príncipe por um longo momento.

— Muito bem. Vou tirar o arreio e deixá-lo tentar o que quer que esteja planejando, desde que prometa que não fará mal a Wren... e concorde em fazer algo por mim.

Por mais que ele queira, Oak sabe que não deve dar sua palavra sem ouvir as condições. Então ele espera.

— Você achou que eu era tolo por ir atrás do Grande Rei — comenta Hyacinthe.

— Eu ainda acho — confirma Oak.

Hyacinthe olha frustrado para ele.

— Admito que sou impulsivo. Quando a maldição recomeçou, quando pude sentir que estava me tornando um falcão de novo... pensei que, se Cardan estivesse morto, isso acabaria com a maldição. Eu o culpei.

Oak morde a língua. Hyacinthe ainda não chegou à parte do favor.

— Tem uma coisa que preciso saber, mas não sou astuto o suficiente para descobrir. Tampouco sou tão bem relacionado. — Hyacinthe parece odiar admitir isso. — Mas você... para você, enganar é tão fácil quanto respirar, e nem precisa de esforço.

— E você quer...

— Vingança. Eu achava que era impossível, mas Madoc me disse algo diferente — revela Hyacinthe. — Você deveria se importar, sabe? Você também tem uma dívida de sangue com ela.

Oak franze a testa.

— O príncipe Dain matou Liriope, e ele próprio está morto. Eu sei que você quer alguém para punir...

— Não, ele *ordenou* que ela fosse morta — retrucou Hyacinthe. — Mas não foi ele quem deu o veneno. Não foi ele quem passou sorrateiramente pelo meu pai enquanto ele a protegia. Não foi ele quem deixou vocês dois para morrer. Essa é a pessoa que eu ainda posso matar em nome de meu pai.

Oak presumiu que Dain tinha dado o veneno, colocado em uma bebida. Derramou-o sobre os lábios de Liriope enquanto ela dormia ao lado dele. Oak nunca imaginou que o assassino da mãe ainda estivesse vivo.

— Então devo encontrar a pessoa que deu o veneno para ela. Ou tentar, ao menos... e você removerá o arreio — diz Oak. — Eu concordo.

— Me traga a mão da pessoa responsável pela morte dela — pede Hyacinthe.

— Você quer a *mão*? — Oak ergue as sobrancelhas.

— Essa mão, eu quero.

Oak não tem tempo para negociar.

— Tudo bem.

Hyacinthe dá um sorriso estranho, e Oak se preocupa com o fato de ter tomado a decisão errada, mas é tarde demais para questioná-la.

— *Em nome de Grimsen* — começa Hyacinthe, e Oak enfia a mão no bolso da capa em busca da faca que encontrou. Sua pele está úmida apesar do frio. Ele não pode ter certeza de que Hyacinthe não usará o comando para fazer outra coisa que não seja soltá-lo. Se for o caso, Oak tentará cortar a garganta do falcão antes que ele termine de falar.

É provável que não tenha tempo para isso. Oak flexiona os dedos.

— *Em nome de Grimsen, que o arreio não o prenda mais* — diz Hyacinthe.

Oak leva sua lâmina até o arreio, mas ela não corta. Ele faz um corte em sua própria bochecha com o esforço. Mas instantes depois, consegue soltar o arreio com mãos trêmulas. Ele o tira do rosto, jogando-o no chão. Pode sentir as marcas onde as correias pressionaram sua bochecha. Não tão profundas a ponto de deixar uma cicatriz, mas apertadas o suficiente para marcar a pele.

— Um objeto monstruoso — comenta Hyacinthe ao se curvar para pegar o arreio. Ele o usou por tempo suficiente para odiá-lo, talvez até mais do que Oak.

— E agora?

— Vamos para o Grande Salão para encontrar os cavaleiros. — Oak passa os dedos nas bochechas, aliviado em sentir ar frio nelas. Ele detesta pensar que Hyacinthe está com o arreio, mas mesmo que o príncipe conseguisse arrancá-lo do falcão, teria pavor de sequer tocá-lo.

Hyacinthe franze a testa.

— E...?

— Tentarei convencer a todos de que estou feliz por ser o convidado da Wren — explica Oak. — Depois, vou descobrir como fazer o exército de Elfhame voltar por onde veio.

— E isso é o que você chama de plano? — Hyacinthe bufa. — Não podemos ser vistos juntos, então me deixe ir na frente. Não quero que ninguém adivinhe o que eu fiz, caso não funcione.

— Seria muito mais fácil entrar no Grande Salão com sua ajuda — ressalta Oak.

— Tenho certeza de que sim — diz Hyacinthe.

O falcão se afasta, deixando Oak à espera. Para andar mais um pouco pelo Salão das Rainhas, contar os minutos, passar os dedos na bochecha para sentir qualquer vestígio do arreio. Há algo ali, mas leve, como as marcas deixadas por um travesseiro pela manhã. Ele espera que essas marcas desapareçam logo. Chega ao ponto que ele não aguenta mais esperar. Empurra o capuz de sua capa para trás e, de cabeça erguida, caminha em direção ao Grande Salão.

Se tem uma coisa que aprendeu com Cardan é que a realeza inspira admiração e a admiração pode ser transformada em ameaça com facilidade. É com isso em mente que ele caminha em direção aos guardas.

Assustados, eles levantam suas lanças. Dois falcões, nenhum dos quais ele reconhece.

Oak olha para eles com o rosto inexpressivo.

— Bem — diz, com um aceno impaciente de sua mão. — Abram as portas.

Ele os observa hesitar. Afinal de contas, está bem vestido e limpo. Ele não está usando o arreio. E todos eles devem saber que o príncipe não está mais nas masmorras. Todos devem saber que Wren matou o último guarda que encostou um dedo nele.

— Os emissários de Elfhame estão lá dentro, não estão? — acrescenta. Um dos falcões acena para o outro. Juntos, eles abrem as portas duplas.

Wren está sentada em seu trono; Bogdana e Hyacinthe estão ao seu lado, junto com um trio de falcões fortemente armados.

E, diante dela, estão quatro fadas. Oak reconhece todas elas. Sem armadura, o Fantasma parece estar fazendo o papel de um embaixador. Ele está vestido com roupas elegantes e a forma ligeiramente humana de suas feições faz com que pareça muito menos ameaçador do que é.

Um embaixador de verdade, Randalin, um dos membros do Conselho Vivo, para de falar quando Oak chega. Conhecido como o Ministro das Chaves, ele é baixo, tem chifres e está vestido de forma ainda mais elegante do que o Fantasma. Até onde Oak sabe, Randalin não sabe lutar e, considerando o perigo, Oak está surpreso por ele ter vindo. No entanto, Jude nunca gostou muito de Randalin, então Oak pode entender por que ela permitiu sua vinda... e talvez até o tenha encorajado a partir.

Atrás deles estão dois soldados. Oak reconhece Tiernan no mesmo instante, apesar de o capacete esconder seu rosto. Ele supõe que Hyacinthe também o reconheça. Ao seu lado está Grima Mog, a Grande General que substituiu o pai de Oak. Uma barrete vermelho, como Madoc, e a antiga general da Corte dos Dentes. Ninguém conhece as defesas da Cidadela melhor do que ela, portanto, ninguém teria mais facilidade em ultrapassá-las.

Quando Oak entra em cena, todos ficam em alerta. A mão de Tiernan vai automaticamente para o punho de sua espada em uma rejeição tola à diplomacia.

— Olá — cumprimenta o príncipe. — Vejo que começaram sem mim.

Wren ergue as sobrancelhas. *Boa jogada*, ele a imagina dizendo. *Ponto para você*. Possivelmente logo antes de dizer aos guardas para estourar a cabeça dele como se fosse uma rolha de vinho.

E então o Fantasma a apunhala pelas costas. E todos cortam todos os outros em pedaços.

— Vossa Alteza — diz Garrett, como se ele de fato fosse um embaixador abobalhado que não conheceu Oak por metade de sua vida. — Depois

O TRONO DO PRISIONEIRO   121

de receber seu bilhete, esperávamos que estivesse presente. Estávamos ficando preocupados.

Wren dá ao príncipe um olhar cortante ao ouvir a menção a um bilhete.

— É difícil escolher a roupa certa para uma ocasião tão importante — comenta Oak, esperando que o absurdo de seu plano ajude a emplacá-lo. — Afinal de contas, não é todo dia que se anuncia um noivado.

Diante disso, todos olham para ele, atônitos. Até mesmo Bogdana parece ter perdido o poder da fala. Mas isso não é nada diante da maneira como Wren o está fitando. É como se ela pudesse assassinar Oak com a fria chama verde de seus olhos.

Sem levar em conta a advertência, ele caminha até o lado dela. Pegando a mão da rainha, desliza o anel — o anel que fora enviado a ele na barriga de uma serpente de metal encantada — tirando-o de seu dedo mindinho e colocando no dedo dela, da maneira furtiva que o Barata ensinara. Assim, seria possível acreditar que ela estava usando o anel o tempo todo.

Ele sorri para Wren.

— Ela aceitou meu anel. Assim, tenho grande prazer em anunciar que Wren e eu vamos nos casar.

CAPÍTULO 10

Oak não desvia o olhar de Wren. Ela poderia dizer que não, mas permanece em silêncio. Tomara que ela tenha se dado conta de que, se os dois estiverem *noivos*, talvez seja possível evitar uma guerra. Ou, como ela tem todas as cartas na manga, pode ser que ache divertido vê-lo se complicar um pouco.

Bogdana solta um rosnado, sem falar nada.

Hyacinthe lança um olhar acusatório para Oak, como se dissesse *não acredito que você me convenceu a ajudar em um plano tão ridículo*.

Ele estava apostando nisso, que Wren não quisesse brigar, que ela visse que o caminho para a paz com Elfhame era entrar no jogo dele.

— Uma surpresa e tanto — diz Fantasma, com a voz seca. Hyacinthe olha para ele e sua expressão se enrijece, como se reconhecesse o espião e compreendesse o perigo de sua presença.

Tiernan não tirou a mão do punho da espada. Grima Mog está com as sobrancelhas erguidas. Parece à espera de que alguém diga que isso não passa de uma piada.

Oak continua sorrindo, como se todos estivessem expressando alegria com a notícia.

Randalin pigarreia.

— Quero ser o primeiro a oferecer minhas felicitações. Foi muito sábio garantir a sucessão.

Embora o raciocínio do conselheiro pareça confuso, o príncipe fica feliz com qualquer aliado que tiver. Oak faz uma reverência discreta.

— Posso ser sábio de vez em quando.

Com as sobrancelhas erguidas, Fantasma alterna o olhar entre Wren e Oak.

— Sua família ficará feliz em saber que você está bem. Digamos que... os relatórios sugeriam o contrário.

Com isso, Bogdana sorri, mostrando todos os dentes.

— Seu príncipe apaixonado parece não ter sofrido nada. Aceite nossa hospitalidade. Ofereceremos quartos e um jantar. Passem a noite aqui, depois peguem seu exército e voltem para Elfhame. Podem enviar o rei e a rainha para fazer uma visitinha.

— Não sabia que você tinha o poder de nos oferecer alguma coisa, bruxa da tempestade. — Grima Mog faz as palavras soarem como se sua confusão fosse sincera. — Não é a rainha Suren quem governa aqui?

— Por enquanto — responde a bruxa da tempestade com um aceno de cabeça quase gracioso em direção a Oak, como se estivesse indicando que ele governaria ao lado de Wren em vez de afirmar seu próprio poder.

Wren faz um gesto em direção a um criado e depois se volta para o Ministro das Chaves.

— Você deve estar cansado e com frio após a viagem. Aceite uma bebida quente antes de ser conduzido aos seus aposentos.

— Ficaríamos honrados em aceitar sua hospedagem — diz Randalin, empertigando-se. Ele acompanhou o exército, então deve ter pensado que haveria algum tipo de negociação para liderar. Talvez tenha se convencido de que essa seria uma situação fácil de resolver e está satisfeito por acreditar que estava certo. — Amanhã, devemos discutir seus planos de retornar a Elfhame. O retorno do príncipe com sua futura noiva será, de fato, uma boa notícia e motivo de muita comemoração. E, é claro, haverá um tratado para negociar.

Oak estremece.

— Um tratado. Naturalmente. — Ele não pode deixar de lançar um olhar na direção de Wren, tentando avaliar a reação dela.

Fantasma inclina a cabeça enquanto olha para Wren.

— Tem certeza de que aceitará a proposta do jovem príncipe? Ele pode ser um pouco tolo.

Os lábios dela se contraem.

Randalin suspira, chocado.

Oak olha para Fantasma como se seu olhar pudesse dizer alguma coisa.

— A questão é se a rainha deseja que eu seja o tolo *dela*.

Wren sorri.

— Certamente.

Oak olha para ela com surpresa, incapaz de se conter. Ele tenta suavizar a expressão, mas tem certeza de que é tarde demais. Alguém percebeu. Alguém sabe que ele não está seguro do amor dela.

— Temos muito em comum, afinal de contas — afirma Wren. — Acima de tudo, o amor pelos jogos.

E ela é boa nisso. Entendeu depressa o plano dele, avaliou se valia a pena e entrou no jogo. Eles estão há tanto tempo jogando um contra o outro que ele tinha se esquecido como era fácil quando estavam no mesmo time.

— Podemos discutir os detalhes do tratado em Elfhame — diz Randalin. — Será mais fácil com todas as partes presentes.

— Não tenho certeza se estou pronta para deixar minha Cidadela — contrapõe Wren, e olha para Oak. Ele pode vê-la considerando a escolha de deixá-lo voltar com eles. Pode ver a tentativa de determinar se essa era a intenção dele o tempo todo.

Dois criados entram na sala trazendo uma grande bandeja de madeira com taças de prata fumegantes.

— Por favor, pegue uma — oferece Wren.

Não tente envená-los, ele pensa, olhando para ela como se pudesse, de alguma forma, falar por meio do olhar. *Garrett trocará de taça com você, e você nunca adivinhará.*

Fantasma toma a bebida quente. Oak também pega uma, o metal aquecendo sua mão. Ele sente o cheiro de cevada e cominho.

Randalin ergue a taça.

— A você, Lady Suren. E a você, príncipe Oak. Na esperança de que reconsidere e se junte a nós no retorno a Elfhame. Sua família insistirá nisso, príncipe. E eu deveria lembrá-la, caso tenha a sorte de ter uma audiência com *você*, Lady Suren, que fez votos à Grande Corte.

— Se eles pretendem me dar ordens, que venham aqui e o façam — retruca Wren. — Mas talvez eu possa ignorar uma promessa como o faria com uma maldição. Desfazê-la como uma teia de aranha.

O Povo encara, horrorizado até mesmo com a possibilidade de que alguém no Reino das Fadas não possa ser obrigada a cumprir sua palavra. Oak nunca pensou nas promessas que faziam como *magia*, mas supõe que elas sejam um tipo de vínculo.

— É melhor não desejar que as coisas comecem do jeito errado — adverte Randalin, soando como se estivesse repreendendo um aluno que deu uma resposta errada. O conselheiro parece não estar ciente da velocidade com que essa conversa pode se desdobrar em violência.

Grima Mog estala os dedos. Ela sabe muito bem disso.

— Randalin... — começa Oak.

Bogdana o interrompe.

— O conselheiro está certo — diz ela. — Wren deve se casar com o herdeiro de Elfhame da forma adequada, com toda pompa e circunstância apropriadas para tal união. Vamos viajar juntos para as Ilhas Mutáveis.

Wren lança um olhar severo para a bruxa da tempestade, mas não a contradiz. Não diz que não irá. Em vez disso, seus dedos se demoram no anel que está frouxo em sua mão. Ela o gira com ansiedade.

Oak se lembra de Wren vindo aos jardins de Elfhame, anos e anos atrás, onde foi recebida por Jude, junto com Lorde Jarel, Lady Nore e Madoc. Lembra-se de que um deles propôs uma trégua, selada com um noivado entre ele e Wren.

Ficara com um pouco de medo dela, com seus dentes afiados. Ele ainda não tivera a espichada de altura que acontecera quando tinha treze anos, fazendo o corpo se esticar como se fosse caramelo; com certeza na época ela era mais alta do que ele. Ele não queria se casar com Wren — não queria se casar com *ninguém* — e ficou aliviado quando Jude recusou na época.

Mas viu a expressão no rosto de Wren quando Vivi se referiu a ela como *sinistra*. A dor da mágoa, o lampejo de raiva.

Ela vai destruir Elfhame. Nasceu para fazer isso. É no que Bogdana acredita, é o que ela quer. E talvez Wren também queira isso um pouco. Talvez Oak tenha cometido um erro dos grandes.

Mas, não. Wren não poderia saber que ele faria algo do tipo.

Ainda assim, é improvável que seja uma boa ideia, se tem o apoio de Bogdana.

— Não precisamos partir agora — esquiva o príncipe. — Sem dúvida, você precisará de tempo para preparar o enxoval.

— Bobagem — retruca Bogdana. — Conheço uma bruxa que fará com magia três vestidos para a rainha Suren, um para cada dia em Elfhame antes do casamento. O primeiro terá as cores pálidas da manhã, o segundo, as cores brilhantes da tarde, e o último, as joias da noite.

— Três dias não será tempo suficiente — argumenta Randalin, franzindo a testa.

— E quem é que está tentando atrasar tudo agora? — provoca a bruxa da tempestade, como se o conselheiro tivesse cometido uma ofensa grave. — Talvez nada disso seja necessário. Eles poderiam se casar agora, com as pessoas reunidas aqui como testemunhas.

— *Não* — diz Wren com firmeza.

É uma pena, porque Oak não acha que seja uma ideia tão ruim. Se estivessem casados, a irmã decerto não poderia tentar incendiar a Cidadela. As tropas teriam que recuar enquanto Oak poderia manter o talo de artemísia em segurança no bolso e esperar o tempo dele.

— Não queremos desrespeitar a Grande Corte — acrescenta Wren. — Retornaremos com você para Elfhame, desde que saia em retirada com seu exército. Cuidaremos de todos os preparativos necessários.

O TRONO DO PRISIONEIRO   127

Fantasma sorri de maneira enigmática.

— Excelente. Randalin, seu barco é pequeno, rápido e bem equipado para viajar com conforto. Podemos usá-lo para voltar a Elfhame antes do exército. Se você acredita que estará pronta em um dia ou dois, posso enviar o recado agora mesmo.

— Pois faça isso — responde Wren.

— Não, não é necessário — interrompe Grima Mog com rispidez. — Estou aqui para negociar batalhas, não retiradas. Voltarei ao meu exército e os informarei de que não haverá derramamento de sangue amanhã, e que é provável que não ocorra. — Ela diz isso como se eles estivessem sendo privados de um grande prazer.

Ela é uma barrete vermelho. Pode ser que realmente pense isso.

Sua saída também é sem dúvida uma espécie de teste, para ver se permitirão que parta.

Enquanto ela se retira, os demais bebem o conteúdo de suas taças fumegantes. Randalin faz um discurso oficial e confuso que consegue ser tanto sobre suas queixas em relação aos desconfortos que sentiu durante a viagem quanto sobre sua lealdade ao trono e a Oak, bem como quanto a sua crença de que as alianças são muito importantes. Quando termina, está se comportando como se ele próprio tivesse negociado o casamento.

Depois disso, os criados se preparam para levar cada um deles aos quartos.

Fantasma chama a atenção de Wren.

— Esperamos que você escolha sabiamente quando for selecionar sua comitiva. — Ele lança um olhar incisivo na direção da bruxa da tempestade.

Um sorriso discreto surge no canto da boca de Wren, deixando os dentes afiados à mostra.

— Alguém terá que ficar aqui e cuidar da Cidadela.

Depois que os embaixadores de Elfhame e seus guardas partem, Wren coloca a mão no braço de Oak, como se precisasse chamar a atenção dele.

— Que tipo de jogo é esse? — ela fala baixo, embora Bogdana os observe fixamente. Hyacinthe e os outros guardas fingem que não estão.

— O tipo de jogo em que ninguém perde tanto a ponto de ter que jogar fora todas as cartas — responde Oak.

— Você só atrasa o inevitável. — Ela se afasta dele, as saias girando ao seu redor.

Ele se pergunta como ela deve ter se sentido quando o exército de Elfhame chegou. Parecia ter se resignado à batalha com certa desesperança, como se não conseguisse imaginar uma saída.

— Talvez eu possa continuar adiando. — Ousado, ele caminha atrás dela, entrando à sua frente para obrigá-la a olhar para ele. — Ou talvez não seja inevitável.

Alguns fios de cabelo azul-claro caem ao redor do rosto dela, amenizando sua severidade. Mas nada pode alterar a dureza de sua expressão.

— Hyacinthe — chama ela.

Ele dá um passo à frente.

— Minha senhora.

— Leve o príncipe de volta aos aposentos dele. E, desta vez, certifique-se de que ele de fato ficará por lá. — Não é uma acusação, mas quase.

— Sim, minha senhora — afirma Hyacinthe, pegando Oak pelo braço e puxando-o na direção do salão.

— E traga o arreio para meus aposentos logo em seguida — ordena ela.

— Sim, minha senhora — diz Hyacinthe de novo, a voz notavelmente equilibrada.

O príncipe concorda de bom grado. Ao menos até alcançarem as escadas e Hyacinthe empurrá-lo contra a parede, com a mão na garganta de Oak.

— O que exatamente acha que está fazendo? — indaga Hyacinthe.

O príncipe ergue as mãos em sinal de rendição.

— Deu certo.

O TRONO DO PRISIONEIRO   129

— Eu não esperava que você... — começa ele, mas parece não conseguir terminar a frase. — Eu deveria ter esperado, é lógico. Você acha que viajar para Elfhame vai ajudá-la a usar menos o poder?

— Do que lutar em uma guerra? — pergunta Oak. — Acho que sim.

— E quem é o culpado por ela estar nessa situação, antes de mais nada?

— Eu — admite Oak com uma careta. — Mas não só eu. Foi você quem enfiou na cabeça do meu pai que derrotar Lady Nore poderia acabar com o exílio dele. Se Madoc nunca tivesse vindo aqui, nada disso teria acontecido.

— Você está me culpando pelas tramoias do ex-Grande General. Eu deveria me sentir lisonjeado.

— Minha irmã teria *executado* você por sua participação nessas tramoias — avisa Oak. — Se não tivéssemos levado você naquela noite, teria sido trancado na Torre do Esquecimento, isso na melhor das hipóteses. Mas o mais provável é que ela teria cortado sua cabeça. E depois a de Tiernan, para completar.

— É assim que você justifica o fato de manipular todas as pessoas ao seu redor como peças em um tabuleiro de xadrez? — acusa Hyacinthe. — Alegando que está fazendo o que é melhor para elas?

— Ao contrário de você, que não se importa com o quanto Tiernan sofre por sua causa? Suponho que se ache honesto por isso, e não um covarde. — Oak não está mais pensando no que está dizendo. Ele está com muita raiva para isso. — Ou talvez você queira que ele sinta dor. Talvez ainda esteja furioso com ele por não tê-lo acompanhado para o exílio. Talvez deixá-lo infeliz seja sua maneira de se vingar.

O soco de Hyacinthe faz Oak cambalear para trás. Ele sente o gosto de sangue onde um dente perfurou a parte interna da boca. *Não há nenhuma situação que você não se sinta obrigado a tornar ainda pior?*

— Você não tem o direito de *falar* do que sinto por Tiernan. — A voz de Hyacinthe é ríspida.

Por um momento, no calor de sua raiva, Oak se pergunta o que aconteceria se dissesse todas as coisas certas agora, em vez das erradas. Seria bem feito para Hyacinthe *ter* que gostar dele.

Mas era tão gratificante fazer o exato oposto.

— Você está querendo me bater há muito tempo. — Oak cospe sangue nos degraus de gelo. — Bem, vá em frente, então.

Hyacinthe desfere outro soco, desta vez acertando-o na mandíbula e fazendo com que ele bata na parede.

Quando Oak olha para cima, é como se estivesse vendo através de uma névoa. *Ah, que péssima ideia eu tive.* Há um ruído em seus ouvidos.

De repente, ele tem medo de não conseguir se conter.

— Lute, seu covarde — instiga Hyacinthe, dando um soco na barriga dele.

Oak leva a mão à lateral do corpo, para a faca que escondeu ali, bem enrolada para não desalinhar o gibão. Ele não se lembra de ter decidido sacá-la antes que ela estivesse em sua mão, afiada e mortal.

Hyacinthe arregala os olhos, e Oak teme que esteja prestes a perder a noção do tempo de novo.

Ele solta a faca.

Ambos se encaram.

Oak pode sentir a pulsação de seu sangue, a parte dele que está ansiosa por uma luta *de verdade*, que quer parar de pensar, parar de sentir, parar de fazer qualquer coisa além dos cálculos frios do combate. A consciência que tem de si mesmo oscila feito uma luz, avisando que está prestes a se apagar e a dar as boas-vindas às sombras.

— Bem — diz uma voz de trás do príncipe. — Não era nada disso que esperava encontrar quando fui procurar por vocês dois.

Ele se vira para ver Tiernan parado ali, a espada desembainhada.

Um rubor sobe pelo pescoço de Hyacinthe.

— Você — diz ele.

— Eu — responde Tiernan.

— Sinta-se lisonjeado. — Oak limpa o sangue do queixo. — Acho que estávamos brigando por sua causa.

Tiernan olha para Hyacinthe com uma frieza assustadora.

— Atacar o herdeiro de Elfhame é traição.

— Ainda bem que já tenho uma bela fama de traidor — resmunga Hyacinthe. — Mas me permita lembrar uma coisa: esta é a minha Cidadela. Eu sou o responsável pela guarda daqui. Sou eu quem faz valer a vontade de Wren.

Tiernan se irrita.

— E eu sou responsável pelo bem-estar do príncipe, não importa onde estejamos.

Hyacinthe faz uma careta.

— E ainda assim, você o abandonou.

A mandíbula de Tiernan está cerrada com força.

— Presumo que não tenha objeções se o príncipe encontrar o caminho de volta para seus aposentos. Podemos resolver o que há entre nós sem ele.

Hyacinthe olha para Oak, talvez pensando em Wren, que ordenou que se certificasse de que o príncipe não ficaria perambulando pela Cidadela de novo.

— Vou me comportar — diz Oak, subindo as escadas antes que Hyacinthe decida impedi-lo.

Quando olha para trás, Tiernan e Hyacinthe ainda estão se encarando com dolorosa suspeita, em um impasse que ele acha que nenhum dos dois sabe como resolver.

Oak sobe dois andares antes de parar e escutar. Se ouvir o tilintar de metal contra metal, ele voltará. Deve ter perdido parte da conversa, porque Hyacinthe fala como se estivesse respondendo a Tiernan.

— E onde eu entro nessa história? — pergunta Hyacinthe.

— Deixei meu dever de lado por sua causa, três vezes — responde Tiernan, e Oak nunca o ouviu tão irritado. — E você me menosprezou nas três vezes. Uma vez, quando fui atrás de você nas masmorras, antes que fosse julgado por seguir Madoc. Você se lembra? Prometi que, se você fosse condenado à morte, encontraria uma maneira de tirar você de lá, custe o que custasse. Da segunda, quando convenci o príncipe, *meu protegido*, a usar o poder dele para mitigar a maldição que você não teria se tivesse se arrependido de sua traição à coroa. E não vamos esquecer a terceira, quando pedi que você usasse o arreio em vez de ser condenado à morte por uma tentativa de assassinato. Não me peça para fazer isso de novo.

— Agi mal com você — responde Hyacinthe. Oak se inclina na escada para que possa vê-lo melhor. Está com os ombros caídos. — Você deixou de lado seu dever mais do que eu deixei de lado minha raiva. Mas eu...

— Você nunca se dará por satisfeito — dispara Tiernan. — Juntando-se aos falcões de Madoc e se voltando contra Elfhame, cuspindo na misericórdia, culpando Cardan e Oak e a mãe morta de Oak e todos, menos seu pai. Nenhuma vingança será suficiente, porque você quer punir o assassino dele, mas ele *morreu pelas próprias mãos*. Você se recusa a odiá-lo, então odeia todo mundo, inclusive a si mesmo.

Tiernan não ergueu a voz, mas Hyacinthe fez um som como se tivesse sido atingido.

— Inclusive a mim — completa Tiernan.

— Você, não — retruca Hyacinthe.

— Você não me puniu por ser como ele, por proteger o filho dela? Você não me odiou por isso?

— Eu acreditava que estava condenado a perder você — confessa Hyacinthe, com uma voz tão suave que Oak mal consegue ouvir.

Por um longo momento, eles ficam em silêncio.

Parece improvável que recorram à violência. Oak devia subir o resto das escadas. Não quer invadir a privacidade dos dois mais do que já invadiu. Mas precisa ir devagar, para que não ouçam seus cascos.

— A alegria nunca é uma certeza — diz Tiernan, com a voz suave —, mas você pode se casar com a dor. Suponho que, ao menos nisso, não haja surpresas.

Oak estremece ao ouvir as palavras. *Se casar com a dor.*

— Por que você me quer depois de tudo o que eu fiz? — pergunta Hyacinthe, angustiado.

— Por que alguém quer o outro? — responde Tiernan. — Não amamos alguém porque merecem... nem eu gostaria de ser amado por ser o *mais merecedor* de uma lista de pretendentes. Quero ser amado pelo meu pior lado, assim como pelo meu melhor. Quero que perdoem meus defeitos.

— Acho mais difícil perdoar suas virtudes — diz Hyacinthe, com um sorriso na voz.

E então Oak está subindo as escadas, longe o suficiente para não conseguir ouvir o resto. O que é bom, porque espera que envolva muitos beijos.

CAPÍTULO 11

Quando Oak era criança, sofria de febres que o deixavam de cama por semanas. Se debatia, suando ou tremendo. Os criados apareciam para pressionar panos frios em sua testa ou banhá-lo em ervas aromáticas. Às vezes, Oriana se sentava junto ao filho, ou uma de suas irmãs lia para ele.

Certa vez, quando tinha cinco anos, abriu os olhos e viu Madoc de pé junto à porta, fitando-o com uma expressão estranha e avaliadora no rosto.

Eu vou morrer? perguntou Oak.

Madoc teve um sobressalto e deixou de lado seus pensamentos, mas ainda havia algo sombrio em sua boca estreitada. Foi até a cama e colocou a mão grande na testa de Oak, ignorando seus pequenos chifres. *Não, meu rapaz*, disse ele, sério. *Seu destino é enganar a morte, como o pequeno patife que você é.*

E como Madoc não podia mentir, Oak sentiu-se reconfortado e voltou a dormir. A febre deve ter baixado naquela noite, pois, quando acordou, se sentia bem de novo, pronto para novas travessuras.

Esta manhã, Oak se sente como um patife que enganou a morte mais uma vez.

Acordar com o calor e a maciez é um luxo tão delicioso que as queimaduras e os machucados de Oak não conseguem diminuir tal prazer.

O TRONO DO PRISIONEIRO 135

Há um gosto em sua língua que, de alguma forma, é o sabor do próprio sono, como se tivesse ido tão fundo na terra dos sonhos que trouxe um pouco com ele.

Ele olha para o dedo mindinho, agora nu, e sorri para o teto de gelo.

Uma batida na porta o afasta de seus pensamentos. Antes que perceba que não está usando muitas roupas, Fernwaif entra com uma bandeja e um jarro. Ela está com um vestido marrom simples e um avental, o cabelo preso em um lenço.

— Ainda deitado? — pergunta, colocando a bandeja sobre as cobertas. Há um bule de chá e uma xícara, além de um prato com pão preto, manteiga e geleia. — Vocês partem com a maré.

O príncipe se sente estranhamente constrangido por ter dormido até aquela hora, ainda que ficar na cama até tarde faça parte da personalidade autoindulgente que ele finge ter há anos. Não sabe ao certo por que esse papel parece tão sufocante nesta manhã, mas parece.

— Vamos embora *hoje*? — Ele apoia as costas na cabeceira da cama para poder se sentar direito.

Fernwaif dá uma risadinha enquanto despeja água em uma bacia para lavar o rosto.

— Sentirá nossa falta quando estiver na Grande Corte?

Oak não sentirá falta do tédio e do desespero intermináveis de sua cela de prisão, nem do som do vento frio uivando entre as árvores, mas ocorre a ele que, embora esteja feliz por estar indo para casa, chegar com Wren lá será complicado por outros motivos. A Grande Corte é um lugar cheio de intrigas e ambições. Quando Oak retornar, estará no centro de pelo menos uma conspiração. E não faz a menor ideia se *conseguirá* bancar o cortesão despreocupado e alegre e, ao mesmo tempo, cair nas graças de Wren.

E tem ainda menos certeza se é o que quer fazer.

— O destino pode voltar a me trazer por essas bandas — responde Oak.

— Minha irmã e eu aguardaremos ansiosamente as histórias dos grandes banquetes e bailes — diz Fernwaif, com ar de tristeza. — E como você honrou nossa senhora.

Oak imagina o que Wren diria se, de alguma forma, tivesse que fazer votos a ele. *Prometo ser fiel e prometo arrancar suas tripas se você me enganar.* Ah, claro, seria ótimo.

O que foi que Hyacinthe disse? *Para você, enganar é tão fácil quanto respirar, e nem precisa de esforço.* Oak torce para que não seja verdade.

Ele não ouve o barulho da fechadura quando Fernwaif sai. Imagina que, agora que estão planejando a partida dele, não faça sentido restringir sua liberdade.

Ao se levantar, Oak lava o rosto com a água do lavatório, penteando o cabelo para trás. Ele consegue vestir as calças de Lorde Jarel antes que passos pesados na escada anunciem os cinco cavaleiros que surgem a seguir. Para sua surpresa, usam o uniforme de Elfhame — o brasão da linhagem Greenbriar gravado em suas armaduras com a coroa, a árvore e as raízes.

— Vossa Alteza — diz um deles, e Oak se sente desorientado ao ouvir seu título, dito sem hostilidade. — Grima Mog nos enviou. Nossa comandante deseja que saiba que o barco o aguarda e que nós o acompanharemos em seu retorno às ilhas.

Eles também trazem roupas mais apropriadas para Oak: um manto verde bordado em ouro, luvas pesadas, uma túnica de lã e calças.

— Há algo que queira que empacotemos? — pergunta uma integrante do grupo dos cavaleiros. Ela tem olhos como os de um sapo, dourados e arregalados.

— Parece que... perdi minha armadura e minha espada — admite Oak. Ninguém questiona a estranheza disso. Ninguém o questiona de forma alguma. Um cavaleiro com orelhas pontudas e cabelo da cor do luar entrega sua própria lâmina curva, uma espada de corte, junto à bainha.

— Podemos encontrar uma armadura para você em nossa companhia — diz o cavaleiro.

— Não será necessário — responde Oak, sentindo-se muito constrangido. Eles o olham como se ele tivesse passado por uma provação terrível, mesmo sabendo que ele estava noivo. — É melhor você manter sua espada.

— Devolva-a assim que encontrar uma melhor — responde o cavaleiro, indo até a porta. — Nós o aguardaremos no salão.

O príncipe troca de roupa depressa. O tecido carrega o cheiro do ar que soprava o varal em que foi pendurado para secar: erva-doce e o salgado do oceano. O cheiro o faz sentir saudades de casa.

Do lado de fora da Cidadela, mais soldados de Elfhame esperam, com armaduras fortemente acolchoadas e acabamento em peles, as capas balançando atrás deles. Os soldados olham para os ex-falcões espalhados na neve.

Um deles segura as rédeas de Donzelinha. As pernas da égua estão protegidas contra a neve, e há um cobertor sobre seu dorso. Quando o príncipe se aproxima, ela se anima, batendo a cabeça no ombro dele.

— Donzelinha! — exclama Oak, passando a mão no pescoço dela. — Havia algum mensageiro da Cidadela com ela?

O soldado parece surpreso com a pergunta.

— Vossa Alteza, acredito que sim. Ele entrou no acampamento ontem. Reconhecemos a égua.

— Onde está esse mensageiro agora? — Valen se tornou violento quando Oak parou de usar o encantamento contra ele, mas Valen *odiava* Oak. Com sorte, Daggry percebeu que a transação beneficiava ambos. Com sorte, Daggry estava voltando para a pessoa que amava e por quem sacrificara tantos anos de sua vida para salvar.

— Não sei dizer... — começou o soldado.

De dentro do estábulo, ouve-se o som de uma buzina e ele vê uma carruagem aberta saindo, puxada por alces. Ela é toda de madeira preta e parece que não foi pintada para ficar assim, foi queimada. As rodas são tão altas quanto um dos soldados que está ao lado dela, e são finas como açúcar refinado. Um cavalariço empoleira-se na parte de trás, todo de branco, com uma máscara de falcão, o couro se retorcendo como galhos sobre as sobrancelhas. Um motorista também de máscara — este usando a de uma carriça — vai na frente, incentivando o alce com um chicote.

Eles param e abrem a porta da carruagem, ficando em posição de sentido.

Wren sai da Cidadela, sem guardas ou damas de companhia. Seu vestido é todo preto, e a coroa de obsidiana em formato de dente da Corte dos Dentes repousa sobre sua cabeça. Está descalça, talvez para mostrar que o frio não pode machucá-la, ou talvez prefira assim. Afinal, ela andou descalça por muitos anos na floresta.

Ela permite que o noivo a conduza até a carruagem, onde se senta com as costas eretas. Sua pele azul é da cor do céu claro. O cabelo se agita em um nimbo selvagem ao redor do rosto, o vestido ondulando, fazendo-a parecer elementar. Um dos membros do Povo do Ar.

Wren olha para ele uma vez e depois desvia o olhar.

O restante da comitiva de Wren se reúne ao redor dela. Hyacinthe monta um cervo grande e peludo, que parece ser muito melhor para abrir caminho na neve do que os cascos delicados da égua de Oak.

Meia dúzia de falcões o acompanham, vestindo casacas cinza cintilante. Bogdana monta um urso, que se arrasta, enervando a todos.

Tiernan vai até onde Oak está montado em Donzelinha. Está com a mandíbula cerrada de tensão.

— Isso não parece certo.

Randalin chega um momento depois, com Fantasma ao seu lado.

— Sua noiva é mesmo notável — diz o Ministro das Chaves. — Você sabia que dois antigos reis trolls juraram fidelidade a ela?

— Sabia, é óbvio — responde Oak.

— Seria melhor para todos se nos colocarmos em movimento — retruca o Fantasma.

— Suponho que sim — diz Randalin com um suspiro sofrido, de certa forma alheio ao perigo ao seu redor. — Estávamos com tanta pressa para marchar até aqui, e agora estamos com tanta pressa de ir embora. Se fosse por mim, poderíamos provar os pratos locais.

— Há poucos criados nas cozinhas — explica Oak.

— Vou dar uma olhada na comitiva da rainha — anuncia o Fantasma, partindo em direção a ela.

— Quando os cavaleiros chegaram? — Oak pergunta a Tiernan, apontando para o Povo das Fadas que se aglomera ao redor do castelo.

— Hoje de manhã. Cortesia de Grima Mog. Para nos escoltar até o barco — responde Tiernan com suavidade, já que Randalin está ao lado deles.

Oak assente, entendendo o recado.

O alarme volta a soar e eles começam a se mover.

Leva mais de uma hora para que cheguem à parede de gelo construída pelos reis trolls. Conforme se aproximam, Oak fica impressionado com o tamanho da muralha, que se ergue acima deles enquanto cavalgam em direção à abertura.

E então passam pelo exército de Elfhame.

As fogueiras pontilham a paisagem, queimando onde soldados se aglomeram para se aquecer. Vários cavaleiros sentam-se sozinhos em bancos improvisados, polindo armas, enquanto grupos maiores se reúnem para beber chá de cevada e fumar cachimbos. Embora alguns gritem com alegria ao ver Oak, ele nota algo feio em seus olhares quando veem a carruagem de Wren.

Um som alto, como um tinido de metal contra metal, ecoa pela neve e o grupo faz uma parada abrupta. O urso de Bogdana rosna. Os guardas de Wren se aglomeram ao redor da carruagem, as armas em punho. Ela diz algo para eles, em voz baixa. O ar está carregado com a ameaça de violência.

Grima Mog e um grupo de soldados com armaduras caminham em direção à comitiva. Oak conduz Donzelinha em direção à Grande General, o coração batendo forte.

Será que eles pretendem trair Wren? Fazer dela uma prisioneira? Se tentarem, fará uso de sua autoridade enquanto herdeiro de Cardan. Descobrirá a extensão de todos os seus poderes. Fará *alguma coisa*.

— Saudações, príncipe Oak — diz Grima Mog. Ela usa um chapéu com sangue já preto e coagulado. O restante do corpo está protegido pela armadura, e ela carrega uma enorme espada de duas mãos presa às costas.

140   HOLLY BLACK

Ela coloca um pergaminho nas mãos dele. Está selado com fita e cera.

— Isto explica ao Grande Rei e à Grande Rainha que permaneceremos aqui até que um tratado seja assinado.

O exército inteiro, acampado no frio logo após as muralhas, esperando e planejando.

— A notícia chegará em breve — promete Oak.

Grima Mog dá um sorriso forçado, o canino inferior escapando de seu lábio.

— Esperar é chato. Você não vai querer que a gente perca a paciência.

Então, dando um passo para trás, Grima Mog faz um sinal. Seu povo recua. Os soldados de Elfhame que faziam parte da procissão de Oak começam a se mover de novo. As rodas da carruagem de Wren rolam. O urso segue em frente.

Oak está bastante aliviado por deixar o exército para trás.

Em seguida, eles se aproximam da Floresta de Pedra, onde as árvores pendem pesadas com seus estranhos frutos azuis. O vento assobia pelos galhos, criando uma melodia sinistra.

O Fantasma se aproxima de Oak, puxando as rédeas do cavalo.

— Eu não sabia como interpretar seu bilhete — diz o espião baixinho.

— Eu estava falando literalmente — retruca Oak.

Ele o escreveu às pressas, sentado no chão da despensa, com Daggry o observando. Poderia ter sido melhor escrito, mas achou que a mensagem estava explícita:

As coisas não são o que parecem. Cancele a batalha. Envie alguém para a Cidadela e eu explicarei.

— Apesar de ter que admitir que não entendi como você fez o que fez — diz Fantasma —, estou impressionado.

Oak franze a testa. Não gosta do que o espião está insinuando. Que o pedido de casamento de Oak não seja sincero, mas um truque. Que o príncipe preparou e montou uma armadilha. Oak não quer que Wren seja colocada no papel de inimiga, nem no de alvo.

— Quando alguém está encantado — diz o príncipe — é fácil ser encantador.

— Você deixou suas irmãs preocupadas — contrapõe o Fantasma.

Oak nota o plural. Faz anos que o espião é próximo da gêmea de Jude, Taryn, o que leva a família a especular o *quanto* eles são de fato próximos.

— Elas deveriam se lembrar do que faziam quando tinham a minha idade — retruca Oak. Jude vem preocupando todo mundo há anos.

O espião dá um meio sorriso.

— Talvez tenha sido o que impediu a Grande Rainha de pendurar Tiernan pelos dedos dos pés por ter concordado com seu plano em vez de impedi-lo.

Não é de se admirar que Tiernan estivesse tão infeliz com Oak. Ele deve ter sido interrogado e insultado.

— Talvez ela tenha se lembrado de que, se Tiernan tivesse me impedido, significaria o mesmo que deixar nosso pai morrer.

O Fantasma suspira e nenhum dos dois fala pelo resto da viagem até a costa.

Um navio feito de madeira clara está ancorado além das pedras pretas e das águas rasas da praia. Longo e esguio, com a proa e a popa afiladas em pontas que se enrolam como os caules das folhas, é uma embarcação e tanto. Dois mastros se erguem de seu convés e, ao redor de suas bases, Oak pode ver as velas brancas que serão içadas para capturar o vento. O nome *Resvalador da Lua* está esculpido nas laterais.

E, do outro lado, Oak vê os reis trolls caminhando pela neve em direção ao grupo. A pele das criaturas é do cinza profundo do granito, repleta do que parecem ser rachaduras e fissuras. Seus rostos parecem mais esculpidos do que vivos, mesmo quando suas expressões mudam. Um deles tem barba, enquanto o outro não. Ambos usam armaduras de escamas velhas e esfarrapadas, cobertas de manchas. Ambos têm piercings de ouro escuro e bruto em suas sobrancelhas. Um deles tem um porrete feito com a maior parte de um abeto preso a um cinto de couro, que deve ter sido costurado com as peles inteiras de vários ursos.

142   HOLLY BLACK

Oak faz com que Donzelinha pare. Os outros também param; até mesmo a carruagem de Wren derrapa até frear, os alces batendo no chão e balançando a cabeça como se quisessem se libertar dos arreios.

Wren desce sem medo, os pés descalços na neve.

Ela caminha, sozinha, em direção a eles. O vestido se enrosca em seu corpo enquanto o vento açoita seu cabelo.

Oak desce do cavalo, cravando as unhas na palma da mão. Ele quer correr atrás de Wren, mesmo sabendo que esse seria um momento terrível para minar a autoridade dela. Ainda assim, é difícil vê-la, pequena e sozinha, diante desses seres enormes e antigos.

Uma das criaturas começa a falar em um idioma antigo. Oak chegou a aprender um pouco na escola do palácio, mas apenas para que conseguisse ler livros igualmente antigos. Ninguém o usava em uma conversa. E, pelo que percebeu, a pronúncia de seu instrutor estava beeeem longe de ser correta.

O príncipe conseguia entender apenas a essência da conversa. Eles prometem cuidar das terras até que ela retorne. Concordam em ficar longe do exército, mas não parecem gostar da ideia. Oak não sabe dizer *como* Wren os entende — talvez Mellith conhecesse essa língua —, mas fica nítido que ela compreende.

— Confiamos estas terras a vocês enquanto estivermos fora — diz ela. — E se eu não voltar, façam guerra em meu nome.

Os dois reis trolls se ajoelham e inclinam a cabeça para ela, fazendo uma reverência. Um silêncio profundo paira sobre o Povo que está testemunhando. Até mesmo Randalin parece mais espantado do que encantado.

Wren encosta a mão em cada rei, e eles se levantam ao toque de seus dedos.

Em seguida, ela volta, descalça, para a carruagem. No meio do caminho, olha para Oak, que sorri, um sorriso discreto de quem ainda está um tanto atordoado. Ela não retribui o sorriso.

A comitiva segue para o litoral. Oak cavalga sozinho e não emite uma palavra.

O TRONO DO PRISIONEIRO   143

Quando chegam às rochas pretas, nas quais as ondas batem, Tiernan desce de seu cavalo. Ele diz algo para o Fantasma, que faz um aceno para o navio com uma das mãos. Eles lançam um barco a remo para levar os passageiros a bordo em grupos.

— O senhor deve ir primeiro, Vossa Alteza — diz o Fantasma.

Oak hesita, depois balança a cabeça.

— Deixe a comitiva da rainha ir primeiro.

Tiernan suspira irritado com o que ele sem dúvida encara como a objeção de Oak a uma medida de segurança razoável. Oak sabe que parece só querer contrariar, mas ele se recusa a dar uma chance de que partam assim que estiver a bordo, deixando Wren para o exército de Elfhame.

O Fantasma faz um gesto para Hyacinthe, indicando que o grupo de Wren deve ter prioridade.

É uma sensação estranha, depois de estar em cativeiro por semanas, perceber que ninguém aqui tem autoridade para obrigá-lo a fazer nada. As pessoas têm empurrado o poder para Oak desde o início do governo de Cardan, e ele o tem evitado pelo mesmo tempo. Ele se pergunta se, depois de ter sido despojado de tantas opções, enfim tomou o gosto pela coisa.

Hyacinthe leva Wren para dentro do barco. O motorista mascarado permanece com a carruagem, embora o criado de casaca desça e se junte a ela, sentando-se na frente. O restante dos soldados permanece nas rochas enquanto o tripulante que remou até a costa volta a se afastar.

Oak a observa perplexo. Com certeza ela não pretende embarcar com uma comitiva tão pequena?

A bruxa da tempestade desce do urso. Ela vira a cabeça e se transforma em um enorme abutre. Dando um grito, ela voa até o navio, pousando no topo do mastro. E então, como se respondessem a algum sinal invisível, os soldados de Wren se transformam em falcões. Eles voam para o céu, o som de asas emplumadas ecoando ao redor de Oak.

— O que ela fez? — murmura Tiernan.

144 HOLLY BLACK

Ah, ninguém em Elfhame vai gostar disso. Wren não apenas quebrou a maldição dos traidores; ela a transformou em uma bênção. Deu a eles a capacidade de se transformarem quando *quiserem*.

Os falcões voam até o navio, aterrissando no mastro, onde, um a um, pousam no convés como fadas de novo.

Oak se pergunta se Hyacinthe também pode fazer isso. Ele está em um barco, então talvez não. Ela quebrou a maldição dele antes de descobrir a extensão de seu poder.

Quando o barco a remo retorna, Oak entra, com metade dos cavaleiros de Elfhame o acompanhando. No navio, os marinheiros o ajudam a subir a bordo e fazem uma reverência. O capitão se apresenta; ele é um homem envelhecido, com cabelo branco bagunçado pelo vento e pele marrom-escura.

— Bem-vindo, Vossa Alteza. Estamos todos muito felizes que o resgate tenha sido bem-sucedido.

— Não foi bem um resgate — retruca Oak.

O capitão dá uma olhada na direção de Wren, um lampejo de inquietação em sua expressão.

— Sim, nós entendemos.

Enquanto o capitão se afasta para cumprimentar o Ministro das Chaves, Oak admite para si mesmo que a situação não correu nada bem.

Seguem-se muitas negociações sobre acomodações e estocagem, a maioria das quais o príncipe ignora. Quando as velas brancas ondulantes estampadas com o símbolo de Elfhame se erguem e o navio começa a navegar, seu coração acelera ao pensar em voltar para casa.

E com o que encontrará quando chegar lá.

Ele impediu uma guerra — ou ao menos a *interrompeu*. No entanto, está ciente de que levar Wren para o coração de Elfhame coloca as pessoas de lá — pessoas que ele ama — em risco. Ao mesmo tempo, tirar Wren de sua fortaleza e separá-la de grande parte de seus defensores a coloca em uma posição igualmente vulnerável.

Wren sabe disso. E Jude também. É preciso tomar muito cuidado para evitar que qualquer uma delas sinta que deve agir de acordo com o que sabem.

Ele entende — ou pelo menos acha que entende — por que Wren concordou com seu plano. Ela usou grande parte de seu poder para libertar os reis trolls da maldição, e seria quase impossível vencer um confronto com o exército de Elfhame, um exército que poderia ser reabastecido continuamente por soldados de Cortes inferiores. Afinal, era com isso que ele estava contando quando colocou o anel no dedo dela.

Depois de pensar um pouco, ele acha que desvendou o motivo pelo qual Bogdana queria que fossem para Elfhame. Ela odeia os Greenbriar, odeia a Grande Corte e, ainda assim, há muito tempo deseja ver a filha no trono. Se estava disposta a trocar uma parte do próprio poder para que Mellith fosse a herdeira de Mab, então, por mais que deseje vingança, ela também deve desejar um recomeço. Se Wren se casar com Oak, ela entrará na linha de sucessão para se tornar Grande Rainha. Isso deve ter certo apelo.

E, caso contrário, Cardan estará em sua mira. Bogdana terá chegado mais perto dele do que em qualquer outra alternativa.

E quanto à Wren? Ele suspeita que ela esteja se aventurando na Grande Corte porque quer ser reconhecida oficialmente como rainha da Corte dos Dentes. Mas, é claro, Oak torce para que uma parte disso tenha a ver com ele. Espera que uma parte dela queira ver onde isso vai dar. Eles eram crianças na última vez em que estiveram juntos na Corte de Elfhame. Foi incapaz de fazer muito por Wren. Já não eram mais crianças, e ele pode fazer mais. Pode mostrar que se importa. E pode mostrar a ela como se divertir um pouco.

É óbvio que Oak terá de evitar que sua família torne as coisas ainda mais complicadas. Jude vai querer punir Wren por manter Oak em cativeiro. É provável que Cardan ainda esteja um pouco ressentido se achar que o príncipe está conspirando contra ele. Talvez Cardan imagine que Wren faça parte de uma nova trama.

Desta forma, Oak precisa mostrar sua lealdade a inúmeras pessoas, impedir que Bogdana machuque alguém e também assinar um tratado antes que uma batalha ecloda no coração de Elfhame. Sem mencionar que precisa fazer isso enquanto prova para Wren que não está em busca de vingança — e que, se ela o perdoar, ele não irá machucá-la.

Bem, o melhor momento é agora. Oak avança pelo convés em direção a rainha. Dois falcões se interpõem em seu caminho.

— Ela é minha noiva — diz Oak, como se aquilo fosse um mero mal-entendido.

— Você deveria ser *prisioneiro* dela — retruca um deles, bem baixinho para que o contingente de Elfhame não o escute.

— As duas coisas podem ser verdadeiras — responde Oak.

Wren franze a testa para os guardas e para o príncipe.

— Eu o receberei. Quero ouvir o que tem a dizer.

Os guardas se afastam, mas não o suficiente para deixarem de escutar.

Oak sorri e tenta encontrar um tom que transmita sua sinceridade.

— Minha senhora, queria dizer o quanto estou feliz por você ter decidido aceitar meu pedido e voltar para Elfhame ao meu lado. Espero que não fique muito ressentida com a maneira como a proposta foi feita.

— Deveria ficar? — pergunta ela.

— Pode ser que considere romântico — sugere, mas sabe o que ela de fato pensa. Que é tudo um jogo. E se ele negar, ficará insultada por julgar que ele a subestima como oponente.

E não é como se *não* houvesse uma estratégia por trás do pedido, mas ele se considera mais como alguém irremediavelmente apaixonado do que um mestre estrategista. Oak se casaria com ela, com todo o prazer.

Wren dá um sorriso discreto e frio.

— Manterei minha palavra, independentemente do que eu pense.

Mesmo que você talvez não mantenha a sua, está implícito.

— Não precisamos nos enfrentar para sempre — diz, esperando que ela acredite. — Por isso, esperava que Bogdana não nos acompanhasse, já que ela quer assassinar o Grande Rei... e a mim. Algo que poderia tornar nossa visita complicada.

Para sua surpresa, Wren olha para o abutre com frustração.

— Sim — responde. — Pedi a ela que ficasse, mas, ao que parece, não fui clara o bastante. É por isso que está se escondendo lá em cima. Se ela descesse, eu poderia ordenar que fosse embora.

— Ela não pode se esconder de você para sempre — diz Oak.

Os cantos da boca de Wren se contraem.

— O que você acha que encontraremos quando chegarmos a Elfhame? Uma excelente pergunta.

— O Grande Rei e a Grande Rainha darão algum tipo de festa para nós. Mas devem ter algumas preocupações que talvez eu precise dissipar primeiro.

O lábio dela se ergue, mostrando os dentes afiados.

— É um jeito um tanto educado de explicar. Mas você está sempre mostrando seus encantos.

— Estou? — pergunta ele.

— Como um gato que descansa sob a luz do sol. Ninguém espera que ele morda de repente.

— Não sou eu quem gosta de morder — brinca, e fica satisfeito ao vê-la toda corada, a ponto de transparecer através do azul pálido de sua pele.

Sem esperar para ser dispensado, ele aproveita a vitória, faz uma reverência discreta e parte em direção a Tiernan.

Os guardas da rainha o observam com olhares furiosos. Devem culpá-lo pelo que aconteceu com Valen. Talvez o culpem por todas as coisas pelas quais Valen o culpava. Será que algum dia ele e Wren deixarão de se enfrentar? Acreditava nisso de verdade a ponto de falar para ela, mas era um eterno otimista.

— Você tem um machucado no rosto — constata Tiernan.

Oak levanta a mão e apalpa o local até encontrá-lo, à esquerda de sua boca. É mais um pra conta depois do galo na cabeça e das queimaduras da faca de ferro escondidas sob seu colarinho. Ele está acabado.

148   HOLLY BLACK

— Como anda meu pai? — pergunta.

— Foi aceito de volta em Elfhame, do jeitinho que ele planejou — responde Tiernan. — Dando muitos conselhos para sua irmã, sem ela ter pedido.

Só porque sou ruim, não significa que o conselho também seja. Foi o que Madoc disse à Wren, apesar de Oak não ter certeza se concorda. No entanto, o pai deve estar bem, se está apresentando seu comportamento habitual. É o que importa.

Ele suspira aliviado e olha para o horizonte, para as ondas. Sua mente vagueia para a última vez em que cruzaram essas águas e como Loana tentou distraí-lo com um beijo e depois arrastá-lo até as profundezas aquáticas. A segunda vez que ela tentou afogá-lo.

Me afogue uma vez, culpa minha... Ele decide que não gosta do rumo que seus pensamentos estão tomando. Também não gosta de reconhecer suas preferências amorosas — quanto mais perigosas, melhor.

— Você ainda ama Hyacinthe? — pergunta o príncipe.

Tiernan o encara, surpreso. Não que nunca falassem de sentimentos, mas Oak imagina que Tiernan não estivesse esperando essa pergunta agora.

Ou talvez não esteja preparado para se aprofundar nesse assunto, porque dá de ombros. Quando Oak não retira a pergunta, Tiernan balança a cabeça, como se não conseguisse responder. Então, por fim, cede e fala.

— Nas canções, o amor é uma doença, uma aflição. Contraído como um mortal contrairia um vírus. Quem sabe por um toque de mãos ou um roçar de lábios, e então é como se todo o corpo ficasse febril e lutasse contra. Mas é inútil impedir que siga seu curso.

— Essa é uma visão bastante poética e terrível do amor — responde Oak.

Tiernan volta a olhar para o mar.

— Nunca tinha me apaixonado antes, tudo o que aprendi foi com essas músicas.

Oak fica em silêncio, pensando em todas as vezes em que se julgou apaixonado.

— Nunca?

Tiernan bufa de leve.

— Eu tive amantes, mas não é a mesma coisa.

Oak pensa em como descrever o que sente por Wren. Não quer criar poemas ridículos para ela, como fez para tantas pessoas por quem pensou estar apaixonado, mas quer fazê-la rir. Não quer proferir discursos enormes ou realizar gestos grandiosos e vazios; não quer lhe dar a *pantomima* do amor. No entanto, está começando a suspeitar que a pantomima é tudo o que conhece.

— Mas... — diz Tiernan, hesitando de novo, passando a mão pelo cabelo curto cor de amora. — O que eu sinto não é como nas canções.

— Não é uma aflição, então? — Oak ergue uma sobrancelha. — Não é febre?

Tiernan olha exasperado para ele; o príncipe conhece bem esse olhar.

— É mais a sensação de que deixei uma parte de mim em algum lugar e que estou sempre procurando.

— Então ele é como um celular perdido?

— Alguém deveria te jogar no mar — diz Tiernan, mas há um sorriso discreto no canto de sua boca. Ele não tem cara de quem gosta de ser provocado. Sua frieza é o que permite que, muitas vezes, seja confundido com um cavaleiro, apesar de seu treinamento como espião. Mas gosta.

— Acho que ele está desesperadamente apaixonado por você — diz Oak. — Acho que é por isso que ele me deu um soco na boca.

Quando Tiernan suspira e olha para o mar, Oak segue o exemplo e fica em silêncio.

CAPÍTULO
12

Três dias, é o tempo que deverão passar no mar. Três dias antes de desembarcarem nas ilhas e Oak ter que enfrentar a família de novo.

Na primeira noite, enquanto o príncipe dorme em uma rede, sob as estrelas, ele ouve Randalin se gabando para quem quisesse ouvir que é óbvio que cederia sua cabine particular para Wren, visto que uma rainha *precisa* de privacidade para viajar, e que ele *não* se importaria com a inconveniência. É claro que ela *quase* o persuadiu a não se *incomodar*, o que foi muito *gentil* de sua parte. E *insistiu* que ele ficasse ali por várias horas para comer, beber e conversar com ela sobre as Ilhas Mutáveis e a *lealdade* dele ao príncipe, o que a levou a elogiá-lo muito, pode-se até dizer *demais*.

Oak tem certeza de que a noite dela tinha sido bastante enfadonha e, ainda assim, desejou que estivesse lá, para trocarem olhares por cima da cabeça obsequiosa do conselheiro, para vê-la abafar o riso diante de seus elogios. Ele anseia pelos sorrisos dela. O brilho de seus olhos quando está tentando segurar a risada.

Não está mais trancado em uma cela, não há mais impedimentos para vê-la. Pode ir até a porta do quarto onde Wren descansa e bater até que ela a abra. Mas, de alguma forma, saber que pode fazer isso e ter medo de não ser bem-vindo faz com que ela pareça ainda mais distante.

Por isso, permanece ali, ouvindo Randalin falar sem parar sobre as consequências das suas ações. O conselheiro só se cala quando Fantasma joga uma meia em sua direção.

Esse alívio dura apenas uma noite.

Revigorado pelo sucesso de sua missão e certo de seu status elevado com Wren, Randalin passa a maior parte do segundo dia tentando convencer a todos a adotarem uma versão da história em que ele leve crédito por ter intermediado a paz. Talvez até por ter arranjado o casamento de Oak.

— Lady Suren só precisava de um pouco de *orientação*. Eu de fato vejo nela o *potencial* para ser uma de nossas grandes líderes, como uma rainha de antigamente — diz ao capitão do navio enquanto Oak passa.

O príncipe olha para Wren, de pé na proa. Está com um vestido simples cor de marfim, salpicado de água do mar, as saias esvoaçando ao seu redor.

Seu cabelo está afastado do rosto e ela morde o lábio inferior enquanto contempla o horizonte, os olhos mais escuros e insondáveis do que o oceano.

Acima deles, o céu é de um azul profundo e brilhante, e o vento está bom, inflando as velas.

— Eu *disse* a Jude — continua Randalin. — Ela propôs soluções *violentas*, mas você sabe que os *mortais*, e ela em particular... não têm paciência. Eu *nunca* apoiei sua ascensão. Ela não é uma de nós.

Oak cerra a mandíbula e lembra a si mesmo que dar um soco no rosto presunçoso e chifrudo do conselheiro não adiantaria de nada. Em vez disso, o príncipe tenta se concentrar na sensação do sol em sua pele e no fato de que as coisas poderiam ter sido muito piores.

Mais tarde naquele mesmo dia, quando Oak é chamado à cabine de Wren, ele fica particularmente grato por não ter batido em ninguém.

O príncipe não reconhece o guarda que o conduz aos aposentos da rainha, mas já teve experiências o suficiente com os falcões para ficar nervoso só de ver aquele uniforme.

152   HOLLY BLACK

Wren está sentada em uma cadeira de madeira branca, ao lado de uma mesinha com tampo de mármore e de um sofá de estofado escarlate. Pequenas janelas redondas no alto das paredes iluminam o espaço. Uma cama foi colocada em um canto, cuja estrutura de madeira impede que as almofadas se desloquem com o balanço do mar, e a cortina entreaberta garanta privacidade. Quando ele entra, ela faz um movimento com a mão e o guarda sai.

Chique, pensa ele. *Eu deveria combinar um gesto desse com Tiernan.* Mas, é claro, ele duvida que Tiernan saísse se houvesse um gesto que pudesse ser ignorado.

— Posso me sentar? — pergunta Oak.

— Por favor — responde ela, os dedos girando ansiosamente o anel que ele dera. — Chamei você aqui para conversarmos sobre a dissolução do nosso noivado.

Ele sente um peso no peito, mas mantém a voz leve.

— Já? Vamos pedir para o navio retornar? — Ele se acomoda com tristeza no sofá.

Ela dá um suspiro discreto.

— É bem cedo, concordo. Mas em algum momento vamos ter que acabar com isso. Entendo o que você quis fazer na Cidadela. Conseguiu evitar uma batalha e o derramamento de sangue com suas mentiras, e se livrou das minhas garras. Uma bela jogada.

— Não posso mentir — objeta ele.

— Você viveu no mundo mortal — acrescenta Wren. — Mas nunca teve uma mãe mortal. A minha mãe chamaria de *mentira por omissão*. Mas pode chamar de truque ou farsa, chame do que quiser. O que importa é que esse noivado não pode continuar por muito tempo ou nos casaremos e você ficará preso a mim para sempre.

— Um destino terrível? — indaga Oak.

Ela concorda depressa, como se ele enfim estivesse se dando conta da seriedade do problema.

— Sugiro que permita sua família convencê-lo a marcar a cerimônia para daqui a alguns meses. Eu concordarei, é claro. Posso concluir minha visita a Elfhame e voltar para o norte. Você vai sugerir, com veemência, que sua irmã me dê o que antes era a Corte dos Dentes para governar.

— É o que você quer? — pergunta ele.

Ela olha para as próprias mãos.

— Antes pensava que poderia retornar ao meu lar mortal, mas não consigo imaginar isso agora. Como eles poderiam me enxergar como aquela criança, quando eu os assustaria, mesmo sem conhecer a natureza da minha magia?

— Não precisam enxergá-la como uma criança para cuidar de você — diz ele.

— Eles nunca me amariam tanto quanto desejo ser amada — responde com dolorosa honestidade. — Eu me darei bem no norte. Eu me encaixo melhor lá.

— Você... — começa ele, sem saber ao certo como fazer a pergunta. — Você se lembra de quando era Mellith?

Ela começa a balançar a cabeça e depois hesita.

— De algumas coisas.

— Você se lembra de Bogdana como sua mãe?

— Lembro — responde ela, tão baixinho que ele mal consegue ouvir. — Eu me lembro de acreditar que ela me amava. E me lembro de ela ter me dado.

— E o assassinato? — pergunta ele.

— Eu estava tão feliz em vê-la — responde ela, levando os dedos à garganta sem se dar conta — que quase não notei a faca.

Por um momento, a história o deixa tão triste que mal consegue falar. A mãe dele, Oriana, o protege com tanta ferocidade que Oak é incapaz de imaginar ser jogado no mundo para se virar sozinho, entre pessoas que o odeiam tanto que planejam sua morte. E, no entanto, ele se lembra de estar sentado na beirada da cama ouvindo Vivi explicar que era um milagre Jude estar viva após ser golpeada pelo pai. E lembra também quando descobriu que tinha outro pai, e que ele tentara matá-lo.

Talvez não consiga entender exatamente como Wren se sente, mas sabe que o amor da família não é garantido, e que ser amado não significa estar seguro.

Wren o observa com seus olhos insondáveis.

— Lembrar dessas coisas deveria ter me transformado, mas não sinto que mudei tanto assim. — Ela faz uma pausa. — Eu pareço diferente?

O príncipe nota a cautela em sua postura. Ela parece tensa, as costas eretas.

Wren demonstra estar desconfiada, mas, por dentro, há uma fome ali. Um desejo que não consegue disfarçar, embora ele não saiba dizer se é por ele ou por poder.

— Você nunca esteve tão segura de si — diz o príncipe.

Ele percebe que Wren está refletindo, mas que não deixou de gostar de suas palavras.

— Então, estamos de acordo. Postergamos a cerimônia. Sua irmã terá um motivo para me mandar de volta para o norte com um reino só meu, e nós a deixaremos acreditar que o plano dela de nos separar deu certo. Você pode se ocupar com quantas cortesãs quiser para enfatizar esse ponto. Afogar qualquer coisa que ainda sinta por mim em um novo amor, ou dez. — Ela diz a última parte com certa aspereza.

Ele leva uma mão ao peito.

— Você não tem sentimentos para afogar?

Wren olha para baixo.

— Não — diz ela. — Não me desfaria de nada do que sinto.

Depois de um jantar de algas e berbigões, que o cozinheiro serve em tigelas de madeira sem colheres, o capitão os convida para sentar no convés e contar histórias, como é tradição entre a tripulação. Wren chega com Hyacinthe ao seu lado e se acomoda a certa distância do príncipe. Quando seu olhar encontra o dele, a rainha coloca uma longa mecha de cabelo atrás da orelha e dá um sorriso hesitante. Seus olhos verdes brilham quando um dos membros da tripulação começa a falar.

Wren adora histórias. Ele se lembra disso, das noites ao redor da fogueira enquanto viajavam para o norte. Lembra-se dela falando sobre Bex, sua irmã mortal, e suas brincadeiras de faz de conta. Lembra-se de como ela ria quando ele contava algumas de suas travessuras.

O príncipe ouve os membros da tripulação falarem sobre lugares distantes que visitaram. Um deles fala de uma ilha com uma rainha que tem cabeça e tronco de mulher e membros como os de uma enorme aranha. Outro, de uma terra tão cheia de magia que até os animais falam. Um terceiro, sobre suas aventuras com os sereianos e como o capitão se casou com uma selkie sem roubar a pele dela.

— Evitamos falar de política — o capitão explica com uma baforada em um cachimbo longo e fino de osso esculpido.

Em um momento de calmaria, a bruxa da tempestade pigarreia.

— Tenho uma história para vocês — diz Bogdana. — Certa vez, havia uma garota com uma caixa de fósforos encantada. Sempre que ela acendia um...

— É uma história verdadeira? — interrompe o Fantasma.

— Só o tempo dirá — responde a bruxa da tempestade, lançando um olhar letal para ele. — Agora, como eu estava dizendo... quando a garota acendia um fósforo, um objeto de sua escolha era destruído. Isso fez com que todos os que detinham o poder a quisessem ao seu lado, mas ela lutou apenas pelo que ela mesma considerava certo.

Wren olha para as mãos, as mechas de seu cabelo caindo para proteger seu rosto. Oak supõe que haverá uma lição nisso, uma da qual ninguém vai gostar.

— Quanto mais terrível fosse a destruição, mais fósforos precisariam ser riscados. No entanto, a cada vez que a garota olhava para a caixa de fósforos, havia pelo menos alguns novos. Ter um poder tão vasto era um grande fardo para a garota, mas ela era feroz e corajosa, além de sábia, e carregava seu fardo com graça.

156   HOLLY BLACK

Oak vê a forma como Hyacinthe está franzindo a testa para a bruxa da tempestade, como se discordasse da ideia de que os "fósforos" de Wren pudessem ser substituídos com tanta facilidade.

Quando Oak pensa na pele dela, tão translúcida, na cavidade sob as maçãs do rosto, ele se preocupa. Mas presume que Bogdana quer muito acreditar que é assim que a magia de Wren funciona.

— Então, a garota conheceu um garoto com uma testa brilhante e uma risada fácil. — Os olhos da bruxa da tempestade se estreitam, como se estivessem avisando o que está por vir. — E ela se deixou levar pelo amor. Embora não devesse temer nada, ela temia que o rapaz se separasse dela. Nem a sabedoria, nem a ferocidade, nem a bravura a salvaram de seu próprio coração sensível.

Ah, então aquela história não seria sobre a magia de Wren. Seria a respeito dele. Ótimo.

— Bom, nossa garota tinha muitos inimigos, mas nenhum deles podia enfrentá-la. Com um único fósforo, ela fazia castelos desmoronarem. Com um punhado de fósforos, ela queimava exércitos inteiros. Mas, com o tempo, o garoto se cansou disso e a convenceu a guardar sua caixa de fósforos e não lutar mais. Em vez disso, ela iria morar com ele em uma cabana na floresta, onde ninguém saberia de seu poder. E, ainda que devesse ser mais esperta do que isso, se deixou seduzir por ele e fez o que ele queria.

O navio fica em silêncio, os únicos sons são o estalo da água contra a madeira e o içar das velas.

— Por algum tempo, eles viveram no que parecia ser felicidade, e a moça ignorava a sensação de que faltava algo; de que, para ser amada de verdade, ele deveria olhar para quem ela é por dentro e não apenas para quem ela parece ser. — Oak abre a boca para discordar mas, no último momento, se segura. Pareceria um tolo, e ficaria evidente que vestiu a carapuça se discutisse por causa de uma história.

— Mas, com o passar do tempo, a garota foi descoberta por seus inimigos. Juntos, vieram atrás dela e a pegaram desprevenida, abraçada ao amado. Ainda assim, em sua sabedoria, ela sempre mantinha sua caixa de fósforos em um bolso do vestido. Sentindo-se ameaçada, a sacou e acendeu o primeiro fósforo, e aqueles que vieram atrás dela recuaram. As chamas que os consumiram também consumiram a cabana. Mesmo assim, mais inimigos apareceram. Fósforo após fósforo foi aceso e o fogo se alastrou ao redor dela, mas não foi o suficiente. Então, a garota acendeu todos os fósforos restantes de uma só vez.

Oak fita a bruxa da tempestade, mas ela parece tão envolvida em sua história que sequer nota. Wren está arrancando um fio do vestido.

— Os exércitos foram derrotados e a terra foi queimada. A garota pegou fogo com eles. E o menino foi reduzido a cinzas antes que pudesse se soltar dos braços dela.

Um silêncio respeitoso se segue após as últimas palavras. Então, o capitão pigarreia e pede a um dos tripulantes que pegue um violino e toque uma música alegre.

Quando alguns começam a bater palmas, Wren se levanta e se dirige à sua cabine.

Oak a alcança na porta, antes que os guardas pareçam ter percebido suas intenções.

— Espere — diz ele. — Podemos conversar?

Ela inclina a cabeça e o observa por um longo momento.

— Entre.

Um dos guardas — Oak percebe, de repente, que se trata de Straun — limpa a garganta.

— Posso acompanhá-la e me certificar de que ele não...

— Não há necessidade — diz ela, interrompendo-o.

Straun tenta evitar que a dor causada por aquelas palavras transpareça em seu rosto. Oak quase sente pena dele. Quase, até se lembrar de que o soldado participou da tortura do príncipe.

Por causa disso, abre um sorriso enorme e irritante para Straun enquanto segue Wren porta adentro, para os aposentos dela.

158   HOLLY BLACK

Lá dentro, encontra o quarto como antes, exceto pelo fato de que alguns vestidos foram estendidos na cama e uma bandeja com um jogo de chá repousa sobre a mesa de mármore.

— É assim que seu poder funciona? — pergunta Oak. — Uma caixa de fósforos.

Wren dá uma risada suave.

— É por isso que me seguiu? Para perguntar isso?

Ele sorri.

— Não é de se surpreender que um jovem queira passar um tempo com sua noiva.

— Ah, então é mais uma encenação. — Ela se move com graça, sem se deixar afetar pelo balanço do navio. Vai até o sofá estofado e se senta, indicando com um gesto que ele deve ocupar a cadeira à sua frente. Uma inversão das posições em que estiveram quando ele entrou ali da última vez.

— Eu *quero* passar um tempo com minha noiva — diz ele, indo se sentar.

Ela o olha com desdém, mas suas bochechas estão coradas.

— Minha magia pode ser como os fósforos da história, mas acho que ela também me queima. Só não sei o quanto, ainda.

Ele fica feliz por Wren ter admitido.

— Ela vai querer que você continue a usá-la. Se tem uma coisa que aprendi com essa história foi isso.

— Não pretendo dançar conforme a música dela — diz Wren. — Nunca mais.

O pai conseguiu manipulá-lo com astúcia, sem que Oak jamais concordasse com uma única coisa que Madoc propusesse em voz alta.

— E, ainda assim, você não ordenou que ela fosse para casa.

— Estamos longe da costa — responde Wren com um suspiro. — E ela prometeu se comportar da melhor maneira possível. Agora, para ser justa, já que falei da minha magia, quero saber da sua.

Oak ergue as sobrancelhas em sinal de surpresa.

O TRONO DO PRISIONEIRO   159

— O que quer saber?

— Tente me persuadir a algo — responde ela. — Quero entender como seu poder funciona. Saber qual é a sensação dele.

— Você quer que eu a encante? — Aquilo parecia uma péssima ideia. — Parece que você está depositando muito mais confiança em mim do que estava disposta antes.

Ela se reclina nas almofadas.

— Quero ver se consigo quebrar o feitiço.

Ele pensa em todos os fósforos incendiados.

— Isso não vai te fazer mal?

— Não deve precisar de muito esforço — diz ela. — E, em troca, você pode obedecer a uma ordem.

— Mas eu não estou usando o arreio — protesta ele, esperando que ela não peça para colocá-lo. Ele não vai, e se for um teste, será reprovado.

— Não — diz ela. — Você não está.

Seguir um comando de bom grado parece interessante e não *muito* perigoso. Mas ele não sabe como tornar a magia gancanagh mais suave. Se disser o que ela mais quer ouvir e se for uma distorção da verdade, o que acontecerá? E se ele disser o que deseja, como pareceria real saindo de sua boca como persuasão?

— Já começou? — O corpo dela está ligeiramente curvado, como se estivesse se defendendo de algum tipo de ataque.

— Não, ainda não — diz ele com uma risada surpresa. — Eu tenho que de fato *falar* alguma coisa.

— Você *acabou* de falar — protesta ela, mas também está rindo um pouco. Seus olhos brilham com malícia. Ela estava certa quando disse que ambos adoravam jogos. — Anda logo. Estou ficando nervosa.

— Vou tentar persuadir você a pegar aquela xícara de chá — diz ele, acenando para a peça de barro com uma base larga e um pouco de líquido no fundo. Está apoiada na mesa com tampo de mármore e, com todo o balanço do barco ao passar pelas ondas, é surpreendente que ainda não tenha caído no chão.

160   HOLLY BLACK

— Você não deveria ter me contado — retruca ela, sorrindo. — Agora, nunca conseguirá.

O desafio desperta uma estranha alegria nele. A ideia de que ele poderia compartilhar isso com ela e que poderia ser divertido em vez de horrível.

Quando ele abre a boca de novo, deixa fluir sua lábia de mel.

— Quando você veio para Elfhame na infância — diz ele, com o tom de voz diferente — nunca viu beleza no lugar. Eu te mostrarei as árvores brancas e prateadas de Milkwood. Podemos mergulhar no Lago das Máscaras e ver os reflexos daqueles que o observaram antes de nós. Eu a levarei ao Mercado Mandrake, onde você poderá comprar ovos que chocarão pérolas que brilham como a luz da lua.

Ele pode ver que ela está relaxada, recostada nas almofadas, com os olhos semicerrados como se estivesse sonhando acordada. E, embora ele não tenha escolhido essas palavras, de fato planeja levá-la a todos esses lugares.

— Estou ansioso para apresentar você a cada uma de minhas irmãs e lembrá-las de como ajudou nosso pai. Contarei a história de que derrotou Lady Nore sozinha e de sua coragem ao levar uma flechada. — Ele não tem certeza do que espera de sua magia, mas não eram essas palavras apressadas. Nem uma única coisa que disse é diferente da verdade. — E vou contar a história de Mellith e de como ela foi injustiçada por Mab, como você foi injustiçada e o quanto eu quero...

Wren abre os olhos, cheios de lágrimas não derramadas. Ela se endireita.

— Como você ousa dizer essas coisas? Como ousa jogar na minha cara tudo o que eu não posso ter?

— Eu não... — ele começa e, por um instante, não tem certeza se está falando como ele mesmo. Se está usando seu poder ou não.

— Saia — ordena ela, levantando-se.

Ele ergue as mãos em sinal de rendição.

— Nada do que eu disse é...

Wren arremessa a xícara de chá nele. Ela se espatifa no chão, com pedaços de cerâmica voando.

— Caia fora daqui!

Ele olha horrorizado para os cacos, percebendo o que significa. *Ela pegou a xícara. Eu a convenci a pegar a xícara.* Esse é exatamente o problema de ser um encantador de palavras. Seu poder não se importa com as consequências.

— Você me disse que me daria uma ordem depois de eu ter tentado persuadi-la. — Oak dá um passo em direção à porta, seu coração batendo com tanta força que dói. — Eu obedecerei.

Quando ele passa por Straun, o guarda ri, como se pensasse que Oak teve sua chance e a desperdiçou.

O príncipe fica no convés durante a maior parte da noite, olhando entorpecido para o mar enquanto o amanhecer ilumina o horizonte. Ele ainda está lá quando ouve um grito.

Ao ouvir o grito, ele se vira, com a mão já indo em direção a lâmina em sua cintura — encontrando não o florete fino como uma agulha que está acostumado a usar, mas um sabre emprestado. A lâmina curva chacoalha em sua bainha quando ele a puxa — no momento em que um tentáculo preto e grosso se espalha pelo convés.

Ele se contorce em direção ao príncipe como um dedo sem corpo, arrastando-se para a frente. Oak dá vários passos para trás.

Outro tentáculo se ergue da água e se enrosca na proa, rasgando uma das velas.

Um marinheiro troll, ao ter seu jogo de fidchell com um ogro interrompido, se levanta e sobe no cordame, horrorizado. Os gritos soam.

— O Reino Submarino! O Reino Submarino está atacando!

O oceano se agita quando sete tubarões surgem com sereianos em suas costas. Todos os sereianos são de diferentes tons de verde manchado e empunham lanças de aparência irregular. Eles são blindados com escamas peroladas de conchas e envoltos em cordas trançadas de algas marinhas. A expressão em seus olhos frios e pálidos deixa evidente que vieram para lutar.

O capitão soa um alarme. Os marinheiros correm para suas posições, começando a puxar arpões enormes das escotilhas sob o convés, cada arma tão pesada que são necessários vários deles para movê-las.

Os cavaleiros e falcões se espalham, com espadas e arcos à mão.

— Súditos de Elfhame — grita um sereiano. Como os outros, ele está vestido com conchas cortadas em discos que se sobrepõem umas às outras para formar uma espécie de armadura de escamas, mas seus braços nus estão envoltos em braceletes de ouro, e o cabelo está preso em tranças grossas, decoradas com dentes de criaturas marinhas. — Conheçam o poder de Cirien-Cròin, muito maior do que a linhagem de Orlagh.

Oak dá um passo em direção à amurada, mas Tiernan o agarra pelo ombro e aperta com força.

— Não seja tolo de chamar a atenção deles. Talvez eles não o reconheçam.

Antes que Oak possa argumentar, Randalin levanta a voz.

— Esse é o seu nome? O nome do seu monstro? — Ele parece estar em algum lugar entre um professor severo e alguém à beira do pânico.

O sereiano ri.

— O nome do nosso mestre, que foi fazer a corte. Ele nos envia com uma mensagem.

— Entregue-a e siga seu caminho — diz Randalin, fazendo um movimento de dispensa em direção ao tentáculo. — E tire essa coisa do nosso convés.

Oak avista Wren, sem ter certeza de quando ela saiu de seus aposentos. Ele a observa, lembrando-se do aviso que foi dado pelo sereiano que a libertou da Corte das Mariposas: que uma guerra se aproximava pelo controle do Reino Submarino. E Loana mencionara que Nicasia estava oferecendo uma disputa pela própria mão em casamento e, com ela, sua coroa. Em seguida, Loana tentou afogá-lo, o que ofuscou o aviso. Mas agora ele se lembra disso com nitidez.

Wren arregala os olhos, como se estivesse tentando dizer alguma coisa. Provavelmente que estavam ferrados. Se ela desfizer o tentáculo, poderá desfazer o navio junto com ele.

Pelo menos isso parece ter tirado o jogo desastroso deles dois da cabeça dela.

— Vocês são a mensagem — responde o sereiano. — Vocês, no fundo do mar, com caranguejos arrancando seus olhos.

Outro tentáculo se ergue das ondas, deslizando pela lateral do barco. Certo, a situação era muito, muito ruim.

Sete sereianos e um monstro. A coisa com os tentáculos não parece ser particularmente inteligente. Pelo que Oak repara, ela nem é capaz de ver o que está agarrando. Se conseguirem se livrar dos sereianos, há uma chance de que, sem ninguém comandando o ataque, a coisa vá embora. É claro que também há uma chance de que ela decida destruir o navio em pedacinhos minúsculos.

— Rainha Suren — diz o sereiano, ao vê-la. — Você deveria ter aceitado nossa oferta e nos dado seu prêmio. Vejo que perdeu a guerra. A encontramos nas mãos de seu inimigo. Se fosse nossa aliada, nós a salvaríamos, mas agora você morrerá com os outros. A menos que...

— Vossa Alteza — Tiernan sibila para Oak. Está com a espada desembainhada e a mandíbula cerrada. — Desça.

— E como isso vai ajudar, exatamente? — exige Oak. — Esperar para se afogar tornará a experiência melhor?

— Ao menos uma vez, só... — começa Tiernan.

Mas Oak já tomou uma decisão.

— Olá! — diz ele, caminhando em direção ao sereiano. — Procurando um prêmio? O que você tem em mente?

Julga ter ouvido Tiernan murmurar, atrás dele, que estrangular Oak poderia ser um ato de gentileza. Pelo menos seria uma morte misericordiosa.

— Príncipe Oak de Elfhame — diz o sereiano, fazendo cara feia. Como se ele estivesse achando tudo muito fácil. — Nós o levaremos para Cirien-Cròin.

— Que plano maravilhoso! — diz Oak. — Você sabia que ela me acorrentou? E agora eu devo me casar com ela, a menos que *alguém* me leve embora. Suba a bordo. Vamos.

Wren franze o cenho no mesmo instante. Não tinha como achar que ele estava falando sério, mas isso não a impedia de se sentir magoada por aquelas palavras.

— Você não pode de fato desejar ir com eles — protesta Randalin, porque Randalin é um grande idiota.

O sereiano faz um gesto, e seis tubarões nadam para mais perto, para que os sereianos em suas costas possam subir no convés. Um deles tem uma rede de prata nas mãos. Ela brilha à luz da manhã.

Seis. São quase todos eles.

— Levem a rainha também — ordena o líder dos sereianos. — Deixem o resto com Sablecoil.

Sablecoil. Devia ser o monstro.

— Você não vai levar ninguém — diz um dos cavaleiros. — Se pisarem no navio, nós...

— Ah, deixem que venham — interrompe Oak, tentando se comunicar com o olhar. — Talvez eles a levem e deixem o resto de nós ir embora.

— Vossa Alteza — diz outro cavaleiro, a voz respeitosa, mas lenta, como se Oak fosse mais tolo do que o conselheiro. — Duvido muito que seja o plano deles. Se fosse, eu a entregaria em um piscar de olhos.

O príncipe olha de relance para Wren, esperando que ela não tenha ouvido. Randalin estava segurando uma das mãos dela, tentando arrastá-la para a cabine próxima ao leme do navio, no que parece ser um ato de verdadeira valentia da sua parte.

— Talvez possamos chegar a algum acordo — diz o comandante sereiano. — Afinal, quem falará do poder de Cirien-Cròin se todos os que o testemunharem morrerem? Nós levaremos o príncipe e a rainha, e então Sablecoil os libertará enquanto negociamos.

Um acordo terrível. Tão ruim que até mesmo Sablecoil saberia que não deveria aceitá-lo.

— Sim, sim! — responde Oak, alegre. — Estou ansioso para discutir essa corte de Cirien-Cròin com Nicasia. Talvez eu tenha algumas ideias para compartilhar. Meu meio-irmão a seduziu, você sabe.

Um marinheiro próximo faz um barulho de susto. Nenhum deles falaria dela dessa forma enquanto cruzassem suas águas.

O comandante sereiano, ainda em seu tubarão, sorri, mostrando dentes finos, como os de algum peixe de águas profundas. Os seis sereianos no convés se separam, quatro indo em direção a Wren e dois em direção ao príncipe. Eles não esperam que Oak seja difícil de subjugar, mesmo que ele resista.

À medida que os sereianos se aproximam, ele sente um pico momentâneo de pânico.

A maioria das pessoas no barco não espera que seja difícil dominá-lo, tampouco que ele seja algo além de um tolo. Essa é a reputação que construiu meticulosamente. Uma reputação que está prestes a jogar fora.

Ele tenta afastar isso da mente e se concentrar em se entregar ao momento. Os sereianos estão a cerca de um metro e meio dele e de Wren quando Oak ataca.

Ele corta a garganta do primeiro, borrifando o convés com sangue fino e esverdeado. Girando, ele afunda a ponta do sabre na coxa do segundo sereiano, cortando a veia. Mais sangue. Muito sangue.

Tanto sangue que o convés se torna escorregadio.

Oak corre pelo convés em direção aos quatro que estão se aproximando de Wren. Um par de seus falcões duelam com um sereiano. Um falcão solitário voa e pousa atrás de outro, transformando-se a tempo de cravar uma faca em suas costas. A própria Wren atirou uma faca em um deles, que fugia pelo convés. Oak chega a tempo de matar o último, arrancando a cabeça fora.

Muitos gritos ecoam.

Do alto do mastro, Bogdana desce com suas asas pretas. Oak olha de relance para Wren.

Nesse momento de distração, é derrubado dos cascos por um tentáculo sinuoso que se enrola em sua panturrilha. Ele tenta se soltar, mas o tentáculo o puxa pelo convés com tanta rapidez que sua cabeça bate nas tábuas de madeira.

Ele dá um chute com um casco ao mesmo tempo em que enfia a lâmina do sabre bem fundo na carne emborrachada de Sablecoil, prendendo o tentáculo no convés. Contorcendo-se, ele solta o príncipe. Oak se levanta, tropeçando nos cascos.

Tiernan golpeia o tentáculo, tentando amputá-lo do corpo do monstro.

A coisa estremece e se solta do convés. O sabre ainda está preso nela quando a coisa se enrola em Tiernan. Em seguida, ela o puxa para trás, para o mar.

— Tiernan! — Oak corre para a amurada do navio, mas Tiernan desapareceu sob as águas.

— Cadê ele? — grita Hyacinthe. Há sangue preto manchando seu rosto e o arco em sua mão.

Antes que Oak consiga dizer qualquer coisa, Hyacinthe larga o arco e pula. O oceano o engole por inteiro.

Não, não, não. Oak está desvairado de tanto pânico. Ele sabe nadar, mas com certeza não o suficiente para puxar os dois para fora.

Ao redor dele, outros lutam. O sereiano em fuga é abatido.

O Fantasma corta outro tentáculo enorme, lutando para salvar um dos falcões caídos. Mais três tentáculos se enrolam ao redor da proa. Alguns choram. Outros gritam.

Oak também quer gritar. Se Tiernan morrer, será por causa de Oak.

É por isso que ele nunca quis um guarda-costas. É por isso que ele nunca deveria ter recebido um.

O príncipe solta uma corda de uma presilha, enrolando uma ponta em sua cintura e dando um nó. Depois de amarrada, ele dá um puxão forte para se certificar que a corda suportará o seu peso.

Oak analisa as ondas. De tão perto, pode ver formas se movendo nas profundezas.

Ele respira fundo e se prepara para se juntar a eles quando um relâmpago chama sua atenção de volta para o convés. A neblina está se aproximando do navio, junto com ondas mais altas.

Bogdana trouxe uma tempestade.

Bom, parece que não vai ajudar em nada.

Respirando fundo, Oak se abaixa, descendo de rapel pela lateral do barco. Quando seu casco atinge a água, Hyacinthe aparece, com Tiernan desmaiado em seus braços. Oak o alcança no mesmo instante, com medo de ser tarde demais.

— Alteza — diz Hyacinthe, com alívio na voz. A cabeça de Tiernan está apoiada em seu ombro.

Ondas respingam o rosto de Oak quando ele agarra seu guarda-costas. O céu escureceu. Ele ouve o estrondo de um trovão atrás de si e vê outro raio brilhante refletido nos olhos de Hyacinthe.

O corpo de Tiernan está pesado em seus braços. O príncipe tenta encontrar uma maneira de segurá-lo com firmeza para que não escorregue, tenta achar uma forma de puxá-los de volta para o convés.

Ele se levanta, com uma só mão. Consegue subir alguns centímetros, mas é lento e não sabe se tem força o bastante para tal.

E então Garrett está lá, olhando para baixo.

— Aguente firme — pede. — Segure-o.

As ondas batem na lateral do navio. O Fantasma é mais forte do que parece, mas Oak percebe como é difícil puxá-los para cima. Assim que ele passa pela amurada, o príncipe rola com Tiernan para o convés. Um marinheiro já está jogando outra corda por cima do parapeito para Hyacinthe.

Tiernan tosse cuspindo água e depois fica imóvel de novo.

Quando Oak olha para cima, vê um dos tentáculos deslizar pelo convés em direção a Wren. O vento rouba seu grito de alerta. Ele tenta se levantar a tempo, mas é muito lento e não tem espada alguma. Hyacinthe, que está conseguindo passar pela lateral, grita de horror.

168   HOLLY BLACK

Wren levanta a mão. Ao fazer isso, a pele de Sablecoil se desprende do músculo, o tentáculo ficando mole e murcho. Um tremor terrível percorre o navio quando todos os tentáculos se soltam ao mesmo tempo. As tábuas rangem.

O último dos sereianos desaparece sob as ondas e qualquer que seja a última provocação que tenha proferido, morre em seus lábios.

A bruxa da tempestade, em forma de abutre, emite um som gutural enquanto voa.

O vento aumenta, soprando ao redor deles, como se ela estivesse conjurando um escudo de chuva e vento.

Wren tropeça, alcançando o braço de Oak. Ele a envolve pela cintura, segurando-a firme.

— Eu o matei. — A pele dela está pálida feito cera.

Ele pensa na história de Bogdana. Se o poder de Wren realmente funciona como fósforos, ela continua pegando um punhado deles e os incendiando.

— Matar é a minha praia — responde para ela. — Você precisa escolher outra coisa.

O lábio dela se contrai. Seu olhar parece um pouco desfocado.

O vento enfurna a vela, arrebentando as cordas que já estavam desgastadas. O casco do navio parece se elevar acima das ondas que batem.

Oak olha para Tiernan, imóvel como pedra, com Hyacinthe curvado sobre ele. Para o sangue que está lavando o convés. Para os falcões, cavaleiros e marinheiros feridos. Depois, para o tom arroxeado, semelhante a um hematoma, que se espalha pela pele azul-clara de Wren.

O navio sobe mais alto. De repente, Oak se dá conta de que está *acima das ondas*.

Bogdana usou sua tempestade para fazer o navio voar.

Se ela devorou os restos dos ossos de Mab, talvez tenha, de fato, recuperado grande parte de seu antigo poder. E talvez ela tenha, de fato, sido a primeira entre as bruxas.

O TRONO DO PRISIONEIRO   169

Wren se apoia em Oak, o único aviso antes de desmaiar. Ele a pega a tempo de erguê-la em seus braços, com a cabeça encostada no peito. Os olhos de Wren permanecem abertos, mas estão brilhantes com a febre e, ainda que esteja piscando, o príncipe não sabe dizer se ela consegue vê-lo.

Alguns dos guardas franzem a testa, mas nem mesmo Straun tenta impedir Oak de abrir a porta do quarto dela com um casco e levá-la para dentro.

Seu sofá e a pequena mesa foram derrubados. O tapete embaixo deles está molhado e há cacos de cerâmica espalhados por toda a parte — os estilhaços do bule de chá se juntaram à xícara de chá quebrada.

Oak atravessa a sala e coloca Wren com delicadeza sobre sua coberta, o longo cabelo espalhado sobre o travesseiro. Seus olhos verdes profundos ainda estão vidrados. Ele se lembra do que Hyacinthe disse sobre o poder dela. *Quanto mais ela desfaz, mais ela é desfeita.*

Um momento depois, ela ergue a mão para passá-la na bochecha dele. Enfia os dedos no cabelo dele, deslizando-os pela nuca até os ombros. Ele fica muito quieto, com medo de assustá-la caso se mexa, fazendo com que se afaste. Ela nunca o tocou dessa forma, como se as coisas pudessem ser fáceis entre eles.

— Você precisa parar — diz ela, a voz pouco acima de um sussurro. Sua expressão é carinhosa.

Ele franze a testa em sinal de perplexidade. Ela desce a mão até o peito dele e, enquanto fala, abre a palma sobre o coração. Ele mal se move.

— Parar o quê?

— De ser gentil comigo. Não consigo suportar.

Ele fica tenso.

Wren retira a mão, deixando-a cair sobre o cobertor. A pedra azul no anel, que Oak deu para ela, brilha.

— Eu não sou... Não sou boa em fingir. Não como você.

Se ela está falando de como tem sido fria com ele, é muito melhor nisso do que acredita.

170   HOLLY BLACK

— Podemos parar. Podemos fazer uma trégua.

— Por enquanto — diz ela.

— Então hoje, minha senhora, pode falar à vontade — diz ele com o que espera ser um sorriso tranquilizador. — Você pode me negar amanhã.

Ela olha para ele, os cílios baixos. Parece estar meio em um sonho.

— É cansativo ser encantador o tempo todo? Ou é apenas o jeito que você foi criado?

O sorriso dele se desvanece. Ele pensa na magia que emana dele. Consegue controlar seu charme, em partes. E pode resistir a usá-lo. Assim fará.

— Já se perguntou se alguém amou você *de verdade?* — pergunta ela, com a mesma voz carinhosa e sem foco.

Suas palavras são como um chute no estômago, sobretudo porque ele sabe que não há a intenção de ser cruel. E porque ele *nunca* tinha parado para pensar nisso. Às vezes, ele se perguntava se o sangue gancanagh significava que o Povo gostava dele um pouco mais do que gostaria se não tivesse o poder, mas ele era convencido demais para pensar que isso afetaria Oriana ou as irmãs.

Oriana, que amava tanto a mãe dele que pegou o filho de Liriope e o criou como se fosse seu, arriscando a própria vida. Jude e Vivi, que sacrificaram a própria segurança por ele. Jude, que ainda estava fazendo sacrifícios para garantir que um dia ele fosse o Grande Rei. Se essa lealdade fosse culpa da magia, não do amor, então ele era uma maldição para as pessoas ao seu redor.

Uma parte dele deve ter suspeitado, caso contrário, por que iria querer se manter tão distante? Dissera a si mesmo que era para recompensá-los por todos os sacrifícios que fizeram, para se tornar tão incrível quanto eles, mas talvez sempre tenha sido assim.

Ele se sente enjoado.

E mais enjoado ainda quando sua boca se curva em um sorriso, sem que ele perceba. Para ele é tão automático mascarar a dor com um sorriso. Oak, que está sempre sorrindo. Fingindo que nada o machuca. Um rosto de mentira escondendo um coração falso.

Ele não pode culpá-la por ter dito o que disse. Alguém já deveria ter falado isso há muito tempo. E como ele poderia supor que ela viria a se importar com ele? Quem pode amar alguém que é vazio por dentro? Alguém que rouba o amor em vez de merecê-lo?

O príncipe se lembra de ter se deitado no chão depois de beber várias xícaras de licor misturado com cogumelo amanita, lá na aldeia dos trolls. Essa foi a última vez em que ele sentiu a mão de Wren em sua bochecha corada, a pele dela fria o suficiente para imobilizá-lo naquele momento, para mantê-lo agarrado à consciência.

Eu sou veneno, dissera a ela na ocasião. E ele não sabia nem metade da história.

Oak permanece sentado com Wren até que ela caia no sono. Então, coloca um cobertor em cima dela e se levanta. Por dentro, o horror que sentiu quando ela disse: *já se perguntou se alguém amou você de verdade?* não desapareceu, mas ele consegue esconder. Com facilidade. Pela primeira vez, odeia essa facilidade. Odeia o fato de poder se fechar tão bem dentro de si que não haja nada de verdadeiro para mostrar.

Ele sobe o degrau. De pé no convés, olha para o oceano lá embaixo. Parece que estão navegando em um mar de nuvens.

Os soldados estão tentando consertar a amurada, quebrada por tentáculos. Outros estão tentando arrumar os pedaços de madeira lascados onde pontas de lanças perfuraram o convés, manchado por um leve respingo de sangue.

O navio voa alto o suficiente para que marinheiros e soldados passem os dedos entre as nuvens e deixem a névoa molhar sua pele. Alto o suficiente para que as aves marinhas voem ao lado deles; algumas até pousam no mastro e no cordame.

172 HOLLY BLACK

Bogdana está junto ao leme. Sua expressão fica tensa e, quando o vê, semicerra os olhos. Se tem algo a dizer para Oak, no entanto, não o faz, está ocupada comandando a tempestade.

Ao examinar o navio, Oak vê Tiernan perto do mastro, sob a rede que vai até a base da vela. Sua cabeça está apoiada em um manto, com o cabelo preto ainda úmido e rígido de sal. Está de olhos fechados, a pele muito pálida.

Hyacinthe está sentado ao lado dele, com uma longa mecha de cabelo escuro sobre o rosto. Quando Oak se agacha perto dele, Hyacinthe ajeita a mecha, revelando sua expressão de dor. Parece que ele está perdendo sangue por algum ferimento invisível.

— Ela ficou acordada por tempo o bastante para falar comigo — comenta Oak, para que, ao menos, ele não tenha que se preocupar com Wren. — Falou coisas bem desagradáveis sobre mim.

— Ele está respirando — diz Hyacinthe, acenando com a cabeça para Tiernan.

Por um longo momento, eles observam o peito de Tiernan subir e descer. Parece fazer um grande esforço a cada vez que inspira. Enquanto o observa, o príncipe teme que, de repente, pare de respirar.

— Ele pode acabar pagando com a própria vida por ser leal a mim — comenta Oak.

Para sua surpresa, Hyacinthe balança a cabeça. Ele leva a mão ao peito do outro homem, pousando-a sobre o coração.

— O problema foi que eu não fui muito leal a ele. — Sua voz é tão suave que o príncipe não tem certeza se ouviu as palavras direito.

— Você não poderia ter... — começa Oak, mas Hyacinthe o interrompe.

— Eu poderia tê-lo amado mais — diz Hyacinthe. — E eu poderia ter acreditado mais no amor dele.

— Como isso teria ajudado contra um monstro? — pergunta o príncipe.

Oak está com vontade de discutir e parte dele torce para que Hyacinthe dê motivos.

— Você não acredita que eu falei a verdade?

— Claro que sim — diz Oak. — É melhor acreditar no amor dele... você deveria implorar por outra chance. Mas isso não o teria salvado de se afogar. O fato de você ter pulado atrás dele o *salvou*.

— E o fato de você estar lá para nos puxar de volta ao convés salvou a nós dois. — Hyacinthe coloca o cabelo atrás da orelha e dá um suspiro trêmulo. Seu olhar se fixa em Tiernan enquanto ele se move um pouco. — Talvez eu já esteja farto de vingança. Talvez eu não precise dificultar tanto as coisas... — Quando Oak começa a se levantar, porém, o ex-falcão olha para ele. — Isso não quer dizer que está liberado da sua promessa, príncipe.

Certo. Ele havia prometido cortar a mão de alguém.

Quando a tarde se aproxima da noite, Tiernan enfim acorda. Depois de entender o que aconteceu, ele fica furioso com Oak e Hyacinthe.

— Você não deveria ter ido atrás de mim — diz a Hyacinthe, depois se volta para o príncipe. — E você *com certeza* não deveria ter ido também.

— Não fiz quase nada — diz Oak. — Embora seja possível que Hyacinthe tenha lutado com um tubarão por você.

— Eu *não* lutei. — Apesar de toda a conversa de Hyacinthe sobre o amor, quando a noite cai, ele está mal-humorado.

Oak se levanta.

— Bem, vou deixar vocês se resolverem. Ou ter outra discussão.

O príncipe se dirige ao leme, onde encontra o Fantasma sentado sozinho, observando as velas ondularem. Ele tem um cajado ao seu lado.

174   HOLLY BLACK

Como Vivi, o Fantasma teve um pai humano, e isso fica visível em seu cabelo castanho-claro, uma cor incomum no Reino das Fadas.

— Há uma história sobre bruxas que você pode querer ouvir — diz Garrett.

— Ah? — Oak tem quase certeza de que não vai gostar.

O Fantasma olha para além do príncipe, para o horizonte, o brilho do sol se transformando em brasas.

— Dizem que o poder de uma bruxa vem da parte dela que está faltando. Cada uma delas tem uma pedra fria, um fio de nuvem ou uma chama sempre acesa no lugar em que deveria estar seu coração.

Oak pensa em Wren e em seu coração, a única parte nela que sempre foi viva, e não acredita que seja verdade.

— E?

— Elas são tão diferentes do resto do Povo quanto os mortais são das fadas. E você está levando duas das mais poderosas da espécie para Elfhame. — O Fantasma o encara por um bom tempo. — Espero que saiba o que está fazendo.

— Eu também — diz Oak, suspirando.

— Você me lembra o seu pai às vezes, por mais que ache que não gosta de ouvir isso.

— Madoc? — Ninguém nunca disse isso a ele antes.

— Você é muito parecido com Dain em alguns aspectos — comenta o Fantasma.

Oak franze a testa. Ser comparado a Dain não pode ser nada bom.

— Ah, sim, o pai que tentou me matar.

— Ele fez coisas terríveis, coisas brutais, mas tinha o potencial para ser um grande líder. Para ser um grande rei. Como você. — O olhar de Garrett é firme.

Oak bufa.

— Não estou planejando liderar ninguém.

O Fantasma aponta na direção de Wren com a cabeça.

— Se ela for uma rainha e você se casar com ela, então você será um rei.

Oak o encara, horrorizado, porque ele está certo. E Oak não tinha se dado conta disso. Talvez porque ainda ache improvável que Wren siga em frente com essa história. Talvez, também, porque Oak é um tolo.

Do outro lado do navio, Hyacinthe está conduzindo Tiernan em direção a uma cabine. Hyacinthe, que não liberou Oak de sua missão.

— Já que você conhecia Dain tão bem, pode me dizer quem realmente envenenou Liriope?

O Fantasma ergue as sobrancelhas.

— Pensei que você acreditasse que foi *ele*.

— É possível que alguém o tenha ajudado — Oak pressiona. — Alguém que colocou o cogumelo amanita na xícara dela.

Garrett parece genuinamente desconfortável.

— Ele era um príncipe de Elfhame e herdeiro do pai. Tinha muitos criados. Muita ajuda para qualquer coisa que tentasse fazer.

Oak não gosta do fato de que muito do que ele disse também se aplique a si mesmo.

— Você ouviu falar que havia mais alguém envolvido?

Garrett fica em silêncio. Como não pode mentir, o príncipe presume que sim.

— Me conte — diz Oak. — Você me deve isso.

A expressão do Fantasma é sombria.

— Devo muito a muitas pessoas. Mas sei de uma coisa. Locke tinha a resposta que você procura. Ele sabia o nome de quem a envenenou, e olha aonde isso o levou.

— Sou mais esperto que Locke. — Mas o que Oak pensa é em seu sonho e na risada da raposa.

O Fantasma se levanta e limpa as mãos nas calças.

— Não é preciso muito.

Oak não tem certeza se Garrett sabe o nome ou apenas sabe que Locke sabia. Taryn pode ter contado a ele qualquer segredo que Locke tenha contado.

176   HOLLY BLACK

— Será que minha irmã sabe?

— Você deveria perguntar a ela — diz o Fantasma. — Deve estar esperando por você na praia.

O príncipe ergue os olhos e vê as Ilhas Mutáveis de Elfhame à distância, rompendo a névoa que as envolve.

A Torre do Esquecimento se ergue dos penhascos de Insweal como um obelisco preto e ameaçador e, além dela, pode ver a colina verde do palácio em Insmire, o brilho do pôr do sol fazendo com que pareça estar em chamas.

CAPÍTULO 13

Era uma vez uma mulher tão bonita que ninguém conseguia resistir.

Foi assim que Oriana contou a história de Liriope a Oak quando ele coroou Cardan como o novo Grande Rei. Parecia um conto de fadas. Do tipo com príncipes e princesas que os mortais contavam uns aos outros. Mas esse conto de fadas era a respeito de uma mentira que fora contada a Oak, e essa mentira era a da história de sua vida.

Oriana era e não era mãe dele. Madoc era e não era pai dele.

Era uma vez uma mulher tão bonita que ninguém conseguia resistir. Quando falava, parecia que os corações daqueles que a ouviam batiam somente por ela. Com o tempo, ela chamou a atenção do rei, que a tornou a primeira entre seus consortes. Mas o filho do rei também a amava e a queria para si.

Oak não sabia o que eram consortes e, como era do Reino das Fadas e o sexo não era um motivo de vergonha, Oriana explicou que consorte era alguém que o rei queria levar para a cama. Se fossem meninos, como Val Moren, era por prazer; se fossem meninas, como ela, era por prazer, mas também poderiam gerar bebês; e se o amante fosse de outro gênero, era por prazer e a parte dos bebês poderia ser uma surpresa.

— Mas você não teve o bebê do rei — disse ele. — Você só tem a mim.

Oriana sorriu e fez cócegas na dobra do braço dele, fazendo-o dar um gritinho e se afastar.

— Só você — concordou ela. — E Liriope também não ia ter o filho do rei. O bebê em sua barriga era do filho dele, o príncipe Dain.

Era uma vez uma mulher tão bonita que ninguém conseguia resistir. Quando falava, parecia que os corações daqueles que a ouviam batiam somente por ela. Com o tempo, ela chamou a atenção do rei, que a tornou a primeira entre seus consortes. Mas o filho do rei também a amava e a queria para si. No entanto, quando teve um filho com ela, ficou com medo. Embora o rei o favorecesse, tinha outros filhos e filhas. Poderia mudar de preferência se soubesse que ele havia levado a consorte do rei para a cama. Assim, o príncipe colocou veneno na taça da mulher e a deixou para morrer.

— Não estou entendendo — disse Oak.

— As pessoas são egoístas quando se trata de amor — explicou Oriana. — Não tem problema se você não entender, meu querido.

— Mas se ele a amava, por que a matou? — A história fez Oak se sentir estranho, como se sua vida não pertencesse a ele.

— Ah, meu doce menino — disse a mãe. Sua segunda mãe, a única mãe que ele conheceria. — Infelizmente, ele amava mais o poder.

— Se eu amar alguém... — ele começou, mas não sabia para onde ir a partir dali. *Se eu amar alguém, não a matarei* era uma promessa ruim. Além disso, ele amava muitas pessoas. As irmãs. O pai. A mãe. A outra mãe, apesar de ela ter morrido. Amava até os pôneis nos estábulos e os cães de caça que o pai dissera que não eram animais de estimação.

— Quando você amar alguém — disse Oriana —, seja melhor do que seu pai foi.

Oak estremeceu ao ouvir a palavra *pai*. Ele aceitava o fato de ter duas mães e de poder agir ou se parecer com Liriope por ter puxado um pouco dela, mas, até aquele momento, nunca havia pensado no vilão da história, o "filho preferido do rei", como alguém com quem compartilhava algo além de sangue.

Ele olhou para seus cascos. Os Greenbriar eram conhecidos por suas características animais. Devem ter vindo de Dain, junto de seus chifres. Talvez assim como outras coisas que ele não conseguia ver.

— Eu...

— E seja mais cuidadoso do que sua mãe. Ela tinha o poder de saber o que estava no coração de qualquer um e de dizer o que a pessoa mais queria ouvir. — Ela deu uma olhada nele.

Ele ficou em silêncio, assustado. Às vezes, ele também tinha esse poder.

— Você não pode evitar o que é. Não pode deixar seu charme. Mas se olhar para muitos outros corações, poderá perder o caminho de volta para o seu.

— Eu não entendo — disse ele de novo.

— Você pode se tornar a personificação de alguém... ah, você é tão jovem, não sei como dizer isso... você pode fazer com que as pessoas o vejam da maneira como elas querem vê-lo. Parece algo inofensivo, mas pode ser perigoso se tornar *tudo* o que uma pessoa quer. A personificação de todos os desejos dela. E mais perigoso ainda é você se moldar ao formato escolhido pelos outros.

Ele olhou para ela, ainda confuso.

— Ah, meu querido, minha doce criança. Nem todo mundo precisa amar você.

Ela suspirou.

Mas Oak gostava que todos o amassem. Oak gostava tanto que não entendia por que desejaria que fosse de outra forma.

CAPÍTULO 14

Parece que metade da Corte compareceu para observar o navio descer na água perto do Mercado Mandrake. Ao pousar, o casco mergulha e lança maresia no ar. A vela se infla, e Oak se agarra ao cordame para evitar sair cambaleando pelo convés feito um bêbado.

Ele presume que os espectadores estejam ali tanto para recepcionar o príncipe herdeiro quanto para dar uma espiadinha na nova rainha do Norte, julgar se ela e Oak estão mesmo apaixonados e determinar se aquilo é para ser um casamento, uma aliança ou um prelúdio de um assassinato.

O Conselho Vivo está aglomerado atrás da multidão. Baphen, o Ministro das Estrelas, acaricia a barba azul adornada com enfeites celestiais. Ao lado dele, Fala, o Grande Bobo, trajando uma vestimenta roxa, puxa do cabelo uma rosa da mesma cor e mastiga as pétalas, como se estivesse esperando pela chegada deles há tanto tempo que precisou fazer um lanchinho. Mikkel, o representante troll da Corte Unseelie, parece intrigado com o navio voador, enquanto a inseto Nihuar, a representante da Corte Seelie, está com o rosto inexpressivo. Para Oak, aqueles olhos semelhantes aos de inseto sempre a fazem parecer enigmática.

A família de Oak não está muito longe. As saias de Taryn se movem ao redor dela com o vento que impeliu o navio. Ela inclina a cabeça na direção de Oriana ao mesmo tempo que Leander está correndo em círculos, tão inquieto quanto Oak quando criança, que brincava enquanto coisas importantes e enfadonhas aconteciam ao redor.

Os marujos no navio lançam a âncora. Pequenos barcos saem da costa de Insmire a fim de levar os passageiros a bordo para casa. Várias embarcações... mas nenhuma da frota armada, e sim barcos de passeio. Um tem o formato de um cisne, outros dois têm entalhes para deixá-los parecendo peixes, e outro é um esquife prateado.

Ao observar a cena, Oak vê Jude surgir de dentro de uma carruagem. Com dez anos de reinado, ela não se dá ao trabalho de esperar que um cavaleiro ou pajem a conduza ao chão, como seria o apropriado, apenas salta para fora. Ela também não se deu ao trabalho de usar um vestido, e sim botas de cano alto, uma calça bem justa e um gibão no estilo colete por cima de uma blusa bufante o bastante para que ela a tenha pegado emprestada de Cardan. O único indício de que ela é a Grande Rainha é a coroa na cabeça... ou talvez a maneira como a multidão se cala com sua chegada.

Cardan sai da carruagem em seguida, trajando toda a elegância que Jude evita. Ele usa um gibão tão preto quanto o próprio cabelo, com vinhas de espinhos vermelhos pelas mangas e peito. Como se a insinuação da energia espinhosa não fosse suficiente, as botas dele tem bico fino. O sorrisinho no rosto de Cardan consegue emanar ao mesmo tempo grandeza real e tédio.

Os cavaleiros se espalham ao redor deles, demonstrando a inquietação que as expressões do rei e da rainha escondem.

Depois que os barcos de passeio chegam ao navio, Hyacinthe desce e reaparece com Wren ao lado. Ela se recuperou o suficiente para se vestir à altura da ocasião, usando um vestido de um cinza nebuloso, que brilha com o movimento. Os pés dela seguem descalços, mas o cabelo está trançado e preso no topo da cabeça, entremeado nas pontas da coroa denteada de ônix. E ainda que ela esteja se escorando com firmeza em Hyacinthe, ao menos ela está vestida e de pé.

— Eu vou primeiro — informa Randalin ao príncipe. — E Sua Alteza pode ir a seguir, com a rainha. Tomei a liberdade de orientar os militares a ficarem na retaguarda, com Bogdana. Isto é, se estiver de acordo, lógico.

A fala é dita como uma mera formalidade. O comando já foi dado, o cortejo, estabelecido. O Ministro das Chaves pode ter ficado estranhamente calado desde o ataque ao navio, mas aquilo não tinha aplacado sua pompa.

Outrora Oak teria achado graça em vez de ficar irritado. Ele sabe que o conselheiro é inofensivo. Sabe que ficar irritado é um exagero.

— Avante — responde o príncipe, tentando recuperar a serenidade.

Quando o conselheiro zarpa para a costa, Oak solta um suspiro e caminha em direção a Wren. Hyacinthe está sussurrando algo no ouvido dela enquanto a própria balança a cabeça.

— Se estiver bem o bastante… — começa Oak.

Ela o interrompe:

— Eu estou.

— Então, Vossa Majestade — continua o príncipe, estendendo o braço —, posso conduzi-la?

Ela olha para ele, tão distante e impenetrável quanto a própria Cidadela. Oak fica um pouco admirado com a rainha, e então irritado por ela. Ele odeia o fato de Wren precisar se esconder por trás de uma máscara, mesmo isso cobrando um preço tão alto, mesmo depois de tudo pelo que já passou.

Como preciso for.

Ela concorda com a cabeça, colocando a mão de leve em cima da dele.

— Eu serei a monstra mais educada de todas.

Por um instante, no lampejo nos olhos dela, na curva da boca, no brilho de um dente afiado, ele vê a garota que esteve ao seu lado nesta jornada. A que era feroz e bondosa, engenhosa e corajosa. Mas então ela desaparece, submergindo na rigidez fria. Não mais parecendo a garota que ele amou nas semanas que levaram àquele momento, mas sim a que ele amou quando criança.

Ela está nervosa, pensa ele.

Enquanto Oak a leva para a costa, na direção dos espectadores, ele ouve os sussurros.

Rainha Bruxa. Rainha Feiticeira.

Ainda assim, ele é o príncipe deles. Os sussurros desaparecem quando a multidão abre espaço de maneira respeitosa para que ele passe. Tiernan e Hyacinthe seguem, um de cada lado.

Quando Oak alcança a irmã, faz uma reverência. Wren, parecendo incerta a respeito da etiqueta social adequada, faz uma reverência superficial.

Apesar da quantidade de magia que deve ter sido necessária para destruir aquele monstro no mar e do quanto ela passou mal depois, é impressionante como Wren parece recomposta.

— Bem-vindo de volta, príncipe Oak — declara Jude com formalidade, então abre um sorriso irônico. — E meus cumprimentos por completar sua jornada épica. Lembre-me de ordená-lo cavaleiro assim que tiver a oportunidade.

Oak sorri e se segura para não responder. Ele tem certeza de que ela terá mais a dizer depois, quando estiverem sozinhos.

— E você, rainha Suren da antiga Corte dos Dentes — diz Cardan com a voz feito seda. — Você mudou bastante, mas é o esperado, eu acho. Felicitações pelo assassinato de sua mãe.

O corpo de Wren fica tenso com a surpresa.

Oak adoraria que Cardan parasse de falar, mas não sabe ao certo como, sem precisar recorrer a um chute na canela ou acertando a cabeça do rei.

— A Cidadela da Agulha de Gelo continua sendo a morada de pesadelos antigos — responde Wren depois de um instante em silêncio. — Estou ansiosa para criar alguns novos.

Cardan abre um meio sorriso, gostando da frase.

— Temos que jantar juntos amanhã para celebrar sua chegada. E seu noivado, se as mensagens urgentes que recebemos de Grima Mog eram verídicas.

A mente de Oak fica a toda, tentando decidir se ele deve ou não aceitar fazer parte daquilo.

— Estamos, de fato, noivos — confirma ele.

Jude olha para Oak, analisando seu rosto, então se vira para Wren.

— Então você será minha nova irmã.

Wren estremece, como se as palavras fossem o primeiro movimento em uma espécie de jogo cruel. Oak sente vontade de esticar a mão e tocar o braço dela, reconfortá-la, mas sabe que não deve agir de modo a fazer parecer que Wren precise desse gesto.

Além do mais, ele não sabe ao certo o que a irmã quis dizer *de verdade* com aquilo.

Um instante depois, o abutre preto aterrissa na terra ao lado deles e se torna novamente Bogdana, com as penas escuras se transformando em vestido e cabelo.

Ao redor, ouve-se o barulho de espadas sendo sacadas das bainhas.

— Mas que beleza de recepção, Vossas Majestades — comenta a bruxa da tempestade, sem fazer uma reverência nem se curvar. Ela nem ao menos inclina a cabeça.

— Bogdana — cumprimenta Jude, o tom de voz transparecendo admiração. — Sua reputação lhe precede.

— Pois isso muito me agrada — retruca a bruxa da tempestade. — Principalmente considerando que evitei que o navio de vocês acabasse em ruínas.

Jude olha para Fantasma, então reconsidera e se volta a Randalin em vez disso.

— É verdade, Vossa Majestade — complementa o conselheiro. — O Reino Submarino nos atacou.

Uma onda de surpresa toma a multidão.

O TRONO DO PRISIONEIRO   185

Cardan ergue as sobrancelhas, a cara do ceticismo.

— O Reino Submarino?

— Um dos proponentes a se casar com a Rainha Nicasia — elucida Randalin.

O Grande Rei se vira para Oak, abrindo um sorrisinho divertido.

— Talvez eles estivessem com medo de você entrar na disputa.

— Eles queriam mandar uma mensagem — prossegue Randalin, como se insistisse na questão — de que a terra tem que ficar na dela e deixar que o Reino Submarino estipule o próprio governante. Do contrário, faremos um novo inimigo poderoso.

— A visão obtusa que eles têm de tratados me faz vê-los como obtusos — afirma Cardan. — Vamos auxiliar Nicasia, como ela já nos auxiliou, e como juramos fazer.

Fora o Reino Submarino que tinha se mobilizado para apoiar Jude quando Cardan fora transformado em serpente, enquanto Madoc e os aliados conspiravam para tomar a coroa e o trono, e enquanto Wren se escondia no quarto de Oak.

— Somos gratos pela ajuda — diz Jude à Bogdana.

— Salvei o navio, mas Wren salvou quem estava a bordo — responde a bruxa da tempestade, curvando os dedos compridos de forma possessiva no ombro da garota.

Wren fica tensa, seja pelo toque ou pelo elogio.

— E também salvou nosso pai — afirma Oak, porque precisa fazer a irmã entender que Wren não é a inimiga. — Eu não conseguiria ter chegado a Madoc sem ela, nem o tirado de lá... mas tenho certeza de que ele lhe contou isso.

— Ele me contou muitas coisas — retruca Jude.

— Tomara que ele vá ao casamento — comenta Bogdana.

Jude ergue as sobrancelhas e olha na direção do Grande Rei. Fica óbvio que eles pensaram que o fato de Oak noivar ainda estava bem longe do ato de trocar votos.

— Várias celebrações devem acontecer antes...

— Três dias — interrompe Bogdana. — Nem um a mais.

— Ou? — questiona Cardan, com a voz suave.

Um desafio.

— Já chega — declara Wren em um sibilo baixinho.

Ela não pode de fato repreender a bruxa da tempestade na frente de todos, e Bogdana sabe disso, mas depois de certo ponto, ela precisa tomar alguma atitude.

A bruxa da tempestade coloca as mãos no ombro de Wren.

— Príncipe?

Todos olham para ele, mensurando sua lealdade. E, embora, se dependesse de si, ele se casaria com Wren ali mesmo, não pode deixar de pensar que se algo estava deixando Bogdana tão afoita, não poderia ser boa coisa. Talvez ela tivesse adivinhado que Wren não tinha a intenção de concretizar aquilo.

— Eu sofreria muito tendo que esperar até mesmo três dias — responde Oak, com a voz suave, esquivando-se. — Mas se preciso for, em nome do decoro, então melhor que façamos a coisa direito...

— Há rituais a serem executados — afirma Jude. — E é preciso reunir sua família.

Jude está protelando, como Wren torceu para que fizesse.

Cardan observa a interação. Mais especificamente, observa Oak. Ele está suspeitando do príncipe. Oak precisa conversar com ele a sós. Precisa explicar.

— Os quartos estão prontos no palácio... — começa Jude.

Wren nega com a cabeça.

— Não é preciso se incomodar por minha causa. Consigo alojar todo o meu pessoal.

Ela saca a noz branca do bolso do vestido cinza reluzente.

Jude franze a testa.

Oak entende que Wren não queira ficar no palácio, não queira que fiquem observando todas as suas fragilidades. Ainda assim, recusar a

O TRONO DO PRISIONEIRO   187

hospitalidade dos governantes de Elfhame é um indicador da lealdade da jovem rainha.

Cardan parece distraído com a noz.

— Ah, pois bem, caberá a mim perguntar o óbvio: *o que é que você tem aí?*

— Se nos puder conceder uma porção do gramado, eu e meu pessoal ficaremos aqui mesmo — explica Wren.

Jude olha para Oak, que dá de ombros.

— Pois vá em frente — responde a Grande Rainha, gesticulando na direção da guarda. — Abram espaço.

Alguns dos cavaleiros dela dispersam a multidão até liberar uma extensão de grama próxima à margem das pedras escuras que ficam de frente para a água.

— É o suficiente? — questiona Jude.

— Até mais que o suficiente — responde Bogdana.

— Sabemos ser generosos — diz Cardan, escolhendo as palavras de modo a irritar a bruxa da tempestade.

Wren se afasta um pouco, então atira a noz contra uma porção de terra repleta de musgo, recitando baixinho o verso curto. Gritos de assombro ressoam quando brota da terra um pavilhão tão branco quanto as penas de um cisne e com pés dourados tipo os de um corvo.

A estrutura o faz lembrar das barracas no acampamento da Corte dos Dentes. Ele se recorda de ver algo bem parecido quando chegou para cortar as cordas que prendiam Wren. Lembra de prestar atenção para ver se ouvia a voz de Madoc entre as dos outros soldados, metade dele desejando que sim, e metade morrendo de medo. Ele sentira falta do pai. Também sentira medo dele.

O príncipe pondera se a estrutura faz Wren se lembrar do acampamento também, que não fica longe. Ele pondera se ela odeia estar aqui de novo.

A Mãe Marrow foi quem deu a noz mágica à Wren. A Mãe Marrow, que tem um lugar no Mercado Mandrake. Que deu a Oak o conselho que o mandou na direção da Bruxa do Cardo, que por sua vez o mandou no rastro de Bogdana. Passando-o de bruxa à bruxa, talvez com um plano em mente. Uma versão específica de um futuro compartilhado.

Todos os pensamentos de Oak são perturbadores.

— Que nozinha mais esperta — declara Cardan com um sorriso. — Já que não vão ficar no palácio, não temos escolha a não ser enviar uns aperitivos para vocês e torcer para que nos encontremos amanhã. — Ele gesticula para Oak. — Suponho que você não tenha uma cabana aí no bolso. Sua família está ansiosa para reencontrá-lo.

— Só um segundo — pede o príncipe, virando-se para Wren.

É quase impossível conversar ali, com tantos olhos em cima dos dois, mas ele não pode ir embora sem prometer que a verá depois. Ele precisa que saiba que não está abandonando-a.

— Amanhã à tarde? — diz ele. — Virei lhe encontrar.

Wren assente uma vez, mas pela expressão, parece estar preparada para ser traída. Ele entende isso. Aqui, ele tem poder. Se fosse machucá-la, este seria o momento.

— Eu quero de verdade mostrar as ilhas a você. Podemos ir ao Mercado Mandrake, nadar no Lago das Máscaras, fazer um piquenique em Insear, se estiver disposta.

— Talvez — responde ela, deixando que ele segure sua mão.

Deixando até que ele dê um beijo em seu pulso.

Oak não sabe ao certo como interpretar o tremor nos dedos de Wren quando ele solta a mão dela.

E então é conduzido na direção do palácio, com Tiernan atrás de si e Randalin reclamando à beça sobre os desconfortos da viagem para o Grande Rei e a Grande Rainha.

— *Você* insistiu em ir para o norte — lembra Jude ao conselheiro.

Assim que passam pelas portas do Palácio de Elfhame, Oriana abraça Oak com força.

— No que estava pensando? — questiona ela, exatamente o que ele espera que faça, e isso o faz rir.

— Cadê o Madoc? — pergunta ele depois de a mãe o soltar e ser a vez de Taryn o abraçar.

— Deve estar nos esperando no salão de guerra — sugere Jude.

Leander se aproxima de Oak em uma exigência para que o pegue no colo e o balance no ar. Ele levanta o menino e o gira, tendo como recompensa a gargalhada da criança.

Cardan boceja.

— Eu odeio o salão de guerra.

Jude revira os olhos.

— É provável que ele esteja batendo boca com o segundo em comando de Grima Mog.

— Bem, se houver uma *luta* de verdade a observar, então é diferente, óbvio — argumenta Cardan. — Mas se for só ficar movendo as pessoinhas de madeira pra lá e pra cá pelo mapa, deixo isso para Leander.

Ao ouvir seu nome, Leander se aproxima, saltitando.

— Estou entediado, e você também — diz ele. — Brinca comigo?

É em parte um pedido, em parte uma ordem.

Cardan toca o topo da cabeça da criança, colocando o cabelo acobreado para trás.

— Agora não, pestinha. Nós temos um monte de coisas adultas chatas para fazer.

Oak se pergunta se Cardan vê Locke no garoto. Ele se pergunta se o rei vê o filho que ele e Jude não têm... e não terão tão cedo.

Quando Jude se vira para ele, Oak ergue a mão para interromper o que a irmã está prestes a dizer.

— Posso falar com Cardan um instante?

O Grande Rei estreita os olhos para ele.

— Sua irmã tem prioridade, e ela deseja ficar um pouco com você.

Só de pensar no sermão que Jude e todos os outros membros da família que tinham prioridade vão dar, Oak fica exausto.

— Faz quase dois meses que estou longe de casa e estou todo grudento por causa da maresia — contrapõe. — Eu quero tomar um banho, vestir minhas próprias roupas e dormir na minha cama antes que vocês comecem a gritar comigo.

Jude faz um som de escárnio.

— Escolha duas opções.

— Quê?

— Você me ouviu. Pode dormir e então tomar banho, mas vou aparecer assim que você acabar, sem dar a mínima se estiver pelado. Pode tomar banho e se vestir, e ir me encontrar antes de dormir. Ou pode dormir e trocar de roupa, sem banho, embora eu admita que não são essas as opções que eu preferiria.

Ele a olha, exasperado. Jude abre um sorriso. Na cabeça dele, ela sempre foi primeiro irmã, mas neste exato momento é impossível se esquecer de que ela é também a Rainha de Elfhame.

— Certo — responde Oak. — Banho e roupa. Mas quero café e que não seja aquele de cogumelo.

— Seu desejo é uma ordem — afirma ela, como a mentirosa que é.

— Explique desde o começo — diz Jude, cruzando os braços e se sentando em um sofá nos aposentos de Oak.

Na mesa ao lado dela há diversos doces, uma jarra de café, creme tão fresco que ainda está quentinho e dourado, além de uma tigela com frutas. Os criados continuam levando mais comida: bolinhas de aveia e mel, castanhas assadas, queijos com cristais crocantes, tortinhas cobertas de mel e lavanda... E ele continua comendo.

— Depois que saí da Corte, fui encontrar Wren porque eu sabia que ela poderia comandar a Lady Nore — começa ele, distraindo-se quando alguém coloca uma xícara de café quente em sua mão.

O cabelo está molhado e o corpo, relaxado, depois de ficar imerso na água quente. A fartura que ele havia subestimado a vida toda o cerca, tão familiar quanto sua própria cama.

— Você se refere à *Suren*? — questiona Jude com um tom exigente. — A antiga rainha-criança da Corte dos Dentes? A quem você deu um apelidinho fofo.

Ele dá de ombros. "Wren" não é exatamente um apelido, mas ele entende o que a irmã quer dizer. Chamar pelo apelido indica intimidade.

— Tiernan disse que você a conhece há anos.

Ele consegue ver no rosto de Jude que ela acha que Oak assumiu um risco tolo ao convocar Wren para a jornada, que ele confia fácil demais nas pessoas, e é por isso que vira e mexe acabam o esfaqueando pelas costas. É o que ele quer que ela pense a respeito dele, o que ele teve o cuidado de fazê-la crer, e ainda assim isso o machuca.

— Eu a conheci quando ela veio para Elfhame com a Corte dos Dentes. Saímos escondidos para brincar. Na época eu te contei que ela precisava de ajuda.

Os olhos escuros de Jude estão atentos. Ela está ouvindo todas as nuances do que ele diz, a boca formando uma linha dura.

— Você saiu escondido para brincar com ela durante uma *guerra*? Quando? Por quê?

Ele balança a cabeça.

— Na noite em que você, Vivi, Heather e Taryn estavam falando de serpentes, maldições e o que fazer com o arreio.

A irmã se inclina para a frente.

— Você podia ter morrido. Você podia ter acabado morto pelas mãos do *nosso pai*.

Oak pega um bolinho de aveia e começa a parti-lo.

— Eu vi Wren uma ou duas vezes ao longo dos anos, embora eu não tivesse certeza do que ela achava de mim. E então, dessa vez...

Ele vê a mudança no rosto de Jude, a leve tensão dos músculos nos ombros da irmã, mas ela continua ouvindo.

— Eu traí a Wren — revela Oak. — E eu não sei se ela vai me perdoar.

— Bem, é seu anel que ela está usando no dedo.

Oak pega um dos pedacinhos de bolo e coloca na boca, sentindo o sabor da mentira que ele não pode contar.

A irmã suspira.

— E ela veio para cá. Isso tem que significar algo.

E ela me manteve preso. Só que ele não tem certeza de que essa informação vai ajudar muito a fazer com que Jude acredite que Wren gosta dele.

— Então você pretende mesmo prosseguir com esse casamento? É real?

— Pretendo — confirma Oak, porque nenhuma de suas preocupações tem a ver com a intenção dele.

Jude não parece satisfeita.

— O papai explicou que ela tem um poder singular.

Oak confirma com a cabeça.

— Ela pode desfazer coisas. No geral, desfaz magia, mas não só isso.

— Pessoas também? — questiona a irmã, apesar de que, se Cardan parabenizou Wren pelo assassinato de Lady Nore, é evidente que ele sabe a resposta, o que significa que Jude também sabe.

Ainda assim, ela quer uma confirmação em voz alta. Talvez queira fazê-lo admitir. Oak confirma com a cabeça.

Jude levanta a sobrancelha.

— E o que isso significa exatamente?

— Que dá para ela espalhar nossas tripas na neve. Ou em qualquer ambiente sobre o qual ela tenha controle.

— Que maravilha — responde ela. — E você vai me dizer que ela é nossa aliada? Que esse poder não nos oferece risco?

Ele passa a língua pelos lábios ressecados. Não, ele não pode dizer isso. Nem quer confessar que está preocupado com a possibilidade de Wren destruir a si mesma sem querer.

Jude suspira outra vez.

— Eu vou escolher confiar em você, meu irmão. Por ora. Não faça com que eu me arrependa.

CAPÍTULO 15

Oak acorda no quarto familiar, cercado por uma bagunça familiar. Papéis cobrem a cômoda e a mesa, livros empilhados de qualquer maneira e enfiados nas prateleiras em ângulos estranhos. Na mesinha de cabeceira, tem um exemplar aberto e virado para baixo, com a lombada quebrada.

O príncipe não cuida muito bem dos próprios livros. É um fato que já foi apontado antes por seus professores.

Grudados à parede estão uma colagem de desenhos, fotografias e outros artefatos de ambos os mundos que Oak frequenta. Um ingresso de um laranja vivo de um festival está pendurado ao lado de uma charada escrita em um pedaço de pergaminho encontrado na goela de um peixe. Um guardanapo com o telefone de um garoto que ele conheceu em um cinema, anotado com caneta esferográfica. Um post-it listando três livros que ele quer pegar em uma biblioteca. Preso à parede por um chiclete tem um colar dourado em formato de noz, um presente de sua primeira mãe para a segunda, e então para ele. Uma estatueta de uma raposa prateada com um fio em volta da cintura, idêntica à de Wren. Um retrato de Oak no estilo mangá, feito por Heather com canetinhas. Um desenho a lápis de um retrato formal da família está pendurado em um dos corredores.

Estava tudo exatamente como quando ele partiu. Olhar ao redor o faz sentir que o tempo se condensou, como se tivesse passado só algumas horas fora. Como se ele não pudesse ter voltado para casa tão diferente.

Oak ouve um barulho da sala de estar, fora do quarto... na parte dos aposentos que são para ser só dele. Isso o faz despertar completamente e se levantar da cama, enfiando a mão debaixo do colchão para pegar a adaga.

Também está bem ali onde ele deixou.

Ele se esgueira pela parede, tomando cuidado com o som dos cascos no piso de pedra. Ele espia pela fresta entre a porta e o batente.

Madoc está remexendo os restos de comida na mesa.

Soltando um suspiro de nojo (de si mesmo, do pai e da sua evidente paranoia), ele crava a adaga na parede e pega um roupão. Quando sai, Madoc está sentado em um sofá bebendo o café frio que sobrou da noite anterior. Um tapa-olho cobre um quarto do rosto, e uma bengala preta retorcida está escorada em uma mesa lateral. Os vestígios do sofrimento que passou na Cidadela amenizam a ira de Oak com o pai, mas não a eliminam por completo.

— Você está vivo — comenta Madoc com um sorriso.

— Eu poderia dizer o mesmo a você — aponta Oak, sentando-se de frente para o pai. O homem mais velho está usando um roupão bordado com uma estampa de cervos, e metade dos animais aparece abatido com flechas. Fios vermelhos representam o sangue escorrendo sobre o tecido dourado. Tudo em Elfhame parece surreal e sinistro no momento, e os cervos mortos no roupão não estão ajudando. — E antes que você faça *qualquer* observação sobre *qualquer* coisa que eu tenha feito e que acredita ter sido arriscada, sugiro que se lembre de que você fez algo mais arriscado e bem mais estúpido.

— Eu fui disciplinado — retruca Madoc, abrindo novamente um sorriso. — Mas eu consegui, sim, o que queria.

— Ela perdoou você?

Oak não fica muito surpreso. Afinal, o pai está aqui no palácio.

O barrete vermelho nega com a cabeça.

— Sua irmã revogou o exílio. *Por ora.*

O pai solta um som de escárnio, e Oak entende que é tudo o que Jude poderia fazer sem ficar parecendo que ele estava recebendo um tratamento especial por parte dela. Mas era o suficiente.

— E você já acabou com as artimanhas? — pergunta Oak.

Madoc acena com a mão de um jeito displicente.

— Por que eu precisaria de artimanhas quando meus filhos controlam tudo o que sempre quis para eles mesmos?

Em outras palavras, não, ele não acabou com as artimanhas.

Oak suspira.

— Então vamos falar do seu casamento. Você sabe que várias facções aqui estão animadas com isso.

Oak ergue as sobrancelhas. As pessoas que o queriam fora do caminho?

— Se você tiver uma rainha poderosa, seria mais fácil apoiá-lo contra os atuais ocupantes dos tronos.

Oak deveria ter adivinhado.

— Considerando que minha imagem não faz parecer que eu seria um governante competente.

— Tem gente no Povo das Fadas que prefere a incompetência. Eles querem que os governantes tenham poder o bastante para manter o trono e ingenuidade o bastante para ouvir aqueles que os colocaram lá. E sua rainha emana ambas as coisas.

— Ah, é?

Madoc discursando sobre política é reconfortante de tão familiar, mas Oak fica incomodado pelo pai ter identificado com tanta rapidez as facções na Corte que estavam dispostas a se envolver em traições à coroa. O príncipe fica preocupado com a maneira que Madoc reagiria se ele revelasse que estava, *sim*, interessado em virar o Grande Rei. Ele fica aflito com a possibilidade de o barrete vermelho valorizar a ingenuidade em Oak assim como qualquer conspirador.

— Eles vão se aproximar de sua rainhazinha hoje à noite — continua o pai. — Vão se apresentar e massagear seu ego, vão tentar fazer amizade com o pessoal dela e elogiá-la. E então vão tentar mensurar exatamente o quanto odeia o Grande Rei e a Grande Rainha. Eu espero que os juramentos dela tenham sido irrefutáveis.

Oak não consegue deixar de lembrar da maneira que ela disse a Randalin que poderia quebrar juramentos assim como quebrava maldições. *É como arrancar uma teia de aranha.* Ele não gosta de pensar no quanto o pai ficaria intrigado com aquela informação.

— É melhor eu ir me vestir.

— Vou chamar os criados — afirma Madoc, estendendo a mão para pegar a bengala e ficar de pé.

— Eu dou conta sozinho — dispensa Oak com firmeza.

— Eles precisam tirar essas bandejas e trazer seu café da manhã.

O pai já está seguindo para o dispositivo ao lado da porta. Assim como em tantas outras situações, não é como se Oak *não pudesse* impedi-lo, mas seria preciso tanto esforço que não parece valer a pena.

A família de Oak está acostumada a pensar nele como alguém que precisa ser cuidado. E ainda que, até onde Madoc soubesse, Oak fosse perigoso o bastante para resgatá-lo da Cidadela da Agulha de Gelo, Oak suspeita que Madoc ficaria surpreso se soubesse do que ele esteve tramando na Corte.

Antes que o pai chame um criado para oferecer a ajuda que Oak não quer e da qual não precisa, o príncipe volta para o quarto e vai em busca de algo para vestir no armário. Assim que terminar a conversa com o pai, pretende roubar uma cesta de comida da cozinha e levar à cabana com pés de garra de Wren, então não precisa ser nada muito elaborado. Escolhe uma jaqueta verde de lã simples e uma bermuda escura. Quer fazer com que Wren corra solta por Elfhame. Deixar os guardas e a política para trás. Está determinado a fazê-la rir. Bastante.

Uma batida forte à porta o faz sair do quarto. Apesar de ter se empanturrado na noite anterior, e apesar de ter dito ao pai para não se dar ao trabalho de solicitar mais comida, o estômago de Oak começa a roncar. É provável que precise recuperar o atraso de algumas refeições. Talvez ele possa levar aquela comida ali mesmo em vez de ir saquear a cozinha.

— Ah — murmura Madoc. — Deve ser sua mãe.

Oak lança ao barrete vermelho um olhar de quem foi traído. Não teria como se esquivar de Oriana por muito tempo, mas ele conseguiria ter adiado mais um pouco. O pai poderia tê-lo avisado.

— E o café da manhã?

— Ela deve ter trazido algo para você.

Ele supõe que os pais combinaram uma espécie de sinal para quando Madoc tivesse terminado de falar com Oak — o tocar do sino, um criado para correr e alertá-la.

Suspirando, o príncipe abre a porta e dá espaço para a mãe entrar no quarto. Ela segura uma bandeja com um bule de chá e sanduíches.

— Você não vai se casar com aquela garota — declara Oriana, lançando a ele um olhar irritado.

Ela solta a bandeja com brusquidão, ignorando o barulho alto que faz ao bater na mesa.

— Cuidado — alerta Oak.

Madoc se levanta, apoiando-se com força na bengala preta.

— Bem, vou deixar vocês a sós para colocar o papo em dia.

A expressão do pai é neutra, afetuosa. Ele não está fugindo do conflito. Ele adora conflito. Só que talvez não queira estar na posição de dizer abertamente à Oriana que as prioridades dela e as dele não batem.

— Mamãe — murmura Oak.

Ela faz uma careta. Está usando um vestido branco e rosa, um rufo de espuma no pescoço e nos punhos das mangas. Com os olhos cor-de-rosa, a pele pálida e as asas feito pétalas nas costas, Oriana às vezes parecia uma flor — uma boca-de-leão.

— Você parece um mortal falando. Não dá para falar direito?

Ele solta um suspiro.

— *Mãe*.

Ela vira a bochecha para receber um beijo, então beija as costas das mãos do filho.

— Minha lindeza. Meu filho precioso.

Ele abre um sorriso automático, mas as palavras machucam. Oak nunca duvidou do amor dela ... A mãe virou a própria vida de cabeça para baixo, até se casando com Madoc, para proteger Oak. Mas se tal amor foi algo imposto a ela, se foi um feitiço, então não foi real, e ele teria que encontrar um modo de libertar a mãe desse fardo.

— Fiquei preocupada quando você foi embora — conta ela. — Eu sei que adora seu pai, mas ele não quereria que você arriscasse a vida por ele.

Oak se segura para não responder. Não só Madoc estava disposto a deixar Oak arriscar a vida por ele, como ficou contando com isso. Contudo, talvez Oak devesse estar grato. Ao menos ele tinha certeza de que os sentimentos de Madoc eram verdadeiros: o pai era manipulador demais, logo não teria sido manipulado pela magia.

— O papai parece bem.

— Melhor do que estava. Ele não descansa o suficiente, lógico. — Ela foca o olhar em Oak, com o rosto impaciente. No geral, a etiqueta social a deixa toda rígida, mas ele percebe que a mãe não está interessada em papo furado agora. Só fica surpreso por ela ter permitido que Madoc e Jude falassem com ele primeiro. É lógico que, ao manter Oak ali depois que os outros saíram, ela teria a vantagem de conseguir dar um bom sermão nele pelo tempo que quisesse, sem se preocupar em ser interrompida. — Compreendo a ideia das jornadas, embora eu não goste de você correndo perigo, mas isso não. Propor casamento a uma garota que não tem nenhuma das qualidades que se desejaria em uma esposa, não.

— Então me deixe ver se entendi bem: você compreende a parte em que posso ter que matar um monte de gente, mas acha que escolhi a garota errada para beijar?

Oriana lança um olhar feio a ele, então serve um pouco de chá para o filho.

Ele bebe. O chá está escuro, aromático e quase elimina o gosto amargo da boca do príncipe.

— Você ficou preso nas masmorras dela. Conversei com Tiernan várias vezes desde que ele voltou. Fiz várias perguntas. Eu sei que você o mandou com Madoc para que os dois ficassem a salvo. Então, me fale, você vai se casar com Suren porque a ama ou porque quer manter o mundo a salvo dela?

Oak faz uma careta.

— Você não incluiu a possibilidade de mantê-la a salvo do mundo.

— É esse o motivo?

— Eu gosto dela — revela Oak.

— Como príncipe herdeiro, você tem uma responsabilidade para com o trono. Quando você...

— Não. — Uma leve preocupação se desenrola dentro de Oak ao pensar que ela, assim como Madoc, também pode ficar ambiciosa demais em favor dele. — Não há motivo algum para se acreditar que vou viver mais que Jude ou Cardan. Nenhum motivo para eu assumir a coroa.

— Admito que já temi essa possibilidade — responde Oriana. — Mas agora você é mais velho, tem um bom coração. Essa seria uma grande dádiva a Elfhame.

— Jude está indo bem, e não é como se ela não tivesse um bom coração.

Oriana lança um olhar incrédulo a ele.

— Além do mais, Wren já é rainha. Se quer me ver de coroa, aí está. Se eu me casar com ela, a minha está garantida.

Ele pega um sanduíche e dá uma mordida.

A resposta não aplaca Oriana.

— Isso não é coisa que se subestime. Sua irmã com certeza não subestima. Jude mandou o pessoal dela ir atrás de você assim que soube que tinha ido atrás de seu pai. E ainda que ela não tenha conseguido lhe buscar, o pessoal dela trouxe de volta um de seus companheiros de viagem... um kelpie.

— Jack dos Lagos — diz Oak, contente até perceber o restante do que Oriana está falando. — Cadê ele? O que minha irmã fez com ele?

Oriana dá de ombros de maneira quase imperceptível.

— O que você dizia mesmo sobre sua irmã ter um bom coração?

Ele suspira.

— Entendi seu argumento.

— Jack foi trazido à força até nós e obrigado a revelar tudo o que sabia da sua viagem e seu objetivo. Ele ainda está no palácio, como um convidado da Corte, não *exatamente* um prisioneiro. Mas ele descreveu Suren mais como animal do que como garota, rolando na lama. E eu me lembro de como ela era quando criança.

— Ela era *torturada* quando criança, isso sim. Além do mais, como ele pode chamar alguém de animal quando ele literalmente vira um cavalo?

Oriana comprime os lábios.

— Ela não é para você. Pode sentir toda a compaixão do mundo por ela, e todo o desejo também, mas não se case com ela. Eu não vou permitir que roubem você de nós outra vez.

Oak suspira. Ele deve tanto à mãe, mas não deve isso.

— Você quer me dominar como se eu fosse uma criança, mas também quer que eu assuma o domínio de tudo. Vai precisar confiar em mim quando digo que sei o que quero.

— Você já se cansou de garotas muito mais fascinantes — diz Oriana, acenando com a mão. — E de alguns garotos também, se os rumores que correm pela Corte são verdadeiros. Sua Suren é sem sal, sem graciosidade e sem educação, sendo assim...

— Chega! — interrompe Oak, surpreendendo aos dois. — Não, ela não vai se tornar a Senhora da Folia e fazer toda a Corte comer na palma de sua mão. Ela é calada, não gosta de multidão nem que fiquem encarando-a, não gosta de ter que ficar pensando no que dizer a eles. Só que isso não tem nada a ver com meu amor por ela.

Por um momento, mãe e filho apenas se fitam, então Oriana vai até o armário e começa a vasculhar as roupas.

— Você tem que vestir o bronze. Pronto, aqui. — Ela ergue um gibão reluzente com fios metálicos. É o marrom da cor de sangue seco, e costuraram folhas de veludo no tecido de modo que parecem estar sendo sopradas por uma rajada de vento. A maior parte delas varia entre o marrom e o dourado, mas algumas verdes são tão vívidas que chamam atenção. — E talvez o chifre dourado e as proteções para os cascos. Ficam lindos à luz de velas.

— Qual é o problema da minha roupa? — pergunta ele. — Vou ficar fora a tarde toda, e hoje à noite só tem o jantar com a família e uma garota que você não quer que eu impressione.

Oriana lança mais um olhar incrédulo ao filho.

— Jantar? Ah, não, meu querido. É um *banquete*.

CAPÍTULO 16

Óbvio que quando Cardan convidou Wren para jantar, ele não quis dizer que jantariam juntos a uma mesa. Quis dizer que participariam de um banquete sediado em homenagem a ela. *Óbvio que sim*.

Oak se esqueceu de como as coisas funcionavam, de como as pessoas se comportavam. Depois de ficar tanto tempo longe de Elfhame, ele está sendo enfiado de novo no papel que não se lembra mais como representar.

Depois de ser vestido, repreendido e beijado pela mãe, consegue sair porta afora. Na cozinha, tromba com o sobrinho, que pede para brincar de pique-esconde e sai correndo atrás de um gato do palácio depois de receber uma negativa. Então, enquanto prepara uma cesta com comida, aguenta de bom grado receber os mimos de vários criados, incluindo a cozinheira que mandou bolos gelados para o quarto dele. Por fim, depois de ter angariado uma torta, vários queijos e uma garrafa de sidra com rolha, ele sai de fininho, com as bochechas ardendo um pouco depois de tantos apertões.

Ainda assim, o céu de Insmire está do mesmo tom de azul do cabelo de Wren, e enquanto segue para a cabana dela, não consegue afastar o sentimento de esperança.

Ele está quase chegando quando uma garota sai correndo das árvores.

— Oak — murmura Wren, parecendo ofegante.

Ela está usando um vestido marrom simples que não tem a imponência das outras roupas que ele a viu vestindo desde que assumiu a Corte dos Dentes. Parece uma peça que vestiu às pressas.

— Eu te amo — diz Oak, porque ele precisa falar isso de um jeito simples, para que ela não consiga identificar mentira na frase. Ele está sorrindo porque ela saiu da mata com rapidez, procurando por Oak. Porque ele está ridiculamente feliz. — Vamos fazer um piquenique.

Por um instante, Wren parece totalmente horrorizada. Os pensamentos do príncipe são refreados. Ele sente uma pontada forte no peito e luta para manter o sorriso no rosto.

Não é como se ele esperasse que ela fosse retribuir o sentimento. Oak tinha esperança de que ela risse e talvez ficasse um pouco lisonjeada, que gostasse de ter um pouco de poder sobre ele. Oak pensou que ela *gostasse* dele, ainda que achasse difícil perdoá-lo. Ele achou que ela tinha que gostar um pouco dele para *querê-lo*.

— Bem — murmura ele, erguendo a cesta com uma falsa tranquilidade. — Sorte que ainda tem o piquenique.

— Você se apaixona com a mesma facilidade com que alguém troca de roupa — responde ela. — E imagino que você saia da situação com um pouco mais de drama, mas com a mesma facilidade.

Aquele era o tipo de coisa que ele imaginou que ouviria.

— Então peço que esqueça meu rompante.

— Eu quero que você cancele o casamento — declara ela.

Oak inspira forte, magoado. De verdade, ele não esperou que ela fosse jogar sal em uma ferida tão recente, embora, na realidade, Wren não tivesse dado razão alguma para ele pensar que não jogaria.

— Me parece uma reação exacerbada para uma declaração de amor.

Wren nem esboça um sorriso.

— Ainda assim, cancele.

— Cancele você — dispara, sentindo-se infantil. — Pelo que me lembro do navio, tínhamos um plano. Se quer mudá-lo agora, é com você.

Ela balança a cabeça, com as mãos fechadas em punhos ao lado do corpo.

— Não, tem que ser você. Não é como se você quisesse um casamento de verdade, certo? Não importa o que alega sentir. Foi algo esperto a se fazer... a se dizer. Você sempre foi esperto. Seja esperto agora.

— E romper tudo com você? Espertamente? — A voz dele soa frágil, ressentida.

O tom parece magoá-la de verdade. Por alguma razão, isso é o que o deixa com ainda mais raiva.

— Eu não deveria ter vindo para cá — diz ela.

— Você pode ir embora — lembra ele.

— Você não entende. — Ela está com uma expressão aflita. — E eu não posso explicar.

— Então parece que estamos num impasse.

Oak cruza os braços.

Ela olha para as próprias mãos, uma apertando a outra, com os dedos entrelaçados. Quando ela olha para Oak de novo, parece pesarosa.

— Vejo você no banquete — diz ele, tentando recuperar alguma dignidade.

Então se vira e marcha na direção da mata, antes que acabe dizendo mais palavras das quais vai se arrepender. Antes que ela aproveite a chance de magoá-lo ainda mais. Ele tem a sensação de estar sendo mesquinho, petulante e ridículo.

Esfregando o olho com a palma da mão, Oak não olha para trás.

Seguindo na direção do Mercado Mandrake com uma cesta de piquenique na mão, Oak se sente um completo tolo.

Quando ele passa, várias pessoas fazem uma profunda reverência, como se tomar o mesmo caminho que ele fosse uma honra singular.

Oak pondera se se sentiria menos estranho se tivesse sido criado nas ilhas, em vez de ser alguém que não era nada especial no mundo mortal.

Quando criança, ele se gabava. Adorava o fato de que todas as crianças aqui queriam brincar com ele, como todo mundo sorria para ele.

E ainda assim você sabia que era falso. Foi parte do que atraiu você em Wren — ela logo viu quem você era.

No entanto, ainda que ela tivesse o enxergado, Oak não sabia ao certo se o contrário era verdade. Bogdana convocou do norte a Mãe Marrow, que deu de presente à Wren a cabana onde ela e sua comitiva passaram a noite.

A Mãe Marrow sabia *alguma parte* do plano deles.

O Mercado Mandrake, no topo de Insmoor, costumava abrir somente nas manhãs enevoadas, mas cresceu e se tornou uma instalação mais permanente. Lá se podia encontrar tudo, desde máscaras de couro para bailes a talismãs para a sola de sapatos, tinturas rodopiantes para a maçã--eterna, itens para fazer poção e até venenos.

Oak passa por açúcar de bordo no formato de animais estranhos, uma rendeira costurando crânios e ossos nos modelos. Um comerciante expõe bandejas com xícaras feitas de noz, cheias até a boca com vinho escuro que nem sangue; outra se oferece para ler a sorte das pessoas por meio de um padrão criado por cuspe em um pergaminho novo; um goblin está assando ostras frescas em uma fogueira ao ar livre. O sol do meio do dia tinge tudo de dourado.

Com o crescimento do mercado, tendas e barracas cederam lugar a estruturas mais fixas. A casa da Mãe Marrow é uma cabana de pedra resistente, sem a extravagância de paredes com telhas feitas de doce. Na entrada, um jardim de ervas cresce de maneira desenfreada, com videiras amarradas de modo a se entrelaçarem por cima de uma janela com vidros em losango.

Preparando-se para encontrá-la, Oak bate às placas de madeira da porta.

Ouve-se um barulho de movimento do lado de dentro, então a porta se abre, as dobradiças rangendo. A Mãe Marrow aparece à soleira, apoiando-se nos pés de garras, parecidos com os de uma ave de rapina.

O cabelo é cinza que nem pedra, e ela usa um cordão comprido feito de rochas com entalhes de símbolos arcaicos, que confundem a vista de quem ficar olhando por muito tempo.

— Príncipe — cumprimenta ela, observando-o sem demonstrar emoção. — Você parece muito bem vestido para visitar a pobre Mãe Marrow.

— Haveria um esplendor grande o bastante para honrá-la de forma apropriada? — pergunta ele, sorrindo.

Ela bufa, mas ele percebe que ela gostou um pouco do elogio.

— Pois entre e me conte de sua aventura.

Oak entra na cabana. A lareira está acesa com um fogo baixo e vários tocos estão amontoados em frente a ela, junto a uma cadeira de madeira. Outra cadeira gasta está em um canto e, aos seus pés, uma cesta com apetrechos de tricô. Parece que acabaram de enrolar o fio, ainda assim não trabalhado o suficiente para eliminar todo o cardo. Na parede, um gabinete de curiosidades enorme e pintado deixa à mostra diversos objetos que é melhor não observar muito de perto. Esqueletinhos cobertos por uma camada fina de poeira; fluidos viscosos meio secos em garrafas antigas; asas de besouro, brilhando feito pedras preciosas; uma tigela de nozes, algumas balançando, e um avelã indo de um lado ao outro. Atrás do gabinete, o príncipe vê um corredor levando a um cômodo nos fundos, talvez um quarto.

Ela o guia até a cadeira de madeira próxima ao fogo, com o encosto esculpido na forma de uma coruja.

— Quer um chá? — oferece.

Oak confirma com a cabeça, tentando ser educado, embora sinta que vem nadando em chá desde que voltou para casa.

A Mãe Marrow abre uma chaleira pendurada sobre o fogo e serve uma xícara para ele. É alguma mistura específica, com cheiro de alga marinha e anis.

— É muita gentileza sua — agradece ele, porque o Povo das Fadas não gosta de receber como resposta aos próprios esforços um mero "obrigado" e leva muito a sério a arte de ser um bom anfitrião.

Mãe Marrow sorri, e Oak repara em um dente quebrado. Ela pega a própria xícara, que encheu outra vez, usando-a para esquentar as mãos.

— Estou vendo que o conselho que lhe dei foi útil. Seu pai voltou, e você ganhou um prêmio.

Oak concorda com a cabeça, um tanto inseguro. Se ela está se referindo à Wren, parece desdenhoso chamá-la de *prêmio*, como se fosse um objeto, mas ele não consegue pensar a que mais ela estaria se referindo. Talvez a Mãe Marrow tenha um motivo para parecer não gostar muito de Wren.

— O que me faz recorrer à sua orientação de novo.

Ela ergue as sobrancelhas.

— Em relação ao quê, príncipe?

— Vi a senhora na Cidadela de Gelo.

O corpo dela fica tenso.

— E o que é que tem?

Ele solta um suspiro.

— Eu quero saber por que Bogdana a levou até lá. O que ela esperava que a senhora fizesse.

O silêncio se estende por um longo momento. Nesse ínterim, ele ouve a água fervendo e o barulho das nozes se movendo no gabinete.

— Você sabia que eu tenho uma filha? — pergunta ela enfim.

Oak nega com a cabeça, apesar de que, agora que ela mencionou, ele lembra sim de algo sobre ela ter uma filha. Talvez alguém tivesse se referido a tal filha antes, embora ele não se recorde do contexto.

— Eu tentei ludibriar o Grande Rei a se casar com ela.

Ah, verdade. Aquele era o contexto. A Mãe Marrow deu a Cardan uma capa que, ao ser vestida, o tornava imune à maioria dos golpes. Dizem que era feita de seda de aranha e pesadelos, e ainda que Oak não faça ideia de como tal criação seria possível, ele não duvida de que seja verdade.

— Então você está interessada em um governo da sua linhagem.

— Eu estou interessada em um governo da minha *espécie* — corrige ela. — Eu teria gostado de ver minha filha usando a coroa. Ela é linda e bastante habilidosa com as mãos. Mas vou ficar feliz de ver qualquer filha de bruxa no trono.

— Eu não tenho a intenção de ser Grande Rei — informa ele.

Como resposta, ela sorri, dá um gole no chá e nada diz.

— Wren? — incita ele. — A Cidadela? O pedido de Bogdana?

O sorriso dela fica maior.

— Nós, bruxas, fomos os primeiros seres do Povo das Fadas, antes que aqueles do ar descessem e reivindicassem o domínio, antes que os do Reino Submarino viessem das profundezas para a superfície. Nós, como os trolls e os gigantes, viemos dos ossos da terra. E possuímos a magia antiga, mas não governamos. Talvez nosso poder deixe os outros seres do Povo das Fadas nervosos. Não é de se admirar que a bruxa da tempestade tenha ficado tentada com a proposta de Mab, embora, no fim, o preço tenha sido alto demais.

— E agora ela guarda rancor da minha família — retruca ele.

A Mãe Marrow solta um risinho debochado, talvez para o eufemismo da frase.

— Guarda, sim.

— E a senhora, também?

— Eu não venho sendo uma súdita leal? — responde ela. — Não venho servindo bem ao Grande Rei e à rainha mortal? Não venho servindo a você, príncipe, o máximo que minhas parcas habilidades permitem?

— Eu não sei — responde ele. — A senhora vem fazendo isso?

Ela se levanta, bancando a ofendida para disfarçar o fato de ela não ter respondido, e de que talvez não ouse responder.

— Acho que é hora de você ir. Tenho certeza de que sua presença é requisitada no palácio.

Ele abaixa a xícara intocada de chá e se levanta também. Ela é intimidadora, mas Oak é mais alto e da realeza. Ele torce para parecer ser mais formidável do que sente estar.

— Se Bogdana tem um plano contra Jude e Cardan, e a senhora for parte disso, a punição não vai valer a pena, não importa a recompensa que lhe prometeram.

210   HOLLY BLACK

— Ah, é? Pois não faltam rumores sobre a *sua* lealdade, príncipe, e os tipos com quem *você* tem se relacionado.

— Eu sou leal ao trono e à minha irmã, a rainha.

— E ao rei? — pergunta a Mãe Marrow, com os olhos feito pedra.

Oak não desvia o olhar.

— Contanto que ele não vá contra Jude, estou sob às ordens dele.

Ela faz uma carranca.

— E a garota? Que lealdade você deve a ela? Entregaria seu coração a ela?

Uma pergunta sinistra, considerando o que ele sabe a história de Mellith.

Oak hesita, querendo responder com sinceridade. Ele está atraído por Wren. Os pensamentos sobre ela o consomem: a seda áspera de sua voz, o sorriso tímido, o olhar inabalável, a lembrança das belas mechas finas de cabelo nas mãos dele, a proximidade da sua pele, o jeito como inspira. A lembrança do dia que ela argumentou com ele do outro lado daquela mesa comprida na Cidadela — a familiaridade disso, como haviam sido tantas refeições dele com a própria família. Mas a dor da confissão e da rejeição dela ainda é muito recente.

— Eu daria o que ela quisesse de mim.

A Mãe Marrow ergue as sobrancelhas, parecendo achar graça, então o sorriso diminui.

— Pobre Suren.

Oak põe a mão no coração.

— Acho que fiquei ofendido.

Ela dá uma risadinha.

— Isso não, menino tolo. É que era para ela ter sido uma das maiores bruxas, uma herdeira do grande poder da mãe. Uma formadora de tempestades como direito de nascença, uma criadora de objetos mágicos tão gloriosos que a noz que dei a ela seria uma mera quinquilharia. Mas em vez disso, o poder de Suren foi virado do avesso. Ela só consegue absorver magia e quebrar maldições, mas a única maldição que não consegue quebrar é a que existe dentro de si. A magia dela é deturpada. Toda vez que a usa, acaba se machucando.

Oak lembra da história contada por Bogdana, de uma garota cuja magia queimava que nem fósforo, e acredita que a própria magia de Bogdana não funciona assim. A bruxa da tempestade ficou exausta, talvez, depois de fazer o navio voar, mas não passou mal. Quando Cardan fez uma ilha inteira brotar do fundo do mar, ele não desmaiou.

— E foi isso que Bogdana queria que a senhora consertasse no norte? Ela hesita.

— Será que devo pedir a alguém do Conselho que venha aqui dar uma inspecionada nas poções e nos pós guardados no seu gabinete?

A bruxa apenas ri.

— Você faria mesmo uma coisa dessas com uma velha senhora que nem eu, com quem você já tem uma dívida? Que baita falta de educação!

Oak lança um olhar irritado à Mãe Marrow, mas ela tem razão. Ele está, sim, em dívida com ela, e ainda é do Povo, e conhece o Reino das Fadas o suficiente para quase acreditar que falta de educação é um crime mais grave que assassinato. Além disso, metade do Conselho deve ser cliente dela.

— A senhora consegue desfazer a maldição de Wren?

— Não — responde ela, cedendo. — Até onde sei, não pode ser desfeita. Quando o poder da morte de Mellith foi usado para amaldiçoar Mab, o coração de Mellith se tornou o lócus da maldição. Como preencher algo que devora tudo o que se coloca ali? Talvez você possa responder a essa questão. Eu não posso. Agora volte ao palácio, príncipe, e deixe a Mãe Marrow com as próprias ruminações.

É provável que ele já esteja atrasado para o banquete.

— Se vir Bogdana, faça questão de cumprimentá-la em meu nome.

— Ah — murmura a Mãe Marrow. — Você mesmo vai poder cumprimentá-la logo, logo.

Quando ele chega ao palácio, o Povo das Fadas está lotando o salão debaixo da colina. Como imaginou, está atrasado.

— Vossa Alteza — cumprimenta Tiernan, andando atrás dele.

— Espero que tenha descansado — diz Oak, tentando parecer como se não tivesse acabado de levar um pé na bunda, como se não tivesse preocupação alguma.

— Não preciso de descanso. — Tiernan fala de um jeito curto e grosso, e está franzindo a testa, mas como sempre está com esta expressão, o príncipe não sabe dizer se a resposta indica mais censura do que o normal. — Onde passou a tarde?

— Fiz uma breve visita ao Mercado Mandrake.

— Poderia ter mandado me chamar — sugere Tiernan.

— Poderia — concorda Oak, com cordialidade. — Mas eu imaginei que você fosse estar um tanto mal depois de quase se afogar... ou talvez estivesse ocupado.

Tiernan franze a testa ainda mais.

— Eu não estava nem uma coisa nem outra.

— Eu *torcia* para que estivesse ocupado.

Oak observa o salão. Cardan está sentado no trono em cima da plataforma, segurando entre os dedos um cálice que parecia a ponto de se derramar. *Cardan.* Oak precisa conversar com ele, mas não tem como fazer isso aqui, na frente de todos, na frente de gente do Povo das Fadas que pode fazer parte da conspiração que o príncipe precisa desmantelar.

Jude está perto de Oriana, que gesticula enquanto fala. Ele não vê nenhum outro membro da família, embora isso não signifique que não estejam ali. Está bem cheio.

— Hyacinthe é três vezes traidor — declara Tiernan. — Então você pode parar de falar dele.

Oak levanta apenas uma sobrancelha, um gesto que tem quase certeza de que pegou de Cardan.

— Eu não me lembro de mencionar Hyacinthe em momento algum.

Como era de se esperar, Tiernan fica ainda mais irritado.

— Ele traiu você, ajudou a te prenderem, e o atacou. Ele tentou matar o Grande Rei. Você deveria me dispensar por causa do que sinto por ele, não perguntar a respeito como se fosse a coisa mais normal do mundo.

— Mas se eu não perguntar, como vou saber o suficiente para dispensá-lo?

Oak abre um sorriso, sentindo-se um pouco mais leve.

Tiernan disse *sinto*, não *sentia*. Talvez o romance de Oak esteja fadado ao fracasso, mas isso não significa que o de outra pessoa não pode dar certo.

Tiernan lança um olhar a ele.

Oak ri.

— Se alguém quiser torturá-lo, é só te fazerem falar sobre os próprios sentimentos.

A boca de Tiernan se curva.

— No navio, nós... — começa ele, então parece pensar melhor e reformula a frase. — Ele me salvou, e falou comigo como se nós pudéssemos... mas eu estava com raiva demais para ouvir.

— Ah — murmura Oak. Antes que ele possa continuar, Lady Elaine caminha na direção dele em meio à multidão. — Que merda.

A ancestralidade dela vem de metade das criaturas do rio e a outra metade, das aladas. Ela tem duas asas pequenas e pálidas às costas, translúcidas e membranosas, parecidas com as asas de libélulas. Brilham como um vitral. Na sobrancelha, tem uma argola de hera e flores, e o vestido é feito do mesmo material. Ela é linda, e Oak deseja com todas as forças que ela suma de vista.

— Vou avisar à sua família que você chegou — anuncia Tiernan, então se mistura à multidão.

Lady Elaine toca na bochecha de Oak com a mão delicada de dedos compridos. Por pura força de vontade, ele consegue se manter imóvel e sem se afastar. Ele está incomodado, porém, pelo quão difícil é não reagir ao toque dela. Ele nunca sentiu essa dificuldade antes. Nunca achou difícil fazer o papel de tolo apaixonado.

Talvez seja mais difícil agora que ele de fato *é* um tolo apaixonado.

— Você se machucou — observa ela. — Foi um duelo?

Ele solta um som de escárnio, mas sorri para disfarçar.

— Vários.

— O fruto machucado é o mais doce — retruca ela.

O sorriso dele surge com mais facilidade. Está se lembrando do seu papel. Oak da linhagem Greenbriar. Um cortesão, um pouco irresponsável, muito impulsivo. Uma isca para todo e qualquer conspirador. Mas fingir a inépcia irrita mais do que antes. Incomoda o fato de que, se ele não tivesse fingido por tanto tempo, sua irmã provavelmente teria confiado a Oak a jornada que ele teve que roubar para si.

O incomoda estar representando um papel há tanto tempo que não sabe mais ser outra coisa.

— Você é a astúcia em pessoa — diz ele à Lady Elaine.

E ela, sem notar qualquer tensão, sorri.

— Ouvi um rumor de que você está prometido a uma criatura do norte. Sua irmã quer firmar uma aliança com a filha da bruxa. Para apaziguar o povo acanhado.

Oak fica surpreso com a história, que consegue ser quase verídica, e ainda assim totalmente errada, mas ele lembra a si mesmo que está na Corte, que se regozija em qualquer fofoca. E embora fadas não possam mentir, quem conta um conto, aumenta um ponto.

— Não é bem...

Ela coloca a mão no peito, e suas asas começam a tremer.

— Que alívio! Eu odiaria ver você abrindo mão das maravilhas da Corte, sentenciado pela eternidade a uma cama fria em uma terra deserta. Você já passou tanto tempo longe! Vá aos meus aposentos mais tarde, e vou lembrar a você por que não seria uma boa ideia nos abandonar. Serei gentil com seus cortes e arranhões.

Oak percebe que não quer gentileza. Não sabe o que fazer disso, ainda que também não queira Lady Elaine.

— Hoje não.

O TRONO DO PRISIONEIRO   215

— Quando a lua atingir o zênite — insiste ela. — Nos jardins.

— Eu não posso...

— Você queria conhecer meus amigos. Posso organizar um encontro. E depois, podemos ficar sozinhos.

— Seus amigos — repete Oak devagar. Os outros conspiradores. Ele tinha torcido para que os planos deles tivessem ido por água abaixo, a julgar pelos rumores que corriam por aí. — Alguns deles parecem estar falando sem nenhum pudor. Já questionaram minha lealdade.

Assim que ele fala, Wren entra no salão.

Está usando um vestido novo, um que não parece ter saído do armário de Lady Nore. É todo branco, como o ninho da seda de aranha, colado ao corpo de Wren de modo a deixar transparecer o matiz da pele azulada. O tecido se enrola pela parte de cima dos braços e se alarga nos pulsos e na saia, que cai em camadas até o chão.

Entrelaçados em seu cabelo revolto estão novelos da mesma seda pálida de aranha, e na cabeça há uma coroa, não a de obsidiana preta da antiga Corte dos Dentes, mas uma feita de pingentes de gelo, cada um formando uma espiral impossível de tão fina.

Hyacinthe está ao lado dela, sério, trajando um uniforme todo preto.

Oak viu a irmã se reinventar diante da Corte. Se Cardan usa do charme cruel e frio para governar, o poder de Jude vem da promessa de que se alguém entrar em seu caminho, ela irá simplesmente degolar a pessoa. É uma reputação violenta, mas será que a irmã, enquanto humana, teria conseguido respeito com uma atitude mais gentil?

E se ele não se perguntava o quanto esse mito custava à Jude, o quanto ela desaparecia nele, bem... agora ele passa a se perguntar. Oak não foi o único fazendo um personagem. Talvez ninguém da família realmente enxergasse um ao outro de verdade.

Wren olha ao redor do salão, e seu rosto fica aliviado ao vê-lo. Oak abre um sorriso antes de se lembrar do fora que ela deu, mas não antes de ela retribuir com um sorriso minúsculo, com o olhar se voltando à mulher ao lado dele.

— É ela? — pergunta Lady Elaine, e Oak percebe que ela está próxima demais.

Que os dedos dela estão o envolvendo o braço dele de maneira possessiva.

O príncipe se força a não se afastar, a não se desvencilhar do toque dela. Não vai ajudar, e, além do mais, por qual motivo ele deveria se preocupar em não magoar Wren? Ela não o quer.

— Com sua licença.

— Mais tarde, então — repete Lady Elaine, embora ele não tenha concordado. — E talvez todas as noites depois.

Quando ela se vai, Oak fica ciente de que o único culpado por ela ignorar as palavras dele é ele próprio. Ele, que finge ser um cabeça oca e facilmente manipulável. Ele, que vai para cama com qualquer um que acredite poder ajudá-lo a descobrir quem está traindo Elfhame. E, sendo justo, com vários outros para ajudá-lo a se esquecer de quantos do Povo das Fadas morreram por sua culpa.

Ele se escondeu até daqueles de quem gostava.

Talvez seja por isso que Wren não consiga amá-lo. Talvez seja por isso que é tão fácil acreditar que ele pode ter encantado todo mundo na vida até que gostassem dele. Afinal, como alguém pode amá-lo se ninguém o conhece de verdade?

CAPÍTULO 17

A multidão deveria ser familiar, mas o barulho do Povo das Fadas reunido parece alto e estranho. Oak tenta ignorar a sensação e se apressar. A mãe dele vai ficar irritada caso se atrase de novo, e nem Jude nem Cardan vão se sentar em um banquete feito em homenagem a Oak sem a sua presença, o que significa que o evento não pode começar até que chegue à mesa.

Ainda assim, ele continua se distraindo onde quer que passe: ao ouvir o nome do pai na boca de alguém, ou o próprio na boca de outras pessoas; ouvindo um monte de cortesãos especulando sobre Wren, chamando-a de Rainha do Inverno, Rainha Bruxa ou Rainha da Noite.

O príncipe percebe Randalin, o homem pequenino com chifres, bebendo de uma caneca enorme de madeira entalhada e conversando com Baphen, cuja barba encaracolada brilha com novos ornamentos.

Oak passa por mesas com vinhos de cores diferentes: dourado, verde e violeta. Val Moren, o antigo senescal, e um dos poucos mortais em Elfhame, está ao lado de um deles, rindo sozinho e girando como se engajasse em alguma brincadeira infantil para ver o quanto consegue ficar tonto.

— Príncipe — chama o homem. — Vem cair comigo?

— Hoje não, espero — responde Oak, mas a pergunta fica ecoando em sua mente de forma sinistra.

218   HOLLY BLACK

Ele passa por uma mesa com pombos assados, mas que ainda se parecem demais com pombos para o gosto de Oak. Várias tortas de alho-poró e cogumelo estão dispostas à mesa, assim como uma pilha de maçãs silvestres sendo servidas por fadinhas.

O amigo Vier o vê e ergue uma jarra.

— Um brinde a você — grita ele, aproximando-se para colocar um braço em volta dos ombros de Oak. — Pelo que soube, você fisgou uma princesa do norte.

— "Fisgou" é definitivamente um exagero — responde Oak, afastando--se do abraço do amigo. — Mas tenho que ir até ela.

— Isso, não a deixe esperando!

O príncipe volta a se juntar à multidão. Ele vê um lampejo de metal e se vira, à procura de uma espada, mas é só uma cavaleira usando uma única manga da armadura por cima de um vestido fluido. Próximas a ela estão várias damas da Corte com perucas feito emaranhados enormes de flor mosquitinho, parecendo nuvens. Ele passa por fadas usando capeletes musgosos e vestidos que terminam em galhos. Cavaleiros elegantes usando vestes bordadas e gibões feitos de cascas de bétulas. Uma mulher de pele verde com brânquias usa uma cauda no vestido que é longa o suficiente para ficar presa a uma raiz ou outra ao passar. Ao olhar bem, Oak percebe que não é uma cauda, e sim o cabelo dela se derramando.

Quando ele chega à Grande Mesa, vê Wren em frente à irmã dele e Cardan. Oak realmente deveria ter chegado lá antes.

Wren o encara quando o príncipe se aproxima. Apesar de a expressão dela não mudar, ele acredita ver alívio no seu olhar.

Jude observa os dois, como se calculasse algo. Ainda assim, depois de passar um tempo fora, e agora que pode descansar, o que mais chama sua atenção é como Jude parece jovem. Ela é jovem, mas ele consegue ver a diferença entre ela e Taryn. Talvez seja apenas o fato de Taryn ter estado no mundo mortal mais recentemente e ter acabado se aproximando da idade que de fato tinha. Ou talvez ter um filho pequeno fosse cansativo, e ela não parecesse mais velha, e sim exausta.

O TRONO DO PRISIONEIRO   219

Um instante depois, ele pondera se é a extravagância do momento que o fez pensar nessa questão. Contudo, por outro lado, pondera se Jude ainda é tão mortal quanto já foi.

Ele faz uma reverência à irmã e a Cardan.

— Wren estava nos contando sobre poderes dela — revela Jude, com a voz severa. — E pedimos que o arreio que *você* pegou emprestado fosse devolvido.

Ele perdeu alguma parte da conversa, e não uma parte boa. Será que Wren se negou a devolver?

— Mandei um dos soldados ir buscar — informa Wren, como se respondendo à pergunta que ele não fez.

Talvez eles só estejam irritados com o lembrete de quantos traidores de Elfhame estão servindo à Corte dos Dentes. Se for esse o caso, provavelmente ficam ainda mais irritados quando um falcão voa para dentro do salão, transformando-se ao pousar. Straun.

O antigo guarda da masmorra em que Oak ficou preso lança um olhar presunçoso a ele enquanto entrega o arreio à Wren.

O príncipe ainda consegue se lembrar da sensação das correias em sua pele, ainda consegue se lembrar de se sentir impotente quando ela ordenou a ele que rastejasse. De como Straun o encarou e riu.

Wren pega o arreio, segurando-o na mão.

— É uma coisa amaldiçoada.

— Como tudo o que Grimsen criou — rebate Jude.

— Eu não quero o arreio — informa Wren —, mas também não vou entregá-lo a você.

Cardan ergue as sobrancelhas.

— Uma declaração ousada para fazer aos seus governantes no coração da Corte deles. Então o que você propõe?

Nas mãos de Wren, o couro se rasga e encolhe. A magia se desprende do objeto como um trovão. As fivelas caem no chão de terra.

Jude dá um passo na direção dela. Todos no palácio estão olhando para eles agora. O som da destruição atraiu a atenção da multidão como se fosse um grito.

— Você o desfez — diz Jude, observando os restos do objeto.

— Considerando que destruí seu presente, vou dar outro a você. Tem um geas na Grande Rainha, um que, para mim, seria bem fácil remover.

O sorriso de Wren é cheio de dentes afiados. Oak não sabe ao certo qual a natureza do geas, mas ele percebe, pelo lampejo de pânico no rosto de Jude, que ela não quer se livrar dele.

A proposta fica no ar por um longo momento.

— Tantos segredos, esposa — comenta Cardan com suavidade.

O olhar que Jude lança a ele em resposta seria capaz de esfolá-lo.

— Não só um geas, mas metade de uma maldição — informa Wren. — Está rodeando você, mas não consegue penetrar de vez. Está lhe corroendo.

O choque no rosto de Jude fica óbvio.

— Mas ele nunca terminou de falar o…

Cardan ergue a mão para interrompê-la. Não há mais traço de provocação no tom dele.

— Que maldição?

Oak supõe que o Grande Rei deva levar maldições muito a sério, considerando que ele já fora amaldiçoado a virar uma serpente venenosa enorme.

— Aconteceu há muito tempo. Quando estávamos na escola do palácio — explica a irmã de Oak.

— Quem amaldiçoou você? — pergunta Cardan.

— Valerian — revela Jude. — Logo antes de morrer.

— Logo antes de você matá-lo, quer dizer — corrige Cardan, com os olhos escuros brilhando com algo que se parece muito com fúria.

Se é direcionada à Jude ou a essa pessoa morta havia muito tempo, Oak não sabe dizer.

— Não — contrapõe Jude, não parecendo em nada amedrontada. — Eu já tinha o matado. Ele só não sabia ainda.

— Eu posso remover a maldição sem tocar no geas — diz Wren. — Viu, posso ser uma boa ajuda.

— Supõe-se que sim — responde o Grande Rei, evidentemente ainda pensando na maldição e no tal Valerian. — Uma aliança útil.

Oak imagina que Wren ainda esteja fingindo querer se casar com ele.

Wren ergue a mão no ar, estendendo os dedos na direção de Jude e fazendo um gesto como se segurasse algo com força, então fecha a mão em punho.

A irmã de Oak arfa, toca o esterno e inclina a cabeça para a frente, escondendo o rosto.

A cavaleira da Grande Rainha, Fand, desembainha a espada, o brilho do aço refletindo a luz das velas. Ao redor deles, todos os guardas levam as mãos ao punho das armas.

— Jude — sussurra Oak, dando um passo na direção dela. — Wren, o que você...

— Se você a machucou... — começa Cardan, o olhar focado na esposa.

— Removi a maldição — explica Wren com a voz neutra.

— Eu estou bem — responde Jude com dificuldade, a mão ainda apertando o peito. Ela cambaleia para uma cadeira, não aquela na ponta da mesa, não a dela, e se senta. — Wren me deu um belo presente. Vou ter que pensar bastante no que dar a ela em retribuição.

Há uma ameaça nas palavras. E, olhando ao redor, Oak percebe o motivo.

Não apenas Wren desmantelou o arreio sem permissão e a maldição sem aviso, não apenas expôs algo que Jude poderia ter desejado que permanecesse em segredo, ela fez o Grande Rei e a Grande Rainha parecerem fracos diante da Corte. Eles podiam não estar em cima do estrado para todo mundo ver, mas havia alguns cortesãos perto o suficiente para ouvir, observar e espalhar os rumores.

Que o Grande Rei e a Grande Rainha ficavam impotentes diante da magia de Wren.

Que Wren fez um favor a eles, e agora eles estavam em dívida com ela.

Ela fez com Jude o que Bogdana fizera com ela própria na Cidadela... e fez ainda melhor.

222   HOLLY BLACK

Mas com qual propósito?

— Você gosta de trazer um pouco de caos a uma festa, não é? — comenta Cardan com o tom leve, mas seu olhar é feroz. Ele pega um cálice da mesa. — É óbvio que temos muito a conversar em relação ao futuro. Mas, por ora, temos uma refeição a desfrutar. Um brinde ao amor.

A voz do Grande Rei tem uma característica sonante que intima as pessoas a prestarem atenção. Ao redor, taças são erguidas. Alguém coloca um cálice de prata cinzelada na mão do príncipe. Um criado entrega um cálice, cheio até a boca de vinho escuro, à Wren.

— Amor — prossegue Cardan. — A força que nos compele a ser às vezes melhor, e muitas vezes, pior. Um poder que pode atar a todos nós. Um que devemos temer e, ainda assim, a maioria deseja. O que nos une esta noite... e que unirá vocês dois muito em breve.

Oak olha para Wren. O rosto dela está inexpressivo que nem pedra. Ela segura o próprio cálice com tanta força que os dedos perderam a cor.

Cardan está com um sorrisinho no rosto, e quando foca o olhar em Oak, inclina o cálice um pouquinho mais. Um gesto que pode ser um desafio.

Eu não quero seu trono, Oak gostaria de poder dizer isso em voz alta, sem se importar com quem vai ouvir, sem se importar se vai estragar o momento. Mas os conspiradores vão se revelar logo depois da meia-noite, então é válido esperar mais um dia.

Parado perto de Randalin, Fantasma ergue a própria taça na direção de Oak. Não muito longe, junto a Taryn e Leander, Oriana não brinda e, na verdade, parece estar considerando jogar o vinho no chão.

Bem, está tudo correndo às mil maravilhas.

Ele se vira para Wren e nota como ela ficou pálida.

Ele pensa no olhar abatido dela no navio e em como teve que carregá-la até a cama. Se Wren desmaiar agora, todo o trabalho que ela teve — o modo como se forçou a ficar ereta para descer da embarcação, essa interação com Jude — terá sido em vão. A Corte a verá como fraca. Oak odeia ter que admitir, mas a família dele pode enxergá-la da mesma maneira.

O TRONO DO PRISIONEIRO   223

Mas não tem como ela estar bem. Ela ficara fraca depois de quebrar a maldição dos reis trolls antes de eles partirem. Então Wren acabou com aquele monstro, e agora isso. Ele lembra das palavras da Mãe Marrow, sobre o poder de bruxa de Wren, um poder de criação, ter sido virado do avesso.

— Eu gostaria de ter um momento a sós com minha noiva — declara Oak, estendendo a mão para ela. — Talvez uma dança.

Wren olha para ele com intensidade. Ele a colocou em uma posição delicada. Ela não pode recusar, e ao mesmo tempo deve estar se perguntando por quanto tempo mais conseguirá se manter de pé.

— Logo será a hora de comer — contrapõe a mãe dele, tendo se aproximado sem Oak perceber.

O príncipe faz um gesto, dispensando o comentário.

— É um banquete, e agora que o brinde foi feito, não precisamos ficar aqui para desfrutar de todos os pratos.

Antes que mais alguém possa opinar, ele coloca o braço ao redor da cintura de Wren e a conduz para a pista de dança.

— Talvez — começa Oak, quando deram alguns passos —, possamos ir até o canto e nos sentar um pouco.

— Eu vou dançar — afirma ela, como se aceitasse o desafio dele.

Não foi a intenção dele, mas a sugestão foi tão péssima que poderia muito bem ter sido.

Praguejando a si mesmo, ele pega a mão dela. Os dedos de Wren estão gelados, e ela aperta a mão dele com força. Ele consegue sentir como ela se obriga a relaxar.

Oak a conduz seguindo os passos que ensinou, lá na Corte das Mariposas. A dança não é exatamente apropriada para a música, mas pouco importa. Ela se lembra pouco dos passos, e ele pouco se importa. A pele dela está com a aparência pálida de cera, assim como no navio. O mesmo tom arroxeado ao redor da boca e dos olhos.

Ele a pressiona junto ao próprio corpo para que ninguém mais perceba.

— Vou ficar bem já, já — diz Wren quando ele a gira nos braços.

Ela erra um passo, e ele a segura, mantendo-a na vertical.

— Vamos nos sentar em um lugar reservado — sugere ele. — Descanse um momento.

— Não — responde ela, embora Oak esteja sustentando o peso todo dela agora. — Eu já estou vendo o jeito que eles estão me olhando.

— Quem?

— Sua família. Eles me odeiam. Querem que eu suma daqui.

Ele quer negar, mas se força a considerar o que ela está dizendo. Ao ponderar, ele se movimenta ao longo da dança, uma das mãos na cintura dela, a outra às costas, erguendo os pés dela do chão, pressionando o corpo de Wren contra si. Contanto que ela não desmaie, contanto que a cabeça dela não penda para baixo, vai parecer que estão se movendo juntos.

Os temores de Wren não estão de todo errados. A mãe dele cuspiria nos pés da nora se encontrasse um modo de fazer isso sem ferir o senso rígido de etiqueta social. E embora Jude pareça indecisa, ela própria mataria Wren se achasse que tal morte protegeria as pessoas importantes para ela. Jude nem precisaria desgostar da noiva de Oak para matá-la.

— Minha família acha que precisa me proteger — afirma ele, e as palavras deixam um gosto amargo na boca.

— De mim? — pergunta ela, com o rosto não mais parecendo tão pálido e abatido.

Ela até parece achar um pouco de graça.

— Do mundo cruel e terrível.

Ela curva um canto da boca, o olhar focado nele.

— Eles não sabem do que você é capaz, então?

Oak respira fundo, tentando elaborar uma resposta.

— Eles me amam — afirma ele, sabendo que isso não basta.

— Quantas pessoas sua irmã Jude acha que você matou?

Havia o guarda-costas que se virou contra ele. Não tinha como esconder aquilo. E o duelo que ele travou com o outro amante de Violet. *Dois*. Jude poderia ter adivinhado alguns outros, mas ele não acha que tenha sido o caso.

Lógico, ele não queria que ela adivinhasse nada. Então por que isso o incomodava tanto? E quantas pessoas ele tinha matado *de verdade*? Duas dezenas? Mais?

— E seu pai? — pergunta Wren quando ele fica calado.

— Ele sabe de mais coisa — revela Oak, o que é em si uma traição.

Esse é o problema de ser filho de Madoc. O barrete vermelho entende as pessoas e, mais do que tudo, entende os filhos. Quando não está consumido pela ira, ele é muito perspicaz.

Ele enxerga em Oak o que ninguém mais vê. Enxerga o desejo desesperado e impossível de retribuir tudo o que deve à família. Madoc já usou isso para manipular Oak? Ah, com toda a certeza. Muitas vezes.

Oak sorri para Wren.

— *Você* sabe do que sou capaz.

— Um pensamento terrível — afirma ela, mas não parece desgostar da ideia. — Eu deveria ter entendido melhor... o que você fez pelo seu pai e por quê. Eu queria que tudo fosse simples. Mas minha ir... Bex... — Wren começa a engasgar e para de falar.

— Quer uma bebida? Um vinho aguado?

Ela abre um sorriso trêmulo em resposta.

— Um cálice só com água, se não for ofender ninguém. Parece que o que bebi durante o brinde já fez efeito.

Os dois sabem que essa não é a razão para ela estar fraca, mas ele prossegue com a desculpa.

— Lógico. Você...

— Eu já consigo ficar em pé.

Ele os conduz para perto de uma cadeira, então a coloca firme no chão. Pelo menos, ela pode se segurar no encosto da cadeira. Ele se lembra de como estava fraco depois de sair das masmorras da Cidadela. Ter algo em que se apoiar ajudou.

Então, deixando-a com relutância, ele vai na direção da mesa mais próxima onde estão servidas as bebidas. Ainda estão trazendo as comidas da cozinha, mas, na Grande Mesa, a maioria das pessoas já está sentada.

Enquanto coloca água em uma taça, ele percebe que alguns cortesãos rodearam Wren e parecem dispostos a cair nas graças dela. Ele a observa abrir um sorriso educado, além de estreitar os olhos e ouvir o que dizem.

Ele não consegue afastar as palavras de Madoc: *Eles vão se aproximar de sua rainhazinha hoje à noite. Vão se apresentar e massagear o ego dela, vão tentar fazer amizade com o pessoal dela e elogiá-la. E então vão tentar mensurar exatamente o quanto odeia o Grande Rei e a Grande Rainha.*

— Príncipe — cumprimenta Fantasma, colocando a mão no ombro de Oak e o fazendo se sobressaltar. — Preciso falar com você um instante.

Oak levanta as sobrancelhas.

— Eu não perguntei a Taryn sobre Liriope ainda, se esse for o assunto.

Garrett não retribui seu olhar.

— Outras coisas exigiram minha atenção também. Acabei ouvindo algo, e venho procurando mais informações, mas quero te alertar para não sair perambulando por aí sozinho. Leve Tiernan com você. Nada de encontros amorosos nem atos de heroísmo. Nada de...

Fantasma para de falar quando Jack dos Lagos se aproxima. O kelpie parece tão aliviado e sério quanto quando jurou lealdade a Oak.

— Perdoem-me pela interrupção — diz o kelpie. — Ou não. Eu não dou a mínima. Preciso da atenção do príncipe.

— Você é bem atrevido — rebate Fantasma.

— Eu costumo ser — confirma Jack com um tom sedoso.

Provavelmente. que o kelpie não saiba que está provocando um assassino de primeira. Provavelmente.

— Ouvi seu alerta — diz Oak ao Fantasma.

Fantasma suspira.

— Eu vou ter mais informações amanhã, embora talvez não seja o que queira ouvir.

E então ele sai de novo para se misturar à multidão.

O príncipe dá uma olhada em Wren. Ela está falando com outro cortesão, a mão bem firme nas costas da cadeira.

O TRONO DO PRISIONEIRO   227

Oak volta a atenção ao kelpie.

— Acho que consigo adivinhar o propósito dessa conversa. Sim, eu vou ajudar. Agora, preciso voltar para perto da minha noiva.

Jack faz um som de escárnio.

— Eu não vim reclamar. Sua irmã me aterrorizou só um pouco.

— Então o que quer?

— Vi uma reuniãozinha muito interessante ontem à noite — revela Jack. — Bogdana e um homem de pele dourada. Ele carregava um baú enorme. Abriu para mostrar a ela o que tinha dentro, então fechou de novo e levou embora.

Oak se lembra do bruxo de pele dourada da Cidadela. Foi ele quem não deu um presente à Wren.

— E você não sabe o que tinha dentro?

— Não, não sei, príncipe. Ele também não parecia o tipo que aceitaria de bom grado ser seguido por alguém como eu.

— Obrigado por me contar — diz Oak. — E é bom ver você.

Jack abre um sorriso.

— Bom ver você também, contudo eu estaria longe daqui se você pedisse a sua irmã que me libertasse.

Com isso, Oak ri.

— Então, no fim, você quer reclamar?

— Eu não quereria corromper sua bondade — responde Jack, olhando ao redor, desconfortável. — Nem que a bondade corrompida se volte contra mim. Porém, eu não estou muito confortável na sua casa.

— Vou falar com minha irmã — promete Oak.

Voltando para perto de Wren, ele vê Taryn conversando com Garrett. O olhar de Oak identifica Madoc em meio à multidão, apoiando-se com firmeza na bengala. Leander está contando uma história, e o barrete vermelho ouve o que o neto diz com uma aparente atenção absorta.

Oak então percebe como eles todos formam uma família estranha. Madoc, que assassinou os pais de Jude e Taryn... e, ainda assim, elas o consideram o próprio pai. Madoc, que quase matou Jude em um duelo.

Que poderia ter usado Oak para chegar ao trono e então governado por meio dele.

E Oriana, que era fria com as irmãs dele, até mesmo com Vivi. Que não confiou em Jude o suficiente para deixar Oak sozinho com ela quando eram mais jovens, mas que ainda assim pediu para que ela sacrificasse a vida para protegê-lo.

E Vivi, Taryn e Jude, uma diferente da outra, mas todas inteligentes, determinadas e corajosas. Então Oak, ainda tentando descobrir onde se encaixa.

Ao se aproximar de Wren, o príncipe pigarreia.

— Sua água — anuncia ele quando está perto, com um tom de voz alto o bastante para levar os cortesãos que a cercam a pedirem licença e se afastarem.

Ele ergue o cálice de água, que ela bebe com vontade.

— Vieram conversar comigo — explica ele como um pedido de desculpas.

— Comigo também — responde ela. — Devemos voltar à mesa da sua família.

Ele odeia o fato de ela estar certa, mas oferece o braço para conduzi-la.

Wren entrelaça o braço no dele, apoiando-se no príncipe com força.

— Quando você disse que me amava... — A frase começa como uma pergunta, uma que ela parece não conseguir completar.

— Uma pena eu não conseguir mentir — comenta ele, conduzindo-a pelo salão, agora com um sorriso fácil no rosto. — Eu espero que consiga ver a graça nos meus sentimentos. Eu vou tentar fazer o mesmo.

— Mas... você não quer vingança? — questiona ela, com a voz ainda mais baixinha.

Ele a olha depressa e leva um instante para escolher uma resposta.

— Um pouco — admite, enfim. — Eu não me importaria se houvesse uma inversão dramática em que era você que sofria e eu fosse frio.

Wren começa a rir, um som que parece expressar surpresa.

— Você é a pessoa menos fria que eu conheço.

Ele faz uma careta.

— Meu mundo caiu. Mais uma vez, que pena.

Ela para de sorrir.

— Oak, por favor. Cometi um erro. Já cometi vários e preciso...

Ele para.

— Precisa do quê?

Por um momento parece que ela vai responder, então balança a cabeça.

Nesse instante, os músicos param de tocar. O restante dos cortesãos começa a se encaminhar até as mesas de banquete.

Oak guia Wren até seu assento. Como era de se esperar, o cartão de mesa feito de folha com o nome dela está posicionado do outro lado, no lugar de honra, ao lado de Cardan. O assento de Oak fica dois lugares depois do de Jude, ao lado de Leander. Uma afronta.

Ele tem quase certeza de que aquela não era sua posição à mesa antes de ele partir.

Um criado aparece com tortas em formato de trutas.

— Vocês vão gostar disto aqui — diz Taryn a ele e a Leander. — Tem uma moeda dentro de um desses pratos, e, se encontrar, vai receber uma dádiva.

O Grande Rei está conversando com Wren, talvez também contando a ela sobre a moeda. Oak percebe o esforço que ela faz para não se encolher.

São servidas porções de cogumelo, grelhados e brilhando com molho doce. Em seguida, peras cozidas junto a bandejas de queijo. Bolinhos de semente. Creme doce e fresco. Favas, ainda dentro da casca. Mais tortas chiques. Têm o formato de cervos e falcões, espadas e coroas... cada uma com um recheio diferente. Perdiz com especiarias. Amoras e avelãs, abrunhos em conserva e fruto de malva silvestre.

Quando ele olha para Wren de novo, vê que ela está cobrindo a boca enquanto come, como se para esconder os dentes afiados.

Ouve-se um barulho na entrada, um tilintar de armas enquanto os guardas ficam a postos. A bruxa da tempestade chegou, com horas de atraso, usando um vestido preto esfarrapado, que está pendurado nela feito uma mortalha, e abrindo um sorriso bem ameaçador.

Bogdana enfia a mão na torta em formato de cervo. Quando ela a ergue, a mão está manchada de vermelho com o sumo dos abrunhos, e os dedos seguram uma moeda.

— Eu quero minha dádiva, rei. Eu quero que Wren e seu herdeiro se casem amanhã.

— Você pediu três dias — lembra Cardan. — E nem isso confirmamos.

— E três dias serão — insiste Bogdana. — Ontem foi o primeiro, e amanhã será o terceiro.

Oak endireita a postura na cadeira e olha para o outro lado da mesa, esperando que Wren dê um fim àquilo. Esperando que ela diga que não quer se casar com ele.

Ela foca o olhar no dele, e há algo semelhante a súplica nos olhos dela. Como se quisesse partir o coração dele em público e ao mesmo tempo ter a garantia de que ele não ficaria ressentido com ela.

— Vá em frente — diz ele sem emitir som.

Mas ela continua calada.

Jude e Cardan se entreolham, então ela se levanta e ergue a taça, virando-se para Oak.

— Hoje, desfrutamos do banquete em celebração ao seu noivado. Amanhã, teremos a caçada à tarde, e em seguida o baile em Insear. Ao fim da noite, farei uma pergunta à sua noiva sobre você. Se ela errar, você vai adiar o casamento por sete dias. Se ela acertar, casaremos vocês dois na mesma hora, se ainda for da sua vontade.

Bogdana fecha a cara e abre a boca para responder.

— Eu concordo com esses termos — afirma Wren com suavidade antes que a bruxa da tempestade possa falar em seu nome.

— Eu também — confirma Oak, embora não o tenham perguntado nada. Ainda assim, aquilo é tudo um teatro. — Considerando que seja eu quem formule a pergunta para a minha noiva.

Wren parece entrar em pânico. A mãe dele parece estar com vontade de enfiar o próprio garfo no olho do filho. A expressão de Jude é indecifrável, de tão rígido que está seu rosto.

Oak sorri e segue sorrindo.

Ele não acha que Jude vá contradizê-lo em público. Não depois que Bogdana atraiu tamanha atenção a eles.

— Que assim seja, irmão — concorda a irmã, voltando a se sentar. — A escolha será sua.

CAPÍTULO 18

Logo depois disso, Wren se levanta e pede licença para se retirar.
A caminho da saída, ela para perto de Oak e sussurra no ouvido dele:
— Me encontre no jardim à meia-noite.

Com um leve tremor, ele confirma com a cabeça. Ela já está se afastando da mesa, tocando depressa o ombro dele com os dedos antes de ir embora. A bruxa da tempestade a nota saindo, levanta-se e a segue, a ameaça transbordando em seus movimentos.

Oak tem dois encontros marcados. O zênite da lua de hoje acontece mais ou menos uma hora depois da meia-noite, então os horários ficam um pouco apertados demais para que seja confortável ir de um para o outro. Mas ele não faz nada a não ser concordar em ver Wren. Quando estavam sozinhos na pista de dança do palácio, parecia que eram amigos de novo. E era evidente que havia algo errado. Wren disse que cometera erros... Aquilo teria a ver com permitir que Bogdana a acompanhasse? A bruxa da tempestade quer que eles se casem, e logo, mas ele não sabe ao certo por que Wren não contou a ela que isso não aconteceria. Será porque o poder de Wren está tão fraco que ela tem medo de perder se tiver que lutar?

Ele pode adiar o casamento com facilidade. Sugerir uma pergunta que ela não sabe responder... ou sugerir de modo que possibilite que ela finja dar a resposta errada.

O TRONO DO PRISIONEIRO 233

Quem é minha irmã favorita?

Qual é minha cor favorita?

Você algum dia poderá me perdoar?

Certo, talvez não a última pergunta.

Pela visão periférica, ele percebe que Tiernan foi para perto de Hyacinthe. Os dois ficaram perto da Grande Mesa durante o jantar, e Hyacinthe não seguiu Wren. Em vez disso, ficou para trás, parecendo não saber o que fazer.

— Eu quero você — diz Tiernan ao outro homem, e o príncipe escuta.

Oak se sente constrangido de ouvir a conversa, mas também fica surpreso com uma confissão tão direta. Mais parece uma acusação.

— E vai fazer o que a respeito? — pergunta Hyacinthe.

Tiernan ri com escárnio.

— Sofrer, imagino.

— Não está cansado disso? — Hyacinthe pode ter dito as palavras como uma provocação, mas, em vez disso, soa cansado. Um homem oferecendo uma trégua depois de uma longa batalha.

— O que mais eu posso fazer? — A voz de Tiernan é dura.

— E se eu dissesse que eu poderia ser seu? Ser seu e continuar com você.

— Eu nunca poderia competir com a sua ira contra Elfhame — rebate Tiernan.

— Bisbilhotando, príncipe? — pergunta Fantasma, sentando-se do outro lado de Leander.

Oak se vira para ele, culpado. Ele realmente queria ter ouvido o que Hyacinthe disse em seguida.

— Estou me comportando como você queria — declara Oak. — Não estou perambulando sozinho. Nada de atos de heroísmo. Nem um pouquinho de espionagem.

Garrett revira os olhos.

— Só se passaram algumas horas… e olhe lá. Se conseguir seguir o conselho pelo resto da noite, aí sim vou ficar impressionado.

234   HOLLY BLACK

Como Oak tem a intenção de sair escondido naquela mesma noite, não diz nada.

— Me mostre o truque — pede Leander ao Fantasma, interrompendo-os.

— Que truque?

O sorriso de Garrett é complacente. É surpreendente ver a mudança no comportamento dele. Por outro lado, Leander o conhece desde que nasceu. Garrett e Taryn ficaram próximos antes da Batalha da Serpente, talvez até antes da morte de Locke. Faz muito tempo que Vivi e Heather, e o próprio Oak, acham que eles são amantes, mas depois do primeiro casamento desastroso de Taryn, ela não admitira o caso em voz alta.

— Aquele com as moedas.

Oak sorri. Ele conhece alguns truques desse tipo. O Barata o ensinou quando era um pouco mais velho que Leander.

Garrett põe a mão no bolo e saca uma moeda prateada. Contudo, antes que ele possa demonstrar, Madoc se aproxima, apoiando-se na bengala preta retorcida.

— Meus meninos — cumprimenta o barrete vermelho, colocando a mão na cabeça de Leander.

O garoto se vira e sorri para ele.

Fantasma coloca a moeda diante de Leander.

— Por que você não treina e me mostra o que aprendeu — orienta ele, levantando-se.

— Mas... — reclama o garoto, um lamento na voz.

— Eu mostro o truque amanhã.

Com um olhar duro para Madoc, ele se afasta da mesa.

Oak franze a testa. Ele não fazia ideia de como Fantasma ficava desconfortável perto de Madoc, mas é lógico... o barrete ficou exilado por anos. Oak nunca os tinha visto juntos. Leander pega a moeda, mas não faz nada com ela.

— Então você vai mesmo seguir com esse casamento? — pergunta Madoc ao príncipe.

O TRONO DO PRISIONEIRO   235

— Vamos descobrir amanhã.

E Oak vai ficar parecendo mais do que nunca o cortesão instável e volúvel quando fizer à Wren uma pergunta que ela não sabe responder e adiar o casamento deles.

O barrete vermelho arqueia as sobrancelhas.

— E você já se perguntou por que a bruxa da tempestade é a favor da união de vocês?

Verdade seja dita, o pai acha que ele é um tolo.

— Se você sabe, talvez devesse me contar.

Madoc olha na direção em que Fantasma saiu.

— Com sorte, os espiões da sua irmã vão descobrir algo. Contudo, existem coisas piores do que aprender a governar o norte gelado.

Oak não discute. Está cansado de discutir com o pai.

Quando Madoc se vai, porém, Oak mostra a Leander todos os truques com moedas que sabe. Faz o disco prateado correr por cima dos dedos, faz o objeto desaparecer atrás da orelha da criança, e então reaparecer na taça de néctar.

— Por acaso pareceu que Garrett não gosta do vovô? — questiona Oak, entregando a moeda.

Leander tenta fazer a moeda rolar pelos dedos, mas ela desliza e cai no chão. Ele salta da cadeira para pegar o disco.

— Ele sabe o nome dele — responde o garoto.

Por um instante, Oak não sabe se ouviu direito.

— O nome dele?

— O nome secreto de Garrett.

— E como você sabe disso? — Oak deve ter falado de forma incisiva demais, porque Leander parece assustado. O príncipe ameniza a voz. — Não, você não fez nada de errado. Só fiquei surpreso.

— Eu o ouvi conversando com a mamãe.

— Fantasma é o nome secreto dele? — pergunta Oak, só para ter certeza.

Leander nega com a cabeça.

— Esse é só o codinome.

Oak assente e mostra o truque a Leander de novo, sua mente girando. Não havia motivo algum para Garrett dizer a Madoc o nome verdadeiro.

Por outro lado, as palavras que Fantasma disse no navio voltam à mente do príncipe: *Mas sei de uma coisa. Locke tinha a resposta que você procura. Ele sabia o nome de quem a envenenou, e olha aonde isso o levou.*

Será que Locke tinha contado à Taryn durante o casamento desastroso deles? Será que tinha contado a Madoc? Mas não... com certeza Fantasma não teria perdoado isso. Talvez Locke tivesse confidenciado diretamente o nome a Madoc... Mas por quê?

Oak olha para o outro lado da mesa, para Taryn, que conversa com Jude. Não importava como tinha acontecido. O que importava era o que significava.

Eles sabiam que fora Garrett quem matara a mãe de Oak. Que tinha dado a ela o cogumelo amanita. A ira faz Oak tremer, ao mesmo tempo ardente e gélida.

Eles acharam que ele não merecia uma resposta? Que ele era só uma criança?

Ou não contaram a ele porque não achavam que o que Garrett tinha feito era errado?

À meia-noite, os jardins ficam cheios de plantas que desabrocham à noite, banhadas pelo luar. A pele azul de Wren tem o mesmo tom das pétalas de uma flor e, ao entrar na clareira, ela parece mais distante do que uma estrela no céu.

Oak ainda está se recuperando do que descobriu. Da ideia de que alguém que ele conhece — alguém de quem gosta — tentou matá-lo. Da traição de sua família.

— Você queria me encontrar? — pergunta ele à Wren, ponderando se sequer deveria ter aparecido ali, no estado em que está.

— Queria — confirma ela com um sorriso travesso. — Quero.

Ele se lembra de como foi ser criança com ela. Sente uma leve vontade de propor um jogo. Ele se pergunta se conseguiria fazê-la sair correndo solta pela grama com ele.

— Foi errado prender você nas masmorras — afirma ela.

É uma frase tão inesperada que ele ri.

Ela faz uma careta.

— Pois bem, admito que isso é óbvio.

— Não vou te julgar — responde ele. Não quando tinha as mãos manchadas de sangue. — Isso significa que você me perdoa?

Ela ergue a sobrancelha, mas não nega.

— Em vez disso, devo dizer que enfim estamos em paz?

Com isso, consegue fazê-la sorrir.

— Paz?

— Nem isso?

Oak coloca a mão no peito, como se estivesse ferido. Sob os dedos, consegue sentir o martelar do coração.

— Eu não sou uma pessoa pacífica — contrapõe ela. — Nem você.

Ele ama o fato de ela saber que ele não é pacífico. Ama que ela não pense nele como alguém bom. Oak não sabe como, mas desde o primeiro momento ela pareceu reconhecer nele algo que ninguém mais reconhece: o âmago de rigidez, a frieza.

Ele nunca a convenceu de que era um herói. Talvez quase a tenha convencido de que era um tolo, mas não por muito tempo. Ela viu o que existia por trás da encenação e dos sorrisos dele. Ouviu os enigmas e as intrigas que os lábios de mel dele tentavam ocultar.

E assim, quando Wren o beijou, Oak sentiu que *ele* estava sendo beijado. Talvez pela primeira vez.

E Oak adora o jeito que ela o observa agora, como se estivesse fascinada por ele. Como se fosse atraída por ele. Como se ele tivesse uma chance.

Mesmo que ela não queira se casar com ele. Mesmo que não o ame.

Wren inspira fundo.

— É lindo aqui fora.

Oak olha ao redor do jardim cheio de flores. Prímula da noite em um tom de dourado, tapetes de flocos da noite com petalazinhas brancas, pálidas flores da lua, matiolas roxas com aroma da noite e as grandes flores prateadas do mandacaru. Ele pega uma delas.

— Sabia que chamam esta aqui de dama-da-noite?

Wren nega com a cabeça, sorrindo.

— Sonhei com este lugar algumas vezes.

Ele pensa no comentário dela sobre criar novos pesadelos e fica calado. Quando ela olha para ele, uma vulnerabilidade marca a expressão de Wren, embora a voz dela fique dura com uma raiva repentina.

— Você poderia ter me mantido aqui, em Elfhame, mas deixou sua irmã me mandar embora. — Wren volta o olhar à flor, de modo a falar com a planta em vez de com ele. — Você me deu o primeiro lugar seguro, o *único* lugar seguro que tive depois que me roubaram da minha não família, e então tirou isso de mim.

Ele quer contrapor insistindo que a *ajudou*, que interveio junto à irmã dele, que a escondeu da Corte dos Dentes. Contudo, ainda que tivesse feito tudo isso, não continuou fazendo essas coisas. Ajudou um pouco, e, tendo cumprido isso, presumiu fizera o bastante.

— Nunca pensei que você não tinha uma casa para a qual voltar.

Ele não entendeu. Não perguntou.

— Eu virei um tédio para você — acusa ela, mas sem muita intensidade na voz.

Oak percebe que ela acredita nisso, e que acredita faz muito tempo. Talvez ela nem o condene por isso.

— Eu a teria mantido escondida no meu quarto para sempre se achasse que era o que você queria. Pensei muito em você desde então. O que você deve saber, considerando que apareci na sua floresta alguns anos depois.

Fica evidente que ela quer retrucar.

— E você *me mandou embora* — finaliza ele, observando a exasperação na expressão dela.

O TRONO DO PRISIONEIRO   239

— Você acha que fiz isso porque não gostava de você?

Ele a encara.

— Eu fiz isso para te ajudar! Se tivesse ficado na floresta comigo, a melhor coisa que poderia ter acontecido era sua família ir buscar você e arrastá-lo de volta para Elfhame. Eu perderia você de novo, e você não ganharia nada com isso.

— Então você achou... — começa ele, mas ela o interrompe.

— E a pior coisa que aconteceria, a mais provável, seria que um dos inimigos sobre os quais me contou o encontrasse. E aí você acabaria morto.

A lógica dela é preocupante de tão sólida, ainda que ele não goste de admitir. Ele deve ter parecido todo dramático, surgindo na mata daquele jeito. Bem dramático e bem, bem, *bem* tolo. O tipinho mimado e ingênuo da realeza.

— E você não poderia ter me dito isso?

— *E se você não escutasse?* — berra ela.

O desespero na voz dela não condiz com a conversa que estão tendo.

— Eu estou ouvindo — afirma ele, confuso.

— Não é seguro. Nem naquela época nem agora.

— Eu sei disso.

— *Eu* não sou confiável — revela Wren. — Você não pode confiar em mim. Eu...

— Eu não preciso de segurança — diz ele, inclinando a cabeça para baixo e segurando o cabelo dela.

Wren não se mexe, olhando para ele com os lábios um pouco entreabertos, como se não pudesse acreditar no que ele está fazendo.

Então ele a beija. Como vem querendo fazer há dias, semanas, e pelo que parece ter sido a eternidade.

Não é um beijo cuidadoso. Ele sente os dentes dela em sua língua, os lábios secos de Wren. Sente as pontas afiadas das unhas dela afundando em seu pescoço e a sensação o faz se arrepiar. Ele não quer nada cuidadoso nem seguro.

Ele *a* quer.

Wren o puxa para baixo, e para baixo, até os dois ficarem de joelhos no jardim. O desejo deixa Oak tonto. Ao redor, as pétalas das flores da noite desabrocharam, e o aroma denso preenche o ar.

— Você quer…? — começa ele, mas ela já está levantando o vestido.

— Eu quero — confirma Wren. — Esse é meu problema. Eu quero, eu quero, eu quero.

— O que você quer? — pergunta ele com a voz suave.

— *Tudo*. Que me seduza, que me dilacere, que acabe comigo, que vá longe demais.

Oak estremece com as palavras, balançando a cabeça.

Ela continua, sussurrando contra a pele de Oak:

— Você não entende. Eu sou um abismo que nunca será preenchido. Sou fome. Sou necessidade. Não posso ser saciada. Se tentar, eu vou engolir você. Vou tomar tudo o que tem e ainda querer mais. Vou usar você. Vou te consumir até não restar nada além de uma carcaça.

— Então me use — sussurra Oak, com os lábios no pescoço dela.

Então a boca de Wren encontra a dele, e ninguém diz mais nada por um bom tempo.

Wren está com o corpo colado no dele, deitada com a cabeça apoiada em seu braço, quando o movimento entre os galhos o faz entrar em alerta.

— Tem alguém vindo — declara Oak, esticando as mãos para pegar a calça e a faca.

Wren se levanta em um pulo, ajeitando o vestido e tentando disfarçar que esteve rolando na grama.

Por um instante, eles se entreolham e abrem sorrisos de orelha a orelha. Há algo de muito bobo neste momento, em correr para se vestir antes de serem flagrados. Nenhum dos dois pode fingir qualquer coisa além de alegria.

— Vossa Alteza — cumprimenta Lady Elaine, observando a cena com a testa franzida ao entrar na clareira. — Vejo que tinha encontros planejados até demais para esta noite.

As palavras fazem o sorriso de Oak desaparecer. Ele deveria tê-la encontrado, e não prestou atenção ao zênite lunar. Não prestou atenção a mais nada que não fosse Wren. Não se importou com conspiradores, maquinações ou mesmo com as mentiras de sua família.

Depois de anos fazendo contorcionismos para atrair o pior que existia em Elfhame, ele simplesmente se *esqueceu* de ser essa pessoa.

— O nascer da lua, o nascer do sol, o alvorecer, o anoitecer, os zênites — murmura ele da maneira mais leviana que consegue. Se uma coisa poderia piorar a situação, seria ele agindo como se tivesse sido pego no *flagra*. — Infelizmente, eu não consigo ser muito preciso quanto aos horários imprecisos. Peço desculpas. Espero que não tenha esperado por muito tempo.

Wren olha de Lady Elaine para Oak, sem dúvida tirando as próprias conclusões.

— Você é a garota da Corte dos Dentes — comenta Lady Elaine, a parte membranosa das asas ficando nítida ao luar.

— Eu sou a rainha do que outrora foi a Corte dos Dentes. — A expressão de Wren parece pedra, e apesar de o vestido dela estar aberto às costas e de haver folhas emaranhadas em seu cabelo, ela parece bem assustadora. — Noiva do Príncipe de Elfhame. E você, quem é?

Lady Elaine parece abismada, como se tivesse mordido uma pera e encontrado uma infestação de formigas. Ela vai até Oak e entrelaça o braço no dele.

— Eu sou Elaine. *Lady* Elaine, uma cortesã da Corte das Mariposas, no oeste, e uma antiga amiga do príncipe. Não é?

— Apesar de todo o trabalho que dou a ela — concorda Oak, evitando confirmar qualquer coisa de forma explícita.

Wren abre um sorriso frio.

— Acho que vou retornar ao banquete. Pode fechar as costas do meu vestido?

Lady Elaine lança um olhar fulminante a ela.

— Certamente.

Oak precisa esconder o sorriso enquanto vai para trás de Wren e amarra as fitas do vestido.

Ao fazer menção de ir embora, ela olha de novo para Lady Elaine.

— Eu espero que ele lhe dê ao menos metade do prazer que me deu.

Oak precisa engolir a risada.

Depois que Wren vai embora, Lady Elaine se volta a Oak, com as mãos na cintura.

— Príncipe — diz ela, mais severa do que qualquer um dos professores na escola do palácio.

Ele está tão cansado de ser tratado como um tolo, como se precisasse de... o que Randalin disse sobre Wren... de "uma ajudinha". Talvez ele seja um tolo, mas é outro tipo de tolo.

— Não havia muito o que eu pudesse fazer — explica ele, dando de ombros, escolhendo as palavras com cuidado. — Ela é minha noiva, afinal. Não é a coisa mais fácil do mundo se livrar de alguém.

Lady Elaine relaxa um pouco o aperto na boca, embora não vá deixar que ele escape dessa com tanta facilidade.

— Você espera que eu acredite que você queria se livrar dela?

Bem, seria *conveniente* se ela acreditasse.

— Eu não queria ofendê-la — afirma Oak, como se tivesse entendido errado. — Mas você ia me apresentar aos seus amigos... e, bem, faz muito tempo que não vejo você.

— Talvez seja hora de explicar esse noivado.

— Aqui, não. — É estranho demais ficar no lugar em que esteve com Wren e tentar enganar Lady Elaine a respeito dela. — Para onde ia me levar?

— Ia levar você para encontrar os outros às margens da Floresta Torta — responde ela, andando com ele enquanto Oak segue por um dos caminhos no jardim. — Mas eles já devem ter ido embora há tempos. Isso é perigoso, Oak. Eles estão se arriscando muito por você.

O TRONO DO PRISIONEIRO   243

Ele percebe que Lady Elaine não disse "pelo seu bem", ainda que ele tenha certeza de que é assim que ela quer que Oak entenda.

— Wren é poderosa — retruca ele, odiando a si mesmo. — E seria útil.

— Já usaram esse argumento comigo antes — comenta Lady Elaine com amargura, para a surpresa dele. — Que era inteligente da sua parte firmar essa aliança, e que ter a bruxa da tempestade com ela nos coloca em uma posição melhor.

Por um momento, ele fica tentado a explicar que Bogdana jamais vai ficar ao lado de alguém da linhagem dele, mas de que adiantaria? Melhor que ela acreditasse em qualquer coisa que a fizesse aceitar Wren e, assim, o levasse até os outros conspiradores.

— Ela vai te fazer infeliz — continua Lady Elaine.

— Nem todas as alianças são felizes — rebate Oak, segurando a mão dela.

— Mas você — diz ela, colocando a mão na bochecha dele. — Você, que tem tão pouca experiência com sacrifícios. Que sempre pareceu ser cheio de alegria. Como vai aguentar quando não estiver mais tão alegre?

Ele ri alto, então precisa pensar depressa em um motivo para justificar.

— Viu? Eu ainda consigo ser alegre. E vou continuar alegre, mesmo se eu e ela nos casarmos.

— Talvez esse plano esteja exigindo muito de todos nós — diz Lady Elaine, então ele entende.

O plano dela, ficar ao lado dele, no mínimo como uma governante consorte, cairia por terra se ele se casasse com Wren. Se Lady Elaine não pode exercer tal papel, então não quer arriscar o próprio pescoço.

Ele se vira para ela, sentindo surgir uma espécie de desespero. Se ela desistir, então os conspiradores vão sair em debandada feito ratos voltando aos buracos, e ele não descobrirá nada.

Oak pode consertar tudo, pode usar os lábios de mel com ela. Ele sente as palavras na ponta da língua, prontas para saírem. Se disser as coisas certas, se a puxar para os próprios braços, então ela acreditará no plano de novo. Conseguirá convencê-la de que Wren não significa nada, que será o conselho dela que tomará a atenção dele quando ocupar o trono. Ele pode até persuadi-la a levá-lo aos conspiradores, mesmo que não esta noite.

Mas se não fizer nada, então ela desistirá da traição. Talvez o plano caia por terra, torne-se apenas uma conversa descontente e fútil, nada mais. Aí ela não será trancafiada em uma torre ou amaldiçoada a virar uma pomba ou executada em um espetáculo público.

Ele aperta a mão dela, abre um último sorriso triste. Talvez aquilo possa acabar e todos possam viver.

— Talvez você esteja certa — diz ele por fim. — A tristeza não combina comigo.

CAPÍTULO 19

Oak acorda com o coração apertado. Enquanto fica enrolando, bebendo algo semelhante a café e feito de dente-de-leão tostado e remexendo um prato de bolinhos de nozes, sua mente está a toda. Ele pensa em Wren em seus braços, os olhos brilhantes e os dentes afiados, beijando-o como se pudessem entrar um na pele do outro, depois pensa em Lady Elaine e na reviravolta de seus planos, então retorna para o que descobriu sobre Fantasma.

Que envenenou a mãe de Oak.

Que envenenou a mãe de Oak para que ele morresse.

Como o Fantasma podia sequer *olhar* para Oak quando, se não fosse por Oriana, se não fosse por *pura sorte*, ele poderia ter sido o assassino do príncipe?

Oak fica irritado ao se lembrar de Taryn e Jude o observando no treinamento, deixando Fantasma dar tapinhas no ombro dele ou reposicionar seu braço para brandir uma espada.

De algum modo, é a traição de Taryn a que mais machuca Oak. Jude sempre foi condicionada pela posição e pela política, enquanto Madoc era condicionado pela própria natureza. Oak pensava em Taryn como a de coração bom, a que queria um mundo mais gentil.

Talvez ela só quisesse um mundo mais fácil.

Oak chuta a mesinha com o casco, lançando o bule de café e a bandeja no chão. A louça se espatifa e os bolinhos voam para todos os lados. Ele chuta de novo, quebrando uma das pernas de madeira e fazendo a coisa toda desabar.

Se a mãe dele entrasse ali, franziria a testa, o chamaria de infantil ou petulante. Invocaria os criados para limpar a bagunça e ignoraria o motivo da raiva dele.

É isso o que sua família faz: ignora tudo que é desconfortável, foge dos assuntos sobre traições e assassinatos, disfarça manchas de sangue e duelos, varre os ossos para debaixo do tapete.

Desde que ele tinha idade o bastante para entender por que tinha que ser ele a colocar a Coroa de Sangue na cabeça de Cardan ou morar com Vivi e Heather no mundo mortal, longe dos pais, Oak não conseguia pensar nas irmãs sem estar ciente da dívida que tinha com elas. Os sacrifícios que fizeram por ele. Tudo o que nunca conseguiria retribuir. Por isso é novidade para ele pensar nelas e ficar *furioso*.

Então Oak volta a pensar em Wren: na expressão aterrorizada dela quando ele disse que a amava, no alerta dela na noite anterior, depois que ele a beijou, enquanto cravava as unhas em sua nuca.

Ele foi imprudente e leviano na Cidadela da Agulha de Gelo, determinado a conquistá-la apesar do perigo. E então elaborou um plano desesperado para evitar um conflito quando ficou evidente que Elfhame considerava Wren uma inimiga perigosa.

Quando ela concordou em ir para a terra natal dele, Oak pensou que ficar longe da Cidadela poderia *ajudar*. Por muito tempo, Wren ficou tão focada em sobreviver... e independentemente do que dizem sobre as ilhas, elas são repletas de vinho, música e outros prazeres lânguidos.

Mas desde que tinham chegado, ela estava diferente. Lógico, ele poderia dizer que ela estava diferente desde que o príncipe confessara seu amor por ela.

Você sempre foi esperto, disse ela ao pedir que ele rompesse o noivado. *Seja esperto agora.*

O TRONO DO PRISIONEIRO   247

Será que Wren acha que, se for ela a dar um pé na bunda dele, Elfhame tomaria a coroa de sua cabeça por partir o coração do príncipe?

E, ainda assim, ele não consegue se livrar da sensação de que havia algo mais grave que ela estava tentando dizer. Será que havia alguém tramando algo contra ela para impedir o casamento? Seria alguém da comitiva dela? Alguém da família dele? Ele não achava que poderia ser Bogdana, que defendia tão abertamente a união dos dois.

Ou talvez fosse a bruxa da tempestade, *sim*... Talvez Bogdana tivesse ameaçado Wren caso ela desviasse daquele caminho? Ainda assim, se fosse esse o caso, por que não contar de uma vez a Oak?

Alguém bate à porta. Um momento depois, ela se abre e Tatterfell entra. Ela franze a testa, os olhos escuros analisando a mesa destruída.

— Deixe isso aí — diz ele. — E deixe o sermão de lado também.

Ela comprime os lábios. Tatterfell foi uma criada na residência de Madoc, para quitar alguma dívida, então se mudou para o castelo com Jude, possivelmente para servir de espiã para o pai deles. Ele nunca gostou muito dela, que é impaciente e chegada a beliscões.

— A caçada é hoje — anuncia ela. — E logo depois aquela farsa em Insear à noite. Há cabanas onde pode se trocar, mas precisamos escolher as vestimentas para levar.

— Eu não preciso da sua ajuda nisso.

As palavras *aquela farsa em Insear* ficam ecoando na mente de Oak.

A pequena fada olha para ele com os olhos pretos brilhantes.

— Você deveria se vestir como quem espera trocar votos, mesmo que a chance de isso acontecer seja mínima.

Ele franze a testa para Tatterfell.

— Por que acha isso?

Ela faz um som de escárnio, indo na direção do armário e pegando uma túnica de um tecido bordô com folhas douradas bordadas e uma calça marrom escura.

— Ah, não me diz respeito especular sobre os planos dos meus superiores.

— Mesmo assim — retruca Oak.

— Mesmo assim, se eu fosse Jude — prossegue Tatterfell, sacando roupas de montaria cinza —, talvez gostaria de casar você com a nova rainha do Reino Submarino. Seria uma aliança melhor, e se *não* se casar com ela, a aliança vai ser com outra pessoa.

O príncipe se lembra da disputa pela mão de Nicasia da qual ouviu falar. A que Cirien-Cròin tentou evitar com o ataque.

— Cardan a cortejou, não?

Tatterfell fica calada por um momento.

— Outro bom motivo para sua irmã casar você com ela. Além disso, ouvi dizer que ela descartou o Grande Rei para ficar com Locke. Você se parece um pouco com ele.

Oak faz uma carranca enquanto ela insiste que ele dispa o camisolão.

— Jude não costuma esperar muito de mim.

— Ah, não sei. Ouvi dizer que o consideram um grande libertino.

Oak sente vontade de rebater, mas precisa levar em consideração que talvez Jude pense *sim* que o casamento de Oak com Nicasia seria possível e útil. Talvez parecesse *sim* uma boa solução para Cardan, que ouviu rumores de que Oak planejava traí-los.

E se Jude quisesse que ele entrasse na disputa para ser rei do Reino Submarino, aquilo a levaria a fazer algo contra Wren? Será que Jude a incitaria a desmanchar o noivado enquanto fingia permiti-lo? Incitaria Wren a esconder de Oak a intervenção... e teria poder o suficiente para afastar qualquer ameaça.

Bem, considerando os segredos que ela já guardou, se é o que está fazendo, ele nunca descobriria?

Usando vestes cinza, e após Tatterfell ter levado as roupas que vestirá à noite para Insear, Oak vai até o estábulo. De lá, ele iria a cavalo até o

Bosque Leitoso, onde pretende descobrir o verdadeiro motivo pelo qual Wren quer que seja o próprio Oak a romper o noivado.

Enquanto segue na direção da Donzelinha, ele encontra Jack dos Lagos esperando por ele. O kelpie está em sua forma humana, com vestes marrons e pretas, e tem um pouco de alga marinha escapando dos bolsos do casaco. Ele usa uma argola dourada surrada pendurada na orelha.

— Oi — cumprimenta Jack, afastando o cabelo dos olhos.

— Peço desculpas — diz Oak, colocando a mão na espada feito agulha presa ao cinto. — Eu ainda não consegui falar com minha irmã a respeito de sua libertação.

Ele dá de ombros.

— Eu tenho mais obrigações para com você do que você comigo, príncipe. Vim colocar parte delas em prática, se me permite.

— Observando outro encontro clandestino?

— Eu sou um corcel. Pode subir nas minhas costas, e vamos galopando juntos para a caçada.

Oak franze a testa, considerando. Jack é imprevisível e fofoqueiro, mas o juramento que fez a Oak foi sincero. E no momento Oak sente que tem poucos aliados. Ter alguém em quem confiar *na maioria das vezes* parece uma dádiva.

— Preocupado com alguma coisa?

— Não gosto deste lugar — responde Jack.

— É um ninho de serpentes — concorda Oak.

— Parece bem difícil identificar quais cobras são amigáveis e quais não são.

— Ah. São todas cobras amigáveis até tentarem picar você.

— Talvez você não vá precisar de mim hoje — comenta o kelpie. — Mas se precisar, vou estar lá.

Oak concorda com a cabeça. A preocupação de Jack deixa as preocupações do próprio Oak ainda mais legítimas. Ele pega uma sela.

— Você não se incomoda mesmo?

— Contanto que não coloquem arreio nenhum na minha boca — responde Jack, transformando-se assim que termina de falar.

Onde outrora estava um garoto, agora havia um cavalo preto de dentes afiados. O brilho da pelagem é de um tom de verde-escuro, e a crina ondula que nem água.

Oak sobe às costas dele e sai cavalgando. Tiernan o espera do lado de fora do estábulo do palácio, montado em um corcel branco. Ele dá uma olhada em Jack e ergue as sobrancelhas.

— Perdeu a cabeça, confiando nele de novo?

Oak se lembra do que prometeu a Hyacinthe na Cidadela: a mão da pessoa responsável pela morte de Liriope. E o príncipe pensa em Tiernan, que ficará infeliz caso ele dê isso a Hyacinthe — considerando que ele consiga fazer isso. Pondera como seria horrível e pensa nas consequências.

— Ah, não se preocupe — retruca Oak. — Nem sei se eu ainda confio em alguém. Nem mesmo em mim.

Eles chegam ao Bosque Leitoso, cavalgando sob galhos prateados cobertos de folhas descoloridas. Ali, os nobres da Corte estão reunidos, trajando suas roupas de montaria. Cardan está montado em um corcel preto com flores trançadas na crina. Está usando um gibão com colarinho alto, com um desenho entrecruzado na costura do tecido escuro. A não ser pelos botões brilhantes no formato de besouro, está bem contido.

Taryn está toda de lilás (uma jaqueta com mangas compridas de tulipa, calça e bota), montada em um pônei malhado. Fantasma está ao seu lado usando cinza escuro, e, trajando a farda, de alguma forma parece mais um cavaleiro do que um companheiro.

Oak sente uma onda de raiva. Uma raiva que ele sufoca. Por enquanto.

Ao lado do Grande Rei, Jude está na garupa de um sapo de montaria, usando um vestido da cor de leite desnatado com mangas bufantes. Por cima, veste um colete fino, bordado a ouro e com laços sobre o peito.

O TRONO DO PRISIONEIRO   251

Botas marrons na altura da panturrilha estão firmadas nos estribos. Não há uma coroa na cabeça, e o cabelo está puxado para trás.

Oak tenta interpretar a expressão e a linguagem corporal da irmã para decidir se ela está contra ele, se agiu contra a vontade dele e ameaçou Wren. Só que Jude é uma mentirosa perfeita. Não tem como ele saber, e perguntar seria mais que inútil. Ela simplesmente saberia que Wren revelou alguma coisa.

Enquanto pensa, ele percebe Cardan o observando. No momento, Oak não consegue explicar o verdadeiro papel dele nessa e em outras conspirações. Não consegue se deixar ser vulnerável na frente de qualquer um deles. E se começar a contar a história, Lady Elaine encontrará o mesmo destino que teria tido se não tivesse desistido da traição na noite anterior. É certo que ela será interrogada.

Ele se lembra da placa de pedra fria e de Valen pairando sobre ele, e estremece.

Quer poder confiar na irmã como já confiou. Quer poder ter certeza de que ela confia nele.

O príncipe se vira, seu olhar focando nos criados colocando cestas e cobertores sobre pôneis para o piquenique que os cortesãos farão quando ficarem entediados com a caçada.

— É basicamente impossível capturar o cervo prateado — afirma um homem usando um chapéu com uma pluma protuberante e carregando um arco. Ele está montado em um corcel castanho de cascos elegantes. — Ou qualquer outra coisa, com duas mortais entre nós. Elas vão fazer tanto barulho que assustarão as criaturas.

O propósito dele é que Jude escute, e ela escutou. A rainha abre um sorriso letal.

— Bem, sempre dá para caçar os pássaros nas árvores. Até uns falcões.

A referência aos soldados de Wren não passa despercebida. Alguns membros do Povo das Fadas parecem desconfortáveis. Outros, afoitos.

— Ou podemos tirar a sorte para jogar a brincadeira da raposa — continua ela com um sorriso. — É um bom esporte, e um que já pratiquei.

Eles não sabem, mas ela já *foi* a raposa. O homem com o chapéu da pluma parece nervoso.

— A simples cavalgada ao Bosque Leitoso já é prazerosa.

— Concordo totalmente — responde ela.

Randalin sopra uma corneta, convocando o grupo a se reunir.

Oak vê Lady Elaine sussurrando algo para Lady Asha, a mãe de Cardan. Quando o percebe, ela vira o rosto sem fazer contato visual com ele.

Um som chama a atenção do grupo, e as conversas cessam. Ele se vira e vê Wren e Bogdana chegarem cavalgando, não em corcéis, mas em criaturas encantadas a partir de varas, gravetos e espinheiros. Movem-se como cavalos, mas, por causa da estranheza, fazem Oak se lembrar de corcéis de erva-de-santiago.

Sem perceber, ele se inclina para trás, incitando que Jack se afaste. A presença das criaturas incomoda Oak, não apenas porque lutou contra criaturas parecidas, não porque são as feras de Lady Nore e conjuradas dos ossos de Mab, mas porque ele esteve a bordo do *Resvalador da Lua* e não as viu lá.

Mais um segredo.

Wren usa um vestido dourado-claro. Um véu preso por correntes cobre a cabeça dela, cravejado com águas-marinhas reluzentes. O objeto mantém o cabelo preso e cai pelas bochechas e pelo queixo, quase até a cintura. Ela segura as rédeas de um arreio feito por uma corrente fina que envolve a boca da criatura. Embora pareça majestosa e até pronta para um casamento, ela está franzindo a testa enquanto observa as próprias mãos, os ombros pendendo para baixo. Parece atormentada.

Por outro lado, Bogdana usa outra mortalha preta, toda surrada e com os farrapos flutuando com a brisa. Sua expressão parece bem satisfeita.

A chegada delas causa murmúrios de admiração. Os cortesãos fazem *ohhh* e *ahhh* para as criaturas feitas de espinheiros, passando as mãos pelos flancos de graveto.

Ele pode não conseguir respostas da irmã, mas isso não significa que não vá conseguir respostas. Pressionando o joelho com gentileza no flanco do kelpie, ele o conduz até Wren.

O TRONO DO PRISIONEIRO   253

— Esse é...? — começa Wren, franzindo a testa.

— Jack dos Lagos — confirma Oak, dando tapinhas no pescoço do kelpie. — Uma ótima criatura.

Wren curva a boca no que poderia virar um sorriso, mas a expressão logo some.

— Hoje vou precisar perguntar algo a você — diz Oak. — E se for impossível responder de maneira incorreta ao que perguntarei?

— Você me manteria presa a um casamento contra a minha vontade?

Nada no tom dela remete à noite anterior, aos corpos entrelaçados e às respirações entrecortadas. Aos pedidos eloquentes e sussurrados dela.

Ele se sente culpado por não estar dizendo a verdade. Ele não a fará fazer nada que ela não deseja, mas precisa saber se tem algo realmente errado.

— Será que devo declarar que fui arrebatado por um capricho e depois outro? — pergunta ele do jeito alegre de sempre.

Se o escudo dela é frieza, o dele é alegria.

— Eles não acreditariam? Além do mais, você poderia dizer à Corte que brigamos. — Wren olha por cima do ombro, como se tivesse medo de que alguém ouvisse. — Eu estaria muito disposta a brigar agora. Uma briga *grandiosa*.

Ele ergue as sobrancelhas.

— E sobre o que seria essa briga?

— Talvez sobre a Lady Elaine — sugere Wren. — Seu comportamento volúvel. Eu poderia gritar isso para você, bem alto.

Ele se retrai.

— Eu preciso de informações dela.

— E conseguiu? — retruca a rainha, franzindo as sobrancelhas.

— Eu não sou o que finjo ser aqui, na Corte. Eu imaginei que você soubesse disso.

— Não seja ridículo — solta ela. — Não importa o que eu acho, só o que...

— Sim? — incita ele, aguardando que conclua a frase.

Mas ela só balança a cabeça, abafando uma tosse. Bogdana olha por cima do ombro para eles.

Por um longo momento, eles cavalgam em silêncio.

— Suponho que vai me dizer que essa discussão foi o suficiente — declara Oak por fim. Há algo definitivamente estranho naquela conversa.

— Jack poderia espalhar uns detalhes, dada a propensão dele à fofoca.

Em resposta, o kelpie relincha como se resmungasse e joga a crina para o lado.

— E eu suponho que também vai dizer que o que aconteceu ontem à noite não significa nada — prossegue Oak.

O corpo de Wren fica tenso.

— De que isso importa? Mesmo com sua declaração de amor, você diria de verdade que quer se casar comigo?

— E se eu quiser?

— Isso também não importa — retruca ela, a língua que nem chicote. Ele inspira fundo.

— Hoje à noite...

— Hoje à noite é tarde demais — interrompe ela, soando angustiada.

— Talvez já seja tarde demais.

Com isso, ela dá um puxão nas rédeas do corcel de graveto e galho, afastando-se dele.

Oak a observa, certo de que alguém está a manipulando ou a ameaçando. Obviamente, ela não pode dizer isso a ele de maneira direta, do contrário já o teria feito. Mas como alguém pode obrigá-la a fazer algo, sendo poderosa do jeito que é?

Ele vê Taryn conduzir o próprio cavalo até ficar ao lado de Wren, ouve a irmã dizer à Wren que gostou muito da roupa dela. Oak observa Bogdana guiar o próprio corcel de espinheiros na direção de Randalin, que não é esperto o bastante para ter medo dela e começa um papo animado.

Alguns dos cortesãos saíram em disparada, atrás da caça, mas muitos seguiam com calma, conversando uns com os outros. Outros usam chapéus de flores, penas e até teias de aranha.

Oak avança ao lado deles, perdido em pensamentos, até que ouve o soar de uma trombeta, sinalizando o início do piquenique.

Ele desce de Jack e segue os outros até a área do acampamento. Criados colocaram cestas e vários cobertores de diferentes estampas, junto a chapéus de sol e até músicos. Se a presença de mortais ou o grupo perambulando ao redor não assustou o cervo prateado, algumas canções sobre assassinatos com certeza assustarão.

Há salgados assados de pato, jarras de rolhas com vinho, tortas de amora ao lado de pilhas de castanhas assadas, e um pão tão leve e macio que se desfaria todinho se passassem manteiga fria nele.

Oriana vai até Oak, estendendo uma xícara de chá de trevo vermelho.

— Mal falei com você ontem à noite — comenta ela.

— Estávamos à mesma mesa, mãe — lembra o príncipe.

Ela entrelaça o braço no dele. É tão menor que ele que parece impossível ela um dia tê-lo pegado no colo.

— Você já pensou em uma pergunta para a garota?

Ele nega com a cabeça.

— Pergunte sobre sua lembrança mais querida — encoraja ela, com malícia. — Ou talvez seu maior segredo.

— São perguntas astutas — responde Oak. — Parecem difíceis, mas ela pode conseguir adivinhar ambas. Não é uma sugestão ruim.

A mãe franze a testa, e ele fica contentíssimo por usar suas palavras contra ela mesma. Ao menos ele tem certeza de que, se ela está sendo tão óbvia ao incitá-lo a romper aquilo tudo, não é ela quem está manipulando Wren em segredo.

— Espera que eu peça a mão de Nicasia em vez disso? — questiona ele, pensando na teoria de Tatterfell.

Oriana arregala os olhos.

— Óbvio que não. Isso seria pura insensatez.

— Você não acha que minha irmã quer...

— Não. Ela não desejaria isso. Você nunca sobreviveria lá embaixo.

256   HOLLY BLACK

Se Jude estiver *de fato* planejando que ele se case com Nicasia, ela não iniciou o processo de subornar Oriana. E ainda que, sendo a Grande Rainha, ela pudesse fazer o que quisesse, era de se pensar que teria mencionado isso ao menos uma vez.

Ele lembra a si mesmo, porém, que não dá para ter certeza disso. No momento, não dá para ter certeza de nada.

Taryn ficou ao lado de Wren. Estão conversando, paradas perto do cavalo de Fantasma. Por um instante, ele considera ir lá e virar o chá de trevo vermelho na cabeça da irmã.

Hyacinthe vai na direção de Oak, gesticulando com as sobrancelhas erguidas.

O príncipe beija a bochecha da mãe.

— Viu? Depois de considerar o Reino Submarino, nada parece tão ruim.

Então se afasta dela e vai ao encontro de Hyacinthe, que está fazendo uma cara feia para ele.

— Eu ouvi você ontem à noite — afirma Hyacinthe, com a voz baixa. Aquilo poderia significar muitas coisas.

— E?

— *Com seu sobrinho.*

Oak estremece. Deveria ter percebido que, se conseguia ouvir a conversa entre Tiernan e Hyacinthe, era possível que um dos dois ouvisse a conversa dele.

— Você vai fazer o que pedi a você? Ou é o covarde que deixa o assassino de sua mãe sair impune?

Oak vem se perguntando sobre as traições de pessoas próximas, mas em algum momento teria que responder à pergunta.

— Eu pensei que você já estava farto de vingança.

— Eu não estou falando de mim mesmo — lembra Hyacinthe. — E eu disse que não liberei você do juramento.

Com o pior timing possível, Fantasma vai na direção deles, com um odre de vinho e duas canecas de madeira entalhada na mão. *Certo,* porque ele atualizaria Oak sobre o que quer que desejava encontrar na noite anterior.

— Mande-o dar meia-volta — comanda Hyacinthe.

— Ele sabe de alguma coisa.

— Mande-o dar meia-volta ou eu vou enfiar a espada nele — acrescenta Hyacinthe, sibilando baixinho.

— Uma caneca de hidromel, príncipe? — oferece Fantasma, servindo uma para Oak e outra para si. Ele olha para Hyacinthe. — Temo só ter trazido duas, mas se arranjar uma, eu sirvo para você.

Oak sente as bochechas esquentarem, e há um ruído em seus ouvidos igual a quando ele cede ao instinto e luta sem misericórdia. Ele pega a caneca de vinho de mel e bebe. É doce e enjoativo demais.

Fantasma também bebe, então faz uma careta.

— Não é um bom vinho, mas é vinho. Agora, vamos dar uma caminhada.

— Infelizmente não posso conversar agora — responde o príncipe a Garrett.

Talvez Fantasma identifique algo na voz dele. Parecendo confuso, responde:

— Vá me encontrar quando puder, mas tem que ser logo. Vou seguindo um pouco na direção norte, assim podemos ficar sozinhos. Depois, vamos falar com sua irmã.

— Você está segurando a espada — comenta Hyacinthe com a voz baixa quando o espião se afasta.

Oak olha para a própria mão, surpreso ao ver que está envolvendo o punho da arma. Surpreso por ver que está tremendo um pouco.

— Eu tenho que ir atrás dele — afirma o príncipe. — Tem alguém manipulando Wren.

— Manipulando? Quem? Como?

— Não sei.

Hyacinthe olha na direção em que Fantasma foi. Os cortesãos ainda estão sentados nos cobertores, portanto não há chance de a caça recomeçar de imediato. Oak precisa descobrir a informação que o espião tem.

Garrett já desapareceu em meio ao Bosque Leitoso, embrenhado em meio aos troncos brancos.

Depois de olhar para Wren e se lembrar de que precisa controlar o próprio temperamento, Oak volta a montar o kelpie e segue na direção em que Fantasma foi. Sua cabeça está girando. Ele precisa se controlar. Com certeza o que quer que o espião saiba vai ajudar Oak a entender o que e quem está manipulando Wren.

Ele segue um pouco mais adiante e olha para a própria mão, que voltou a tremer. Ainda tem a sensação de estar debaixo d'água. E, com isso, sente algo bem familiar.

Cogumelo amanita. Ele foi envenenado.

Ele pensa no vinho de mel, doce o suficiente para mascarar o sabor. Vinho de mel, dado a ele por Fantasma.

O príncipe solta uma gargalhada. Apesar de Fantasma saber tantas coisas sobre matar os outros, ao que parece ele não sabe que Oak é imune a esse veneno em específico. Se o espião não tivesse optado pela simetria ao finalizar o trabalho da forma que começou, Oak poderia estar morto de verdade.

O príncipe saca a espada.

Ah, ele vai *matar* o espião. Fantasma acha que sabe o que Oak pode fazer, mas não faz ideia das outras aulas, das que teve com Madoc. Garrett não sabe o que Oak se tornou sob a tutela do pai, não sabe quantas pessoas ele já trucidou.

O príncipe indica para Jack seguir na direção norte por entre os espinheiros, passando por colunas de árvores claras. Por fim, ele chega a uma clareira. O kelpie estaca no lugar. Por um momento, Oak não entende o que está vendo.

Ali, em um emaranhado de vinhas, jaz um corpo.

Oak desce do kelpie para se aproximar. A boca da pessoa está roxa, e os olhos, abertos, encarando o céu de fim de tarde como se estivesse perdido enquanto contempla as nuvens.

— Garrett — chama Oak, abaixando-se para sacudi-lo.

O TRONO DO PRISIONEIRO 259

Fantasma não se mexe. Nem pisca.

O príncipe aperta o ombro dele. O corpo do espião está rígido, mais parecendo madeira fossilizada do que carne.

Morto. O homem que matou a mãe dele. O espião que o treinou a se movimentar sem fazer barulho, a esperar. Quem brincou com Leander nos próprios ombros. O amante de Taryn. O amigo de Jude.

Morto. Impossivelmente morto.

O que significa que Garrett não envenenou Oak. Ele serviu o vinho envenenado sem saber.

Será que *Hyacinthe* tinha feito isso? Ele pode ter pensado que fazer Fantasma ingerir o que matou Liriope seria adequado... outro tipo de simetria. E se ele sabia que Oak não morreria com o veneno, não teria sido gentil o suficiente para impedir que ele tomasse um pouco do cogumelo amanita. Ele não se incomodaria se Oak sofresse um pouco.

Mas se *não* foi Hyacinthe, então tudo se resumia ao que Fantasma tinha descoberto. Ao que queria contar a Oak. Ao que eles precisariam informar a Jude depois. Ao que não podia esperar.

CAPÍTULO 20

Guardas e cortesãos se amontoam em volta de Oak. Foi ele quem gritou? Ou Jack? O kelpie está ao lado do príncipe agora, mas Oak não se lembra em que momento Jack deixou de ser um cavalo. O barulho e a perplexidade refletem os pensamentos de Oak. As pessoas gritam umas com as outras, deixando Oak tonto.

Ou talvez seja o cogumelo amanita ainda afetando sua corrente sanguínea.

Jack repete que eles encontraram Fantasma desse jeito, e alguém está dizendo *que horrível* e outras palavras insignificantes que se misturam na mente de Oak.

Taryn está berrando, um som alto e estridente, enquanto se ajoelha ao lado do espião, sacudindo-o. Quando a irmã olha para Oak, há tanto sofrimento e acusação no olhar que ele precisa virar o rosto.

Eu o odiava, pensa Oak, mas nem tem certeza se isso é verdade. Ele não conheceu Liriope, e conhecia Garrett. *Eu deveria tê-lo odiado. Eu queria odiá-lo.*

Mas ele não o matou.

Não o matou, mas talvez tivesse matado. Poderia ter matado. Certo?

Jude vai para perto de Taryn, colocando a mão no ombro da gêmea, apertando de leve em um gesto de conforto.

O TRONO DO PRISIONEIRO   261

Barata se abaixa para verificar o corpo, e quando um dos guardas tenta impedi-lo, é Cardan quem comanda que o deixem fazer o que quiser. Oak nem percebe que Barata *estava* na caçada.

Taryn se deita ao lado do cadáver de Garrett, seu cabelo cobrindo o rosto dele. Uma das lágrimas dela se acumula no canto do olho do amante, molhando os cílios.

Cardan se ajoelha ao lado dela, colocando a mão no peito de Garrett. Taryn olha para ele.

— O que está fazendo? — Ela não soa feliz, mas eles nunca se deram muito bem.

— O cogumelo amanita desacelera o corpo — explica ele, olhando para Barata, que com certeza foi quem o ensinou sobre o assunto —, mas desacelera *devagar*.

— Quer dizer que ele não está morto? — questiona ela.

— É possível fazer algo? — pergunta Jude quase ao mesmo tempo.

— Não no sentido que você está pensando — diz Cardan, respondendo à pergunta da esposa, não a de Taryn. Ele se vira para Randalin e a multidão, então gesticula com a mão cheia de anéis de maneira exagerada. — Circulando. Anda.

Os cortesãos se afastam, voltando aos cavalos, um zumbido de murmúrios no ar. O Ministro das Chaves segue ali, de cara fechada, ao lado de Oriana. Alguns outros do Povo das Fadas parecem acreditar que a ordem não se aplica a eles. Barata também fica, mas ele é quase da família.

Oak se força a ir se arrastando para trás, escorando-se no tronco de uma árvore. Ele não consumiu tanto do cogumelo amanita, mas ainda sente a dormência nos dedos das mãos e dos pés. Agora, não tem certeza se cairia de novo caso tentasse se levantar.

Wren caminha até ele. Bogdana está à margem da clareira, meio escondida pelas sombras.

— Você vai precisar se afastar também — diz Cardan à Taryn.

— O que vai fazer com ele? — pergunta ela, envolvendo o corpo de Fantasma como um escudo, como se quisesse protegê-lo do Grande Rei.

Cardan ergue as sobrancelhas.

— Vamos só ver se funciona.

— Taryn — chama Jude, esticando a mão para segurar a da irmã e puxá-la para ficar de pé. — Não temos muito tempo.

Cardan fecha os olhos de íris douradas e, considerando toda a extravagância característica, ele parece uma das pinturas dos Grandes Reis da antiguidade, de algum modo adentrando a esfera dos mitos.

Ao redor deles, flores silvestres brotam, desabrochando dos botões. As árvores balançam, fazendo cair folhas claras. Espinheiros se enrolam em formatos improváveis. Um zumbido de abelhas ressoa no ar, e então as raízes se levantam da terra, transformando-se no tronco robusto de uma árvore ao redor do corpo de Garrett.

Taryn emite um som agudo. Barata exala, com um olhar maravilhado. Oak sente o mesmo.

O casco de árvore envolve Garrett e galhos se desdobram, de onde brotam folhas e flores aromáticas do mesmo tom lilás da roupa de Taryn. Uma árvore, diferente das que crescem no Bosque Leitoso, brota do solo, encobrindo o corpo de Fantasma. Os galhos se erguem ao céu, fazendo chover pétalas ao redor deles.

Onde Garrett estava, há apenas uma árvore.

O Grande Rei abre os olhos, com a respiração irregular. Os cortesãos que continuaram ali chegaram bem para trás. Estão boquiabertos, em choque, talvez tendo esquecido do domínio que Cardan tem sobre a terra em que pisam.

— Isso vai... — começa Jude, com os olhos brilhando.

— Pensei que, se o veneno desacelera cada parte dele, então eu poderia transformá-lo em algo que poderia viver assim — explica Cardan, estremecendo. — Mas não sei se vai salvá-lo.

— Ele vai ficar assim para sempre? — pergunta Taryn, a voz falhando um pouco. — Vivo, mas preso? Morrendo, mas não morto?

— Eu *não* sei — repete Cardan de um jeito bruto que faz Oak se lembrar de estar preso nos aposentos reais e ouvir a conversa entre o rei e Jude.

O TRONO DO PRISIONEIRO   263

É a voz verdadeira de Cardan, a que usa quando não está interpretando um personagem.

Taryn passa a mão pelo tronco áspero, as lágrimas escorrendo enquanto soluça.

— Eu ainda o perdi. Ele se foi. E quem pode saber se ele está sofrendo.

Oak pega a mão de Wren, e os dedos dela estão gelados.

— Venha — convida ela, com um puxãozinho, e ele enfim se levanta.

Ele fica um pouco instável sobre os cascos, e ela estreita os olhos. Ela já o viu sob o efeito de veneno antes.

— Vamos descobrir quem fez isso — garante Jude à gêmea, com a voz firme. — Vamos punir seja quem for, eu prometo.

— E já não sabemos? — retruca Taryn em meio a lágrimas, a voz falhando outra vez. Ela foca o olhar em Wren. — Eu a vi perto do cavalo dele.

— Wren não teve nada a ver com isso — dispara Oak, apertando os dedos de Wren. — Que motivo ela teria?

— A rainha Suren quer destruir Elfhame — diz um dos cortesãos ainda presente. — Assim como a mãe dela.

Jude não fala nada, mas Oak percebe que ela ficou afetada pelo argumento de que Wren pode ter tido algo a ver com o que aconteceu. E, para piorar, Wren não nega. Ela não diz nada. Apenas ouve as acusações.

Negue, ele quer dizer a ela. Mas e se ela não puder negar?

Nesse momento, ouve-se um grasnado. Um abutre sobrevoa em círculos antes de pousar no ombro de Wren. A bruxa da tempestade.

— Príncipe? — pergunta Tiernan a Oak, observando o abutre com apreensão.

— Temos que sair daqui — sugere Randalin. — Ficar zanzando não vai ajudar em nada.

Bomba dá uma encarada em todos.

— O que ele comeu ou bebeu? Devemos deixar o veneno separado.

— Estava no hidromel — responde Oak.

Bomba se vira para ele, o cabelo branco formando uma nuvem ao redor do rosto em formato de coração.

— Como sabe disso?

O príncipe não quer falar em voz alta, nem em frente a uma plateia pequena, mas não tem escapatória.

— Eu bebi um pouco.

Uma onda de choque perpassa os cortesãos ainda presentes.

— Vossa Alteza! — censura Randalin.

— E ainda assim você está aí de pé — comenta uma pixie. — Como?

— Ele deve ter bebido só um golinho — mente Jude. — Irmão, talvez seja hora de ir embora e descansar.

Talvez fosse melhor que eles saíssem do Bosque Leitoso. Oak está se sentindo meio tonto.

— Você acha que fiz isso? — sussurra Wren, com a mão ainda na dele.

Não, lógico que não, Oak quer dizer, mas não tem certeza de que consegue fazer a boca cuspir as palavras.

Ela envenenou o Fantasma? Ela teria feito isso por causa de Hyacinthe, se ele tivesse pedido a ajuda dela? Fantasma tinha descoberto um segredo tão grande a ponto de ela proteger tal informação mesmo que isso custasse uma vida?

— Eu vou acreditar no que quer que me diga — garante Oak. — E não vou procurar por mentiras em suas palavras.

Ela observa as mudanças na expressão dele, quase com certeza buscando pela mentira nas palavras *dele*.

O abutre se mexe, observando-o com os olhos muito escuros. Os olhos de Bogdana, cheios de raiva.

— Desculpe — responde Wren.

Ele vê as garras da bruxa se cravarem no ombro dela com força o suficiente para furar a pele. Uma gota de sangue escorre pelo vestido, mas Wren não muda de expressão.

Ele tem certeza de que ela está sentindo dor. É assim que ela deve ter sido na Corte dos Dentes, é como aguenta tudo o que aguenta, mas ele não entende por que permite que Bogdana a machuque desse jeito. Agora é ela quem tem a autoridade e o poder.

Alguma coisa está muito, muito errada.

— Você precisa me contar o que está acontecendo — incita ele, mantendo a voz baixa. — Eu posso dar um jeito. Posso ajudar.

— Não sou eu quem precisa ser salva.

Wren solta a mão dele.

— Foi *ela* — insiste Taryn. — Ela, essa bruxa que está com ela ou o cavaleiro traidor que tentou matar Cardan. Eu quero que o cavaleiro seja preso. Eu quero que a garota seja presa. Eu quero a bruxa dentro de uma jaula.

Randalin fica surpreso, sem reação por alguns instantes.

— Bem — murmura Randalin à Wren. — Não vai dizer nada? Diga a eles que não foi você.

Mais uma vez, ela fica em silêncio.

O Ministro das Chaves balbucia enquanto tenta digerir a situação.

— Minha cara garota, você precisa abrir a boca.

Cardan se volta para Wren.

— Eu agradeceria se fosse com meus cavaleiros — declara ele. — Temos umas perguntas a fazer. Tiernan, demonstre sua lealdade a nós e a acompanhe. Eu mesmo estou te encarregando de não deixar que ela suma de vista.

Tiernan olha para Oak, em pânico.

Wren fecha os olhos, como se o fim tivesse chegado para ela.

— Às suas ordens.

— Vossa Majestade — começa Tiernan, franzindo a testa. — Eu não posso deixar meu posto de...

— Vá — interrompe Oak. — Não a deixe sumir de vista, como comandou o Grande Rei.

Contudo, ele entende a preocupação de Tiernan. Mandá-lo para longe pode significar que Cardan não quer ninguém ao lado de Oak quando for interrogá-lo.

Randalin pigarreia.

— Se me permite, sugiro que sigamos para Insear. As barracas já estão montadas e os guardas foram na frente. Não ficaremos tão expostos.

266   HOLLY BLACK

— Por que não? — concorda Cardan. — Um lugar perfeito para uma festa *ou* uma execução. Tiernan, leve a rainha Suren à barraca dela e espere por lá até eu convocá-la. Mantenha todos os outros do lado de fora.

O abutre no ombro de Wren dispara na direção do céu, agitando as asas pretas, mas a jovem rainha não protesta.

Oak se pergunta se conseguiria impedi-los. Acha que não. Não sem muitas mortes.

— Me deixe ir com ela — pede Oak.

Jude se vira para ele, erguendo as sobrancelhas.

— Ela não negou, nem está negando agora. Você fica conosco.

— Além do mais — proclama Cardan ao resto dos cavaleiros —, quero que o restante de vocês encontre Hyacinthe e o levem à *minha* barraca em Insear.

— Por que eu não sou suspeito? — questiona Oak, com um tom exigente e levantando a voz.

Taryn dá uma risadinha, um contraste estranho com as lágrimas marcando as bochechas.

— Isso é ridículo.

— É? Eu encontrei o corpo dele — insiste o príncipe. — E eu tenho um motivo, afinal.

— Explique — ordena Cardan, com a expressão séria.

Jude parece prever o que está por vir. Há muitas pessoas ao redor: guardas, cortesãos, Randalin e Baphen.

— O que quer que Oak tenha para nos contar, pode nos contar em particular.

— Então, sem dúvida — responde Cardan —, vamos partir.

Mas Oak não quer ficar calado. Talvez seja o cogumelo amanita no sangue, ou a pura frustração do momento.

— Ele matou minha primeira mãe. Ele é a razão para ela ter morrido, e vocês dois, vocês todos, esconderam isso de mim.

Um silêncio recai sobre os cortesãos feito uma rajada de vento.

O TRONO DO PRISIONEIRO   267

Oak se sente livre e extasiado ao infringir as regras. Em uma família de mentirosos, dizer a verdade — em voz alta, onde todos podem ouvir — era uma enorme transgressão.

— Vocês deixaram que eu o tratasse como amigo, e todo esse tempo sabiam que estávamos cuspindo na memória da minha mãe.

Um silêncio longo se segue após última palavra. Oriana está com a mão tensa cobrindo a boca. Ela também não sabia.

Por fim, Cardan fala:

— Você tem um ponto, um muito bom. Você tinha uma razão excelente para matá-lo. Mas matou?

— Vamos todos — interrompe Randalin —, nem que seja apenas em nome da discrição, para as barracas em Insear. Vamos tomar um chá de urtiga e nos acalmar. Como a Grande Rainha disse, esta não é uma conversa para se ter em público.

Jude confirma com a cabeça. Pode ser a primeira vez que Randalin e Jude concordam em alguma coisa.

— Se dependesse de minha família — continua Oak —, esta não seria uma conversa para se ter de jeito nenhum.

Então, de dentro do Bosque Leitoso, ouve-se um grito.

Momentos depois, uma cavaleira entra na clareira, parecendo ter corrido até ali.

— Nós encontramos outro corpo.

A maior parte do grupo de cortesãos começa a andar na direção do grito, e Oak os acompanha, embora ainda se sinta instável. Ao menos eles sabem que ele foi envenenado. Se desabar no chão, ninguém vai ficar perguntando muito.

— De quem? — pergunta Jude com um tom exigente.

No entanto, eles não precisam ir muito longe, e ele vê o corpo antes que a pergunta da irmã seja respondida.

Lady Elaine, caída em meio das vestes, uma das asinhas meio esmagada por ela ter caído do cavalo, que fareja a beira das saias dela. Lady Elaine, com a bochecha manchada de lama, os olhos abertos e os lábios roxos.

268   HOLLY BLACK

Oak balança a cabeça, dando um passo para trás. A mão cobrindo a boca. Duas pessoas envenenadas... *três* pessoas, contando ele mesmo. Por causa da conspiração?

Cardan o está observando com uma expressão indecifrável.

— Amiga sua?

Barata vai até Oak, coloca uma das mãos com garras no meio das costas do príncipe.

— Vamos seguindo para Insear, como o Ministro das Chaves sugeriu. Você está abalado. A morte abala mesmo.

Oak lança um olhar desconfiado a ele, e o goblin ergue as mãos em rendição, com os olhos pretos cheios de empatia.

— Eu não tive nada a ver com o assassinato de Liriope nem com esses — declara Barata —, mas não posso alegar que nunca fiz nada de errado.

Oak assente devagar com a cabeça. Ele também não pode alegar isso.

Ele sobe outra vez nas costas de Jack, que, gentilmente, voltou a virar um cavalo. O goblin monta em um pônei gordo malhado que fica rente ao solo. Atrás dele, alguém diz que não deve ser possível que as festividades prossigam como o planejado.

Oak pensa em Elaine, deitada na terra. Elaine, que foi perigosamente ambiciosa e tola. Será que ela contara ao resto dos conspiradores que estava desistindo da traição e recebeu isso como resposta?

Ele pensa em Wren, com as garras do abutre se cravando na pele dela. Na expressão impassível em seu rosto. Ele segue tentando entender por que Wren aguenta sem reclamar nem se defender.

Tem algo a ver com Garrett e Elaine sendo envenenados?

Oak foi um tolo levando Wren para Elfhame. Quando chegar às barracas em Insear, ele vai até a dela. Então vai dar um jeito de os dois saírem das ilhas, de irem para longe desse ninho de serpentes. Para longe de Bogdana. Para longe da família dele. Talvez eles possam viver na mata próxima à casa da família mortal dela. Quando os dois estavam na jornada, ela dissera que gostaria de visitar a irmã. Qual era o nome dela? Bex. Eles poderiam colher e comer frutos, olhando para as estrelas.

O TRONO DO PRISIONEIRO   269

Ou talvez Wren queira voltar para o norte, para a Cidadela. Tudo bem, também.

— Há quanto tempo você sabia? — pergunta o goblin.

Por um instante, Oak não sabe ao certo a que ele se refere.

— Sobre o que Garrett fez? Não tem muito tempo. — No alto, as abelhas pretas do Bosque Leitoso estão zumbindo, levando o néctar à rainha. A luz do fim da tarde dá às árvores um tom de dourado. Ele tensiona a mandíbula. — Alguém deveria ter me contado.

— É óbvio que alguém contou.

Leander, ele pensa, e isso nem conta. E *Hyacinthe*, embora ele não saiba da história toda. Oak não quer culpar a nenhum dos dois em voz alta, não diante de alguém que vai repassar a história à irmã dele. O príncipe percebe o que Barata está fazendo, ficando a sós com ele desse jeito; percebe o suficiente para evitar cair na armadilha. Ele dá de ombros.

— Você o envenenou?

— Eu achei que Garrett tinha *me* envenenado — responde o príncipe, balançando a cabeça.

— Nunca — garante o goblin. — Ele se arrependeu do que fez à Liriope. Tentou compensar Locke dando a ele o próprio nome verdadeiro, mas Locke não é o tipo de pessoa a quem se pode confiar algo assim.

Oak se pergunta se Garrett tentou compensá-lo também, de formas que nunca percebeu. Ensinando-o a manejar a espada, oferecendo-se para ir ao norte quando o príncipe estava com problemas, levando informação a Oak antes de repassar à Jude. Não era fácil sentir algo que não fosse raiva, mas não significava que não era verdade.

— Ele queria me contar alguma coisa — afirma Oak. — Não sobre nada disso. Outra coisa.

— Depois que você chegar a Insear, vou dar uma olhada no lado dele do esconderijo. Se ele foi esperto, escreveu em algum lugar.

Às margens do Bosque Leitoso, eles passam pelo Lago das Máscaras. Oak olha para a água. Nunca se vê o próprio rosto, sempre o de outra pessoa, alguém do passado ou do futuro. Hoje ele vê uma pixie loura rindo enquanto joga água em outra pessoa, um homem vestido de preto com cabelo grisalho. Sem reconhecer nenhum deles, o príncipe desvia o olhar.

Na costa, vários barcos esperam, barcos claros e estreitos com proas e popas se curvando para cima de modo a parecerem luas crescentes flutuando de costas, todos com uma tripulação formada por guardas armados. Enquanto o sol mergulha no oceano ao horizonte, Oak olha para o outro lado, para Insear, repleto de barracas para as festividades vindouras. Depois olha para as luzes reluzentes do Mercado Mandrake, e além, para a Torre do Esquecimento, preta contra o céu vermelho e dourado.

Ele e Barata entram em um dos barcos, e Jack, tendo retornando à forma bípede, entra também. Um guarda que Oak não reconhece acena com a cabeça para eles e levanta a vela. Alguns instantes depois, estão disparando pela curta extensão de mar.

— Vossa Majestade — anuncia o guarda. — Há barracas para que possa se aprontar. A sua está marcada com o selo de seu pai.

O príncipe confirma com a cabeça, distraído.

Barata continua dentro do barco.

— Eu vou descobrir o que Fantasma sabia, se eu puder — avisa ele, tenso. — E você, tenha juízo.

Oak não saberia dizer quantas vezes já tinham dito isso a ele. Nem tem certeza de que já seguiu o conselho.

Em Insear, há uma pequena floresta de pavilhões e outras barracas elaboradas. Ele procura a de Wren, em vão tentando identificar o som da voz dela ou de Tiernan. Ele não ouve nenhuma das duas nem vê o brasão da lua e da adaga de Madoc indicando uma barraca para ele.

Tudo parece errado. Ele vê cada um dos fios, mas não consegue discernir a teia maior, e não há muito tempo.

Talvez já seja tarde demais. Não foi isso que Wren disse?

Decerto, ela não poderia estar se referindo ao veneno.

Não sou eu quem precisa ser salva.

Ele afasta o pensamento. Não, ela não poderia estar se referindo a isso. Não poderia estar envolvida na morte de Lady Elaine e provavelmente

O TRONO DO PRISIONEIRO   271

na de Garrett também, considerando que transformá-lo em árvore talvez não ajudasse.

Enquanto Oak e Jack continuam andando, o príncipe identifica uma barraca com a aba de entrada aberta e Tatterfell lá dentro. Mas não é o brasão de Madoc do lado de fora. O príncipe franze a testa para o brasão quando entende o que está à sua frente. *O brasão de Dain.* Só que as pessoas não se referem a Oak como filho de Dain, ainda que, à essa altura, já seja de conhecimento popular a origem de seu sangue Greenbriar. Se vir isso, Oriana vai ter um troço.

Oak se pergunta quem teria organizado as coisas desse jeito. Não a irmã, nem Cardan, a menos que seja uma jogada para lembrar a Oak qual é o seu lugar. Só que parece uma jogada um pouco obscura. Cardan é sutil, mas não sutil a ponto de ser *confuso*.

Ele entra. A barraca está mobiliada com tapetes cobrindo as pedras e partes do gramado. Percebe uma mesa cheia de garrafas de água, vinho e suco de fruta. Velas estão acesas para afugentar as sombras. Tatterfell, que estendia as vestes de Oak em um sofá baixo, ergue a cabeça.

— Você chegou cedo — comenta a diabrete. — E quem é esse?

Jake se aproxima para segurar a mão de Tatterfell e faz uma profunda reverência.

— O corcel dele e às vezes um companheiro, Jack dos Lagos. É uma honra, moça adorável. Talvez possamos dançar juntos hoje à noite.

A fadinha fica vermelha, a expressão bem diferente daquela rabugenta de sempre.

Oak olha para o gibão bordô, escolhido horas antes. Ele ainda se sente desorientado por causa do cogumelo amanita no corpo, mas seus movimentos estão menos rígidos e mais convictos.

— Você tem que se vestir para as festividades — anuncia ela.

Ele abre a boca para dizer que as festividades não acontecerão, então se recorda de que ela chamou a noite de "farsa". Ela sabia de algo? Teve alguma coisa a ver com isso tudo?

Ele precisa pensar direito, mas é difícil com o cogumelo amanita bagunçando sua mente. É quase certo que Tatterfell não estava planejando assassinato nenhum, mas ele se pergunta se os envenenamentos tinham algo a ver com impedir a cerimônia.

No entanto, a teoria não resistiria a um escrutínio. Se quisessem impedir, e tivessem algum poder sobre Wren, não poderiam só pressioná-la a acabar com tudo? *Quem* quer que estivesse por trás.

Ainda com a mente a toda, o príncipe despe as vestes de caça e coloca as novas e mais formais. Em instantes, Tatterfell está limpando a poeira do corpo dele e polindo quaisquer resquícios de lama dos cascos. Como se ele estivesse mesmo a caminho do próprio casamento.

A aba da barraca se abre, e dois cavaleiros entram.

— O Grande Rei e a Grande Rainha solicitam sua presença na tenda deles antes do início das festividades — anuncia um deles.

— Wren está lá? — pergunta Oak.

O cavaleiro que falou nega com a cabeça. Ele parece ser barrete vermelho, ao menos em parte. O outro tem feições mais élficas e olhos escuros. Ele parece inquieto.

— Diga a eles que logo estarei lá.

— Receio que estejamos aqui para escoltá-lo… *agora.*

Isso explica a razão de estar inquieto, então.

— E se eu não obedecer?

— Ainda assim devemos levá-lo — explica o cavaleiro elfo, não parecendo nada feliz com isso.

— Pois bem, então — murmura Oak, indo até eles.

Talvez ele conseguisse usar o encantamento para convencer os cavaleiros a não prosseguirem com a ordem, mas mal parece valer a pena. Jude mandaria outros soldados, e esses dois acabariam bastante encrencados.

O príncipe toma cuidado para não olhar na direção de Jack. Como o kelpie não foi mencionado, ele não precisa ir e vai ficar mais seguro longe.

Relâmpagos cortam o céu, seguidos por um estrondo de trovão. A chuva ainda não caiu, mas o ar está denso com a expectativa. O vento

O TRONO DO PRISIONEIRO   273

também está mais forte, agitando as bases das barracas. Oak pondera se Bogdana tem algo a ver com isso. O humor dela certamente está tempestuoso o suficiente.

Ele se lembra de Wren outra vez, das garras cravando na pele. Das palavras que disse no jardim. *Eu não sou confiável. Você não pode confiar em mim.*

Não há muito o que fazer a não ser andar por Insear atrás dos cavaleiros, passando pelas guirlandas de samambaias, glicínias e chapéus-de-cobra que foram penduradas em árvores, e pelos músicos que estão afinando as rabecas, enquanto alguns cortesãos, chegando cedo demais, escolhem bebidas em uma mesa grande, cheias de garrafas de todos os formatos, tamanhos e cores.

Um dos cavaleiros abre a aba de uma barraca pesada na cor bege e dourada.

Lá dentro há dois tronos, embora não estejam ocupados. Jude e Cardan estão de pé ao lado de Taryn e Madoc. Cardan agora veste branco e dourado, enquanto Madoc traja um vermelho escuro, como se fossem naipes opostos em um baralho de cartas. Taryn ainda usa as roupas de caça, e está com os olhos vermelhos e inchados, como se não tivesse parado de chorar até aquele instante. Oriana está sentada no canto, entretendo Leander. Oak se lembra da própria infância e de como Oriana o afastou de tantas conversas perigosas, escondendo-o nos fundos, distraindo-o com um brinquedo ou um doce.

Foi uma gentileza, ele sabe. Mas também o tornou vulnerável.

Três membros do Conselho Vivo estão presentes: Fala, o Bobo; Randalin; e Nihuar, representante da Corte Seelie. Os três estão bem sérios. Hyacinthe também está presente, sentado em uma cadeira, com o rosto feito pedra e desafiador. Oak consegue sentir o pânico que ele tenta esconder.

Guardas rodeiam a barraca e Oak não conhece nenhum deles. Todos com a mesma expressão de pessoas à espera de serem executadas.

— Oak — cumprimenta Jude. — Que bom. Está pronto para conversar?

— Cadê a Wren? — pergunta ele.

— Que pergunta excelente — retruca ela. — Eu achei que talvez você fosse saber.

Eles se encaram.

— Ela sumiu? — questiona o príncipe.

— E levando Tiernan junto. — Jude confirma com a cabeça. — Você entende por que temos muito a conversar. Você organizou a fuga dela?

Oak respira fundo. Há tantas coisas que ele deveria ter dito à irmã ao longo dos anos. Dizer agora vai ser como arrancar a própria pele.

— Você deve ter ouvido algumas coisas sobre mim e as pessoas com quem vinha me relacionando antes de eu ir para o norte com Wren. Lady Elaine, por exemplo. Meus motivos não eram os que você talvez esteja pensando. Eu não...

Do lado de fora, ouve-se um estrondo e um uivo de vento.

— O que é isso? — questiona Taryn, exigente.

Cardan estreita os olhos.

— Uma tempestade — responde ele.

— Irmão — diz Jude. — Por que a trouxe para cá? O que ela prometeu a você?

Oak se lembra de ficar preso na chuva e no trovão do poder de Bogdana, se lembra de o corcel de erva-de-santiago ser arrancado de debaixo dele. Isso é um prenúncio de desastre.

— Quando estávamos na jornada, eu enganei a Wren — conta Oak. — Guardei informações que eu não tinha o direito de esconder.

Ele não consegue evitar ouvir o eco da própria reclamação nas palavras. Sua família tinha escondido coisas dele do mesmo modo que ele escondera coisas de Wren.

— E então? — incita Jude, franzindo a testa.

Oak tenta encontrar as palavras certas.

— E ela ficou com raiva, e me prendeu nas masmorras. Parece extremo, mas eu estava lidando com a situação. E então você... exagerou.

— Exagerei? — repete Jude, soando indignada.

— Eu estava lidando com a situação! — repete Oak mais alto.

Ele percebe um movimento pela visão periférica, e então duas flechas cruzam a barraca na direção de Jude. Oak se lança ao chão, desembainhando a espada.

Cardan atira a capa na frente de Jude — a capa feita por Mãe Marrow, a que foi encantada de modo a desviar as lâminas de armas. As flechas caem no chão como se tivessem colidido com uma parede, não com um tecido.

Um momento depois, o Grande Rei cambaleia para trás, sangrando. Uma faca está cravada em seu peito. Caindo de joelhos, ele cobre a ferida com as mãos, como se o sangue escorrendo por entre os dedos fosse uma vergonha.

Randalin dá um passo para trás, convencido e satisfeito. É a adaga dele no peito do Grande Rei.

— Abaixem as armas — grita um soldado, dando um passo à frente.

Por um instante, Oak não sabe ao certo de que lado eles estão. Então vê a forma como estão parados. Sete soldados se aproximam do Ministro das Chaves, dois deles sendo os cavaleiros que foram à barraca de Oak.

Por fim, não reconhecê-los faz todo o sentido do mundo. É uma emboscada.

É a conspiração que ele esperou que Lady Elaine revelasse. Se Oak não tivesse perdido a hora para encontrá-la nos jardins, se ele não tivesse estado tão disposto a acreditar que fora tudo por água abaixo quando a própria Lady Elaine desistiu, se ele não tivesse saído em uma jornada para salvar o pai, para início de conversa, talvez tivesse descoberto a traição. Descoberto e impedido.

Oak se lembra do conselheiro enaltecendo a sabedoria do noivado com Wren, lembra dele incitando a família real a ir de imediato para Insear após a caçada. Lembra de como Randalin conduziu uma reunião sozinho com Bogdana e Wren.

O Ministro das Chaves estava preparando o terreno enquanto agia com pompa e de maneira irritante de modo a não ser levado a sério. E Oak caiu. Oak subestimou Randalin da maneira mais tola possível: caindo no mesmo engodo com o qual enganava os outros.

276   HOLLY BLACK

Jude ajuda Cardan a se deitar no chão e se ajoelha ao lado dele, com a espada na mão.

— Eu vou cortar seu pescoço — promete ela a Randalin.

— Olha a faca da esposa afiada — diz Fala, com intensidade. — O traidor tem sangue quente, mas sangra do mesmo jeito.

Taryn saca a adaga. Madoc, que mesmo desarmado é um perigo, se coloca a postos para a luta. Oak se levanta e se coloca ao lado dele.

— Você deveria ter me escutado — diz Randalin a Jude a uma distância segura, atrás de um dos soldados. — Não cabe aos mortais assumirem nossos tronos. E Cardan, o mais inferior dos príncipes Greenbriar, patético. Mas tudo isso será remediado. Teremos um novo rei e uma nova rainha no lugar de vocês. Vejam, não há nenhum dos seus cavaleiros aqui para lhes salvar. E nem tem como atravessarem até esta ilha com o rugir da tempestade. E vai rugir até vocês morrerem.

Oak fica sem reação.

— Você fez um trato com Bogdana. Essa era a prova que Fantasma estava reunindo, essa é a coisa da qual ele achava que eu não fosse gostar.

Por causa de Wren. É *por isso* que Fantasma pensou que Oak não fosse gostar.

— Você deveria agradecer — responde Randalin ao príncipe. — Convenci Bogdana a poupar você, embora seja da linhagem Greenbriar e inimigo dela. Por causa de mim, você vai assumir o trono com uma rainha fada poderosa ao lado.

— Wren nunca iria... — começa Oak, mas ele não sabe ao certo como prosseguir.

Ela concordaria com o assassinato da família dele? Ela queria ser a Grande Rainha?

Você não pode confiar em mim.

Não sou eu quem precisa ser salva.

Randalin ri.

— Ela não se opôs. E nem você, pelo que me lembro. Você não falou à Lady Elaine o quanto se ressentia do Grande Rei? Não apoiou o plano dela para fazer você assumir o trono?

O TRONO DO PRISIONEIRO 277

Oak sente uma pontada no estômago ao ouvir as palavras. Ao saber que uma tempestade está rugindo lá fora por causa de alguém que ele levara para lá. Ao ver o corpo de Cardan caído em uma poça de sangue, inconsciente e talvez morto. Ao se lembrar dos olhos abertos e fixos do Fantasma. Ao ver o jeito que as irmãs de Oak estão olhando para ele agora e como a mãe está desviando o olhar.

— *Você* envenenou o Garrett — acusa Oak.

Randalin ri.

— Eu dei o vinho a ele. Ele não tinha que beber. Mas ele foi longe demais, quase desmascarando nossos planos.

— E Elaine? — pergunta o príncipe.

— O que eu podia fazer? — retruca Randalin. — Ela queria desistir. Então a serviu do vinho do mesmo recipiente que o espião o convencera de que era seguro beber.

Manifestar o desejo de desistir foi a maneira que Oak planejou fazer com que Elaine e os amigos dela se voltassem contra ele. Da mesma forma que tinha acabado com outras conspirações: flertando com uma tentativa de assassinato e os expondo por isso em vez de como traidores. Mas Elaine não sabia que seria o fim dela. Ele deveria tê-la alertado.

E agora a família acha que ele fez parte disso. Oak consegue ver nos rostos deles. E pior, ao levar Wren para lá, talvez tenha feito parte mesmo.

Talvez fosse *isso* que Wren queria ao concordar em ir para Elfhame: vingança contra ele, contra o Grande Rei e a Grande Rainha, que a tiraram do próprio reino e a mandaram embora sem ajuda e sem esperança; e a coroa que fora prometida à Mellith.

Wren, a quem ele acreditava amar. Quem ele acreditava *conhecer*.

Ele percebe agora que ela aprendeu as lições de traição, aprendeu com cada parte de si.

Não há qualquer desculpa que Oak possa dar que vá ser crível, nem jeito algum de explicar. Não mais.

Oak sente algo se romper dentro de si e brande a espada.

— Não seja tolo — diz Randalin, franzindo a testa. — Isso tudo é para *você*.

Há um zumbido familiar nos ouvidos de Oak, e dessa vez ele cede ao impulso com gosto. Ele movimenta os membros do corpo, mas sente como se estivesse se observando de longe.

Ele apunhala a barriga do guarda mais próximo, perfurando o peitoral da armadura. O homem berra. O pensamento de que esses soldados achavam que ele estava ao lado deles, acreditavam que ele seria o Grande Rei, o deixa com ainda mais raiva. Ele se vira, apunhalando de novo. Outra pessoa grita, alguém que conhece, pedindo a ele que pare. Oak nem desacelera. Em vez disso, desvia de uma flecha enquanto outros dois guardas o cercam. Ele saca a adaga da bainha de um deles e a usa para esfaquear o outro enquanto bloqueia um golpe.

Oak sente a própria consciência desaparecendo, sucumbindo mais e mais ao transe da luta. E é um alívio tão grande deixar fluir, da forma como faz quando permite que as palavras certas saiam de sua boca na ordem correta.

A última coisa que o príncipe sente antes que a consciência se esvaia por completo é uma faca perfurando suas costas. A última coisa que vê é a própria espada relando no pescoço de um inimigo.

Oak se pega pressionando a própria espada contra a de Jude.

— Pare — berra ela.

Ele cambaleia para trás, deixando a espada cair. Há sangue no rosto dela, um pequeno esguicho. Ele a golpeou?

— Oak — chama ela, sem gritar. É quando percebe que ela está com medo.

Ele nunca quis que ela tivesse medo dele.

— Eu não vou machucar você — afirma ele.

O que é verdade. Ou, ao menos, ele acredita que sim. Suas mãos começaram a tremer, mas isso é normal. Acontece muito, depois desses episódios.

Ela ainda acha que ele é um traidor?

Jude se vira para Madoc.

— *O que você fez com ele?*

O barrete vermelho parece perplexo, com o olhar de especulação focado em Oak.

— Eu?

Oak analisa o local, com a adrenalina da batalha ainda correndo pelas veias. Os guardas estão mortos. Todos eles, e de um jeito nada bonito. Randalin também. Oak não é o único segurando uma espada ensanguentada. Hyacinthe segura uma, parado perto de Nihuar como se tivessem estado lado a lado em batalha. Fala, o bobo, sangra. Barata e Bomba estão um ao lado do outro, tendo aparecido das sombras, e Bomba segura uma faca curvada com aparência nojenta. Até Cardan, que está usando o trono para conseguir se levantar, tem uma adaga na mão, com a lâmina manchada de vermelho, embora a outra mão, pressionando o próprio peito, esteja vermelha também.

Cardan não está morto. O alívio quase faz Oak cair de joelhos, contudo Cardan continua sangrando e pálido.

— No que você transformou o Oak? — questiona Jude a Madoc, exigente. — O que fez com meu irmão?

— Ele é bom com a espada — responde o barrete vermelho. — O que quer que eu diga?

— Estou perdendo a paciência tão rápido quanto estou perdendo sangue — comenta Cardan. — Só porque seu irmão matou Randalin, isso não significa que devamos nos esquecer de que ele estava no cerne dessa conspiração… e que está no cerne do que quer que Bogdana e Wren estejam planejando. Eu sugiro que prendamos o Oak em um lugar em que ele não seja tão atrativo para traidores.

O príncipe vê Oriana, com os braços em volta de Leander de modo protetor, abraçando-o com o garoto virado para as saias dela, escondendo a visão dos corpos massacrados. Ela está com uma expressão angustiada. O príncipe sente uma vontade estarrecedora de ir até ela,

280   HOLLY BLACK

colocar o rosto no seu pescoço como teria feito quando criança. Para ver se ela o rejeitaria.

Você queria que eles te conhecessem de verdade, a mente do príncipe relembra, não ajudando em nada.

Wren descreveu certa vez do que tinha medo, caso ela se revelasse à família. Como imaginava que eles a rejeitariam quando vissem a verdadeira face dela. Oak se compadeceu, mas até agora não tinha compreendido o terror de ter todas as pessoas que mais te amavam no mundo olhando para você como se não te conhecessem.

Use o encantamento neles. O pensamento não só é inútil como também é errado. E, ainda assim, a tentação se insinua diante de si. *Faça com que olhem para você como olhavam antes. Conserte essa situação antes que se torne irreparável para sempre.*

Ele estremece.

— Não é culpa do papai nem de ninguém que eu sou bom em matar — ele se obriga a falar, focando o olhar no de Jude. — Eu escolhi isso. E não ouse dizer que eu não deveria ter feito tal escolha. Não depois do que fez a si mesma.

Fica óbvio que Jude estava prestes a dizer algo bem parecido com o que ele falou, porque ela reprime as palavras.

— Era para você...

— O quê? Não fazer as escolhas que vocês fizeram?

— Ter uma infância — berra ela. — Deixar que protegêssemos você.

— Ah — murmura Cardan. — Mas ele tinha ambições mais elevadas.

Madoc está com uma expressão impassível. *Ele* acredita que Oak é um traidor? E, se sim, ele aclama a ambição ou despreza o fracasso?

— Eu acho que é hora de dar o fora desta ilha. — Cardan tenta soar casual, mas não consegue esconder que está sentindo dor.

A chuva ainda castiga a barraca. Taryn anda até a entrada e espia lá fora, então balança a cabeça.

— Eu não sei se conseguiremos passar por essa tempestade. O conselheiro estava certo sobre isso, ao menos.

Jude se vira para Hyacinthe.

— E você, qual era seu papel nisso tudo?

— Como se eu fosse confidenciar algo a você — retruca Hyacinthe.

— Mate-o — comanda Cardan.

— Hyacinthe lutou ao lado de vocês — diz Oak.

Cardan solta um suspiro cansado e acena com a mão coberta por renda.

— Pois bem, amarrem Hyacinthe. Encontrem a garota e a bruxa, e ao menos matem *as duas*. E eu quero o príncipe preso até resolvermos tudo. Prendam Tiernan também, se ele voltar.

Desculpe, Wren disse antes de deixá-lo no Bosque Leitoso.

Ela o alertou a não confiar nela, então o traiu. Conspirou com Randalin e Bogdana. Permitiu que Oak se iludisse acreditando que havia alguém a controlando, quando ela tinha todo o poder.

Foi esperto, deixá-lo caçando sombras.

Fora parte do quebra-cabeças que ele não conseguiu desvendar: o que alguém poderia ter para manipulá-la, ela que poderia desfazer todo mundo. A resposta deveria ter sido óbvia, só que ele não quis acreditar. Não havia *ninguém* a manipulando.

Um mistério com um vácuo no centro.

— É disparar para matar — ordena Jude, como se fosse ser assim tão simples.

— Disparar nela? Ela vai desfazer as flechas — retruca Oak.

Jude ergue as sobrancelhas.

— *Todas* as flechas?

— Veneno? — sugere a outra irmã.

O príncipe suspira.

— Talvez.

Se ele não tivesse ficado tão ocupado bebendo todo o veneno à vista, talvez soubesse.

— Vamos encontrar o ponto fraco dela — garante a irmã. — E vamos derrotá-la.

— Não — diz Oak.

— Outra defesa da inocência dela? Ou da sua? — pergunta Cardan com a voz de seda, parecendo o garoto que Taryn e Jude costumavam odiar, aquele que Hyacinthe não acreditava ser muito diferente de Dain.

Aquele que rasgava as asas das costas de pixies e fazia a irmã dele chorar.

— Eu não estou me defendendo — declara Oak, inclinando-se para pegar a espada do chão. — É minha culpa, e minha responsabilidade.

— O que está fazendo? — pergunta Jude.

— Sou eu quem vai pôr um fim nisso — afirma Oak. — E vocês vão ter que me matar para me impedir.

— Eu vou com você — diz Hyacinthe. — Por Tiernan.

O príncipe concorda com a cabeça. Hyacinthe caminha pelo espaço para ficar às costas do príncipe. Como um só, seguem para a entrada, com as armas em punho.

Jude não ordena que ninguém bloqueie o caminho deles, nem confronta Oak, mas nos olhos dela, ele nota que Jude acredita que o irmão caçula — a quem ela ama e faria qualquer coisa para proteger — já está morto.

CAPÍTULO 21

Oak e Hyacinthe mergulham em uma tempestade assustadora de tão feroz. A névoa é tão densa que o príncipe nem consegue ver a costa de Insmire, e as ondas se tornaram imponentes, quebrando na costa, arrastando pedras e areia.

Bogdana impossibilitou que a ajuda chegasse a Insear, mantendo distantes a frota militar de Elfhame e todo o resto que poderia vir em socorro. E agora a bruxa da tempestade aguarda junto a Wren por algum sinal de que a família real morreu.

Mas o plano delas tem um problema: Oak *não* se casou com Wren. Talvez Randalin tivesse pensado que ninguém encontraria o corpo de Fantasma e Elaine… ou que ninguém se importaria. Deve ter acreditado que as festividades da noite não se tornariam uma investigação. E como as coisas não aconteceram dessa maneira, o assassinato do Grande Rei e da Grande Rainha não concederia automaticamente o trono a Wren. Ela ainda precisava de Oak.

Enquanto caminha pela praia, todo encharcado. Oak treme tanto que é difícil determinar o que é causado pelo frio e o que é ira.

Ele se tornou o tolo que passou tanto tempo fingindo ser. Se não tivesse se apaixonado, ninguém estaria em perigo. Se não tivesse acreditado em Wren nem prometido ficar ao lado dela, dando desculpas em nome dela, então as maquinações de Randalin não teriam dado em nada.

E ele ainda a ama, que dó.

Mas não importa. Ele deve a lealdade à família, não importando os segredos deles. Ele deve à própria Elfhame. Gostando ou não de ser o príncipe, ele aceitou a função com todos os benefícios e obrigações. Oak não pode ser aquele que coloca o seu povo em perigo. E o que quer que Wren um dia tenha sentido por ele, Oak não consegue acreditar que ela conseguiria fazer tudo isso a menos que o sentimento tivesse se esvaído. Ele estragou a situação e não conseguiu consertar. Algumas coisas, depois que se quebram, continuam quebradas.

O príncipe corre em meio à tempestade, o frio fustigando suas vestes finas de cortesão.

— Venha — diz ele a Hyacinthe por cima do estrondo do trovão, fazendo um gesto amplo com o braço para indicar que quer entrar em uma barraca.

Marcada com o selo de um cortesão da Corte da Sorva, está vazia. Oak enxuga a água do rosto.

— E agora? — questiona Hyacinthe.

— Encontramos Wren e Bogdana. Consegue pensar para onde elas foram? Você deve ter ouvido alguma coisa nesses últimos dias.

Com a adrenalina da luta se dissipando, Oak percebe a dor brutal nas costas, na região em que se lembra vagamente de ter sido esfaqueado. Talvez também esteja com um corte no pescoço. Está ardendo.

— E se as encontrarmos — responde Hyacinthe de modo evasivo —, fazemos o quê?

— Vamos detê-las — afirma Oak, afastando a dor e o pensamento do que precisará ser feito para detê-las. — Elas não podem ter ido longe. Bogdana precisa estar próxima o bastante para controlar a tempestade.

— Eu tenho uma dívida com Wren — diz Hyacinthe. — Fiz um juramento a ela.

— Ela está com o Tiernan — lembra Oak.

O TRONO DO PRISIONEIRO   285

O homem desvia o olhar.

— Elas estarão em Insmoor.

— Insmoor? — repete Oak.

A menor ilha, exceto aquela em que estão. A região em que ficava o Mercado Mandrake e nada muito além disso.

— Bogdana transformou a cabana em uma noz de novo antes da caçada e a colocou no bolso. Ela disse que talvez tivéssemos que encontrá-la em Insmoor.

Então o restante dos falcões estaria lá com elas. O que complica as coisas, mas Oak vai apreciar a chance de enfrentar Straun. E não é como se Wren pudesse desfazer Oak, a menos que queira desfazer também os planos de governar.

— Eu sei como podemos chegar a Insmoor — anuncia o príncipe.

Hyacinthe o encara por um bom tempo, parecendo entender o plano.

— Você só pode estar brincando.

— Nunca falei tão sério — rebate Oak, voltando a mergulhar na tempestade.

Ele já está batendo os dentes quando chega à barraca com o brasão de Dain. Tatterfell e Jack estão lá dentro, bem afastados da abertura, que se agita, deixando a chuva fria adentrar a barraca.

— Jack, lamento, mas vou precisar da sua ajuda de novo — anuncia Oak.

— Ao seu dispor, meu príncipe — responde Jack, fazendo uma reverência com a cabeça. — Eu prometi que seria útil a você, e serei.

— Depois disso, sua dívida comigo estará mais do que paga. Não vai me dever mais nada. Talvez você até fique com crédito para pedir um favor.

— Eu ia gostar disso — afirma Jack com um sorriso malicioso.

— Quero que me leve por debaixo das ondas até a costa. Sabe como eu posso continuar respirando enquanto vamos?

Jack olha para ele com os olhos arregalados.

— Infelizmente não posso ajudar nisso. Minha espécie não se preocupa muito com a vida dos nossos passageiros.

Hyacinthe lança um olhar incrédulo a Oak.

— Não, vocês se regozijam com a morte deles e depois os devoram. Vai conseguir se controlar com o príncipe nas suas costas?

Não era algo com que Oak tivesse se preocupado antes, mas ele não gosta do lampejo de deleite que cruza o rosto de Jack dos Lagos com a menção a devorar.

— Eu consigo manter os dentes longe da carne doce do príncipe, mas se quiser vir junto, nunca se sabe o que eu posso fazer com você.

— Eu vou — anuncia Hyacinthe. — Elas pegaram Tiernan.

Oak torceu para que ele fosse mesmo. Não sabe se consegue fazer isso sozinho.

— Nada de fazer Hyacinthe de lanche.

— Nem uma mordidinha? — pergunta Jack com petulância. — Você é inimigo da felicidade, Vossa Alteza.

— Ainda assim — retruca Oak.

— Que estupidez é essa que está querendo fazer nessa tempestade? — questiona Tatterfell, cutucando a barriga do príncipe. — E você está sangrando?

— Talvez — responde ele, tocando o pescoço com o dedo.

Dói, mas as costas doem mais.

— Tire a camisa — comanda a fadinha, encarando-o.

— Não temos tempo — contrapõe o príncipe. — Mas se tiver algo para amarrar, usarei para prender a espada. Eu devo ter deixado a bainha cair em algum lugar.

Tatterfell revira os olhos pretos.

— Eu vou nadar o mais rápido que conseguir — garante Jack. — Mas pode não ser rápido o bastante.

— Você pode voltar à superfície na metade do caminho — sugere. — Vamos tomar fôlego e continuamos.

Jack pondera por um bom tempo, como se não fosse muito da natureza dele, mas, depois de um momento, confirma com a cabeça. Hyacinthe franze a testa e assim continua.

Tatterfell enlaça a espada e a prende à cintura de Oak com faixas que rasgou das vestes que ele usava antes. Ela costura o machucado nas costas do príncipe também, ameaçando enfiar o dedo na ferida se ele se mexer.

— Você é implacável — comenta ele.

Ela sorri como se tivesse recebido o mais adorável dos elogios.

Então, preparando-se para vento e chuva, Oak, Jack e Hyacinthe rumam para a costa.

Na praia, Jack se transforma em um cavalo de dentes afiados. Ele se abaixa até encostar os joelhos no solo e espera que os dois montem na garupa. Oak enrola uma corda surrupiada da barraca no peito do kelpie e então em Hyacinthe, amarrando-o com firmeza às costas de Jack. Depois prende a si mesmo, envolvendo a corda uma última vez pelas cinturas deles para que fiquem bem presos um ao outro.

Quando Oak olha para as ondas revoltas, começa a duvidar da sabedoria do plano. Ele mal consegue discernir as luzes de Insmoor em meio à tempestade. Conseguirá mesmo prender a respiração pelo tempo que Jack achar necessário?

Mas não há como voltar atrás. Nem nada para o que voltar, então ele tenta inspirar profundamente e exalar devagar. Abre os pulmões o máximo possível.

Jack galopa em direção às ondas. A água gélida bate nas pernas de Oak. Ele segura a corda e respira uma última vez enquanto Jack mergulha no mar.

A frieza do oceano golpeia o peito do príncipe. Por um momento, quase o faz soltar o ar dos pulmões, mas Oak se segura para não arfar. Abre os olhos na água escura. Sente a pressão crescente e apavorada do aperto de Hyacinthe em seu ombro.

Jack nada com agilidade. Depois de um minuto, fica óbvio que não é rápido o bastante. Os pulmões de Oak estão ardendo, e ele se sente zonzo.

Jack precisa subir à superfície. Precisa fazer isso agora. *Agora*. O príncipe pressiona os joelhos com força no peito do kelpie.

288   HOLLY BLACK

O aperto de Hyacinthe no ombro de Oak se afrouxa, os dedos se soltando. Oak se concentra na dor da corda contra a palma da própria mão, tenta ficar alerta, tenta não respirar. Tenta não respirar. Tenta não respirar. Então não consegue mais segurar, e a água entra com tudo.

CAPÍTULO
22

Eles sobem à superfície de imediato, fazendo com que Oak se engasgue e comece a tossir. Ele ouve Hyacinthe ofegando atrás de si. Uma onda vem e o golpeia no rosto, lançando água do mar goela abaixo e o fazendo tossir mais.

A cabeça de Jack está acima das ondas, a crina colada ao pescoço. Um tipo de membrana cobriu os olhos dele, fazendo parecer que são perolados. Ao dar uma olhada para a costa, Oak nota que passaram da metade do caminho para Insmoor. Mas ele mal consegue recuperar o fôlego, que dirá prender a respiração de novo. O peito dói, ele ainda tosse e as ondas continuam quebrando em cima de si.

— Oak — murmura Hyacinthe com dificuldade. — Esse plano foi horrível.

— Se morrermos, ele vai comer você primeiro — responde Oak com esforço. — Então é melhor você viver.

Cedo demais, o kelpie voltar a submergir, devagar o bastante para Oak inspirar uma vez, ao menos. É uma respiração superficial, e ele tem quase certeza de que não aguentará segurar o ar até chegar à costa. Os pulmões já estão ardendo.

É a única forma de atravessar, lembra a si mesmo, fechando os olhos.

Jack volta à superfície, só por tempo suficiente para Oak inalar outra vez, então disparam para a costa, e lá se deparam com mais ondas revoltas.

O kelpie é jogado para a frente, colidindo com o leito de areia. Oak e Hyacinthe são levados junto. Uma pedra afiada arranha a perna de Oak. Ele se contorce na corda, mas está bem apertada.

De alguma forma, Jack luta para avançar para a praia. Outra onda golpeia o flanco do corcel, e ele cambaleia, então se transforma em um rapaz. A corda fica frouxa. Oak desliza para a areia, e Hyacinthe cai também. O príncipe percebe que ele está inconsciente. Há sangue saindo de um corte acima da sobrancelha, onde deve ter sido acertado por uma pedra.

Oak coloca o ombro debaixo do braço de Hyacinthe e tenta puxá-lo para longe da água. Antes que consiga, uma onda inesperada tromba no príncipe, que cai de joelhos. Ele joga o corpo em cima do de Hyacinthe para evitar que o mar o puxe de volta.

Um instante depois, Oak está de pé e arrastando Hyacinthe atrás de si. Jack pega o outro braço de Hyacinthe e, juntos, os dois conduzem o homem até um gramado macio antes de desabarem ao lado dele.

Oak começa a tossir de novo, enquanto Jack consegue virar Hyacinthe de lado. O kelpie bate nas costas dele, e o homem vomita água do mar.

— Como...? — começa Hyacinthe, abrindo os olhos.

Jack não parece nada impressionado.

— Vocês ficam ensopados rápido demais.

O céu está de um azul limpo e firme, com nuvens claras e fofas feito ovelhas. É só quando Oak olha para Insear que vê a tempestade, uma névoa densa cercando a ilha, estalando com os relâmpagos e uma pancada de chuva que desfoca todo o resto além.

Depois de alguns minutos deitado na grama, convencendo-se de que ainda está vivo, Oak se esforça para se levantar.

O TRONO DO PRISIONEIRO   291

— Eu conheço o lugar. Vou dar uma olhada e ver se as encontro.

— E o que devemos fazer? — pergunta Hyacinthe, embora ele pareça afogado demais e pouco apto a fazer qualquer coisa.

— Esperem aqui — orienta Oak. — Eu aviso se encontrar Tiernan.

Hyacinthe confirma com a cabeça, parecendo aliviado.

Insmoor é chamada de Ilha de Pedra porque fica coberta de pedras, e vai ficando mais selvagem à medida que se afasta do Mercado Mandrake. É aqui que o povo das árvores perambula por entre vinhas densas de hera, com os corpos cobertos de casco e morosos feito seiva. Aves guincham das árvores. É um bom lugar para Wren e Bogdana se esconderem. Poucos soldados e pouquíssimos cortesãos por aqui para trombar com elas. Só que Oak morou em Elfhame por quase toda a vida e conhece os caminhos. Seus cascos pisam de maneira suave no musgo e de maneira ágil na pedra. Ele não faz barulho enquanto caminha em meio às sombras.

O príncipe vê falcões à distância, empoleirados em árvores. Deve estar perto. Mantendo-se às sombras, espera não ser visto.

Depois de mais alguns passos, ele estaca no lugar, surpreso. Wren está sentada em um rochedo, com as pernas dobradas junto ao peito e os braços a envolvendo. Suas unhas estão cravadas nas panturrilhas, e a expressão está angustiada, como se, apesar de ter planejado a ruína da família real, não *gostasse* disso. Que bom que traí-lo não era prazeroso, supõe o príncipe.

O charme dos lábios de mel é fácil para ele dessa vez, o poder na medida em seu tom de voz.

— Wren — chama ele com suavidade. — Eu estava procurando você.

Ela levanta a cabeça, surpresa. Não usa mais nenhum adorno na cabeça. e o cabelo cai solto às costas.

— Eu achei que você estava...

— Em Insear, esperando pelo nosso casamento?

A expressão dela fica confusa por um momento, depois neutra. Ela desce da pedra e dá um passo na direção dele, como se estivesse em um transe.

Ele não pode se obrigar a odiá-la, mesmo agora.

Mas pode se obrigar a matá-la.

— Nós podemos dizer nossos votos aqui mesmo — comenta ele.

— Podemos? — Há um tom desejoso na voz dela.

Mas por que não haveria? Ela precisa se casar com ele se pretende ser a Grande Rainha de Elfhame. Ele está prometendo a Wren exatamente o que ela deseja. É assim que funciona o poder dele, afinal.

Ele coloca a mão no rosto dela, e Wren esfrega a bochecha na mão de Oak como se fosse uma gata. A seda áspera do cabelo dela roça nos dedos de Oak. Tocá-la desse jeito é agoniante.

A espada está no cinto dele, ainda atada à bainha improvisada. Tudo que precisa fazer é sacá-la e esfaquear o coração ancião de Wren.

— Feche os olhos — pede ele.

Ela olha para ele com tamanha desolação que o faz prender a respiração, então Wren fecha os olhos.

Oak leva a mão até a espada fina como uma agulha, envolve a empunhadura fria e molhada e saca a arma.

Ele olha para o aço reluzente, vívido o bastante para ver o reflexo do rosto de Wren ali.

O príncipe não consegue deixar de se lembrar das palavras de Fantasma quando estavam a bordo do *Resvalador da Lua*, voando acima do mar. *Você é bem parecido com Dain em alguns aspectos.*

Nem consegue se esquecer de como certa vez pensou: *Se eu amar alguém, não vou matar a pessoa.* Um juramento óbvio demais para ser feito em voz alta.

Oak não quer ser que nem o pai.

Ele queria que a própria mão ainda estivesse tremendo, mas está totalmente firme.

Você sempre foi esperto. Seja esperto agora. Foi o que Wren disse a ele quando o incitou a romper o noivado. Ela precisa desse casamento se pretende governar quando Cardan e a irmã morrerem. Ainda assim, se ele tivesse rompido quando ela pediu, não conseguiria o que queria.

Você não pode confiar em mim.

Por que alertá-lo? Para fazê-lo correr em círculos? Para encorajá-lo a desvendar um quebra-cabeças, para que ele não percebesse o outro? Era um plano complicado e arriscado, enquanto apenas esperar que ele cumprisse o dever e se casasse com ela, como dissera que faria, era um plano bastante simples, um com grandes chances de sucesso.

Oak se lembra de Wren parada no Bosque Leitoso, pairando sobre o corpo de Fantasma. Taryn a acusou de envenená-lo. Por que não negar? Por que deixar que todos suspeitassem dela? Randalin admitiu ser o responsável, e ele tinha a encorajado a se declarar inocente. E a bruxa da tempestade cravou as garras na pele de Wren. Tudo isso foi apenas uma desculpa para a família real fazer mais perguntas.

Não sou eu quem precisa ser salva.

Quando o disparo de flechas em Insear começou, aquela parecera ser a declaração mais incriminadora. Mas se não era uma provocação sobre o assassinato da família dele, planejado por Randalin, então outra pessoa precisava ser salva. Não Oak, que era uma engrenagem necessária. Talvez Fantasma? Ou Lady Elaine?

Ele se lembra de outra coisa, no banquete. *Eu deveria ter entendido melhor... o que você fez pelo seu pai e por quê. Eu queria que tudo fosse simples. Mas minha ir... Bex...*

Wren não terminou de falar por causa de um acesso de tosse. O que poderia ter sido causado por ela ter passado mal ao usar a própria magia. Ou porque ela esteve tentando dizer algo que fez um juramento para não dizer.

Minha irmã. Bex.

Não sou eu quem precisa ser salva.

Talvez Oak esteja entendendo tudo errado. Talvez ela não seja a inimiga, talvez ela estivesse diante de uma escolha impossível.

Wren ama a família mortal, ama tanto que ficou dormindo no chão perto da casa deles só para ficar próxima, ama tanto que talvez não houvesse nada que não faria para salvar a mãe, o pai ou a irmã. Ela sacrificaria qualquer um, inclusive a si mesma.

294 HOLLY BLACK

Ele sabe como é sentir esse tipo de amor.

Oak tinha se perguntado por que Lady Nore e Lorde Jarel deixaram a família mortal de Wren viver, pois ele sabia o quanto eram cruéis. Não teria sido mais do feitio deles acabar com qualquer oportunidade de Wren ser feliz? Trucidar a família mortal, um por um, na frente dela, e beber as lágrimas de Wren?

Mas agora entende como eles podem ter sido úteis. Como Wren se rebelaria, quando sempre havia algo a perder? Um cutelo pronto para fatiar. Uma ameaça a ser feita de novo e de novo.

Como Bogdana deve ter ficado feliz ao encontrar Bex viva e podendo ser usada.

Wren abre os olhos e o encara.

— Ao menos será você — diz ela. — Mas é melhor se apressar. A espera é a pior parte.

— Você não é minha inimiga. Você nunca foi minha inimiga.

— E, ainda assim, você está aí parado com uma espada em punho — lembra Wren.

Justo.

— Eu acabei de me dar conta. Ela está com sua irmã, não está?

Wren abre a boca, então fecha, mas o alívio em seu rosto já é resposta.

— E você não pode me contar — adivinha ele. — Bogdana fez você jurar todo tipo de coisa para garantir que não entregasse o plano dela. Fez você jurar prosseguir com o casamento, então a única saída era se eu a rejeitasse. Escondeu Bex, assim você não poderia apenas desfazer tudo e libertá-la. Avisou a alguém para eliminar Bex se a bruxa da tempestade acabasse morta. Tudo o que você podia fazer era tentar enrolar, e tentar me alertar.

Tudo o que Wren poderia fazer era torcer para que Oak fosse esperto o bastante.

E talvez, se não fosse, ela torcia para que ao menos ele a impedisse de ter que executar a pior das ordens de Bogdana. Mesmo que o único jeito de detê-la fosse usando uma espada.

Ela, que nunca quis confiar nele de novo, tendo que fazer exatamente isso.

Os olhos de Wren estão marejados quando ela pisca, os cílios pretos e espetados. Ela enfia a mão no bolso do vestido e saca a noz branca.

— Tiernan está preso na cabana. Fique com ela. É tudo o que posso te oferecer. — Os dedos dela roçam na palma da mão dele. — Eu não sou sua inimiga, mas se não puder me ajudar, da próxima vez que nos encontrarmos, talvez eu seja.

Não é uma ameaça. Ele entende agora. Ela está contando a ele o que teme que aconteça.

O príncipe quase esbarra com Jack e Hyacinthe quando eles estão saindo da praia. O kelpie solta um grito e então o encara com uma expressão acusatória.

— Eu estou com Tiernan — declara Oak, sem fôlego.

Hyacinthe ergue as sobrancelhas e olha para o príncipe como se ele tivesse batido a cabeça com força.

— Não, não está comigo. Está no meu bolso.

Deve ter sido dessa maneira que elas levaram os varapaus sem ser no navio: dentro da cabana. E quaisquer outros utensílios sinistros das quais poderiam precisar. Armas e armaduras, com certeza. E não havia razão nenhuma para Wren sequer saber disso.

— E a sua rainha? Ela está…? — pergunta Jack, fazendo um gesto como se cortasse o próprio pescoço.

— Bogdana está com a irmã mortal dela — explica Oak. — Ela está sendo chantageada.

— Onde ela está sendo mantida? — pergunta Hyacinthe. — E quando você vai enfim dizer algo que faça sentido?

A primeira pergunta é importante, e Oak acha que sabe a resposta.

Enquanto Oak se aproxima do Mercado Mandrake, ele tem uma vista bem nítida da tempestade assolando Insear. As ruas estão vazias. Mercadores estão enfurnados em casa, provavelmente torcendo para que as ondas não fiquem muito altas, que os raios não caiam perto demais. Hyacinthe segue o príncipe, levando a noz no bolso, enquanto Jack segue na retaguarda.

Juntos, chegam à cabana da Mãe Marrow, o teto de palha cheio de musgo. Oak fica em frente à porta enquanto os outros dois seguem para os fundos. Espiando lá dentro, ele a vê sentada em um toco diante do fogo aceso, cutucando um balde pendurado acima das chamas.

Oak bate à porta. A Mãe Marrow franze a testa e se volta para o fogo. Ele bate de novo. Dessa vez ela se levanta e, com uma carranca, cambaleia até a porta se apoiando nas garras de pássaro.

— Príncipe. — Ela estreita os olhos. — Não deveria estar em uma festa?

— Posso entrar?

Ela chega para trás para que ele possa passar.

— Uma baita tempestade aí fora.

A Mãe Marrow fecha a porta atrás dele e passa o trinco. Ele vai até a janela, olhando para Insear enquanto abre o ferrolho. Não vê nada além de chuva e névoa, e torce muito para que a família não esteja passando por mais problemas ainda.

— Você está prendendo a irmã de Wren para Bogdana, não está? — pergunta ele, virando-se e indo na direção dos fundos da cabana. — Seu amigo da pele dourada a sequestrou, mas é você quem tem uma casa aqui, então é você quem está com ela, não é?

Ela arqueia as sobrancelhas.

— Cuidado, Príncipe de Elfhame, com as acusações que faz à Mãe Marrow. Quer que ela continue sendo sua amiga, não quer?

— Eu preferiria descobrir a traição dela — rebate ele, escancarando a porta do quarto dos fundos.

— Como ousa? — brada ela quando ele entra no quarto.

Há uma cama com dossel encostada à parede, com lençóis esticados em cima. Alguns ossos, velhos e ressecados, estão em um canto. Há uma mesinha com um crânio sobre vários calhamaços. Uma xícara de chá está ao lado da cama, e devia estar ali havia muito tempo porque uma mariposa morta boia no líquido.

Ignorando-a, ele atravessa o cômodo e abre duas outras portas. Uma delas é um banheiro, com uma banheira de madeira enorme no meio do cômodo e uma bomba de água ao lado. Há um ralo em um canto, e um baú gigante, como Jack descreveu.

Ele abre a arca. Vazia.

A Mãe Marrow comprime os lábios.

— Você está cometendo um erro, garoto. O que quer que pense que eu tenho, vale a pena a maldição que vou lançar em você?

Enfurecido do jeito que está, ele nem hesita em responder:

— E você já não me traiu uma vez, quando sabia exatamente onde estava o coração de Mellith e me mandou em uma jornada inútil de todo modo? Eu sou o príncipe Oak da linhagem Greenbriar, parente da Grande Rainha e do Grande Rei, herdeiro de Elfhame. Talvez você devesse ter medo.

A surpresa toma as feições dela. Ela está parada no corredor, observando enquanto ele abre a última porta. Outra cama, essa apinhada de travesseiros bordados de maneira desajeitada, como se fosse obra de uma criança. Há prateleiras na parede, com livros. Uns parecem tão antigos quanto os calhamaços no quarto da Mãe Marrow, outros mais novos e menos empoeirados. Alguns são brochuras que, obviamente, eram do mundo mortal. Esse devia ser o quarto da filha.

Mas nada de Bex.

— Cadê ela? — exige saber ele.

— Venha — chama a Mãe Marrow. — Sente aqui. Você está tremendo. Um chá vai resolver isso.

Oak sente como se o próprio sangue fervesse. Se está tremendo, não é de frio.

— Nós não temos tempo para isso.

De qualquer jeito, ela começa a mexer no balde sobre o fogo. Há algo flutuando na água, parece alga marinha. A bruxa mergulha a concha de madeira e serve chá em duas canecas de cerâmica. A dele tem um entalhe de um rosto gritando.

A Mãe Marrow bebe o chá. A cabeça de Oak está faiscando como fios de alta tensão. Randalin morreu, e o que quer que fosse o sinal que planejava dar a Bogdana para anunciar o assassinato da família real, nunca será dado. Em algum momento, a bruxa da tempestade vai perceber isso e executar a próxima fase do plano. Wren não terá como detê-la. Talvez até mesmo tenha que ajudá-la. E ele precisa encontrar Bex antes que isso aconteça.

A sala está da mesma maneira de antes: tocos, um assento de madeira diante do fogo e uma cadeira gasta em um canto. O mesmo gabinete de curiosidades pintado com a coleção de asas de besouro, poções e venenos. As mesmas nozes tilintando em uma tigela. O caminho que leva ao restante da cabana vazia.

— O que pode oferecer à Mãe Marrow em troca do que procura? — pergunta a bruxa com tranquilidade.

Oak considera as bruxas como seres insondáveis, diferentes de como eram os outros seres do Povo das Fadas. Criadoras de objetos, lançadoras de maldições. Meio bruxa, meio deusa. Solitárias por natureza, segundo seus professores. Mas ele ouviu a história de Bogdana e Mellith, e se lembra do desejo da Mãe Marrow de Cardan se casar com a filha dela.

Talvez nem sempre solitárias, talvez nem de todo estranhas.

— Eu quero salvar a Wren.

— Uma passarinha — comenta ela. — Presa na tempestade.

Oak lança um olhar firme a ela.

— Você tem uma filha. Uma que queria que se casasse com o Grande Rei. Já me contou dela.

A Mãe Marrow solta um resmungo.

— Isso já faz um tempo.

O TRONO DO PRISIONEIRO   299

— Eu aposto que não tempo o bastante para ter esquecido da ofensa que foi o fato de os cortesãos do Povo das Fadas acharem que a filha de uma bruxa não servia para o trono.

A bruxa responde com uma ameaça na voz:

— É melhor ter cuidado se quer conseguir algo de mim, e é melhor não tentar usar seus lábios de mel em mim. Eu gosto de umas palavras doces, mas vou gostar ainda mais de comer sua língua.

Ele inclina a cabeça, demonstrando compreender.

— O que quer em troca de Bex?

Ela bufa.

— Você não encontrou garota alguma. E se não tiver ninguém aqui?

— Conceda-me três palpites — diz ele, embora não esteja nada convicto de que pode se dar bem com esse trato. — Três palpites de onde a colocou, e se eu acertar, vai entregá-la a mim.

— E se você falhar?

Os olhos dela estão brilhando. Ele sabe que ela está intrigada.

— Então eu volto aqui na lua nova e vou lhe servir por um ano e um dia. Vou lavar o chão, esfregar o caldeirão e cortar as unhas de seus pés. Contanto que não inclua fazer mal a ninguém, eu farei o que pedir, como um criado em sua residência.

Oak consegue sentir a atmosfera mudando ao redor, a retidão das palavras. Ele não está usando o encantamento da forma costumeira, mas se permite sentir o poder fazendo contorcionismo dentro de si, a forma como o poder quer que ele se remodele para a Mãe Marrow. A parte gancanagh dele sabe que ela vai acreditar que é mais ardilosa do que ele, que o orgulho dela vai fazê-la aceitar a aposta.

— *Qualquer coisa* que eu peça de você, Príncipe de Elfhame?

Ela abre um sorriso largo, deleitada com a expectativa de humilhá-lo.

— Contanto que eu erre os três palpites.

— Então palpite à vontade. Até onde se sabe, eu a transformei em uma tampa de panela.

— Eu me sentiria bem estúpido se não chutasse isso de primeira, então.

A Mãe Marrow parece bem satisfeita.

— Errou.

Dois palpites. Ele é bom em jogos, mas é difícil pensar quando parece que não resta tempo, quando consegue ouvir a tempestade ao fundo e a agitação das...

Ele pensa na cabana da noz branca e em Tiernan, e lembra quem deu o presente à Wren. Levantando-se, Oak caminha até o gabinete.

— Ela está presa em uma das nozes.

A ira domina o rosto da Mãe Marrow por um breve momento, então é substituída por um sorriso.

— Muito bem, príncipe. Agora diga qual delas.

Deve haver meia dúzia delas na tigela.

— Meu palpite foi correto — retruca Oak. — Eu acertei a resposta.

— Acertou? Seria como dizer que a transformei em uma flor e não ter certeza se era uma rosa ou uma tulipa. Decida seu palpite. Se errar, você perde.

Ele abre o gabinete, pega a tigela, então segue para a cozinha atrás de uma faca.

— Está fazendo o quê? — berra ela. — Pare com isso!

Ele escolhe uma avelã e enfia a ponta da lâmina na fenda. A casca se abre, espalhando um monte de vestidos pela sala, cada um de uma cor diáfana diferente. Eles flutuam até o chão com suavidade.

— Solte isso — diz ela quando ele estica a mão para pegar outra avelã. — Agora mesmo.

— Vai me entregar a garota? Porque eu não preciso tirá-la daqui agora. Vou abrir uma por uma e destruir todas.

— Garoto tolo! — exclama a Mãe Marrow, então entoa:

Aí dentro preso ficará
Seu destino em forma de noz
Enquanto espera, nas sombras morada fará

O mundo parece crescer e encolher ao mesmo tempo. A escuridão chega rapidamente e o rodeia. De fato, ele se sente bem tolo. E muito desorientado.

Dentro da noz as paredes são curvas e polidas até resultarem em um brilho digno de mogno. O chão está coberto de palha. A luz tênue parece emanar de todo lugar e ao mesmo tempo de lugar nenhum.

Ele ouve alguém arfando atrás de si. De maneira instintiva, Oak leva a mão à espada ao se virar, e precisa se forçar a não sacar a arma da bainha feita de farrapos.

Uma garota mortal está em meio aos barris, jarros e cestas, encostada na parede curvada da prisão. Sob a luz fraca, a pele dela é marrom-clara como as folhas do início de outono, e ela usa um casaco branco bufante, que a cobre toda. Ela está com os braços um sobre o outro como se abraçasse a si mesma por conforto, para se aquecer ou para não desmoronar.

— Não grite — pede Oak, erguendo as mãos para mostrar que estão vazias.

— Quem é você, e por que está aqui? — pergunta a garota.

Oak respira fundo e tenta pensar no que deve dizer. Ele não quer assustá-la, mas nota, pela forma como ela olha para os cascos e chifres dele que talvez já seja tarde demais.

— Eu gostaria de acreditar que vamos ser amigos — afirma ele. — Se você me disser quem é, eu também digo.

A garota mortal hesita.

— Uma bruxa veio e me trouxe para cá para ver minha irmã, mas eu ainda não a encontrei. A bruxa disse que ela está com problemas.

— Uma bruxa... — repete ele. Ele pondera o quanto a garota está consciente da passagem do tempo. — Você é a irmã da Wren, Bex?

— Bex, sim. — Ela abre um sorrisinho. — Você conhece a Wren?

— Desde que éramos crianças — responde Oak, e Bex relaxa um pouco. — Sabe o que ela é? O que eu sou?

— Fadas. — *Monstros*, diz a expressão dela. — Eu sempre tenho sorva comigo, e ferro também.

302   HOLLY BLACK

Quando Oak era criança e morava no mundo mortal com a irmã mais velha, Vivi, ficou superempolgado para mostrar magia à namorada dela, Heather. Ele removeu o próprio glamour e ficou arrasado quando ela o olhou, aterrorizada, como se ele não fosse mais o menininho que ela levava ao parque ou em quem fazia cócegas. Ele pensou que a novidade seria um boa surpresa, mas acabou sendo um enorme susto.

Na época ele não percebia como um mortal poderia ficar vulnerável no Reino das Fadas. Mas deveria ter percebido, já que morava com duas. Deveria, mas não percebeu.

— Que bom — elogia ele, lembrando da queimadura que as grades de ferro da Cidadela causaram. — A sorva para quebrar feitiços e o ferro para nos queimar.

— Sua vez. Quem é você?

— Oak.

— O príncipe — diz Bex com a voz neutra, sem nenhum traço de amistosidade na voz.

Ele confirma com a cabeça.

Bex dá dois passos à frente e cospe aos pés dele.

— A bruxa me contou de você. Que você rouba corações, e que ia roubar o da minha irmã. Que se algum dia eu visse você, deveria correr.

Acostumado às pessoas gostarem dele, ou ao menos acostumado a ter que cortejar um desafeto, Oak fica um pouco chocado.

— Eu nunca... — começa ele, mas ela já está indo para o outro lado, grudando o corpo na parede curvada como se acreditasse que ele iria atrás dela.

Surge um som ao longe, alto e intenso. As paredes tremem.

— O que é isso? — pergunta ela com o tom exigente, tropeçando.

— Meus amigos. Eu espero.

Uma luz forte surge, e a prisão se inclina para o lado. Bex é jogada contra ele, e então os dois caem no chão da cabana da Mãe Marrow.

Hyacinthe está apontando uma besta para a Mãe Marrow. A janela que Oak destravou está aberta, e Jack está ali dentro. O kelpie se agacha e pega uma noz, intacta.

A Mãe Marrow faz cara feia.

— Povinho sem educação — resmunga ela.

— Você a encontrou! — exclama Jack. — E que petisco... digo, *mortal*... mais apetecível.

Bex fica de pé em um pulo e saca do bolso traseiro uma chave inglesa de aparência antiga... Deve ser o ferro a que se referiu. Ela parece estar considerando bater na cabeça do kelpie com a peça.

Em dois passos, Oak atravessa a sala. Ele coloca a mão na boca da garota com força o suficiente para sentir os dentes dela contra a palma.

— Escute — diz ele, sentindo-se como um valentão, quase tendo certeza, porque estava se comportando como um. — Eu não vou machucar Wren. Nem você. Mas não tenho tempo de lutar com você nem de correr atrás de você.

Bex reluta contra ele, dando chutes.

O príncipe se inclina e sussurra no ouvido dela:

— Eu estou aqui pela Wren e vou levar você até sua irmã. E se tentar fugir de novo, lembre-se disso: a forma mais fácil de fazer você se comportar seria fazendo você me amar, e você não quer isso.

Ela não deve querer mesmo, porque o corpo da garota fica frouxo nos braços dele.

Oak tira a mão da boca de Bex, e ela se afasta, mas não grita. Em vez disso, observa-o, com a respiração pesada.

— Eu deveria saber que havia algo errado quando você falou meu nome — declara Bex. — Wren nunca teria contado a você. Ela disse que se sabe o nome da pessoa, então o outro tem poder sobre nós.

Ele solta uma risada surpresa.

— Quem me dera — comenta ele, então faz uma careta. Ele deveria ter fraseado isso de maneira melhor, uma que não o fizesse soar como um verdadeiro monstro, mas não tem muito o que possa fazer a não ser prosseguir: — Você precisa saber o nome completo da pessoa, o nome verdadeiro. Mortais não têm nomes assim. Não do mesmo jeito que nós.

Bex olha para a porta da cabana e então volta a olhar para Oak, parecendo estar calculando algo.

— Wren está em uma enrascada — conta ele. — Algumas pessoas estão usando você para obrigá-la a fazer o que querem. O que significa matar muitos do meu povo.

— E você quer me usar para detê-la.

É uma forma dura de dizer isso, mas verdadeira.

— Quero. Eu não quero que minhas irmãs se machuquem, nem ninguém. Nem Wren nem você.

— E você vai me levar até ela?

Ele confirma com a cabeça.

— Então eu vou com você — diz ela. — Por ora.

Oak olha para Mãe Marrow.

— Vou lhe conceder uma coisa, considerando que estou em dívida com você. Se eu sobreviver, não vou contar ao Grande Rei e à Grande Rainha que escolheu ficar ao lado de Bogdana contra eles. Mas minha dívida agora está extinta.

— E se ela ganhar, o que acontece? — pergunta a Mãe Marrow.

— Então eu vou morrer — responde Oak — e você pode ficar à vontade para cuspir no musgo e nas pedras onde estará meu cadáver.

É nesse momento que a porta da frente se racha em duas. O cheiro de ozônio e madeira queimada preenche o ar. A bruxa da tempestade aparece ali, como se tivesse sido invocada ao mencionarem seu nome.

Relâmpagos estalam entre as mãos dela, e os olhos da bruxa estão ferozes.

— Você! — berra Bogdana quando vê Bex ao lado do príncipe.

— Levem a mortal até Wren — grita Oak para Jack e Hyacinthe, sacando a espada. — Vão!

Então ele corre para cima da bruxa da tempestade.

A eletricidade colide com a espada dele, chamuscando seus dedos. Apesar da dor, ele consegue golpear, cortando a capa dela.

Pela visão periférica, Oak vê Jack erguer Bex e empurrar os pés dela pela janela. Do outro lado, Hyacinthe a segura.

Bogdana estica os dedos tipo garras para Oak.

— Eu vou adorar arrancar cada pedacinho da sua pele.

Ele golpeia, bloqueando o toque dela, então se movimenta para a esquerda. Ela dá outro passo na direção dele.

À essa altura, Hyacinthe e Jack estão fora de vista, levando Bex com eles.

Uma estratégia surge na mente de Oak — arriscada, mas que pode funcionar. Uma estratégia que pode fazê-lo chegar à Wren mais depressa do que qualquer outra.

— E se eu me render? — pergunta ele.

Ele vê que ela hesita um pouco.

— Render-se?

— Vou embainhar a espada e ir com você por vontade própria. — Oak dá de ombros, abaixando sutilmente a arma. — Se prometer me levar à Wren direto, sem truques.

— Sem truques? Engraçado você dizendo isso.

— Eu quero vê-la — afirma ele, torcendo para que pareça convincente. — Eu quero ouvir da boca de Wren o que fez e o que quer. Além disso, você não quer deixá-la sozinha por muito tempo.

Bogdana o observa com uma expressão maliciosa.

— Pois bem, príncipe. — Ela estica a mão e passa as garras compridas pela bochecha dele de maneira tão suave que só arranham os hematomas. — Se eu não posso ter a irmã, então você será o meu prêmio. E quando chegar a hora de eu acabar com você, já vai estar bem temperado.

CAPÍTULO 23

Bogdana envolve o punho dele com uma das mãos com garras enquanto o conduz na direção da água e da tempestade.

— Eu achei que estávamos indo encontrar Wren — comenta ele.

— Ah, achou que ela estivesse aqui em Insmoor? Não, eu a levei para Insear. Estávamos lá juntas quando Mãe Marrow me enviou o sinal.

Ele deveria ter suspeitado de que Mãe Marrow tinha como informar a Bogdana que estavam libertando a refém e se arrepende pela generosidade que concedeu à bruxa. É provável que, em troca do que fez, tudo o que ele consiga seja uma maldição.

— Em Insear? — questiona ele, atentando-se à parte que importa.

Se Wren e Bogdana foram a Insear, o que isso representa para a família dele?

— Venha — orienta Bogdana, afastando-se da margem pedregosa.

Um vento rodopiante sopra e a levanta, assim como soprou e levantou o navio. As vestes da bruxa da tempestade ondulam. Ela puxa Oak com força pelo braço. Ele a segue, com os cascos pisando no que parece ser nada além de redemoinhos de ar.

A névoa se espalha, e gotículas de chuva não caem pelo caminho enquanto o vento os leva por cima do mar.

Minutos depois, eles pousam nas pedras pretas de Insear. Oak escorrega e quase cai, tentando se equilibrar.

E, à sua frente, ele vê Wren e Jude.

Elas estão se enfrentando, a irmã segura uma espada, com os olhos brilhando. A maioria de suas tranças se desfizeram e seus cabelos castanhos caem soltos e molhados pelo rosto. As bochechas estão coradas pelo frio, e a barra do vestido foi arrancada, como se ela tivesse rasgado para garantir que não tropeçaria.

Wren está com a roupa da caçada, a mesma roupa que usava em Insmoor. Está larga nela, como se Wren estivesse ainda menor agora, como se ela tivesse sido corroída. As maçãs do rosto estão mais proeminentes, a cavidade de sua bochecha mais profunda. A expressão de desolação é como o céu tomado pela chuva. O mesmo semblante de desolação de quando deixaria que ele a esfaqueasse.

Atrás da irmã há outros quatro membros do Povo das Fadas. Barata, com uma adaga na mão e uma ferida nova no supercílio. Dois arqueiros... cavaleiros que Oak reconhece, com arcos longos nas mãos. E um cortesão, vestido em veludo e renda, com cabelo e barba trançados, e segurando uma marreta. Estão todos ensopados.

Lutando do lado de Wren há mais de meia dúzia de soldados... com armaduras, espadas presas ao cinto e arcos nas mãos.

— *Jude* — chama Oak, mas ela nem parece ouvi-lo.

Diante de seus olhos, Wren ataca Jude, tentando pegar a espada desembainhada. O sangue de Wren mancha o aço quando a arma corta a palma de sua mão. Só que antes que a espada afunde ainda mais, antes que Jude retire a arma da mão da adversária, o metal começa a derreter. O material forma uma poça no solo, sibilando ao tocar a água, resfriando-se até virar pedaços pontiagudos de metal. Desfeito.

Jude dá um passo para trás, soltando o punho da arma como se a tivesse machucado.

— Belo truque. — A voz da irmã não está muito estável.

— Vejo que tem tudo sob controle, filha — diz Bogdana para Wren.
— Eu estou com o príncipe. Agora, cadê o Grande Rei?

— Disparem — brada Jude, ignorando as palavras de Bogdana e voltando sua atenção para os falcões que se transformam em soldados. — Disparem em *todos* os nossos inimigos.

As flechas são disparadas, cortando o ar em um arco belo e letal.

Antes que atinjam o alvo, Wren ergue a mão. Faz um pequeno gesto, como se espantasse um mosquito. As flechas se partem e se espalham como gravetos levados por um vento forte.

Jude saca duas adagas do corpete, ambas curvadas e afiadas como navalhas.

Oak se afasta de Bogdana, levando a mão à própria espada.

— Pare! — berra ele.

A bruxa da tempestade zomba:

— Não seja tolo, garoto. Você está cercado.

Vários falcões estão com os arcos a postos, e embora Oak acredite que Wren não queira mais mortes, se dispararem, ele não sabe ao certo se ela impediria que as flechas de seus próprios arqueiros acertassem o alvo. Drenaria muito o poder dela, e os falcões não veriam o ato com bons olhos.

— Eu estou com sua irmã — revela ele, porque isso é o que importa. É disso que ela precisa saber. — Eu estou com a Bex.

Wren se vira para ele, com os olhos arregalados, o cabelo colado ao pescoço. Através dos lábios entreabertos, ele vê os dentes afiados.

— Ele a roubou de nós — grita Bogdana. — Não acredite em nada do que ele diz. Ele a usaria para aprisioná-la, criança.

Jude olha para eles, erguendo as sobrancelhas.

— Chantagem, irmão? Estou impressionada.

— Não é o que… — começa ele.

— Você tem que tomar algumas decisões — interrompe Jude, falando com ele. — Os falcões são seguidores de sua dama, mas talvez ela queira tanto sua cabeça em uma bandeja quanto a bruxa da tempestade. Dê a mão, e ela vai querer seu cadáver.

O TRONO DO PRISIONEIRO   309

Bogdana responde antes de Oak:

— Ah, rainha de Elfhame, se deu conta de que suas armas são inúteis. Você é casada com um filho infiel de uma linhagem infiel. Vocês conseguiram a coroa às custas do sangue de minha filha.

— Conseguimos a coroa às custas do sangue de muita gente. — Jude vira para os próprios arqueiros. — Preparem outra rajada.

— Você não pode nos machucar com varetinhas pontudas — afirma Wren, mas seu olhar se volta para Oak.

Ela deve estar ciente de que a família dele está ali e de que ele está em posse da família dela.

A magia de Wren a atormentava antes de chegarem a Elfhame. Ela quase desfaleceu nos braços de Oak no dia anterior. Não conseguirá deter as flechas para sempre. Ele não sabe ao certo o que ela é capaz de fazer.

— Randalin está morto — informa o príncipe à bruxa da tempestade. — Ele conspirou contra Elfhame, envenenou o Fantasma, planejou esse golpe muito antes de tentar envolver você na história. Não há por que deixar que ele a arraste para a vala junto.

— Não deixe que ele te manipule — retruca Bogdana, como se Oak estivesse tentando convencer Wren. — Ele está usando você como Randalin torceu que acontecesse... Randalin, que queria ajudar a colocar o príncipe Oak no trono. Viu o que o conselheiro ganhou em troca da lealdade? Confiaria que essa pessoa não usaria sua irmã contra você?

Com Bex em segurança, pensou Oak, Wren se libertaria do controle de Bogdana. E ela se libertou, mas isso não significa que Wren esteja livre. *Ele* está com Bex. *Ele* pode controlar Wren do jeito que Bogdana fez. O príncipe poderia fazê-la rastejar como se houvesse tiras de arreio cravando sua pele.

Ele não sabe como convencê-la de que não é o que pretende fazer.

— Você se importa com sua irmã. E eu, com a minha. Vamos acabar com isso. Diga a Bogdana para dar fim à tempestade. Diga aos falcões para recuarem. Isso pode acabar agora.

Bogdana zomba outra vez:

— Ele entregou a mortal a Jack dos Lagos. É provável que ele já a tenha afogado a esta altura.

Wren arregala os olhos.

— Você não fez isso.

— Ele está trazendo a Bex para encontrar você — explica Oak, percebendo como aquilo soa péssimo.

Não apenas isso, mas ele não tem certeza se é possível que Jack leve Bex até ali, mesmo que adivinhe onde estão. Oak quase se afogou quando atravessou.

— Você acredita nisso, garota? — brada Bogdana. — Eles teriam ficado contentíssimos se uma das flechas tivesse acertado seu coração. Vamos encontrar o Grande Rei e cortar o pescoço dele. Seus falcões podem ficar de olho no príncipe.

Oak talvez conseguisse sacar a espada e atacar antes que Bogdana o detivesse, mas se Wren mandar os arqueiros atirarem, ele morre. Ele não tem capa mágica que o proteja.

Jude muda de postura.

— Matem qualquer um que se aproximar daquela barraca — ordena ela ao Povo das Fadas ainda ali. — E você, rainhazinha, é melhor não interferir. Se Oak está com sua irmã, eu suponho que você a queira de volta inteira.

— Não está ajudando, Jude — contrapõe Oak.

— Eu me esqueci. Não estamos do mesmo lado — responde a irmã.

— Você está escondendo o Grande Rei de mim? — questiona Bogdana. — Ele deve ser mesmo um covarde, como todo mundo diz, deixando você comprar as brigas dele.

Oak vê a ira no rosto de Jude, vê a irmã engolindo o sentimento.

— Eu não me incomodo de lutar.

Mas Cardan *não* é um covarde. Mesmo machucado, ele levantou sua arma contra os cavaleiros de Randalin que se opuseram a eles. Ele deve ter se ferido muito para não estar ali no momento… sem ao menos ter dado a capa à Jude. Cardan sangrava quando Oak partiu… mas estava consciente. Estava esbravejando ordens.

O TRONO DO PRISIONEIRO 311

— Então, antes que esta batalha aconteça e todos tenhamos que escolher lados, eu tenho uma pergunta. — O olhar de Jude se endurece. Ela está enrolando. Oak percebe que não faz ideia do que ela pode ganhar com isso. — Se você queria tanto assim Wren no trono, por que não a deixou se casar com ele? Ela deveria ter se casado com o príncipe Oak hoje à noite, não é? Não seria um caminho direto ao trono? Após se tornar Grande Rainha, bastaria fazer apenas o que ela planejou durante tantos anos... arrancar a cabeça dele do pescoço.

Talvez Jude só quisesse lembrá-lo de não confiar em Wren.

— Como se *você* fosse deixar o príncipe Oak assumir o trono — esnoba Bogdana.

— Falando de maneira geral, não é necessário *deixar* um herdeiro herdar o que é seu por direito — retruca Jude. — Óbvio, talvez você esteja agindo agora porque não teve escolha. Talvez Randalin tenha prosseguido sem consultá-la. Você queria que o casamento acontecesse, mas ele agiu antes que você conseguisse o que queria.

Bogdana abre um sorriso de canto.

— Acha que eu me importo com a traição de um de seus representantes? Suas intrigas cortesãs pouco me afetam. Não, com Wren ao meu lado, eu posso mandar Insear de volta para o fundo do mar. Eu posso afundar todas as ilhas.

Wren seria destruída. Ela seria desfeita pela magia, assim como a terra.

— Nós podemos morrer todos juntos. Em um grandioso e glorioso ato final de estupidez digno de virar canção — afirma Oak.

As mãos de Wren tremem, e ela pressiona uma na outra para escondê-las. Oak nota como os lábios dela ficaram roxos. A forma como a pele parece pálida e manchada, como nem o tom azul consegue esconder que tem alguma coisa errada.

Desfazer a espada e as flechas deve ter custado muito a ela... e ele não sabia ao certo tudo o que ela havia feito desde a caçada.

— Eu fui a primeira das bruxas — prossegue Bogdana, com a voz parecendo o quebrar de ondas. — A mais poderosa das bruxas. Minha voz é o uivo do vento; meu cabelo, a chuva fustigante, minhas unhas, o golpe quente do relâmpago que separa a carne do osso. Quando dei a Mab parte de meu poder, teve um preço. Eu queria que minha filha tivesse um espaço entre os cortesãos do Povo das Fadas, que assumisse o trono e usasse uma coroa. Mas não foi o que aconteceu. — Bogdana faz uma pausa. — Eu fui ludibriada por uma rainha uma vez. Não acontecerá de novo.

— Mab morreu — declara Oak, tentando argumentar com ela. Esperando que conseguisse usar palavras reais, palavras *verdadeiras*, que a convencessem porque são as corretas. — Você ainda está aqui. E está com Wren de novo. É você que tem tudo a perder agora e nada a...

— Calado, garoto! — interrompe Bogdana. — Não tente usar seu poder em mim.

— O poder me mostra o que você quer. — Ele olha para Wren. — Eu não preciso jogar charme em você para afirmar que não é assim que vai conseguir.

Bogdana gargalha.

— E se Wren quiser o trono? Vai se manter de fora enquanto ela planeja tomá-lo? Vai ajudar? Vai deixar sua irmã morrer para provar o amor que alega sentir por ela? — Ela se vira para Jude. — E você? Pode blefar à vontade, mas só tem quatro do Povo das Fadas aí atrás... metade deve estar considerando se voltar contra você, e um irmão cuja lealdade é duvidosa.

"Com certeza seu povo não quer enfrentar três vezes mais soldados, todos com capacidade de disparar livremente enquanto você não lança rajada alguma. Eu daria uma excelente recompensa por essa audácia. Se um deles matar o rei de Elfhame..."

— E se eu der a você a cabeça de Oak em vez da de Cardan? — pergunta Jude de repente.

O príncipe se vira para a irmã. Ela não pode estar falando sério. Mas os olhos de Jude estão frios, e a faca na mão dela, bem afiada.

— E por que eu aceitaria uma proposta tão ruim? — pergunta a bruxa da tempestade. — Nós ficamos com ele por meses. Poderíamos

O TRONO DO PRISIONEIRO   313

tê-lo matado quando quiséssemos. Eu poderia tê-lo matado em Insmoor menos de uma hora atrás. Além disso, não foi você quem me lembrou como seria bem mais fácil instituir Wren como Grande Rainha se ela se casar com o seu herdeiro?

— Com a morte de Oak, metade da linhagem Greenbriar deixaria de existir — argumenta Jude. — A mera casualidade pode se encarregar do resto. Cardan foi ferido... talvez ele não veja a luz do dia. Eu cheguei ao trono por meio de conchavos, apesar de ser mortal. Faça de mim sua aliada em vez dele. Eu sou uma aposta melhor. Conheço a política de Elfhame e sou mercenária o bastante para tomar decisões práticas.

Oak sabe que a irmã não está falando sério sobre a proposta, mas não significa que ela não esteja falando sério sobre matá-lo.

Como Oak foi tolo, fazendo a si mesmo parecer inimigo de Cardan. Como ele pode provar à Jude, aqui e agora, que ele sempre esteve do lado dela? Que ele nunca tramou algo com Randalin. Que ele estava tentando flagrar os conspiradores para que algo assim jamais acontecesse.

Mas como Jude adivinharia o que Oak planejava fazer sem ter nem ideia do que ele já havia feito?

— Oak não lutaria contra você — declara Wren.

Os olhos de Bogdana brilham.

— Ah, eu acho que lutaria, sim. E se eu propuser a seguinte barganha ao príncipe: vença, e eu deixo Wren manter você como bichinho de estimação. Deixo você viver. Até deixo que se case com ela, se ela assim desejar.

— Quanta generosidade, levando em conta que Wren já pode se casar com quem quiser — responde Oak.

— Não se você morrer — contrapõe Bogdana.

— Você quer que eu lute contra a minha própria irmã? — pergunta ele, com a voz instável.

— Ah, como eu quero. — Bogdana abre um sorriso terrível e sinistro. — Grande Rainha, eu não vou simplesmente aceitar a cabeça do príncipe, arrancada por um de seus soldados. Assim como me ludibriaram a matar alguém de minha família, será justo ver você matar alguém da sua. Mas eu vou poupar o responsável por matar o outro. Deixarei a Grande Rainha abdicar do trono, e não irei atrás dela. Ela pode voltar ao mundo mortal e viver seus breves dias de vida.

— E Cardan? — questiona Jude.

A bruxa da tempestade ri.

— Que tal levá-lo? E te dou um tempinho de vantagem.

— Feito — concorda Jude. — Contanto que me deixe levar meu pessoal também.

— Se você ganhar — responde Bogdana. — Se você correr.

— Não faça isso — sussurra Wren.

Oak dá um passo à frente, com a cabeça dando voltas. Ele ignora a forma como Wren o está olhando, como se ele fosse uma ovelha indo para o abate, estúpida demais para fugir.

Enquanto Oak se aproxima da irmã, uma flecha acerta o solo ao lado dele, partindo do acampamento de Jude. Um disparo de alerta.

Ele espera mesmo que tenha sido um disparo de alerta, não um que errou o alvo.

— Príncipe Oak — diz Jude. — Você tem tomado umas decisões bem perigosas ultimamente.

Ele respira fundo.

— Eu entendo por que pensaria que eu planejava trair...

— Nossa conversa será no campo de batalha — interrompe a irmã. — Está pronto para o duelo?

Wren dá um passo à frente. A chuva fez o cabelo comprido e revolto grudar no pescoço e no peito dela.

— Oak, espere.

Bogdana segura o braço dela.

— Deixe que eles resolvam o probleminha de família.

Wren se desvencilha.

— Eu avisei. Você não pode me manter em servidão. Não sem Bex.

— Acha que não? — rebate a bruxa da tempestade. — Criança, eu vou me vingar, e você é fraca demais para me deter. Nós duas sabemos disso. Assim como sabemos que os falcões vão atender a mim quando você desmaiar. E você vai... Se sobrecarregou quebrando a maldição dos reis troll e depois no navio; só hoje já usou o poder duas vezes. Não está inteira o suficiente para me enfrentar. Quase não consegue se manter de pé.

Jude está ajustando o vestido, rasgando-o para amarrar as laterais da saia, como uma calça improvisada. O que ela está tramando?

Se eles não estivessem isolados em Insear, o exército de Elfhame já teria abatido Bogdana, Wren e os falcões. Mas enquanto a tempestade de Bogdana os mantiver isolados, enquanto Wren estiver bloqueando flechas, Jude não conseguirá mantê-los longe da barraca de Cardan.

Mas Jude nunca abdicará. Ela nunca vai fugir, mesmo que Cardan morra.

Lógico que, se Cardan morrer, Jude pode muito bem culpar Oak.

Ele quer ver a hesitação no rosto da irmã, mas a expressão dela lembra a de Madoc antes de uma batalha.

Alguém vai matar você. É melhor que seja eu.

Oak se recorda de quando era uma criança mimada e fútil, fazendo besteiras. Fica envergonhado ao se lembrar de quebrar as coisas no apartamento de Vivi, chorando e chamando pela mãe, quando o levaram para lá a fim de protegê-lo. Fica mais envergonhado ainda ao se lembrar de quando enfeitiçou a irmã e se deliciou ao ver a bochecha dela vermelha depois que ela estapeou a si mesma. Sabia que doía e, mais tarde, sentiu-se culpado.

Mas ele não entendeu o orgulho de Jude e como ele a havia envergonhado. Como aquilo fora o pior dos crimes.

Jude atribuía seus piores impulsos ao pai deles, sem responsabilizar a provocação de Oak. Sem responsabilizar Oriana também, que nunca fez esforço para acolher uma menininha mortal que perdera a mãe.

Ainda assim, a raiva e o ressentimento devem estar em algum lugar dentro dela. Aguardando por este momento.

— Eu ouvi que Madoc ofereceu um duelo ao Grande Rei — comenta Bogdana —, mas que ele foi covarde demais para aceitar.

— Meu pai deveria ter pedido a mim — retruca Jude, sem se incomodar com a ofensa ao seu amado.

— Eu não quero lutar com você — alerta Oak.

— Lógico que quer — contrapõe Jude. — Van, traga minha espada favorita, considerando que Wren destruiu a outra. Eu a deixei lá onde troquei de roupa.

O príncipe vira a cabeça e vê Barata, com a expressão sombria, indo em direção à barraca. Uns instantes depois, ele volta com uma espada enrolada em um pano preto pesado.

— Eu não participei da conspiração de Randalin — garante Oak, tentando de novo.

Mas Jude só lança um sorriso obscuro ao irmão.

— Pois bem, olha que oportunidade maravilhosa de provar sua lealdade e morrer pelo Grande Rei.

Barata desenrola a arma, mas Oak mal presta atenção. O pânico o dominou. Ele não pode lutar contra ela. E, se lutar, ele não pode perder o controle de jeito algum.

— São espadas gêmeas — explica Jude. — Caçadora de Coração e Coração Jurado. Coração Jurado pode cortar qualquer coisa. Uma vez cortou a cabeça de uma serpente que era considerada invencível, e quebrou uma maldição. Dá para ver por que eu gosto dela.

— Não parece nada justo — diz Oak, enfim focando o olhar na espada.

É uma peça bem trabalhada, tão bela quanto se esperaria de uma criação da forja de um grande ferreiro. E então ele entende. Ele solta o ar depressa.

Jude assume uma postura casual. Ela é boa. Sempre foi boa.

— O que o faz pensar que a justiça me interessa?

— Está bem — responde Oak. — Mas não pense que eu serei um adversário fácil.

— Sim, eu vi você lá dentro. Foi impressionante — concorda a irmã. — Assim como sua astúcia. Peço desculpas por não ter percebido o que devia ter percebido há muito tempo.

— Desculpas aceitas — declara Oak, confirmando com a cabeça.

O TRONO DO PRISIONEIRO 317

Jude avança no príncipe. Oak bloqueia, dando uma volta.

— Cardan está bem, então? — pergunta ele o mais baixinho que consegue.

— Ele vai ficar com uma cicatriz impressionante — responde ela, com a voz baixa. — Quer dizer, não tão impressionante quanto as várias que eu tenho, óbvio.

Oak solta o ar outra vez.

— Óbvio.

— Mas o que ele está fazendo de verdade é evacuando os cortesãos e criados de Insear — prossegue Jude com suavidade. — Por meio do Reino Submarino. A ex-namorada dele ainda é rainha de lá. Cardan está os conduzindo pelas profundezas.

Oak olha na direção das barracas. Das quais ninguém deveria se aproximar, do contrário seria morto por Jude. As que estão vazias.

— Dizem que a esgrima é uma dança. — Jude ergue a voz enquanto corta o ar com a espada. — Um, dois, três. Um, dois, três.

— Você dança muito mal — retruca Oak, obrigando-se a se manter presente.

Ele não vai se deixar levar pela luta. Ele não vai perder o controle.

Ela sorri e avança de novo, quase o derrubando.

— Wren estava sendo chantageada — conta ele, desviando de um golpe quase tarde demais, distraído por tentar pensar no que dizer para fazê-la entender. — Toda essa questão com a irmã dela.

— Eu não tenho certeza de que você saiba diferenciar os inimigos dos aliados.

— Sei, *sim* — garante Oak. — E os falcões a seguem.

— Diga que você tem certeza de que ela é confiável — diz Jude. — Certeza mesmo.

Oak dá um impulso, desvia. As espadas dos dois colidem. Se Jude estivesse mesmo lutando com a Coração Jurado, teria partido a lâmina dele ao meio. Mas Oak reconheceu a espada que Barata trouxe... era a Cair da Noite, forjada pelo pai mortal de Jude.

318   HOLLY BLACK

Assim que Jude ergueu a espada, Oak enfim entendeu a estratégia.

Com os poucos soldados que tinham, ela sabia que precisavam chegar bem perto do inimigo. Sabia que precisavam utilizar o elemento surpresa.

— Eu tenho certeza — afirma Oak.

— Certo. — Jude avança no ataque, forçando Oak a se mover para trás, cada vez mais perto da bruxa da tempestade. — Nesta dança eu sou boa. Um. Dois. *Três*.

Juntos eles se viram. Oak pressiona a ponta a espada de um lado do pescoço de Bogdana, Jude do outro.

Os falcões apontam as armas na direção de Oak e Jude. Puxam as cordas dos arcos. Do outro lado, os cavaleiros de Elfhame estão prontos para mandarem uma rajada de flechas em resposta. Se alguém disparar, perto como estão de Bogdana, é provável que a bruxa da tempestade seja atingida, o que não significa que eles não seriam alvejados também.

— Ele disse que podemos confiar em você — diz Jude a Wren.

— Esperem — comanda Wren aos falcões, com a voz um tanto trêmula. Oak percebe em sua expressão que, apesar de tudo, ela esperava que uma das espadas estivesse no pescoço dela. — Abaixem as armas, e a Grande Corte fará o mesmo.

— Afastem-se dela! — grita uma voz vinda de uma das barracas, e Bex aparece. Ela está toda ensopada e tremendo, e quando os vê, arregala os olhos. — Wren?

Wren fica horrorizada quando Bex deixa o abrigo da lona em direção à chuva. A mão cobre a boca no automático, para esconder os dentes afiados. Wren nunca quis que a família a enxergasse como um monstro.

Oak percebe que ela está cambaleando um pouco e não há nada por perto em que possa se apoiar. Wren sugou demais da magia. Ela deve estar à beira do colapso.

— Bex — murmura Wren tão baixinho que ele duvida que a garota consiga ouvir por cima do barulho da tempestade.

A mortal dá um passo em direção à irmã.

— Ela está aqui mesmo — diz Wren, parecendo admirada. — Ela está bem.

— Ah, não — contrapõe Bogdana. — Aquela garota não é da sua família. Você é minha filha. Minha. E você, garoto...

O relâmpago é lançado do céu como um arco na direção de Oak. Ele recua, erguendo a espada instintivamente, como se pudesse bloqueá-lo com um golpe. Por um momento, tudo ao redor dele fica branco, então ele vê Wren se lançar à sua frente, o cabelo revolto e bagunçado pelo vento, a eletricidade cintilando dentro dela como se houvesse vaga-lumes presos sob sua pele.

Wren absorveu o raio.

Ela curva o canto da boca, então solta uma risada estranha e atípica.

Bogdana repuxa os lábios, sibilando em choque, mas teve uma pequena vitória: Oak não está mais pressionando a espada no pescoço dela, e até Jude deu um passo para trás.

A bruxa da tempestade balança a cabeça.

— Você *prendeu* o príncipe. Jogou-o nas masmorras. Ele enganou você. *Não* pode confiar nele.

Wren cai de joelhos, como se a força das pernas tivesse se esvaído.

— Acabou — alerta Oak à Bogdana. — Acabou para você.

— Nem pense em escolher a ele em vez de mim — brada Bogdana, ignorando-o. — Sua irmã é uma isca. Ele vai usar a garota mortal para manipular você a fazer exatamente o que ele quer, em vez de usá-la, como fiz, para ajudá-la a tomar o que é seu. Ela corre mais perigo com ele do que sequer poderia correr comigo.

As mãos de Wren ainda estão cintilando com os efeitos do raio.

— Você vive me dizendo que os outros vão fazer comigo o que você já fez. Eu sei o que é querer tanto uma coisa que preferiria ter uma migalha a não ter nada, por mais que jamais possa tê-la de verdade. E amor não é isso.

"Você poderia ter confiado em mim para escolher os próprios aliados, poderia ter confiado em mim para decidir como usar os poderes, mas não, você tinha que trazer minha não irm... minha *irmã* aqui e mostrar a ela tudo o que eu tinha medo que ela visse. Mostrar a versão de *mim* que eu temia que ela conhecesse. E se ela me rejeitar, tenho certeza de que você vai ficar em êxtase, pois será a prova de que eu não tenho mais ninguém além de você."

Wren olha para Bex do outro lado.

— O príncipe Oak vai levar você para casa.

— Mas... — contrapõe a garota.

— Pode confiar nele — garante Wren.

— Não, criança — dispara Bogdana. Ouve-se o estrondo do trovão. Os demônios de poeira começam a girar em torno dela, sugando a areia.

— Chegamos muito longe. É tarde demais. Eles nunca vão perdoá-la. Ele nunca vai perdoá-la.

Oak nega com a cabeça.

— Não há o que perdoar. Wren tentou me avisar. Ela teria sacrificado a própria vida para evitar ser seu fantoche.

Bogdana continua focada em Wren.

— Acha mesmo que é páreo para meu poder? Absorveu um raiozinho e já está se desmontando toda.

Os falcões se movimentam na direção da rainha, pela primeira vez apontando as armas para a bruxa da tempestade.

Wren abre um sorriso abatido.

— Não era para eu ter sobrevivido. Se continuássemos nesta batalha e na que viria a seguir, se você me forçasse a aniquilar toda a magia que lançassem em nós, não restaria nada de mim. A magia que me integra teria me corroído.

— Não... — começa Bogdana, mas não consegue continuar. Não consegue, porque diria mentiras.

— Mas sobre uma coisa você tem razão. É tarde demais.

Wren abre os braços, como se fosse abraçar a noite. Ao fazer isso, parece que a tempestade inteira (o vento rodopiante, os relâmpagos) a reconhece como o próprio cerne.

Oak percebe o que ela está fazendo, mas não faz ideia de como pará-la. E entende agora o desespero que outros sentiram ao vê-lo fazer alguma coisa arriscada, sem se importar com as consequências.

— Wren, por favor, não!

Ela sorve a tempestade para dentro de si, engolindo a chuva que a banha, deixando que seja absorvida pela própria pele. O vento chicoteia seus cabelos, então fica imóvel. As nuvens escuras se dissipam, com Wren as soprando até desaparecerem.

A lua pálida brilha sobre Elfhame outra vez. O vento fica calmo. As ondas param de bater contra a costa.

Com o último resquício de poder, Bogdana faz um gesto com a mão na direção de Wren.

Um raio estala pelo céu e a acerta no peito.

Wren cambaleia para trás, inclinando-se na tentativa de suportar a dor. E quando ergue a cabeça, os olhos dela estão acesos.

Ela brilha com o poder, com o corpo se erguendo no ar e o cabelo flutuando. Os olhos estão bem abertos. Pairando no céu, Wren é iluminada de dentro para fora. Seu corpo está radiante, tão brilhante que Oak vê gravetos entrelaçados no lugar em que deveriam estar os ossos, pedras no lugar dos olhos, pedaços pontiagudos de cascas onde costumavam ficar os dentes. E o coração preto, denso com o poder bruto.

Ele sente como se houvesse uma força gravitacional atraindo-o para ela. E então sente quando a força some.

CAPÍTULO 24

Wren desaba, a pele ferida e pálida, o cabelo grudado no rosto. Olhos fechados. Imóvel demais para estar só dormindo.

Oak parece não conseguir fazer nada além de olhar para ela. Não consegue se mexer nem pensar.

Bex se ajoelha ao lado de Wren, fazendo pressão no peito da irmã, contando baixinho.

— Anda — murmura ela entre uma compressão e outra.

Bogdana se agacha para colocar os dedos supercompridos na bochecha de Wren. Sem o poder, parece velha. Até as unhas compridas parecem quebradiças.

— Afaste-se dela, humana.

— Estou tentando salvar minha irmã — brada Bex.

Jude para atrás da mortal.

— Ela está respirando?

— Você a destruiu — acusa Oak, rosnando para Bogdana, e aperta tanto o punho da espada que sente a peça se cravando em sua mão. — Você teve a chance de desfazer o que fez, de salvar sua única filha. Ninguém a estava enganando desta vez. Fez exatamente o que sabia que a mataria.

— Ela me traiu — responde Bogdana, mas a voz falha um pouco.

— Você não dava a mínima para ela — berra Oak. — Você a aterrorizou para que ela conquistasse um poder que você pudesse usar. Você deixou aqueles monstros da Corte dos Dentes a machucarem. E agora ela morreu.

A bruxa estreita os olhos.

— E você, garoto? É assim tão superior? Foi você quem a trouxe para cá. O que faria para salvá-la?

— Qualquer coisa! — grita ele.

— Não! — intervém Jude, quase ao mesmo tempo, se colocando entre ele e a bruxa da tempestade. — Não, não faria, não. — Ela segura Oak pelos ombros e o sacode. — Você não pode continuar se jogando em situações como se você não tivesse importância.

— Ela é mais importante — contrapõe ele.

— Talvez seja possível despertar Wren — revela Bogdana.

— Se estiver me enganando, eu acabo com você, juro — declara Oak.

— O coração dela parou — explica Bogdana. — Mas filhas de bruxas não precisam de corações pulsando, só de um coração mágico.

Oak se lembra do alerta de Fantasma quando estavam no navio: *Dizem que o poder de uma bruxa vem da parte dela que está faltando. Cada uma delas tem uma pedra fria, um fio de nuvem ou uma chama sempre acesa no lugar em que deveria estar seu coração.* Ele tinha encarado aquilo como mera superstição. Até fadas achavam as bruxas e os poderes delas inquietantes o bastante para criar lendas a respeito. E fora óbvio que Fantasma estivera preocupado com o plano de Oak de se casar com uma.

O príncipe se agacha até o chão, ajoelhando-se ao lado de Wren, enquanto Bex tenta salvá-la do outro. A irmã mortal o olha de cara feia e segue contando. Ele coloca a mão no peito de Wren. Torcendo, desesperadamente, para que a bruxa da tempestade esteja certa. Mas ele não sente qualquer vestígio de pulsação nem qualquer movimento de respiração no peito dela. O que ele sente é magia. Um poço profundo de magia, encolhido dentro do corpo da jovem rainha.

Puxando a mão de volta, ele não sabe o que pensar.

Mãe Marrow disse que a magia de Wren foi virada do avesso. Um poder que deveria ser usado para a criação foi distorcido a ponto de conseguir apenas destruir, aniquilar e desfazer. Voltando-se contra si mesmo, uma cobra comendo a própria cauda. Mas a magia de Wren pode não ter suportado engolir a tempestade e ser atingida duas vezes por um raio. Talvez algo tenha transbordado.

Embora ela tenha acendido todas as luzes internas e queimado junto com elas, talvez algo novo pudesse emergir das cinzas.

Quantas garotas como Wren, feitas de gravetos e com um coração amaldiçoado, podem existir? Ela é feita de magia, mais do que qualquer um deles.

— O que a acordará? — questiona ele com um tom exigente.

— Isso eu não sei — responde Bogdana, sem olhar nos olhos dele.

Jude ergue as sobrancelhas.

— Que grande ajuda.

Oak se lembra da história que Oriana contou a ele muito tempo antes, sobre a mãe dele: *Era uma vez uma mulher tão bonita que ninguém conseguia resistir. Quando falava, parecia que os corações daqueles que a ouviam batiam somente por ela.*

Mas como ele convenceria alguém que nem conseguia ouvi-lo?

— Wren — diz Oak, deixando o som do "r" soar bem pronunciado. — Abra os olhos. Por favor.

Nada acontece. Oak tenta de novo, exalando todo o encantamento de seus lábios de mel. O Povo das Fadas que está por ali o observa com uma intensidade nova e estranha. O ar parece ondular com o poder. Bex prende a respiração, inclinando-se para perto dele.

— Volte para mim — pede ele.

Mas Wren continua calada e imóvel.

Oak deixa o poder se esvair, xingando a si mesmo. Ele lança um olhar impotente à Jude, que o olha de volta e balança a cabeça.

— Eu sinto muito. — É algo muito humano de se dizer.

Ele deixa a cabeça pender para a frente até tocar a testa na de Wren.

O TRONO DO PRISIONEIRO   325

Pegando-a nos braços, ele analisa a cavidade das bochechas e a fragilidade da pele dela. Pressiona o dedo no canto de sua boca.

Oak pensava que sua magia se tratava apenas de encontrar o que as pessoas queriam ouvir e dizer aquilo da maneira que queriam escutá-la, mas desde que se permitira usar o poder de fato, percebera que dava para encontrar a verdade com ele. E, ao menos desta vez, ele precisa dizer a verdade para Wren.

— Eu achava que o amor era um deslumbramento, ou o desejo de ficar perto de alguém, ou a vontade fazer essa pessoa feliz. Achava que era o tipo de coisa que acontecia, como um tapa na cara, e que sumia da mesma forma como a dor do tapa se esvai. Por isso, era fácil acreditar que poderia ser fabricado, manipulado ou influenciado pela magia.

"Até conhecer você, eu não entendia que, para ser amado, é preciso deixar que o outro te enxergue. Com exceção da minha família, eu nunca tinha amado de verdade, porque eu não havia me dado ao trabalho de conhecer ninguém de verdade. Mas eu conheço você. E você tem que voltar para mim, Wren, porque ninguém nos entende como entendemos um ao outro. Você sabe que não é um monstro, mas talvez eu seja. Eu sei que você me prendeu nas masmorras porque ainda havia algo entre nós. Somos uma bagunça, um caos, e eu não quero seguir a vida sem a pessoa de quem não consigo fugir. Sem a pessoa que não consegue fugir de mim."

— Volte — pede de novo, com lágrimas ardendo os olhos. — Você quer e quer e quer, lembra? Bem, acorde e tome para si o que você quer.

Ele encosta a boca na testa dela.

E se espanta quando a ouve respirar. Wren abre os olhos e, por um momento, o encara.

— Wren — chama Bex, batendo no ombro de Oak. — O que você fez?

Então ela puxa o príncipe para si e o abraça forte.

Jude observa a cena, com a mão na boca.

Bogdana se mantém afastada, de cara feia, talvez torcendo para que ninguém tenha reparado na forma como enfiou as unhas nas vestes enquanto observava.

— Estou com frio — sussurra Wren, e ele fica alarmado de imediato.

Ela conseguia andar descalça na neve sem ser afetada. Ele nunca sequer a ouviu reclamar das temperaturas mais gélidas.

Oak se levanta, erguendo Wren nos braços. Ela parece leve demais, mas sua respiração na pele dele o reconforta. Seu peito sobe e desce.

Contudo, ele ainda não consegue ouvir a batida de um coração.

Com o fim da tempestade, parece que toda Elfhame cruzou a distância entre Insear e Insmire. Os barcos estão cheios, e há muitos soldados também. O segundo comandante de Grima Mog está esbravejando ordens.

Bex pega um cobertor de uma das barracas, e Oak enrola o tecido em Wren. Então a leva até um barco e comanda que sejam conduzidos de volta ao palácio. A jornada é um borrão de pânico, perguntas frenéticas e passos laboriosos. Enfim, ele a carrega até os seus aposentos. À essa altura, o corpo de Wren está tremendo, e o príncipe tenta não deixar o horror transparecer em sua voz enquanto fala com ela com suavidade, explicando onde estão e que está segura.

Ele coloca Wren na cama, então empurra o móvel para perto da lareira e a agasalha com mais cobertores. Não parece fazer diferença, porque ela continua tremendo.

Herboristas e curandeiros entram e saem. *Como uma banshee*, diz um deles. *Como uma espectro*, afirma outro. *Como algo que nunca vi*, opina o terceiro.

A pele de Wren se tornou seca e opaca de um jeito esquisito. Até o cabelo parece desbotado. É como se ela estivesse se afundando tanto em si mesma que ele não consegue acompanhar.

Oak permanece ao lado dela durante a noite toda e o dia seguinte inteiro, recusando-se a se mexer enquanto as pessoas entram e saem. Oriana tenta tirá-lo de lá para que coma alguma coisa, mas ele não sai.

Bex vem e vai. Naquela tarde, ela fica ali sentada por um tempo, segurando a mão da irmã e chorando como se ela já tivesse morrido.

O TRONO DO PRISIONEIRO   327

Tiernan leva para eles queijo curado, chá de erva-doce e pão. Também leva notícias de Bogdana, que está presa nas masmorras da Mansão Hollow, e seria transferida para a Torre do Esquecimento.

Bex improvisa uma cama para si no chão com algumas almofadas. Oak empresta a ela um dos seus roupões, todo dourado e feito de seda de aranha.

Com o cair da noite, Wren parece uma carcaça de si mesma. O braço parece papel sob o toque de Oak. Um ninho de vespa em vez de carne. Ele afasta a mão e tenta se convencer de que vai acontecer algo além do pior.

— Ela não está melhorando, está? — pergunta a mortal.

— Eu não sei — responde Oak. É difícil dizer as palavras, estão próximas demais de serem uma mentira.

Bex franze a testa.

— Eu acho que conheci seu... hã... pai. Ele estava me contando sobre a Corte dos Dentes.

Bem, ele conhece tudo sobre aquele lugar, pensa Oak, mas não diz.

— Eu acho que consigo entender por que Wren achou que não poderia voltar para a minha família, e não foi porque... não sei, não foi porque ela não queria nos ver.

— Ela estava disposta a muita coisa pelo seu bem — revela Oak, pensando em como Wren deve ter lutado para libertá-la das garras de Bogdana, como deve ter sido tomada pelo desespero quando percebeu que precisaria escolher entre uma morte agonizante para a irmã ou a morte de tantos outros.

— Eu só queria... eu só queria ter falado com ela quando a vi entrando escondida na casa pela primeira vez. Queria tê-la seguido. Queria ter feito mais, ter feito *alguma coisa* — confessa ela.

No decorrer dos últimos dias, Oak vinha fazendo uma lista abrangente e condenatória de todas as vezes que podia ter tomado decisões melhores. Ele está ponderando se deve admitir isso em voz alta quando Bex dá um grito.

Ele se levanta de súbito, incerto sobre o que ela está vendo.

328   HOLLY BLACK

Então ele entende. Dentro da carcaça que é Wren, tem algo se mexendo. Movendo-se sob a pele dela.

— O que é isso? — pergunta Bex, dando passos para trás até bater as costas na parede.

Oak balança a cabeça. A pele opaca de Wren o faz pensar de repente nas cascas protetoras que as aranhas abandonam. Ele estica a mão, que está instável...

Wren se mexe de novo, e, desta vez, a carne de papel se rasga. A pele surge, um azul vívido. O corpo dela se parte como uma crisálida.

No chão, Bex emite um som atordoado.

Lá de dentro, emerge uma nova Wren. A pele do mesmo azul cerúleo, os olhos do mesmo verde suave. Até os dentes estão iguais, afiados como sempre, quando ela abre os lábios para inspirar. Mas nas costas dela há um par de asas cobertas de penas, de um suave cinza azulado nas pontas, com penas mais escuras perto do corpo, e, quando se abrem, são grandes o bastante para cobrir a ele, Bex e Wren.

Ela se levanta, nua e renascida, olhando ao redor do quarto com o olhar aguçado de uma deusa, decidindo a quem deve abençoar e a quem castigar.

Ela foca os olhos no príncipe.

— Você tem asas — murmura Oak, maravilhado e embasbacado.

Soa como se tivesse batido a cabeça com força. O que não é muito diferente de como se sente.

A alegria estupefata o deixou desprovido de inteligência.

— Wren — sussurra Bex.

Wren volta a atenção a ela, e ele vê a mortal se encolher um pouco sob o peso do olhar.

— Você não precisa ter medo — garante Wren, embora ela esteja parecendo bem assustadora no momento.

Até Oak está com um pouco de medo.

Bex respira fundo e se levanta do chão. Pegando um cobertor, ela o entrega à irmã, e então lança um olhar cheio de significado a Oak.

— Você deveria parar de encarar como se nunca tivesse visto uma garota pelada com asas.

Oak fica sem reação e vira o rosto, envergonhado.

— Certo — concorda ele, seguindo para a porta. — Vou deixar vocês sozinhas.

Ele olha por cima do ombro uma vez, mas tudo o que vê são penas.

No corredor, um guarda logo fica a postos.

— Vossa Alteza — diz ele. — Tiernan foi descansar há algumas horas. Devo mandar chamá-lo?

— Não é necessário. Deixe-o descansar.

O príncipe segue pelo palácio como um sonâmbulo estarrecido, extremamente feliz por Wren estar viva. Tão feliz que, quando encontra Madoc na sala de jogos, não consegue conter o sorriso.

O pai se levanta de trás da mesa de xadrez.

— Você parece satisfeito. Isso significa que...

O tempo, que nunca foi muito bem calculado pelo Povo das Fadas, ficou meio turvo. Ele não sabe ao certo quanto tempo passou naquele quarto.

— Acordada. Viva.

— Venha se sentar — convida Madoc. — Você pode terminar o jogo que Val Moren começou.

Oak se senta na cadeira e franze a testa diante da mesa.

— O que aconteceu?

Em frente a Madoc há vários peões capturados, um bispo e um cavalo. Do lado de Oak, só um peão.

— Ele se mandou quando percebeu que ia perder — explica o barrete vermelho.

Oak analisa o jogo, exausto demais para pensar em realizar qualquer movimento, que dirá um bom.

— Sua mãe não está muito feliz comigo agora — revela Madoc. — Nem suas irmãs.

— Por minha causa?

Talvez fosse inevitável, mas Oak se sentiu culpado por adiantar aquele processo.

Madoc balança a cabeça.

— Talvez elas tenham razão.

Isso é preocupante.

— Tudo bem, papai?

Diferente de Oriana, Madoc sorri com o uso do termo humano. "Papai". Talvez porque quando Jude e Taryn usaram o termo, significou que elas gostavam dele de um jeito que jamais pensou que fosse acontecer.

— Aquela mortal andando por aí me fez pensar em umas coisas.

Deve ser estranho para ele estar de volta a Elfhame, e ainda assim não ser mais o Grande General. Estar de volta à antiga casa, sem os filhos ali. E estar longe de Insear quando os outros estavam em perigo.

— Nas minhas irmãs?

— Na mãe delas.

Oak fica surpreso. Madoc não fala da esposa mortal, Eva, com frequência. Provavelmente porque ele a assassinou.

— Ah, é?

— Não é fácil para mortais viverem neste lugar. Não é fácil para nós vivermos no mundo deles também, mas é mais fácil. Eu não deveria tê-la deixado tanto tempo sozinha. Eu não deveria ter me esquecido de que ela conseguia mentir, ou que pensava na própria vida como curta, e o quanto se arriscaria por sua felicidade.

Oak confirma com a cabeça, sentindo que há mais coisa, e avança o peão para longe da área em que poderia ser capturado por outra peça.

— E não deveria ter me iludido com a ideia de que cultivar um instinto assassino incontrolável não acabaria em tragédia. Não deveria ter ficado tão afoito para ensinar isso a você.

Oak pensa no medo que sentiu quando o pai o arremessou no chão todos aqueles anos antes, na vergonha que carregava consigo por causa do horror e da própria suavidade, de como as irmãs e a mãe o protegiam.

— Não. Provavelmente não.

Madoc abre um sorriso.

— E, ainda assim, eu mudaria muito pouco. Porque sem meus erros, eu não teria a família que tenho.

Ele movimenta a rainha, atravessando-a pelo tabuleiro até colocá-la em uma posição que não parece nada ameaçadora.

Levando em conta que Madoc quase com certeza teria assumido a coroa se não fosse pelas filhas mortais de Eva, aquela foi uma baita admissão.

Oak movimenta o cavalo para capturar um dos bispos desprotegidos do pai.

— Eu estou feliz que esteja em casa. Tente não ser expulso de novo.

Madoc move a torre.

— Xeque-mate — anuncia ele com um sorriso, recostando-se na cadeira.

Voltando para os aposentos, Oak passa pelo quarto de Tiernan. Ele bate à porta bem de leve para não acordá-lo caso esteja mesmo dormindo.

— Sim? — responde uma voz.

Hyacinthe.

Oak abre a porta.

Tiernan e Hyacinthe estão na cama juntos. O cabelo de Tiernan está bagunçado, e Hyacinthe parece estar bem satisfeito consigo mesmo.

Oak dá um sorrisinho e vai se sentar na beirada da cama.

— Eu não vou demorar.

Hyacinthe muda de posição e se encosta na cabeceira. Ele está sem camisa. Tiernan faz o mesmo, mantendo o cobertor sobre o corpo.

— Tiernan, eu estou formalmente dispensando-o de me servir — anuncia Oak.

— Por quê? O que eu fiz?

Tiernan se inclina para a frente, sem mais se incomodar com o cobertor.

— Você me protegeu — responde Oak com bastante sinceridade. — Inclusive de mim mesmo. Por muitos anos.

Hyacinthe parece indignado.

— É por minha causa?

— Não de todo — informa Oak.

— Não é justo — rebate Hyacinthe. — Eu lutei ao seu lado. Eu tirei você da casa da Mãe Marrow. Praticamente o tirei da Cidadela. Até deixei que me convencesse a quase morrer afogado por Jack dos Lagos. Não é possível que ainda ache que trairia você.

— E não acho.

Tiernan franze a testa, confuso.

— *Por que* está me mandando embora?

— Resguardar um membro da família real não é uma posição da qual alguém se demite, mas você deveria. Eu tenho me jogado de cabeça nas coisas sem me importar com as consequências. Eu não percebi como isso era destrutivo até Wren fazer o mesmo.

— Você precisa de alguém…

— Eu precisei de você quando era criança — concorda Oak. — Embora eu não admitisse. Você me manteve seguro, e tentar não colocar você em perigo me tornou um pouco mais cauteloso, embora nem de longe cauteloso o bastante. Mas, acima de tudo, você foi meu amigo. Agora nós temos que escolher nossa estrada e pode ser que a minha não seja a mesma que a sua.

Tiernan respira fundo, absorvendo as palavras.

Hyacinthe arfa de leve. De todas as coisas pelas quais ele se ressentia de Oak, a maior de todas era o medo de que Tiernan fosse tirado dele. Nunca havia pensado que aquela não era a intenção de Oak.

— Eu espero que você sempre seja meu amigo, mas não podemos ser amigos de verdade se for obrigado a desperdiçar sua vida por causa das minhas escolhas ruins.

— Eu sempre serei seu amigo — garante Tiernan com firmeza.

— Que bom — responde Oak, levantando-se. — E agora eu vou sair daqui para que Hyacinthe não tenha um novo motivo para ter raiva de mim e vocês dois possam, em algum momento, dormir.

O príncipe segue até a porta. Um deles joga um travesseiro às suas costas.

À porta de seus próprios aposentos, Oak bate. Quando nem Wren nem Bex respondem, ele entra.

Ele precisa circular pela sala de estar, pelo quarto e pela biblioteca algumas vezes para se dar conta de que ela não está ali. Ele chama seu nome e então, sentindo-se tolo, senta-se na beira da cama.

Uma folha de papel está sobre o travesseiro, arrancada de um de seus cadernos antigos. É uma carta escrita por uma mão trêmula.

Oak,

Eu sempre fui seu oposto, tímida e rebelde enquanto você era o puro charme real. E ainda assim foi você quem me tirou da floresta e me forçou a parar de negar todas as partes de mim que eu tentava esconder.

Inclusive a parte de mim que queria você.

Eu poderia dizer como foi fácil acreditar que, aos seus olhos, eu era um monstro e que a única coisa que poderia ter de você era o que eu tomasse para mim, mas isso pouco importa. Eu sabia que era errado, e fiz mesmo assim. Troquei a certeza da posse pelo que eu mais queria: sua amizade e seu amor.

Vou com Bex visitar minha família e então retornarei ao norte. Se eu posso fazer algo além de destruir coisas, então é hora de aprender a criar.

Seria cruel cobrar de você uma promessa feita sob coação, uma proposta de casamento para evitar uma carnificina. E mais cruel ainda seria fazê-lo se despedir de mim de maneira educada, quando já tirei tanto de você.

Wren

O príncipe amassa o papel. Ele não tinha feito todo um discurso a respeito de como ela o ensinara sobre o amor? Sobre enxergar o outro e deixar que o outro te enxergue. Depois disso, como ela podia...

Ah, certo. Ela estava *inconsciente durante o discurso*.

Ele desaba em uma cadeira.

Havia passado boa parte do tempo olhando pela janela, infeliz, quando Jude manda chamá-lo. Ainda assim, ela é a Grande Rainha e também sua irmã, então ele se arruma para ficar meio apresentável e vai até os aposentos reais.

Cardan está deitado na cama, com ataduras e uma carranca, usando um roupão magnífico.

— Eu odeio estar mal — resmunga ele.

— Você não está doente — contrapõe Jude. — Você está se recuperando depois de ser esfaqueado... ou melhor, de se lançar sobre uma faca.

— Você teria feito o mesmo por mim — afirma ele com alegria.

— Não teria, não — brada ela.

— Mentirosa — diz Cardan com carinho.

Jude respira fundo e se volta a Oak.

— Se for o que realmente deseja, você tem nossa permissão formal, como seus soberanos, para abdicar de sua posição como nosso herdeiro.

Oak ergue as sobrancelhas, esperando pela ressalva. Ele vinha dizendo a ela que não queria o trono desde que conseguia se lembrar. Por anos, ela agiu como se em algum momento ele fosse mudar de ideia.

— Por quê?

— Você é um adulto. Um *homem*, embora eu preferisse enxergá-lo como um menino para sempre. Você tem que decidir seu destino. Fazer suas próprias escolhas. E eu tenho que permitir que faça.

— Obrigado — responde ele com dificuldade.

Não é algo educado de se dizer entre o Povo das Fadas, mas Jude precisa ouvir. Aquelas palavras não o absolvem de dever algum.

Ele a decepcionou e talvez também a tenha deixado orgulhosa. A família o ama de forma tão complexa, o tipo de amor que não se faz com magia, que não se pode encantar, para seu profundo alívio.

— Por te escutar? Não se preocupe. Não farei disso um hábito. — Jude vai até ele e o abraça, encostando o queixo no peito do irmão. — Você é irritante de tão alto. Antes eu te carregava nos ombros.

— Eu posso carregar *você* — responde Oak.

— Naquela época você ficava me chutando com os cascos. Eu não me incomodaria em me vingar.

— Aposto que não. — Ele ri. — Taryn ainda está com raiva?

— Está triste — revela Jude. — E se sentindo culpada. Como uma punição do universo pelo que ela fez com Locke.

Se fosse verdade, tantos deles mereciam uma punição maior.

— Eu não queria… eu não *acho* que queria a morte de Garrett.

— Ele não morreu — comenta Jude com naturalidade. — Virou árvore.

Oak supõe que seja algum alívio, poder ir visitá-lo e falar com ele, mesmo que o Fantasma não possa responder. E talvez um dia o feitiço pudesse ser quebrado, quando não houvesse mais perigo. Talvez até a esperança de esse dia chegar fosse alguma coisa.

— E você tinha todo o direito de ficar com raiva. Nós escondemos coisas de você, sim — prossegue Jude. — Coisas ruins. Pequenas. Eu deveria ter te contado o que o Fantasma fez. Eu deveria ter contado quando capturaram Madoc. E… você deveria ter me contado umas coisas também.

— Muitas coisas — concorda Oak.

— Vamos melhorar nisso — declara Jude, trombando o ombro no braço dele.

— Vamos melhorar nisso — repete Oak.

— Falando nisso, eu gostaria de conversar com Oak por um instante — comenta Cardan. — A sós.

Jude parece surpresa, mas então dá de ombros.

— Eu vou estar lá fora, gritando com as pessoas.

— Tente não se divertir muito — rebate Cardan quando ela sai.

Por um momento, os dois ficam em silêncio. Cardan sai da cama com esforço. Os cachos pretos bagunçados caem sobre os olhos, e ele aperta o cinto do roupão azul escuro.

— Tenho certeza de que ela não quer que você se levante — diz Oak, mas oferece o braço ao cunhado.

Cardan é, afinal, o Grande Rei.

E se ele caísse, Jude gostaria ainda menos.

Cardan se apoia bem no príncipe. Ele aponta para um dos sofás baixos.

— Ajude-me a chegar ali.

Eles andam devagar. Cardan estremece de dor discretamente e vez ou outra solta um grunhido exagerado. Quando enfim chega ao móvel, fica encostado em um dos cantos do sofá, escorado em almofadas.

— Sirva-me um cálice de vinho, sim?

Oak revira os olhos.

Cardan se inclina para a frente.

— Ou eu posso ir pegar.

Encurralado, Oak ergue as mãos, cedendo. Caminha até a bandeja prateada onde estão as jarras de cristal lapidado e escolhe uma cheia da bebida cor de ameixa escura. Serve em um cálice e entrega ao cunhado.

— Eu acho que sabe do que se trata — comenta Cardan, dando um bom gole.

Oak se senta.

— Lady Elaine? Randalin? A conspiração? Eu posso explicar.

Cardan faz um gesto displicente com a mão.

— Você já *explicou* o suficiente e mais que o suficiente. Eu acho que é minha vez de falar.

— Vossa Majestade.

Cardan foca o olhar no dele.

O TRONO DO PRISIONEIRO   337

— Para alguém que não pode mentir diretamente, você distorce tanto a verdade que fico surpreso por não ouvi-la chorar de dor.

Oak não se dá ao trabalho de negar.

— O que faz todo o sentido, considerando seu pai... e sua irmã. Mas você conseguiu enganar até a ela. O que ela não gosta de admitir... o que ela não gosta, ponto.

Mais uma vez, Oak nada diz.

— Quando você começou com as conspirações?

— Eu não quero...

— O trono? — finaliza Cardan. — Óbvio que não. E você nem titubeou nessa questão. Se suas irmãs e seus pais imaginavam que você mudaria de ideia, tem a ver com os próprios motivos insanos deles. É a única coisa na qual se manteve firme por mais do que alguns anos. E, saiba, eu pensava a mesma coisa quando era príncipe.

Oak não consegue evitar de se lembrar da responsabilidade que teve em impedir que Cardan tivesse uma escolha na questão.

— Não, eu não acredito que você queira ser o Grande Rei — continua Cardan, então abre um sorrisinho maldoso. — Nem acreditava que você queria me matar por outro motivo. Nunca passou pela minha cabeça.

Oak abre e fecha a boca. Aquele não era o tópico da conversa? *Não* era isso em que Cardan acreditava? Foi o que tinha ouvido escondido o Grande Rei dizer a Jude, lá no quarto deles no palácio, antes de partir para tentar salvar Madoc.

— Eu não sei se estou entendendo.

— Quando seu primeiro guarda-costas tentou te matar, eu deveria ter feito mais perguntas. Com certeza depois de um ou dois amantes seus morrerem. Mas pensei o que todo mundo pensou: que você confiava demais e, por isso, era alguém fácil de se manipular. Que escolhia mal os amigos e pior ainda seus amantes. Mas você escolhia todos com muito cuidado e habilidade, não é?

Oak se levanta e se serve de uma taça de vinho. Começa a achar que vai precisar da bebida.

— Eu ouvi sua conversa com Jude, nos aposentos de vocês. Eu ouvi vocês conversando sobre Madoc.

— É. Tarde demais, ficou bem óbvio.

Se eu fosse mais inocente, acharia que pode ser culpa do seu irmão. Oak tenta se lembrar das palavras exatas que o Grande Rei usou. *Ele se parece mais com você do que você quer admitir.*

— Você não confiava em mim.

— Depois de eu mesmo ter passado um bom tempo bancando o tolo, reconheci sua estratégia. Não de início, mas bem antes de Jude. Ela não queria acreditar, e eu nunca vou me cansar de me gabar por ter visto primeiro.

— Então você não acha que eu realmente me aliei a Randalin?

Cardan sorri.

— Não, mas eu não sabia ao certo qual dos seus aliados estava de fato do seu lado. E eu torcia muito para que você nos deixasse te prender e proteger.

— Você poderia ter me dado uma pista!

Cardan ergue a sobrancelha.

Oak balança a cabeça.

— Sim, está bem, *beleza*. Eu poderia ter feito o mesmo. E *beleza*, você estava lá sangrando e tal.

Cardan faz um gesto como se dispensasse as palavras de Oak.

— Eu tenho pouca experiência nesse papo de irmão mais velho, mas sei um bocado sobre cometer erros. E sobre se esconder atrás de uma máscara. — Ele faz uma saudação com o cálice de vinho. — Podem até dizer que ainda faço isso, mas é mentira. Com aqueles que amo, sou eu mesmo. Às vezes até demais.

Oak gargalha.

— Jude não diria isso.

Cardan dá outro gole no vinho cor de ameixa escura, parecendo satisfeito consigo mesmo.

— Ela diria, *sim*, só que estaria mentindo. Mas, o mais importante — ele ergue um único dedo — é que *eu* sabia quem você era antes dela. — Então pausa um instante. — E se você decidir que quer arriscar sua vida, talvez possa se arriscar a ter alguns momentos de desconforto avisando a família de seus planos.

Oak solta um longo suspiro.

— Eu vou levar isso em consideração.

— Por favor, faça isso. E tem mais uma coisa.

Oak dá um gole ainda maior no vinho.

— Você deve se lembrar de que Jude permitiu que abdicasse? Bem, tudo certo, mas não pode fazer isso de imediato. Vamos precisar mais de você como nosso herdeiro por uns bons meses.

— Meses? — repete Oak, completamente perplexo.

O Grande Rei dá de ombros.

— Mais ou menos isso. Talvez um pouco mais. Só para fazer a Corte sentir que existe um plano B caso algo aconteça enquanto estivermos fora.

— Fora? — Depois de tantas surpresas, Oak parece não conseguir fazer nada além de repetir as coisas que Cardan fala. — Vocês querem que eu continue sendo herdeiro enquanto vocês vão para sei lá onde? E *aí* eu posso abdicar, virar um ex-príncipe ou coisa assim?

— Isso aí — confirma Cardan.

— Tipo férias?

Cardan faz um som de escárnio.

— Eu não entendo. Para onde vocês vão?

— Para uma missão diplomática — explica Cardan, recostando-se nas almofadas. — Depois daquele resgatezinho, Nicasia exigiu que honremos o tratado, conheçamos os pretendentes dela e testemunhemos a disputa pela mão dela e pela coroa. E então Jude e eu vamos para o Reino Submarino, onde iremos a muitas festas e faremos o possível para não morrer.

CAPÍTULO 25

Oak pisa na crosta de gelo, com a própria respiração enuviando o ar. Ele está vestindo um grosso casaco de pele, as mãos enroladas em lã e em couro. Até seus cascos estão protegidos, e ainda assim ele sente o frio do lugar. Ele treme, pensa em Wren e treme de novo.

A Floresta de Pedra é diferente do que ele lembrava, exuberante em vez de ameaçadora. Não se sente atraído para ela, tampouco perseguido por ela. Ao passar, tenta ver os reis troll, mas a paisagem os engoliu. Só o que vê são os muros que construíram.

Quando ele se aproxima, vê que o grande portão de gelo, recém-construído, está aberto. Oak o atravessa. Alguns falcões que estavam lá em cima saem voando, provavelmente para anunciar a chegada dele.

Ao longe, espera ver a mesma Cidadela que invadiu com Wren, espera reconhecer o local onde ele foi aprisionado, mas a paisagem foi substituída por uma nova estrutura. Um castelo de obsidiana em vez de gelo. A pedra brilha como se fosse feita de vidro preto.

No mínimo, a aparência é mais proibida e inacreditável do que a anterior. Com certeza mais pontiaguda.

Rainha bruxa. Ele pensa nas palavras sussurradas e fica mais ciente do que nunca do motivo pelo qual o Povo das Fadas tem medo desse tipo de poder.

O TRONO DO PRISIONEIRO   341

Oak passa por bosques feitos de gelo, animais esculpidos da neve se destacando por entre os galhos. Isso o faz pensar, de maneira sinistra, na floresta na qual encontrou Wren. Como se ela tivesse recriado partes do bosque a partir da lembrança.

Ela criou tudo isso com sua magia. A magia que herdou por direito.

As portas para o novo castelo são altas e estreitas, sem aldrava nem maçaneta. Ele empurra, pensando que não vai ceder, mas a porta se abre com o toque da sua mão enluvada.

O corredor preto à frente está vazio a não ser por uma lareira grande o suficiente para assar um cavalo, estalando com chamas de verdade. Não há criados para recebê-lo. Os cascos dele ecoam na pedra.

Ele a encontra no terceiro cômodo, uma biblioteca, só uma parte dela preenchida com livros, mas evidentemente construída visando a aquisição de outros exemplares.

Ela usa um roupão comprido azul-escuro. O cabelo está solto e cai sobre os ombros. Descalça. Está sentada em um sofá comprido e baixo, com um livro na mão, as asas espalhadas. Ao vê-la, ele sente um anseio tão forte que chega a doer.

Wren ajeita a postura.

— Eu não esperava você aqui — murmura ela, o que não é encorajador.

Ele pensa em quando foi atrás dela na floresta, quando eram jovens, e nela o mandando embora pelo bem dele. Talvez uma atitude sábia. Mas ele não vai ser afugentado com tanta facilidade agora.

Ela vai até uma das prateleiras e coloca o livro no lugar.

— Eu sei o que está pensando — declara Oak. — Que você não é quem eu deveria querer.

Ela abaixa a cabeça, e suas bochechas ficam coradas de leve.

— É verdade que você não inspira nenhum devaneio de amor seguro — afirma ele.

— Um pesadelo, então? — pergunta ela, dando uma risadinha autodepreciativa.

— O tipo de amor que nasce de duas pessoas que se enxergam com nitidez — contrapõe ele, aproximando-se dela. — Mesmo quando elas têm medo de acreditar que é possível. Eu adoro você. Quero jogar com você. Quero compartilhar todas as minhas verdades com você. E se você pensa mesmo que é um monstro, então vamos ser monstros juntos.

Wren o encara.

— E se eu mandá-lo embora depois desse discurso? E se eu não te quiser?

Ele hesita.

— Então eu irei. E vou seguir adorando você de longe. E vou compor canções a seu respeito ou algo do tipo.

— Você poderia me *fazer* te amar.

— Você? — Oak faz um som de escárnio. — Duvido. Você não tem interesse em me ouvir dizer o que quer ouvir. Eu acho que, na verdade, você prefere quando estou usando o mínimo possível do meu encanto.

— E se eu for demais? Se precisar demais? — questiona ela, com a voz bem baixa.

Ele respira fundo, sério.

— Eu não sou bom, não sou gentil, talvez nem seja confiável, mas o que quiser de mim, eu te darei.

Por um momento, eles olham um para o outro. Ele nota que o corpo dela está tenso, mas os seus olhos estão nítidos, brilhantes e abertos. Wren confirma com a cabeça, um sorriso nascendo nos lábios.

— Eu quero que fique.

— Que bom — retruca ele, sentando-se no sofá ao lado dela. — Porque está bem frio lá fora, e andei à beça.

Ela se permite apoiar cabeça no ombro dele e suspira, permite que ele passe o braço em volta dela e a puxe para um abraço.

— Então — murmura Wren, com os lábios encostados no pescoço dele. — Se tudo tivesse corrido bem naquela noite em Insear, o que teria me perguntado? Um enigma?

— Algo assim.

— Conte-me — insiste ela, e ele sente o toque dos dentes **dela**, a maciez da boca.

— É um complicado. Tem certeza?

— Sou boa com enigmas.

— O que eu teria perguntado, se de alguma forma eu não estivesse tentando manipular a situação para que você escapasse, é: você consideraria se casar comigo de verdade?

Ela olha para ele, a surpresa é evidente e a suspeita também.

— Sério?

Ele dá um beijo nos cabelos de Wren.

— Se quiser, estou disposto a fazer o maior dos sacrifícios para provar a veracidade de meus sentimentos.

— Que é?

— Me tornar rei de algum lugar em vez de fugir de todas as responsabilidades da realeza.

Ela ri.

— Você não preferiria se sentar ao meu lado no trono, sob meu controle?

— Parece mais fácil mesmo — admite ele. — Eu seria um consorte excelente.

— Então eu vou ter que me casar com você, príncipe Oak da linhagem Greenbriar — responde Wren, com um sorriso cheio de dentes afiados. — Só para fazer você sofrer.

AGRADECIMENTOS

Sou grata a todos que me ajudaram ao longo da jornada que foi este livro que você tem em mãos, em especial Cassandra Clare, Leigh Bardugo e Joshua Lewis, que me ajudaram a elaborar o enredo da primeira vez (cercados por gatos); Kelly Link, Sarah Rees Brennan e Robin Wasserman, que me ajudaram a reelaborar e repensar o enredo (ainda que com menos gatos). Também agradeço a Steve Berman, que fez algumas observações e me encorajou durante o processo, além de vir tecendo críticas aos meus livros desde antes de *Tithe*.

Obrigada a muitas pessoas que foram gentis ou que me deram um conselho necessário, e as quais não vou me perdoar por não incluir aqui.

Um enorme obrigado a todo mundo na editora Little, Brown Books for Young Readers por voltarem a Elfhame comigo. Obrigada em especial à minha editora incrível, Alvina Ling, e a Ruqayyah Daud, que me deu um *insight* inestimável. Obrigada a Crystal Castro por lidar com todos os meus atrasos. Obrigada também a Marisa Finkelstein, Kimberly Stella, Emilie Polster, Savannah Kennelly, Bill Grace, Karina Granda, Cassie Malmo, Megan Tingley, Jackie Engel, Shawn Foster, Danielle Cantarella e Victoria Stapleton, entre outros.

No Reino Unido, obrigada à editora Hot Key Books, em particular a Jane Harris, Emma Matthewson e Amber Ivatt.

346   HOLLY BLACK

Obrigada aos meus editores ao redor do mundo… aqueles que já tive o prazer de conhecer no último ano e aqueles que ainda não conheci. E obrigada à Heather Baror por manter todo mundo a par de tudo.

Obrigada a Joanna Volpe, Jordan Hill e Lindsay Howard, que leram versões deste livro também e me fizeram sentir que eu estava no caminho certo. E obrigada a todo mundo na New Leaf Literary por tornar as coisas difíceis mais fáceis.

Obrigada à Kathleen Jennings pelas ilustrações maravilhosas e evocativas.

E obrigada, para sempre e sempre, a Theo e Sebastian Black, por protegerem meu coração.

Este livro foi composto na tipografia Adobe Garamond Pro,
em corpo 11,5/16, e impresso em
papel off-white no Sistema Cameron da
Divisão Gráfica da Distribuidora Record.